La maîtresse du roi

DÉJÀ PARU DU MÊME AUTEUR

L'ange du passé

JUDITH JAMES

La maîtresse du roi

BestSellers

Collection : BEST-SELLERS

Titre original : THE KING'S COURTESAN

Traduction française de MARIE-FRANCE BALAZS-KNOPP

HARLEQUIN®
est une marque déposée par le Groupe Harlequin

BEST-SELLERS®
est une marque déposée par Harlequin S.A.

Photo de couverture
Femme : © MALGORZATA MAJ / ARCANGEL IMAGES
Réalisation graphique couverture : L. SLAWIG (Harlequin SA)

83-85, boulevard Vincent-Auriol, 75646 PARIS CEDEX 13.
Service Lectrices — Tél. : 01 45 82 47 47
www.harlequin.fr
ISBN 978-2-2802-8438-7 — ISSN 1248-511X

Prologue

Londres, 1651

Le jour qui devait changer sa vie se leva, clair et froid. Hope Mathews s'éveilla, son chaton serré contre elle, et quitta sans tarder son lit de sangle, disposé dans un coin de sa mansarde. La maison, une vaste bâtisse de plusieurs étages aux pignons pointus, était composée de trois bâtiments reliés entre eux qui semblaient pencher dangereusement vers la rue en contrebas. Elle s'élevait au centre d'un dédale de ruelles et d'allées, dont certaines à peine assez larges pour que deux piétons puissent s'y croiser.

En cette fin de l'automne, un froid mordant se faisait déjà sentir et le givre festonnait les toits, faisant briller la ville sous ses fenêtres tel un pays féerique d'albâtre et de diamant. Parfois, Hope s'imaginait qu'elle était une princesse prisonnière au sommet d'une tour, guettant le beau chevalier qui s'élancerait à l'assaut des murailles pour la sauver et l'emmener au loin.

Les cloches s'étaient mises à tinter bien avant l'aube, troublant cette frange de paix où ne s'activaient d'ordinaire que les boulangers qui commençaient leur journée et les porteurs de torches qui finissaient la leur. La cité ensommeillée commençait à bouger, et une certaine agitation régnait déjà dans les rues du quartier. On venait de signaler l'approche du Lord Protecteur et de son armée. Fortes de leurs récentes victoires en Irlande et en Ecosse, les troupes rentraient au bercail après avoir chassé le jeune Charles Stuart des côtes d'Angleterre.

En dépit des édits du Protecteur contre le jeu, la fête et la boisson, les soldats se comportaient comme ils l'avaient toujours fait, tandis que le bon peuple de Londres, privé de spectacles depuis l'exécution du précédent roi, sortait dès l'aube pour s'assurer les meilleures places sur le passage du défilé. Boutiquiers, marchands de vin, taverniers et filles de joie se préparaient à ce qui promettait d'être une journée des plus lucratives.

Drury Lane, à l'extrémité est de Covent Garden, demeurait l'un des secteurs les plus pittoresques de la ville, même en ces temps d'austérité. Des enseignes aux couleurs vives étaient suspendues à toutes les échoppes. La demeure de Hope se signalait quant à elle par un fier coq de combat qui se rengorgeait devant une sirène aux cheveux d'or, aux grands yeux bleus et aux lèvres écarlates. La mère de Hope se vantait à qui voulait l'entendre que La Joyeuse Drôlesse était cataloguée dans le *Wandering Whore* et qu'en tant que propriétaire du lieu elle y était elle-même signalée comme l'une des plus célèbres maquerelles de Londres.

Son établissement était l'un de ceux qui escomptaient un grand profit de cette journée, et si Hope ne s'esquivait pas promptement, elle risquait fort de se trouver réquisitionnée toute la journée à faire les courses, racler les cendres et nettoyer les parquets, sans rien voir du spectacle.

Aussi descendit-elle subrepticement l'escalier, puis s'engagea-t-elle dans une allée où elle se joignit à une joyeuse troupe de polissons qui l'accueillirent comme l'une des leurs.

Le soleil s'était levé à présent, la foule grossissait, et les jeunes vauriens se faufilèrent sans mal dans la bousculade, esquivant habilement les chariots et les marchands furieux, tandis qu'ils se remplissaient les poches de fruits et de biscuits chapardés au passage.

Aux approches du centre de la cité, Hope perdit ses compagnons qui s'égaillèrent, en quête d'un perchoir pour observer le défilé.

Le sourd roulement des tambours qui résonnait au loin s'intensifiait d'instant en instant, et elle se mit à sauter sur place pour essayer de voir par-dessus les épaules des spectateurs pressés devant elle. Avisant un balcon accessible, elle fendit la foule et se hissa dessus avec force contorsions. Puis elle se fit une petite place pour jouir d'une vision plongeante sur la rue, ignorant les protestations des autres occupants déjà agglutinés.

D'abord apparut une armée de hallebardiers dans leurs armures étincelantes, marchant en formation rigide au milieu d'une forêt de piques, tandis que résonnait le martèlement de leurs pieds bottés. Puis ce fut Cromwell en personne à la tête des Côtes de Fer, sa fameuse compagnie de cavaliers. Mais le défilé était dénué de la pompe colorée des parades royales — pas de sourires ni de saluts ni d'étalage de magnificence. Armée sans visage, les hommes défilaient rang après rang, sans rien pour les distinguer les uns des autres. Et les vivats qui s'élevèrent sur leur passage étaient plus forcés que spontanés.

Clairement, c'était là une démonstration de force et de pouvoir, une menace voilée et un sévère rappel plutôt qu'une célébration. Mais les assemblées populaires étaient rares dans la ville ces derniers temps, et n'importe quel spectacle était le bienvenu. C'était toujours mieux que rien !

Hope commençait cependant à se demander si l'escapade en valait la peine, quand son attention fut attirée par un cheval noir qui caracolait sur les pavés. L'animal regimbait, secouant la tête, s'écartant sur le côté, rompant l'ordre parfait de la formation, et son cavalier ne semblait pas décidé à le rappeler à l'ordre. Contrairement à ses compagnons, dont le regard était fixé droit devant eux, il semblait contempler la foule avec intérêt. Grand et large d'épaules, il chevauchait avec aisance et ne portait pas d'uniforme, plus semblable à un cavalier ordinaire qu'à un puritain.

Un officier, sans doute, songea Hope, *et probablement de haute naissance.*

Son cœur s'emballa à sa vue, et une excitation juvénile

s'empara d'elle. De loin, l'inconnu semblait jeune et séduisant, exactement comme le preux chevalier de ses rêves. Mais elle avait du mal à distinguer ses traits, que dissimulait son chapeau à larges bords tiré très bas sur le front.

Sa curiosité en éveil, elle se penchait un peu plus pour tenter de mieux voir, quand une soudaine poussée derrière elle lui fit perdre l'équilibre et l'envoya rouler dans la rue en contrebas. Elle se redressa juste avant qu'un sabot ferré ne lui écrase les doigts. Le cheval broncha de peur, et son cavalier proféra une bordée de jurons en tentant de le maîtriser.

Hope dérapa et faillit tomber de nouveau. Entourée de toutes parts par la cavalcade et bousculée d'un cheval à l'autre, elle tâchait de se dégager, mais ses semelles de bois glissaient sur les pavés boueux, rendant ses tentatives vaines. Un coup de pied l'atteignit entre les épaules, tandis qu'un homme lui enjoignait brutalement de sortir du chemin. La panique la gagna. Il arrivait tous les jours que des gens se fassent piétiner à mort dans les rues. Si elle tombait de nouveau…

Une main puissante agrippa soudain le dos de sa robe et la souleva en l'air aussi aisément que si elle avait été un petit enfant. Puis son sauveur la déposa sur ses genoux et passa un bras autour de sa taille, sans se soucier de frotter ses beaux vêtements à son corps boueux.

— Pardonnez-moi pour la brutalité du geste et la perte de vos, mademoiselle. Mais vous risquiez grandement danger d'être piétinée.

Elle leva les yeux et faillit suffoquer. C'était lui ! L'homme qu'elle avait contemplé quelques instants plus tôt, le héros de ses rêves. Il était là, bien réel. Et il avait volé à son secours ! Elle, qui avait la langue bien pendue d'ordinaire, en resta sans voix. Elle aurait si désespérément voulu trouver quelque chose de spirituel à dire ! Mais elle était incapable d'articuler un son.

— Je… je… je…

— Là, là ! Respirez à fond et ne vous inquiétez pas,

lass. Vous avez eu une grosse peur et vous avez besoin d'un moment pour reprendre vos esprits, c'est bien naturel…

Hope retint un gémissement de frustration. Voilà qu'il la prenait pour une bécasse à présent !

— Vous tremblez. Rapprochez-vous et profitez de ma chaleur.

Oh ! Oui, elle avait froid ! Et elle avait failli mourir. Elle se renversa contre lui, les bras étroitement noués autour de sa taille, jouissant du confort et de la sécurité qu'il lui offrait, de la force qu'il dégageait et du battement de ce cœur palpitant à quelques centimètres du sien.

Lorsqu'il drapa sa cape autour d'elle, des vivats s'élevèrent de la foule. Hope ne s'était pas avisée qu'on avait remarqué sa mésaventure. Radieuse, elle adressa alors des signes de la main aux spectateurs, qui manifestèrent plus bruyamment encore leur approbation.

Son sauveur eut un petit rire.

— Nous leur avons fourni une distraction par cette matinée bien morose, mais je crains qu'il ne vous faille suivre la procession à cheval avec moi. Il n'y a pas d'endroit où je puisse vous faire descendre sans risque tant que nous n'aurons pas atteint les portes du palais. Ça ira ?

Elle hocha la tête. Pour la première fois de sa vie, elle se sentait intimidée.

— Parfait ! Vous êtes désormais en sécurité, *lass*. Et vous avez la meilleure place ! Détendez-vous et profitez du spectacle.

Elle se sentait comme une princesse dans ses bras et, aussi improbable que cela pût paraître, elle décida qu'il était son prince. Sinon, pourquoi aurait-il croisé son chemin ce jour-là ? Pourquoi l'aurait-elle remarqué ? Par quel hasard serait-elle tombée juste au moment où il passait et quelle impulsion l'aurait poussé, lui, à la sauver, quand personne d'autre n'avait levé le petit doigt ?

Peu importait qu'elle ne trouvât rien à lui dire en cet instant, car c'était le destin qui l'avait conduit vers elle. De toute évidence, ils devaient être réunis.

Pourtant, elle ne savait toujours pas à quoi il ressemblait exactement. Son chapeau plongeait son visage dans l'ombre. Il devait être jeune et beau, à en juger par son menton ferme, sa bouche bien dessinée et l'éclair blanc que dévoilait son sourire. Mais elle n'arrivait pas à voir ses yeux.

Lorsqu'ils atteignirent l'esplanade du palais, il usa de son cheval comme d'un bélier pour écarter la foule, leur ménageant ainsi un petit îlot dans un recoin du mur. Puis il mit pied à terre le premier et la souleva de sa selle comme si elle ne pesait pas plus qu'une plume.

Une moue taquine aux lèvres, il lui essuya le bout du nez, chassant un grain de poussière. Elle s'empourpra, confuse. Mais le sourire du cavalier ne reflétait que gentillesse et amusement.

— Difficile de savoir à quoi vous ressemblez là-dessous, se moqua-t-il en frottant d'un doigt sa joue maculée de boue. Mais si le reste est à moitié aussi joli que ces yeux-là, ce doit être une vraie vision !

Il lui saisit la main et s'inclina devant elle comme devant une grande dame. Puis il lui glissa une demi-couronne dans la paume.

— Pour remplacer vos chaussures, mademoiselle.

— Merci, milord. Euh… de m'avoir sauvé la vie…

C'étaient là les seuls mots qu'elle avait pu trouver. Son cœur battait si fort que c'était un miracle s'il ne l'entendait pas.

— Pas « milord », *lass.* Je suis seulement un humble soldat qui est tombé sur un lutin en rentrant chez lui. Cela doit porter chance d'une façon ou d'une autre. Gardez-vous bien, fillette, et souhaitez-moi le meilleur possible !

Elle le regarda s'éloigner. Elle n'avait pas vu ses yeux et ne connaissait pas son nom. Mais elle savait qu'il était à elle et qu'elle le reverrait un jour. Elle eut une dernière vision de lui au moment où il franchissait les portes du palais. Comme s'il avait senti son regard, il jeta un coup d'œil par-dessus l'épaule et lui fit au revoir de la main.

Elle reprit le chemin de la maison avec les orteils gelés, mais un sourire irrépressible aux lèvres et l'impression de planer dans les airs. Quand elle ne fredonnait pas doucement, elle pouffait de rire ou chantait quelques notes à tue-tête.

Elle rencontra bientôt deux des servantes de sa mère, accompagnées du portier. Tous trois se précipitèrent vers elle, hors d'haleine.

Ils l'avaient cherchée toute la matinée.

— Où étiez-vous ? Votre mère a besoin de vous !

Comme toujours, La Joyeuse Drôlesse trépidait d'animation et de bruit. Des rires aigus et des chansons avinées s'élevaient dans l'air épais où flottaient des odeurs de bœuf rôti, de bière et de brandy, mêlées à des relents de parfum éventé et de sexe. Les robes de soie et les jupons des pensionnaires montaient et descendaient l'escalier en bruissant. Et pour ceux des clients qui préféraient l'anonymat, il y avait l'issue secrète qu'empruntaient des gentlemen bien vêtus à qui des femmes à demi nues ouvraient discrètement la porte.

Pour Hope, c'était là un univers familier. Plusieurs de celles qui vivaient là étaient ses amies. Ces dames lui racontaient des histoires tout en lui enseignant à composer des parfums et des bouquets, à maquiller son visage et à se coiffer. Hope n'était pas vraiment intéressée par ces leçons, mais beaucoup de ces filles venaient de la campagne, et elle adorait leurs contes peuplés de princes et de princesses, de magiciens qui exauçaient les vœux et de jeunes filles imprudentes perdues dans la forêt.

Hope voulait à présent une histoire à elle, rien qu'à elle…

Au fil des ans, elles s'étaient mises aussi à lui raconter d'autres histoires — des histoires sur les hommes, bien que sa mère la tînt soigneusement à l'écart des clients. Comment les calmer, les exciter et leur donner du plaisir, mais également comment utiliser un bouchon de cire ou une éponge recouverte de soie pour éviter de tomber enceinte, ou encore une sorte de gaine quand on soupçonnait chez l'un d'eux une maladie vénérienne.

Entre ces causeries sans détour et ce qu'elle avait pu observer par les portes entrouvertes, dans les recoins et les corridors prétendument solitaires, Hope en avait assez appris pour ne pas ressentir le besoin ni l'envie d'en savoir davantage. Des hommes nus — époux, grands seigneurs, jeunes puceaux maladroits et soldats excités — elle en avait vu, mais ce qui se passait dans la maison, ce n'était pas de l'amour.

Or c'était l'amour qu'elle voulait. Et elle venait de trouver le sien.

Son véritable amour.

Non pas que sa mère l'eût approuvée. Depuis toujours, la Mathews s'évertuait à lui inculquer l'intérêt et l'importance d'un commerce avisé. C'était ainsi qu'elle-même s'était élevée au-dessus du rang des prostituées qui écumaient les rues de Londres, travaillant dans les allées le dos plaqué contre un mur, pour devenir une femme d'affaires prospère.

Mais je ne veux pas lui ressembler. Rien ne m'oblige à être comme elle.

Avec force encouragements et gloussements de rire, on la poussa dans sa chambre, où sa mère tout sourire l'attendait avec une tasse de chocolat chaud. Hope lui coula un regard méfiant. La sollicitude maternelle et les petits gestes de tendresse, ce n'était pas son genre d'ordinaire.

— Ah, te voilà, ma chérie. Et juste à temps ! Aujourd'hui est un jour très spécial pour toi.

Hope cilla, perplexe.

— Que voulez-vous dire ? Je ne comprends pas.

— Tu as grandi ici, et tu sais de quoi il retourne. Aujourd'hui, tu vas commencer à accomplir tes devoirs de femme. Toutes ces années, tu as eu un toit au-dessus de ta tête et tu as mangé à ta faim. C'est plus que n'en ont jamais eu la plupart des gosses faméliques de Londres. Mais tu es une femme à présent, tu as eu tes premières règles le mois dernier. Ton plus grand trésor, en dehors de ta beauté, c'est ta virginité. Un joyau de valeur qu'une femme ne peut donner qu'une fois, malgré ce que prétendent certaines vauriennes. Mais cela ne se fait pas n'importe comment. C'est exactement comme d'arranger un bon mariage. Voyons, ne prends pas cet air choqué !

Elle tendit un poing noueux et lui tapota l'épaule avec maladresse. Une manifestation de tendresse bien peu convaincante pour Hope.

— Tu t'attendais à quoi ? Ton avenir est d'être une catin. Tu es tombée dans le chaudron quand tu étais petite, bien que ton père m'ait légalement épousée. Tu ferais mieux de t'habituer à cette idée, parce que tu ne pourras jamais être rien d'autre. Tu ne sors pas de la cuisse de Jupiter, tu n'as pas de fortune, et il n'y a pas la moindre chance qu'un homme convenable veuille de toi. Une fille comme toi ne se mariera jamais. Et d'ailleurs, à quoi cela te servirait-il ? Ton père était un bon à rien. Ce qui n'empêche pas que tu ne sois une vraie beauté. Tu as hérité de ses cheveux d'ébène et de ses beaux yeux. Et puis tu as du charme et tu n'as pas l'esprit dans ta poche. De tels dons sont du gaspillage chez une épouse. Si elle est riche, elle n'en a pas besoin pour attraper un mari. Et une fois qu'elle est mariée, on ne lui permet plus d'en faire usage. Elle ne s'appartient plus. Une esclave et une jument poulinière, voilà ce qu'elle est !

Hope était trop abasourdie pour articuler un mot. C'était la plus longue conversation qu'elle ait jamais eue avec cette étrangère qui l'avait mise au monde. Elle cilla pour refouler ses larmes. Quelle idiote elle avait été !

Elle ne me tenait pas à l'écart pour me protéger, mais pour préserver ma valeur !

En cet instant, elle aurait voulu ressentir du mépris et de la haine, mais elle n'éprouvait rien d'autre qu'une déchirante souffrance.

J'aurais dû le savoir, pourtant. J'aurais dû…

Sa mère lui caressa les cheveux, sans prendre garde à son mouvement de recul.

Est-ce ainsi qu'elle recrute les nouvelles ? En roucoulant et en les caressant comme des tourterelles ? Est-ce tout ce que je suis pour elle ?

— Allons, regarde plutôt la jolie robe que t'a envoyée milord !

Elle brandit devant elle une robe à la sous-jupe de

satin blanc et aux manches galonnées d'argent, qui aurait ressemblé à une toilette de mariée sans son corsage au décolleté indécent.

Hope savait ce que cela signifiait. Il n'y aurait pas de prince pour elle. Pas de choix. Pas de *happy end*.

— Quel lord ?

Sa voix était à peine plus qu'un chuchotement.

— Ah, ça, ce sera la surprise… La chose n'en paraîtra que plus spontanée.

Prenant le silence de Hope pour un assentiment, elle se frotta les mains et hocha joyeusement la tête.

— Brave fille ! Il faut faire monter la tension, ma petite. Ce soir, nous organisons des enchères. Et l'enjeu, ce sera toi. Tu n'as rien à redouter. Tu en as assez vu ici pour le savoir. Seuls mes meilleurs clients y prendront part. Rappelle-toi tout ce que les filles t'ont raconté et fais-en bon usage. Tu vas atteindre un bon prix, ma chérie. La moitié reviendra à l'établissement et l'autre moitié à toi. Tu vas connaître des débuts grandioses. Tu monteras plus haut que je n'ai jamais rêvé de le faire !

Elle avait tout de même dû déceler un soupçon de rébellion — une lueur dans les yeux de Hope ou dans l'attitude obstinée de son menton —, car elle tira le verrou derrière elle après avoir quitté la chambre et plaça un portier sur le seuil.

Hope fut baignée et parfumée. Puis on lissa et peigna sa chevelure indisciplinée pour qu'elle cascade jusqu'à sa taille, telle une rivière de satin sombre.

Ensuite, on la poussa dans une pièce lambrissée où l'attendaient sa mère et deux de ses « ladies », exactement comme si elle avait été une vraie mariée. Elle dénombra aussi cinq gentilshommes, bien qu'elle ne pût voir que leurs bottes. Peut-être que si elle fermait les paupières assez fort et les rouvrait ensuite, songea-t-elle, tout s'effacerait pour laisser place à un nouveau jour ?

Mais il n'en fut rien et elle resta debout, silencieuse et

cramoisie, tandis que les assistants plaisantaient et chuchotaient en attendant le début des opérations. Il n'y avait pas de doute sur l'issue. Sir Charles Edgemont serait son acquéreur. C'était lui qui avait fourni la robe. Mais sa mère n'ignorait pas que les enchères feraient monter la « dot ». Pas question dans ce cas d'épargner à sa fille cette humiliation, quand plusieurs centaines de livres étaient en jeu !

Les « ladies » la dépouillèrent alors de son corsage et de sa sous-jupe, la laissant en chemise, toute tremblante et les joues mouillées de larmes.

Enflammé par ce spectacle et bien décidé à empêcher les autres hommes présents de se rincer l'œil quand la pucelle lui était destinée, Edgemont se leva.

— Deux mille livres ! dit-il.

La proposition souleva un concert de protestations de la part de ces messieurs, mais elle eut le mérite de stopper le jeu. Hope lui jeta un regard par-dessous ses cils — cheveux noirs et frisés entremêlés de quelques fils gris, yeux froids, traits durs et mâchoire carrée.

Furieux d'être pris pour dupe alors qu'il s'attendait à une négociation privée, mais trop fier pour renoncer devant ses amis, Sir Charles lui saisit le poignet d'un geste brutal et la tira vers la porte. Parvenu sur le seuil, il se retourna pour jeter une lourde bourse sur la table.

— Vous allez devoir vous contenter de cela pour l'instant, madame. Je n'avais pas prévu que le prix serait si élevé. Mon valet vous apportera le reste demain.

La Mathews plongea dans une humble courbette.

— Mais bien sûr, milord. Tout le monde à Londres sait que vous êtes un homme qui paie ses dettes. J'attendrai votre bon plaisir. Emmenez-la en attendant et prenez votre plaisir avec elle.

De toute évidence, les enchères étaient montées plus haut qu'elle ne s'y attendait. Son sourire de satisfaction mal dissimulée et la lueur de cupidité qui brillait dans ses yeux donnèrent la nausée à Hope. Elle plaça une petite main délicate sur la poitrine de Sir Charles et s'appuya contre lui, la tête nichée au creux de son épaule. L'homme eut un rictus agacé. Mais il lui lâcha tout de même le poignet et ôta sa cape, qu'il drapa autour d'elle.

Pour la première fois depuis qu'elle était entrée dans la pièce, Hope articula quelques mots.

— Pour elle, seulement la moitié, milord. Le reste est pour moi, elle me l'a promis.

— Aussi rapace et rusée que votre mère, hein ? Si vous êtes encore vierge, je suis l'archevêque de Canterbury ! Mais j'en aurai pour mon argent, je vous le garantis.

Elle acquiesça d'une révérence.

— Bien sûr, Votre Grâce !

Ignorant les rires des autres hommes et les piaillements furieux de la tenancière, Sir Charles la souleva alors comme un paquet et la porta dans son carrosse.

Le même jour, Hope avait rencontré son véritable amour et avait été vendue par sa mère. Ce jour-là marqua la fin de son enfance. Elle ne revit pas l'inconnu, ne parla plus jamais à sa mère et cessa de croire au bonheur. Elle s'appelait Espoir, un prénom qui ressemblait à présent à de la dérision, et pourtant elle fit la seule chose qui fût en son pouvoir : elle garda ce nom et en fit un talisman. Elle lutta pour garder son espoir vivant. Le jour où elle quitta La Joyeuse Drôlesse, elle cessa de rêver à ce qui ne pourrait jamais être et commença à faire des plans pour obtenir ce qui était à sa portée.

Une question ne cessa de la hanter pourtant : quel genre de mère fallait-il être pour mettre l'innocence aux enchères et vendre sa fille comme une esclave ?

Néanmoins, ce qui avait commencé comme la plus cruelle des trahisons et lui avait semblé la fin du monde devint un cheminement qui la transforma en une jeune femme accomplie, bien éduquée, élégamment vêtue et assez pourvue de grâces pour attirer l'attention d'un monarque.

Bien obligée d'abandonner sur le chemin ses rêves d'amour et ses princes imaginaires, elle en trouva cependant un vrai, avec ses défauts et ses imperfections. Et si de temps en temps, il arrivait encore à son cœur de se languir d'autre chose ou de quelqu'un d'autre, nul n'en sut jamais rien hormis elle-même.

1

Manoir de Cressly, comté de Nottingham, 1662

Il tourna un coin de rue, ses poursuivants sur les talons. Il faisait sombre, la voûte céleste n'était qu'une couverture impénétrable au-dessus d'une ville détruite, noircie et dévorée par le feu. Des poches de flammes furieuses léchaient le ciel, et des corps jonchaient la rue. Ceux qui avaient survécu à l'incendie et échappé à l'épée se terraient dans les caves, les puits et les fossés, recroquevillés et tremblants, tandis que le déferlement des pieds bottés passait tout près d'eux.

Pensant pouvoir rejoindre plus vite le centre de la cité, il s'engagea dans une ruelle isolée qui n'était guère plus qu'une allée. Il n'y avait pas de lune et pas d'autre lumière que la lueur rougeâtre des torches. Il constata très vite que le passage qu'il avait choisi ne menait nulle autre part qu'à un mur trop haut pour être escaladé.

Un cul-de-sac.

Il se redressa et fit volte-face pour affronter ses poursuivants, qui ralentirent et s'arrêtèrent, soudain méfiants. Quelque chose dans son visage et dans sa contenance avait transformé leur excitation en confusion et en peur. Il poussa un grognement rauque. De férocité. De triomphe. C'était le moment tant attendu. Il s'y était préparé, il n'avait vécu que pour cet instant…

Lentement, ils battirent en retraite à reculons, trébuchant les uns contre les autres. Tous, sauf leur chef, qui semblait étrangement figé. Ils avaient compris trop tard. Le gibier, c'était eux.

Il aurait pu tirer deux coups avec son pistolet dans ces premiers moments de stupeur. Mais ce qu'il allait commettre n'était pas un acte de guerre. C'était une affaire personnelle qui requérait la discrétion.

L'éclair qui brilla dans ses yeux répondit à celui de la lame quand il tira son épée et attaqua avec une rapidité sauvage, mu par la haine et le désir de vengeance qu'il avait nourris durant plusieurs années. L'un des hommes fut atteint à la gorge avant même de pouvoir tirer son arme. Un autre tâtonna pour armer son pistolet, puis bascula en arrière.

Le chef n'avait pas bougé. Un bel homme, aux cheveux grisonnants. Il attendait, la flamberge au clair. Dans ses yeux, on lisait plus de curiosité que de crainte.

— Nous nous sommes déjà rencontrés. Mais où ?

— A Cressly !

Il bondit alors en avant et plaqua l'homme contre le mur, le maintenant par le cou tandis qu'il lui plongeait la lame de son épée dans la poitrine à travers sa cuirasse. Le regard de son adversaire s'agrandit, entre stupéfaction et perplexité. Mais ce n'était pas assez.

— C'est à Cressly que nous nous sommes rencontrés, Lord Stanley. Dans le comté de Nottingham. Mon nom est Robert Nichols. Et elle, c'était Caroline. Voilà pour elle, ajouta-t-il en retournant la lame dans la plaie.

Il vit une lueur s'allumer dans les yeux de l'homme, témoignant de ce dont il se souvenait. Il enfonça son épée d'une dernière poussée avant de reculer, laissant le corps sans vie glisser au pied du mur, sur les pavés ensanglantés.

Il se sentait étrangement vide. Aucune satisfaction, pas même celle du justicier. Ni le sentiment de la vengeance accomplie. Stanley n'était que le premier. Il en restait trois autres à expédier.

Alors peut-être le tiendrait-elle quitte…

Il contempla son ouvrage, le visage impassible, puis se tourna vers une forme recroquevillée dans un coin, d'où s'élevaient de faibles pleurs.

Au loin, les armées du prince Rupert étaient encore à l'œuvre, écumant la ville pour exterminer ceux qui n'avaient pas eu le temps de s'enfuir, s'étaient attardés ou n'avaient pas trouvé d'endroit pour se cacher. Des mousquetades sporadiques résonnaient dans la nuit, mêlées à des hurlements, des rires avinés et des appels désespérés au « sauve-qui-peut ». Le grondement des canons se répercutait dans toute la ville sans que l'on sache pourquoi, puisqu'une brèche avait été pratiquée dans la muraille et que la bataille était finie, laissant place au pillage.

Il pencha la tête, l'oreille aux aguets. Loin, très loin, une fillette pleurait.

Robert se réveilla en sursaut, le cœur battant à se rompre, le corps ruisselant d'une sueur glacée. Le tonnerre grondait. Une lourde pluie cinglait les vitres et résonnait sur le toit. Il gémit. Encore un de ces maudits orages ! Il y avait des semaines qu'ils éclataient ainsi sur le comté. Bientôt, la rivière allait déborder.

Des vestiges de son rêve s'attardaient encore dans sa mémoire. Des images sans surprise. Il y avait des années qu'elles le hantaient.

Bolton. Le premier massacre de la guerre civile. Il n'avait alors que dix-sept ans. Plus des trois-quarts de la ville avaient été exterminés par le prince Rupert et le comte de Derby au nom de la cause royale. Depuis, il avait été le témoin de bien d'autres atrocités perpétrées des deux côtés. Le Lord Protecteur était lui aussi un homme sans pitié.

Les nerfs noués, il se laissa rouler hors du lit, puis enfila ses chaussures et sa robe de chambre. Les sanglots de la fillette résonnaient encore à son oreille, mêlés aux soupirs et aux gémissements du vent.

Caroline…

Elle ne le laisserait pas en paix. Et pourquoi l'aurait-elle fait ? N'était-ce pas aussi sa maison ? N'avait-elle pas le droit de réclamer vengeance ?

Mais qui pouvait la venger, sinon lui ? Bolton lui avait fourni l'opportunité d'éliminer James Stanley, le premier de ses meurtriers. Georges Stanhope n'avait pas tardé à suivre, occis lors d'une autre mêlée sanglante où il avait dû le disputer à un hallebardier du Yorkshire.

Cela avait été plus difficile pour Chisholm, un officier supérieur et ancien cavalier repenti qui combattait avec le zèle impitoyable des nouveaux convertis.

Maintenant, il n'en restait plus qu'un. Mais Caroline devait s'impatienter. Il y avait plus de vingt ans qu'elle attendait…

Il se versa une timbale de whiskey, boisson pour laquelle il avait développé un penchant pendant sa campagne en Irlande. Le sommeil l'avait fui, et il se sentait aussi exténué que s'il revenait du champ de bataille. Ce qui était le cas en un sens.

Quand il était plus jeune, la vie était si simple ! Il croyait en sa famille, en le roi et en son pays. Il croyait en lui-même. Une chose était bien ou mal. Un homme devait honorer sa parole, protéger les faibles et défendre son souverain et sa terre natale.

Mais la mort de Caro avait tout changé. Il avait trouvé un exutoire pour la douleur et la rage qui s'étaient saisi de lui quand la politique et la religion avaient coupé son pays en deux. La guerre civile était devenue sa guerre particulière, et il s'était servi du champ de bataille pour accomplir sa vengeance.

Le général Walters, son commandant et mentor en matière de politique et de guerre, avait remplacé le père qui lui avait reproché la mort de sa sœur. Et l'idée d'une république anglaise où personne n'aurait été au-dessus de la loi lui avait permis de croire qu'il se battait pour une cause plus grande en lui permettant de soulager sa culpabilité et son chagrin.

Paradoxalement, la guerre lui avait d'abord apporté un sentiment de paix, du moins au début. Mais dix années de combats farouches lui avaient enseigné quelles horreurs les hommes pouvaient commettre au nom d'un plus grand bien. Il avait assisté à d'indescriptibles cruautés sans parvenir à les empêcher. Lui-même avait accompli des choses qu'il avait crues jusque-là impensables.

Entouré d'hommes de pouvoir et d'idéologues, il avait compris qu'il n'était ni l'un ni l'autre. Tout ce qu'il pouvait contrôler, c'étaient ses propres actions et sa petite compagnie d'hommes.

Mais même cela n'était-il pas un leurre ? Il commençait à se le demander, lorsque les hommes lancés aux trousses de William de Veres, un cavalier royaliste qui jouait les espions pour le compte du roi en exil, s'en étaient pris à Elizabeth Walters. Il avait alors volé au secours de la jeune fille. Après l'horreur des campagnes d'Irlande, il avait ressenti le besoin de se refaire un honneur en aidant la fille d'un vieil ami. Et pendant un temps, il avait eu l'impression d'être de nouveau un homme propre.

Ceux qui le connaissaient le jugeaient froid, méthodique et un brin rigide. Aucun d'eux n'avait la moindre idée du sombre conflit qui l'agitait. Il avait appris depuis longtemps à dissimuler ses secrets et à garder ses pensées pour lui.

A présent, les guerres étaient terminées et le roi rétabli sur son trône. Tout était pardonné. Les gens ne prenaient plus parti pour la Couronne ou pour le Parlement. Ils étaient tous des Anglais désormais. A trente-cinq ans, il se sentait prêt à se retirer pour mener la vie tranquille d'un gentleman-farmer, dans l'espoir d'y trouver un semblant de normalité et peut-être un peu de paix.

Mais il n'avait pas gagné le droit au repos, pas encore, sa tâche n'étant pas achevée.

Il en restait un…

La passion l'avait déserté, mais pas le sens du devoir.

Seulement c'était une chose que de tuer un homme sur le champ de bataille ou lors d'une campagne militaire. Mais débusquer et éliminer un individu qui avait fui le pays et passé les dix dernières années en exil se révélait beaucoup plus ardu. Il n'était pas sûr d'en avoir le courage.

Pour Caroline, tu dois le faire. Il le faut !

Il se mit à arpenter les couloirs. Le bruit de ses pas résonnait derrière lui comme s'il était suivi par un fantôme.

Autrefois, c'était de rires d'enfants que retentissait ce lieu. Caroline et lui se poursuivaient dans ces corridors. Son rire joyeux, ses pieds trottant sur les dalles…

Seulement un petit groupe de cavaliers ivres était venu semer la dévastation.

La seule chose qui le poursuivait encore à présent, c'étaient les hennissements lointains des chevaux, le feu de l'artillerie et le martèlement de pas lourdement bottés — inconsistants vestiges des cauchemars qui le troublaient.

Cressly était la seule réalité à laquelle il pouvait encore se raccrocher, même si le manoir était aussi nu et hanté que lui-même.

Je n'ai pas été à la hauteur, Caroline. Mais cela ne se reproduira plus. Je n'ai pas oublié. Il paiera, comme les autres, je te le promets !

Il termina son whiskey d'un trait et se retrouva sans savoir comment dans la bibliothèque. Des éclats de lumière illuminaient la pièce d'une lueur argentée. Teintés de gris et de noir, les meubles, le foyer et les rangées de livres ressortaient crûment, transformant ce lieu autrefois familier en un paysage étranger et hostile.

Son image vacilla devant lui, reflétée par les vitres. Ses cheveux blond cendré semblaient blancs, et ses yeux lui parurent creux et meurtris, comme l'un de ces esprits dont ses serviteurs étaient persuadés qu'ils erraient dans Cressly la nuit.

Seigneur, voilà que je me fais peur à moi-même !

Jetant une bûche dans le feu, il la poussa du bout de sa chaussure et attendit que le charbon jetât des étincelles et s'enflammât. Puis il se servit un autre verre et s'enfonça dans un fauteuil trop rembourré.

Le feu produisait juste assez de lumière pour lui permettre de lire. Il fouilla alors dans le courrier, et son regard s'étrécit soudain à la vue de deux lettres au bas de la pile, toutes deux remarquables par la qualité de leur papier et leur sceau ornementé. L'une était rédigée d'une écriture fine et élégante, tandis que l'autre portait le cachet royal.

Sa main resta suspendue un instant, puis il en choisit une.

Elle était d'Elizabeth Walters.

Elizabeth... Il était loin, le temps où il l'observait de loin lorsqu'il allait rendre visite à Hugh, son père. Une jeune fille timide au visage solennel, orpheline de mère et toujours si seule. Il s'était fait un devoir de l'apprivoiser, engageant la conversation avec elle et lui apportant de menus cadeaux. Le père n'avait pas désapprouvé, et Robert avait eu le plaisir de la voir sourire. Elle avait même franchement ri le jour où il l'avait hissée sur son destrier. Quand Cromwell avait confisqué les terres des Walters, Robert aurait bien offert à Elizabeth de l'épouser. Il devait bien cela à son mentor. Mais elle avait choisi la compagnie d'un libertin notoire qu'elle avait suivi lorsqu'il avait été disgracié et banni d'Angleterre.

Il comprenait pourquoi. Il n'était qu'une écorce vide, déserté de toute passion... Elle avait dû le sentir et deviner, enfouies en lui, la violence, la froideur, l'obscurité... Il avait admis qu'elle avait eu raison de refuser et lui tort d'avoir demandé sa main.

Pourquoi diable lui écrivait-elle ? Avait-elle besoin de son aide ?

Son intérêt s'éveilla soudain. Curieux de savoir ce qu'elle pouvait bien lui vouloir, il rompit le cachet.

Elizabeth était heureuse et en bonne santé et souhaitait qu'il en fût de même pour lui. Elle voulait qu'il fût parmi les premiers à apprendre l'heureuse nouvelle — deux mois plus tôt, elle avait épousé William de Veres. Une cérémonie discrète dans une petite chapelle de Maidstone, avec leurs serviteurs pour toute assistance. Etant donné la situation délicate du nouvel époux à l'égard du roi, ils avaient dû se montrer prudents. Mais les choses s'étaient un peu arrangées depuis, et elle avait toutes les raisons de croire qu'ils pourraient bientôt voyager librement. Elle pensait souvent à lui, écrivait-elle, et espérait qu'ils pourraient bientôt lui rendre visite à Cressly.

Robert était surpris qu'elle eût songé à lui écrire, bien qu'elle se fût proclamée son amie. Et plus surpris encore de constater à quel point ces nouvelles le blessaient.

Il palpa l'autre missive, tâtant du pouce le cachet royal. Que pouvait-elle bien contenir ? Il n'était qu'un hobereau, un petit baronet. Pas vraiment le genre d'homme qu'on appelait à la Cour. Il retourna la lettre, suspicieux. Sa vie de soldat l'avait accoutumé à se méfier des surprises. Il en résultait rarement quoi que ce soit de bon. Il brisa finalement le sceau.

Rien n'aurait pu le préparer à ce qui l'attendait…

« Au capitaine Sir Robert Nichols, baronet,

» Nonobstant l'amnistie générale accordée par sa très gracieuse majesté Charles II à ceux qui ont pris les armes contre son père et elle-même, il a été récemment porté à notre attention que l'aide et le soutien que vous avez apportés au traître Oliver Cromwell et aux autres ennemis de la Couronne étaient d'une nature plus sérieuse que ce que nous avions d'abord cru.

» En conséquence, votre titre et vos possessions, y compris les terres et le manoir connus sous le nom de Cressly, sont confisqués au bénéfice de la Couronne. Dans l'esprit de réconciliation qui a d'abord dicté l'amnistie, vous êtes autorisé à garder votre argent ainsi que vos possessions personnelles d'une valeur sentimentale, incluant votre cheval et vos armes, dans la limite d'une somme totale n'excédant pas deux mille livres.

» Nous vous donnons un mois pour libérer la place, sous peine d'encourir la disgrâce royale.

» Signé le 3e jour d'avril 1662 par
le chancelier Hyde, comte de Clarendon,
pour Sa Majesté Charles II, roi d'Angleterre,
d'Irlande, d'Ecosse et de France.

Robert eut l'impression que la terre s'ouvrait sous ses pieds. Il lutta pour réprimer une vertigineuse vague de colère et un sentiment de naufrage à donner la nausée.

Pas la peine d'être très malin pour comprendre ce qui s'était passé ! Il était du mauvais côté de l'histoire et cela même qu'il croyait devoir le sauver allait lui coûter son foyer.

Le foyer de Caroline.

Il jeta la lettre du chancelier dans le feu et en regarda les coins se recourber et se racornir sous l'effet de la chaleur. De petites flammes atteignirent la cire en train de fondre, et un instant plus tard, le papier se transforma en une fleur incandescente avant de disparaître. En un clin d'œil…

Comme Cressly.

Dehors, la tempête continuait à faire rage. Robert demeura assis dans la bibliothèque, immobile et glacé, jusqu'aux premières lueurs de l'aube.

2

Palais de Whitehall, Londres

Un éclair aveuglant tira Hope de son sommeil troublé. Rejetant la courtepointe brodée d'or, elle se redressa, le cœur battant, et jeta un regard vers la fenêtre ouverte de la luxueuse chambre surplombant la Tamise. La pluie ne tombait pas encore, mais elle ne devait pas être loin. L'air avait un goût métallique, et un sourd grondement résonnait au loin, du côté de l'est.

Le duvet de ses bras se hérissa, et sa respiration s'accéléra sous l'effet de l'excitation. Elle avait toujours adoré les orages.

Elle coula un regard à son royal amant, paisiblement endormi auprès d'elle. Son visage s'adoucit quand elle le vit bouger dans son sommeil, et une profonde tristesse lui poignit le cœur. En dépit de l'inconstance notoire de cet homme, il était difficile de ne pas tomber sous son charme.

Charles était son troisième protecteur, mais le premier pour lequel elle éprouvât une affection réelle. Elle était même à demi éprise de lui, ce qui était pure folie de sa part, puisqu'elle savait pertinemment que lui n'était pas amoureux d'elle. Cela faisait mal, mais la vie n'était pas avare de souffrances, et elle avait survécu à bien d'autres blessures. Le chemin qui l'avait menée jusqu'à la couche d'un roi avait été rude, parsemé de chagrins et d'amères trahisons, de dangers, mais aussi parfois d'espoirs. De quoi la rendre consciente que ce qu'elle éprouvait pour Charles n'était pas ce qui importait à présent.

Elle n'était plus assez candide pour rêver encore de galants chevaliers ou croire en quelque chose d'aussi inconstant et négligeable que l'amour. La sécurité, l'indépendance, la liberté, voilà ce qui était peut-être à sa portée… Le roi allait bientôt se marier, et la future reine pouvait débarquer d'un jour à l'autre sur les côtes d'Angleterre.

Le monde de Hope et celui de Charles allait changer. Bien sûr, elle possédait de beaux vêtements, des joyaux, un attelage, des serviteurs, et une belle maison dans Pall Mall. Le problème, c'était que rien de tout cela n'était officiel et fort peu lui appartenait en propre. C'était Charles qui payait les factures. Elle n'avait pas de suite attribuée au palais, en dépit des nombreuses heures qu'elle y passait, pas de terres ni de titre. Et sa belle demeure, ainsi que ses domestiques, étaient seulement mis à sa disposition.

Chaque fois qu'elle venait voir le roi, on lui faisait emprunter l'escalier de la rivière et à la fin de la visite, on la renvoyait chez elle par le même chemin. En privé, Charles la traitait en confidente et en amie. Mais en public, sa basse extraction lui interdisait d'avoir ouvertement le statut de maîtresse royale. Elle serait toujours une catin, une simple catin, et ce qui lui avait été si aisément prodigué pouvait lui être enlevé avec autant de facilité.

Alors oui, il fallait qu'elle lui présente sa demande, malgré sa crainte d'altérer leur relation.

Il lui fallut un moment pour s'apercevoir que tout était devenu silencieux autour d'elle.

Le calme avant la tempête…

Un éclair brilla dans la nuit ; un chien aboya au loin. Hope attrapa sur le bord du lit la luxueuse robe de chambre, bien trop grande pour elle. Perdue dans ses plis, les manches retroussées et l'ourlet balayant le parquet, elle alla se poster dans l'embrasure de la fenêtre. La pluie arriva dans un chuchotement soudain, tel un grand rideau poussé par le vent de la Tamise. Un éclair illumina le ciel, baignant la chambre et son visage d'une lueur fantomatique.

Les yeux brillants d'excitation, elle lâcha les pans du peignoir et écarta largement les bras, dans l'attente du coup de tonnerre qui n'allait pas manquer de survenir. Le vent fouettait ses cheveux défaits, et la robe de chambre de soie se gonflait derrière elle comme des ailes bleu et or.

Elle s'imagina qu'elle était une créature magique, une déesse peut-être, maîtresse d'une très ancienne force bien plus vaste qu'elle-même. Quelqu'un qui aurait le pouvoir de faire tomber la pluie et de contrôler la puissance et la direction du vent d'un simple geste de la main. Quelqu'un qui dirigerait sans effort le cours de sa propre vie et influencerait les décisions d'un roi.

Peut-être était-ce pour cela qu'elle accueillait les orages avec tant de jubilation ? Parce qu'elle devenait alors une autre, toujours impatiente de renaître sous une forme nouvelle…

— Par tous les diables, qu'est-ce qui vous prend ? Je suis sûr que vous avez parcouru mon palais en ouvrant toutes les fenêtres sur votre passage ! Il y a un orage au-dessus de nous. Remontez dans ce lit avant d'être trempée.

Elle vacilla une seconde, redescendue brutalement de l'état de déesse toute-puissante à celui de simple mortelle.

Mais pas si bas que cela, tout de même. Je suis une courtisane royale. C'est aussi un pouvoir, d'une certaine façon !

Elle se tourna vers le roi mais ne fit pas mine d'obtempérer. Il avait rejeté les couvertures et s'offrait à ses yeux dans toute sa gloire. D'un geste machinal, elle se mit à tortiller l'une de ses boucles, et un demi-sourire retroussa ses lèvres.

Il aurait pu m'arriver pire que d'être la maîtresse de Charles Stuart !

— Hope…

Elle écarquilla les yeux et poussa une exclamation d'effroi exagéré à dessein, lorsqu'il bondit du lit et s'avança vers elle.

— Vous m'avez même chipé mes habits ! Et pourquoi

souriez-vous, hein ? Si vous ne m'obéissez pas, je vais être obligé de vous y forcer.

Avec un grognement, il voulut la saisir, mais elle se baissa avec un petit cri, échappant à son étreinte. Puis elle contourna le lit, aussi agile et prompte qu'une chatte. Mais il posa le pied sur l'ourlet la robe de chambre, ce qui la fit trébucher. Il la saisit alors fermement par les pans du vêtement pour l'empêcher de tomber et la remit sur ses pieds.

Une rafale soudaine s'engouffra dans la chambre, et le feu se remit à danser, jetant des ombres folles sur les murs lambrissés, les baignant tous deux d'une lumière irréelle. Charles la plaqua contre lui.

Elle lui donna des coups de coude dans les côtes pour tenter de se libérer, lui arrachant des grognements. Il n'était pas homme à aimer les conquêtes faciles, de toute façon. Elle le sentit rire tout contre sa bouche. Il recula, la tenant serrée contre sa poitrine, et tâtonna derrière lui pour trouver la poignée de la fenêtre.

— Non, Charlie ! Laissez-la comme elle est. S'il vous plaît… J'aime les orages.

— Ah, oui, je me rappelle ! Vous êtes née pendant une tempête, tandis que votre maison bancale oscillait comme vergue au vent. Et vous deviez sans doute babiller et roucouler de plaisir. Je vous soupçonne d'être la nymphe Electre déguisée en femme. Celle qui appelle les nuées d'orage montant de la mer.

— Vraiment ? Il existe une déesse de l'orage ?

— Mais bien sûr ! Est-ce que je ne la tiens pas dans mes bras ?

Il la fit tournoyer jusqu'à ce qu'elle en eût le vertige et s'arrêta enfin au pied du lit.

— Voyez quel puissant monarque je suis ! J'ai capturé la tornade. Pardieu, vous êtes un festin pour un homme, ma douce. Un vrai morceau de roi !

Il la fit tomber sur la couche au milieu d'un enchevêtrement de draps et de coussins multicolores, où il ne tarda pas à la rejoindre.

— Que vais-je faire de vous, Hope Mathews ?

Voilà… Le moment fatidique était venu… Qu'allait-elle entendre ?

Elle rassembla son courage.

— Oui, qu'allez-vous faire de moi, Charlie ?

Il fit mine de réfléchir.

— Eh bien… Plusieurs idées me viennent à l'esprit.

Du bout des doigts, il traça les contours de ses seins. Mais elle lui écarta la main avec douceur.

— Vous êtes le roi, et je ne suis qu'une fille de Drury Lane. Nous sommes fort mal assortis, vous et moi.

Il s'installa confortablement à côté d'elle.

— Sottises ! Nous nous sentons bien ensemble et nous nous comprenons parfaitement. Nous avons tous deux connu la faim et la pauvreté. Nous sommes l'un et l'autre des survivants. Deux petits pois de la même cosse… Des outsiders qui ont lutté pour faire leur chemin. Nous sommes au palais, mais nous n'en faisons pas partie. Une excellente position pour apprécier le spectacle.

— Oui, mais… votre père était un roi et ma mère une prostituée un peu trop portée sur le brandy. De ce point de vue, je vous dépasse largement !

Charles s'esclaffa, ravi.

— Si j'avais eu le choix, j'aurais préféré que ma mère ressemble à la vôtre. La mienne était une femme froide et calculatrice qui contrôlait chacun de ses gestes et de ses mots. Elle ressemblait en cela beaucoup à Lady Castlemaine. Je crois qu'elle aimait mon père, mais pas autant que Dieu. Après le meurtre de son mari, elle a épousé le ciel. C'était un beau-père exigeant et lointain, et je n'avais rien à faire de lui sinon l'enterrer, tel Œdipe. A présent, je fais la fête et je danse sur sa tombe !

— Œdipe ?

— Quel petit lutin innocent vous faites ! Moitié lutin, moitié ange. Ne faites pas attention à ce que je dis. Confiez-moi plutôt ces noirs soucis qui vous tourmentent.

— Eh bien, je…

— Oui ?

Elle frissonna. De ses doigts impatients, il s'était remis à l'explorer, suivant la ligne de sa clavicule d'un toucher délicat.

— Rien qui ne puisse attendre, assura-t-elle.

— Il y a plus d'un mois que vous tournez autour du pot, Hope. Vous ne trouvez pas que cela suffit ?

— Eh bien, commença-t-elle, rassemblant son courage, votre... la future reine va bientôt arriver sur le sol anglais... Elle sera à Londres avant un mois.

Les doigts de Charles s'immobilisèrent. Il y avait des semaines qu'il s'attendait à l'entendre aborder ce sujet. Lady Barbara Castlemaine lui avait déjà présenté ses exigences. Elle voulait être nommée dame d'honneur de la future reine. Cette idée le mettait mal à l'aise, mais la perspective d'une querelle avec son irascible maîtresse en titre lui était encore plus désagréable. De toute façon, il n'avait pas l'intention de rompre avec elle. Alors ? Catherine de Bragance savait sûrement à quoi s'attendre. Elle avait été éduquée pour comprendre les devoirs qui incombaient à une épouse royale. Elle s'adapterait, voilà tout.

Et Hope ? Que voulait-elle de son côté ? Un titre ? Des bijoux ? Une place officielle à la Cour ? C'eût été particulièrement inconvenant et un affront pour la future souveraine d'Angleterre. Barbara était déjà assez peu recommandable mais, au moins, c'était une comtesse. Il ne pouvait décemment exhiber à la Cour une fille des rues en grand apparat, aussi charmante fût-elle.

Mais d'un autre côté, il n'était pas encore prêt à se séparer d'elle. Véritable merveille aux yeux étonnants et aux cheveux d'ébène, elle avait été une trouvaille inespérée, et loin de l'ennuyer, avec le temps, elle lui était devenue de plus en plus indispensable. Charmeuse, intelligente et d'un idéalisme touchant malgré son passé douteux, elle était exactement le stimulant dont il avait besoin, accablé comme il l'était par le fardeau de l'Etat et par une maîtresse plus âgée au caractère difficile.

Hope avait comblé le vide inattendu laissé dans sa vie le départ d'Elizabeth Walters et de cet ingrat de William de Veres.

Il lui tapota le bout du nez avant de l'embrasser.

— Ce sont des affaires d'Etat, mais vous n'avez pas à vous en inquiéter, ma chère. Je vous promets que vous n'avez rien à craindre. Je veillerai toujours à vos besoins, vous le savez.

Elle plissa le front en signe de protestation et se permit d'insister, au risque de l'agacer.

— Votre nouvelle épouse n'appréciera pas ma présence à la Cour. Je ne voudrais pas la choquer.

— Allons, allons…

Il lui souleva le menton de son index, afin qu'elle le regarde bien dans les yeux.

— Je vous ai déjà dit que vous n'aviez pas à vous inquiéter de cela. Votre seul souci devrait être de me plaire !

Son sourire était amène, mais il y avait dans sa voix une froideur qui n'était pas là un instant plus tôt.

— Charlie, si je ne pars pas avant son arrivée, je serai renvoyée très vite après. Je ne suis pas une lady pour orner votre cour de ma présence, mais une banale catin. Et je n'ai pas de mari pour me conférer un soupçon de respectabilité.

Charles lui posa un doigt sur les lèvres.

— Chut, mon amour !

Son air agacé se mua en sourire malicieux.

— Vous êtes tout sauf banale.

— Charles, vous savez que j'ai raison. Je ne peux pas rester.

— Non, je ne sais rien de cela. Je suis le maître ici et je ne me laisserai pas dicter ma conduite par des ministres, une maîtresse ou même une épouse ! Vous ne m'avez jamais rien demandé pour vous-même, Hope. Dois-je vous renvoyer dans les bas-fonds de Londres ? Vous faire épouser quelque marchand gros et gras ? Ou vous laisser vendre des oranges aux portes d'un théâtre et vos charmes à n'importe quel jeune galant qui viendra jeter sa gourme en ville ?

Elle ravala la réponse acerbe qui lui montait aux lèvres. Pensait-il qu'elle n'avait pas d'autre choix ? Elle avait des économies et des bijoux, tout de même ! Elle ne jouait pas, n'était pas dépensière. En fait, il y avait déjà un certain temps qu'elle se préparait à ce moment.

— Peut-être pourriez-vous m'aider à trouver une modeste propriété ? Une maison de ville ou un petit cottage où je pourrais me retirer tranquillement de la Cour.

Un choix facile pour lui et qui présentait l'avantage de le soulager…

Elle retint son souffle. Son avenir était entre les mains de Charles. D'un mot, il pouvait lui garantir indépendance et liberté.

Un geste, et ses rêves deviendraient réalité.

— Hum… Un prix modeste pour être débarrassé de vous. Et pour rester, combien demanderiez-vous ?

La gifle partit avant qu'elle n'ait eu le temps de réfléchir, laissant cinq pétales rouges sur la joue du roi. Il lui agrippa le poignet sans douceur, lui ôtant toute chance de recommencer.

— Attention, Hope ! N'essayez pas de jouer les Barbara avec moi. Cela ne fait que vous déprécier à mes yeux.

— Jusqu'ici, vous avez été le seul à ne pas me faire sentir que j'étais une prostituée !

— Et vous, la seule femme qui ne m'ait jamais rien demandé en échange de… son amitié. Nous voilà donc tous les deux déçus, semble-t-il.

Elle dégagea son poignet d'un geste sec et se dressa sur son séant.

— Excusez-moi. Je n'aurais pas dû vous frapper.

— Et je n'aurais pas dû vous insulter.

Il lui saisit de nouveau le bras, avec douceur cette fois, et porta son poignet meurtri à ses lèvres.

— Mais vous êtes glacée ! Si vous ne voulez pas me

laisser fermer cette maudite fenêtre, permettez-moi au moins de vous réchauffer sous les couvertures.

Elle se laissa recoucher et ne protesta pas lorsqu'il tira sur eux deux la lourde courtepointe. En général, il n'était pas cruel, et ses accès de colère étaient brefs et rares. Mais il l'avait blessée en la comparant à la cupide et avare Barbara Palmer, duchesse de Castlemaine.

— Ce n'était pas mon amitié que je chiffrais. C'était…

— Je sais ce que vous essayiez de faire, ma chère. Et je ne me sens pas offensé. Tout le monde fait cela. Vous êtes plus subtile que la plupart des gens, c'est tout. Vous voulez me convaincre de vous laisser rester et m'inciter à… A quoi ? Je préférerais que vous me le disiez franchement.

— Vous ne comprenez pas du tout !

— Qu'est-ce que je ne comprends pas ?

— Bientôt, la situation m'échappera complètement. Votre nouvelle épouse va arriver. Elle tolérera Lady Castlemaine, parce qu'elle y sera bien obligée. Et aussi parce que la comtesse est mariée et qu'elle fait partie de la Cour. Mais moi, elle ne me supportera pas. Et vous me sacrifierez, ne serait-ce que pour lui montrer que vous faites aussi des concessions. Vous savez bien que c'est vrai, Charles !

— Vous me croyez donc assèz cruel pour vous abandonner ?

— Vous n'avez jamais abandonné vos enfants, c'est un fait. Mais je ne vous en ai pas donné. Je ne veux pas être la première courtisane royale à devenir un problème. Et je ne veux pas non plus offenser votre épouse. Si j'étais à sa place, je n'aimerais pas trouver mon nouveau mari entouré d'un harem !

— Alors j'insiste… Que voulez-vous ?

Elle se laissa rouler sur le flanc pour lui faire face.

— Je veux que vous me laissiez partir en respectant mes conditions avant l'arrivée de la reine. Laissez-moi quitter la Cour, Charles. Je ne vous demande rien d'autre que votre permission. Je ne suis pas sans ressources, vous savez. Je possède quelques bijoux et j'ai fait de petits investissements. Je vivrai tranquillement loin de Londres. Si je vous demande votre aide, c'est parce qu'une femme comme moi, sans frère ni père ou mari, peut difficilement se porter acquéreur d'une maison. J'espérais que vous accepteriez de vous porter garant. Mais si cette idée vous offense, je me débrouillerai toute seule.

Seigneur, comment en était-elle arrivée à se disputer avec l'homme qui tenait son destin en main ? Elle n'avait pas voulu cela. Mais la colère et la souffrance lui avaient fait perdre toute circonspection.

— Ne pouvez-vous au moins m'accorder une retraite dans la dignité ? Vous me devez bien cela !

Elle le sentit se raidir. Dieu, qu'avait-elle fait ? Il ne fallait pas le braquer dans une conjoncture aussi critique. Ce n'était pas le moment de laisser transparaître ses sentiments. Il n'était jamais avisé de le faire. Encore une leçon qu'elle venait d'apprendre !

Elle ravala sa colère.

— Oubliez ce que j'ai dit, Charles…

Elle adopta un ton contrit.

— L'inquiétude me rend sotte. Mais je suis sûre que tout se passera bien, si vous le dites. C'est sans doute l'orage. Et peut-être aussi la jalousie ! Les deux m'ont mis les nerfs à vif.

Radouci, il lui tapota la main.

— Il vous suffit de me faire confiance, Hope. Tout ira pour le mieux, je vous le promets.

Charles ouvrit les yeux et s'étira. L'odeur du café et le doux cliquetis de l'argenterie lui parvenaient à travers les courtines closes de son lit, et le mince rai de soleil qui perçait entre les rideaux incrustés de pierres précieuses l'avertit qu'il avait dormi trop longtemps. S'il ne voulait pas se laisser happer par ses ministres avant sa promenade matinale, il allait devoir s'esquiver promptement de sa chambre.

Mais un petit moment de plus ne ferait guère de différence… Il se laissa rouler sur le flanc, cherchant à son côté la confortable présence et la douce chaleur d'une femme endormie. Au lieu de cela, il ne trouva qu'un espace vide et une pile d'oreillers. Au diable l'impertinente ! Elle l'avait quitté sans même un au revoir !

Se disputer avec une femme n'était pas dans ses habitudes. Il y avait tant de meilleures façons de converser, et Hope était la femme la plus captivante qu'il eût jamais rencontrée.

Avec un sourire, il se rappela leur première rencontre. La spontanéité de la jeune femme, ses façons chaleureuses et son esprit avaient aussitôt captivé son attention. Elle sortait du lot, indéniablement. Et quelle délicieuse créature ! Sa délicate silhouette de nymphe, ses gestes sensuels, sa voix de gorge et ses regards entendus qui excitaient le désir… Pourtant, elle pouvait aussi parler, plaisanter, faire la fête comme un homme, et on se sentait à l'aise en sa compagnie. Comment avait-elle pu émerger des bas-fonds de Londres avec un esprit aussi frais et indemne ?

Elle se croyait endurcie et blasée, mais en fin observateur de la nature humaine qu'il était, il savait lire au-delà des apparences. Il avait bien fallu qu'il apprenne, pour sa survie. C'était ce que faisaient les gens quand ils ne se croyaient pas observés qui vous en dévoilaient le plus sur leur véritable personnalité.

La plupart des courtisans tiraient des plans pour obtenir tel ou tel avantage et complotaient contre ceux dont la mise à l'écart pouvait favoriser plus promptement leur propre avancement.

Mais pas Hope. Elle était bonne, une qualité que la plupart des gens perdaient en quelques mois à la Cour, et une faiblesse exploitée par tous ceux qui entendaient bien en profiter. Elle distribuait des vêtements et des aumônes, sans parler des cadeaux qu'il lui avait faits, aux mendiants, aux prostituées, et à tous ceux qui avaient un récit poignant à raconter. Elle avait un sens de l'humour bien à elle, et il la savait très fiable, ce qui l'amusait et le touchait à la fois. Une vraie petite guerrière, qui affrontait tête haute les moqueries et le dédain des courtisans, auxquels elle assenait en retour une réplique spirituelle de son cru. Et seule dans la nuit, quand le vent faisait rage, elle levait les bras vers le ciel et dansait sous la pluie.

Une véritable enchanteresse !

Elle était sa maîtresse depuis près d'un an, et pourtant sa fascination pour elle ne faisait que grandir.

La façon dont elle avait dansé dans l'orage cette nuit, les bras écartés, nue sous la robe de chambre dont le vent gonflait les plis… Enfant joueuse et séductrice instinctive, innocente et catin à la fois…

Qu'est-ce qu'un homme pourrait désirer d'autre chez une femme ?

C'était elle qui désirait quelque chose à présent, et ce n'était pas du tout ce à quoi il s'attendait. Il semblait qu'elle veuille se libérer de lui, ce qui n'allait pas sans le troubler. Il avait d'abord été éconduit par Elizabeth Walters, qui lui avait préféré ce voyou de William. Et maintenant, c'était Hope elle-même qui le rejetait !

Avec un sourire indulgent, il se rappela la nuit qu'Elizabeth avait passée à bavarder dans son lit et le baiser qu'il lui avait donné dans les jardins du palais. Et puis il avait fallu que cette petite sorcière jette son dévolu sur l'un des libertins les plus notoires de la Cour, lequel était tombé à ses pieds comme s'il avait été ensorcelé ! C'était une excellente chose pour ces deux-là, mais le palais était devenu affreusement triste sans eux. Leurs tumultueux échanges sur la vaste scène de Whitehall, avec le Tout-Londres en guise d'assistance, avaient constitué un divertissement de choix.

Mieux qu'une comédie !

Il était grand temps de les rappeler à la Cour, songea-t-il.

Quant à son orageuse petite nymphe à lui… Même le roi d'Angleterre ne pouvait se permettre de garder près de lui une femme non mariée, de basse extraction et au passé plus que discutable. Cela pouvait encore passer à la Cour d'un monarque célibataire. Mais pas auprès d'un roi marié. Les Portugais étaient des gens avisés. Une maîtresse du statut de Barbara les ferait ciller, sans plus. Mais imposer à leur reine la compagnie d'une fille des rues serait perçu par eux comme une insulte qu'ils ne pourraient ignorer. Hope avait entièrement raison sur ce point, bien entendu.

Alors pourquoi sa requête l'avait-elle offensé ? Dans ces circonstances, elle était pourtant appropriée, et parfaitement raisonnable.

Etait-ce le fait qu'elle ait pris les devants qui le dérangeait à ce point ? Et qu'elle semblât toute prête à partir, voire même impatiente de lever l'ancre ?

L'ingrate !

Il va bien falloir pourtant que je l'éloigne un temps. Elle n'a aucune idée de ce qu'elle demande. Il lui faut un homme pour prendre soin d'elle. Si je l'autorise à quitter le palais et à se débrouiller seule, elle va se retrouver sans défense au milieu de mes courtisans. Une roturière, et célibataire de surcroît. Autant lâcher un succulent agneau parmi les loups !

Une roturière sans époux. C'était là le problème, mais il contenait sa solution. Une solution simple et élégante. Hope avait besoin d'un mari convenable, voilà tout. Un gentilhomme de noble maison, mais pas trop fier pour accepter d'épouser une roturière. Quelqu'un d'indulgent et de reconnaissant, prompt à comprendre qu'on avait fait de lui le gardien d'un trésor.

Un hobereau… Suffisamment récompensé pour se montrer discret lorsque la dame serait rappelée à la Cour.

Charles sourit, ravi de son idée. Le séjour de Hope à la campagne lui laisserait le temps de régler les choses entre Catherine et Barbara. Et il permettrait à la jeune femme de réfléchir et de voir où était son véritable intérêt.

Tel le phénix, elle pourrait alors revenir, métamorphosée en noble dame mariée.

Il ne restait plus qu'à trouver l'homme adéquat.

3

Comté de Maidstone, Kent

Les bras grands ouverts, Elizabeth de Veres tournait sur elle-même de plus en plus vite, et l'azur du ciel, le vert de la prairie printanière, l'émeraude du feuillage et le scintillement argenté du ruisseau se fondaient sous ses yeux en un tourbillon de couleurs.

Lorsqu'elle se laissa enfin tomber sur le sol en riant, ses jupes gonflées autour d'elle, son époux la saisit dans ses bras et la pressa contre lui.

— Hé là ! Il y a encore de la place à l'asile de Bedlam, Lizzy… Faites attention !

Elle pouffa, prit la main de son mari, et la porta à son cœur. Le soleil lui chauffait le visage, le ciel continuait à tournoyer au-dessus d'elle, et elle avait l'impression de sentir sous elle la lente rotation de la Terre.

Elle ferma les yeux, écoutant le frémissement des feuilles qui dansaient dans la brise de cette fin d'après-midi, le doux babil du ruisseau qui coulait sur le gravier lisse, les appels insistants des oiseaux invisibles qui se courtisaient dans les arbres et, en fond sonore, le cœur de William avec son battement régulier, apaisant.

— J'aime tourner ainsi. Cela me donne l'impression que je vais m'envoler.

Il resserra un bras autour de sa taille.

— Il va falloir que je vous amarre solidement, alors, pour vous empêcher de flotter loin de moi !

— Vous ne voulez pas essayer, Will ? C'est si amusant !

Il se pencha pour lui mordiller l'oreille.

— J'ai essayé quand j'étais enfant. Avec vous, même, je me rappelle... J'ai ressenti ce qu'on doit éprouver quand on abuse d'un très mauvais vin blanc. Même démarche vacillante, même impression que le sol se dérobe sous vos pieds — ce que vous appelez « voler », je suppose. Et une pressante et déplaisante envie de vomir...

— Eh bien... Il semble que j'ai épousé le poète le moins romantique de toute l'Angleterre !

— Vous le pensez vraiment ?

Il déposa un baiser sur le sommet de sa tête.

— Je peux vous montrer d'autres façons de voler, vous savez...

Dégageant ses doigts de sa main, il les glissa sous le bord de son décolleté, effleurant au passage le contour doucement renflé de ses seins. Pendant quelques instants, il s'attarda à caresser la zone de peau si sensible entre l'omoplate et l'oreille. Puis il baissa son corsage d'un geste preste, découvrant son épaule.

Elle protesta dans un chuchotement, entre inquiétude et excitation.

— William, il fait grand jour ! Et s'il venait quelqu'un ?

— Ne vous avais-je pas prévenue que je vous donnerais beaucoup d'occupations si vous deveniez ma femme ?

Et il avait tenu promesse !

Depuis qu'il avait été banni de la Cour pour avoir punaisé un poème scandaleux aux portes du palais, Elisabeth ne s'était jamais sentie aussi heureuse. Ici, dans le Kent, ils vivaient dans leur propre monde enchanté, avec leur petite famille de serviteurs. Samuel gérait les terres et possédait enfin un jardin digne de ce nom. Promu au rang de régisseur, Thomas avait appris à compter et épousé sa Jeanine, tandis que Mary et Marjorie dirigeaient la maison et les cuisines, ce qui ne les empêchait pas de tenir un éventaire de boulangerie au marché local hebdomadaire.

La production littéraire de William était prolifique et n'avait jamais été meilleure, de même que son sommeil. Ils avaient rénové la maison des caves au grenier, et la vieille demeure était devenue un lieu débordant de joie où les mauvais souvenirs n'avaient plus droit d'asile.

Mais surtout, tous deux passaient le plus clair de leur temps à jouir l'un de l'autre, à l'intérieur ou à l'extérieur, le jour comme la nuit…

Elle se retourna avec un doux soupir, et il sema une traînée de baisers incandescents de son épaule à sa gorge, tout en retroussant petit à petit sa robe sur ses jambes.

— Vous ai-je dit à quel point vous êtes délicieuse ? Vos chevilles fines, vos mollets parfaitement galbés ? Et vos seins si fièrement redressés…

Il chuchotait, effleurant son oreille de son souffle tiède, et des frissons lui parcoururent le dos.

A présent, ses mains caressaient la chair nue sous ses jupes. Elle sentait ses paumes chaudes sur ses cuisses et, avec un long soupir d'aise, elle s'abandonna à leur exploration délicieusement audacieuse. Puis il se positionna sur elle et lui prit la bouche dans un baiser voluptueux, taquinant ses lèvres du bout de la langue pour les inciter à s'ouvrir. Ce qu'elle fit avec un gémissement rauque, s'abandonnant dans l'herbe soyeuse tandis que les doigts habiles montaient plus haut, vers le suave delta à la jonction de ses cuisses…

— Lizzy ! Lizzy ! Quelle chance de vous avoir !

Une voix sonore retentit tout à coup derrière eux.

— Ah, milord ! Dieu merci, je vous trouve enfin !

Elizabeth poussa un petit cri d'effroi que couvrirent les jurons de son époux, tandis qu'un Thomas haletant et rouge de confusion de les avoir surpris en plein ébat pénétrait dans leur enclos secret en se contorsionnant par un trou de la haie.

William retira sa main en hâte et, se plaçant devant Elizabeth pour la cacher à la vue de son régisseur, rabattit la jupe de la jeune femme et redressa son corsage avant de se relever d'un bond.

— Bon sang, Tom ! Un peu d'intimité sur mon propre domaine, est-ce trop demander ? J'espère pour vous que le manoir est en feu, ou que le Seigneur en personne nous honore de sa visite. Sinon…

Thomas brossa du revers de la main les brindilles et les feuilles accrochées à ses vêtements et à ses cheveux. Puis il annonça, plein de dignité :

— Milord, milady… Je vous demande pardon si j'ai interrompu une conversation privée. Le manoir n'est pas en feu, mais le Seigneur, d'une certaine façon, est bien ici. Son messager vient d'arriver et veut vous parler de toute urgence. Je…

— Le roi est un seigneur, Tom, pas le Seigneur. Et m'avez-vous jamais vu obéir à un claquement de doigts de Sa Majesté ?

Tom exhala un soupir de lassitude.

— Jamais, monsieur William.

— Exact !

Will lui assena une tape dans le dos et se pencha vers lui, afin qu'il fût seul à l'entendre.

— Les gens n'ont en général aucune raison de grimper sur cette colline, Tom. Vous avez pénétré dans un lieu de retraite privé, que madame et moi partageons depuis l'enfance. Excepté en cas d'attaque, de danger imminent ou d'incendie, j'aimerais que cela reste ainsi. Et je sais que je peux compter sur vous pour garder notre secret. D'accord ?

— Bien sûr, milord. J'en fais le serment sur ma vie.

— Parfait. Vous pouvez disposer à présent. Offrez des rafraîchissements à notre visiteur et dites-lui que nous n'allons pas tarder.

— Croyez-vous qu'il nous ait vus ? demanda Elizabeth dans un chuchotement essoufflé, lorsque Thomas se fut éclipsé. Qu'a-t-il dû penser ?

— Est-ce que cela vous excite ? Vos yeux brillent et

vos joues sont aussi rouges que des pommes d'api. Dieu, que c'est charmant !

— J'étais embarrassée, voilà tout.

Il prit un ton enjoué.

— Vraiment ?

Etendu à côté d'elle, la tête posée sur son bras, il se mit alors à taquiner avec un long brin d'herbe les délicieuses rotondités que dévoilait son corsage, tout en déclamant :

— *Chloris était étendue sous les saules*
Sans penser à mal
Quand un beau berger
Vint à passer par là, guidé par l'Amour même.
Elle rougit d'être ainsi surprise
Et gronda le jeune amoureux.
Mais comme elle faisait mine
De se relever et de s'enfuir,
Il la coucha de nouveau.
Le cœur embrasé d'une soudaine passion,
Malgré son dédain,
Elle sentit battre l'amour
Dans chacune de ses veines.

Ses doigts effleurèrent sa peau si douce entre son poignet et son coude, et si Elizabeth frissonna, ce ne fut ni d'embarras ni de froid.

— Il est vrai qu'à Londres, il a dû en voir bien d'autres avec vous !

— Chut, ma douce !

Il lui écarta les lèvres du bout du pouce avant d'y déposer un baiser.

— Les seuls tendres souvenirs que j'aie gardés de là-bas, ce sont les vôtres…

— Mais Londres revient vers nous, Will. Qu'est-ce que Charles peut bien nous vouloir, à votre avis ?

Il poussa un soupir excédé.

— Il s'ennuie, je suppose. Comme toujours ! Et il va

nous rappeler à la Cour. Sans doute veut-il voir de visu si le mariage a transformé le charmant roitelet que vous étiez en petite perdrix bien grasse. Et savoir si je peux encore mordre et si vous êtes toujours capable de lui résister. Voulez-vous parier qu'il nous invite à ses noces ?

Elizabeth changea de position pour appuyer la tête contre sa poitrine, attentive au battement régulier de son cœur.

— Je suis si heureuse depuis un an, Will ! Si c'est vraiment ce qu'il s'apprête à nous demander, croyez-vous que nous puissions trouver un moyen de refuser ?

— Je n'ai pas la moindre envie de retourner à la Cour, mon amour. L'air de la campagne me convient, et j'ai tout ce qu'il me faut sous la main.

Il sourit en lui lissant les cheveux.

— Je peux essayer de trouver un prétexte. Charlie n'est pas du genre à nourrir longtemps de la rancune. C'est une attitude qui lui demanderait trop d'efforts ! Ecrivons-lui pour le remercier et envoyons-lui un joli présent. Pourquoi pas une belle poulinière pour ses écuries ? Et s'il insiste, l'un de nous pourrait tomber gravement malade…

— Faites ce qui vous semble le plus approprié, William. Vous le connaissez mieux que moi. Mais ne devrions-nous pas écouter ce que son messager a à nous dire, avant de concocter une réponse ?

— Petite coquine !

S'emparant des sous-vêtements qu'elle avait abandonnés dans l'herbe, il s'enfuit en courant, deux bas de soie volant par-dessus ses épaules comme les extrémités d'une écharpe.

— William de Veres ! cria Elizabeth en s'élançant nu-pieds à sa poursuite. Rapportez-moi ça tout de suite !

William avait deviné juste. Charles les rappelait à la Cour afin qu'ils assistent à son mariage imminent. C'était à la fois une invitation et un ordre.

Le hautain messager, vêtu de la livrée royale, était accoutumé à rencontrer déférence et flatterie. Il n'était pas habitué à ce qu'on le fasse attendre. Surtout quand le destinataire du message était un gentilhomme de campagne qui s'habillait en fermier et dont la femme courait pieds nus, en vrai garçon manqué.

— Je suis le représentant de Sa Majesté, protesta-t-il, guindé, et vous m'avez fait patienter une demi-journée entière. J'exige une réponse… Et je la veux tout de suite, afin de reprendre la route et, accomplir mes autres devoirs.

— Votre réponse ? Vous l'avez déjà reçue. Remerciez Sa Majesté pour son aimable invitation et dites-lui que je ne manquerai pas de lui écrire.

Deux minutes plus tard, le digne homme, fulminant de colère, était escorté jusqu'à l'entrée de service par Tom et l'un des valets de pied.

— Etait-ce vraiment nécessaire, William ?

— La vanité s'accroît lorsqu'on la nourrit, mon ange…

Il remplit leurs gobelets et se laissa tomber dans un immense canapé recouvert de tapisserie. Elizabeth prit le courrier et vint s'installer près de lui, la tête contre le traversin et les pieds sur ses jambes.

— Pauvre petite bergère ! Vos petons sont tout calleux et meurtris.

Elle agita les orteils.

— Et à qui la faute ?

Il saisit l'un de ses pieds et se mit en devoir de le masser.

— Mmm…, murmura-t-elle. C'est divin !

L'intérêt que Will prenait à cette tâche devenait de plus en plus palpable et palpitant sous ses orteils. Mais une écriture familière attira soudain son attention.

Une réponse de Robert, enfin ! Elle avait presque renoncé à l'espérer, à son plus grand regret. Robert avait été son seul ami pendant les années difficiles, et elle ne voulait pas le perdre. Elle savait que la nouvelle de son mariage le blesserait. Mais c'était une chose qu'elle ne pouvait pas lui cacher, pas plus qu'à Charles.

Les joues légèrement empourprées, elle coula à Will un regard coupable entre ses cils.

— Que tenez-vous là, mon amour ? Un billet doux de quelque admirateur secret ?

— C'est une lettre de Robert.

— Robert ?

— Mais oui, rappelez-vous… Le capitaine Nichols.

— Ah, oui, le beau jeune homme de Marjorie ! Celui qui voulait vous épouser. Comment un petit roitelet a-t-il pu conquérir autant de soupirants ? Des poètes, des capitaines, des rois… J'ai eu de la chance de vous kidnapper à temps !

— Beaucoup de chance !

— L'ai-je déjà rencontré ? Je ne crois pas. Quelque bon gros puritain de campagne, je suppose ?

— Non, pas du tout ! Robert est un bel homme, fort élégant, mais austère et secret. Un militaire. Il possède son propre régiment de cavalerie. J'espère que vous pourrez faire bientôt sa connaissance. Je nous ai quasiment invités à lui rendre visite. Je suis sûre que vous vous apprécierez l'un l'autre.

Will fit entendre un rire sceptique, qu'elle accueillit d'une moue.

— Pourquoi ricanez-vous ?

— Ça m'étonnerait qu'il m'apprécie, ma chère. Vous connaissez bien peu la gent masculine. Aucun homme n'apprécie le rival qui lui a volé la femme convoitée. Savez-vous ce qu'il doit penser de moi ? Que je suis un libertin immoral et un terrible danger pour votre chère petite âme innocente.

— Et c'est bien ce que vous étiez, non ?

Elle reposa la lettre avant d'ajouter :

— C'est étrange, vous savez. La dernière fois que je l'ai vu, il m'a avoué qu'il avait eu l'intention de m'épouser quand j'étais encore une toute jeune fille. Et je ne m'en suis jamais doutée ! C'est un homme qui ne montre pas ses émotions, si bien qu'au début je pensais qu'il n'en éprouvait pas. Il semblait toujours si correct, si dénué de passion…

William haussa les épaules et abandonna son talon pour lui masser la voûte plantaire.

— C'est souvent ainsi chez ceux qui ont trop vu la guerre. Chacun réagit à sa manière, d'autant que ce n'est pas quelque chose que l'on puisse partager dans la conversation. Vous imaginez ? « Passez-moi les biscuits et le sucre, s'il vous plaît. Et, oh, vous ai-je raconté l'histoire du pauvre gars qui a perdu les deux jambes à côté de moi ? » Il ne faut pas s'étonner si ceux qui ont vécu de telles expériences prennent l'habitude de se taire.

— Et vous, cela vous est-il arrivé ?

Il sourit.

— Non, de toute évidence. Je suis le genre d'homme pour qui les petites choses comptent davantage que les grandes. Un bon verre de vin, une jolie peinture, un baiser passionné ont plus d'importance pour moi que le devoir, l'honneur et la gloire. Peut-être que, pour votre Robert, c'est exactement l'inverse.

Elle aurait voulu l'interroger sur cette lueur de cruauté et de désir bestial qu'elle avait parfois lu dans le regard de certains soldats. Etait-ce naturellement en eux, ou bien la guerre les rendait-elle ainsi ?

Mais Will avait cessé de lui caresser les pieds. Penché vers une petite table, il rédigeait une réponse pour le roi. Avec un soupir, Elizabeth ouvrit la lettre de Robert et se mit à lire.

« Ma très chère Elizabeth,

» Comme c'est aimable à vous de m'écrire pour me faire partager l'heureuse nouvelle ! J'arrive à peine à croire qu'une femme ait réussi à dompter William de Veres. C'est une conquête digne d'un grand général comme l'était votre père et qui mérite toutes mes félicitations. Je suis ravi pour vous, ma chère, aussi longtemps qu'il vous traite bien.

» Il est également très aimable à vous de vouloir me rendre visite, et notre amitié m'est aussi chère qu'à vous. Mais je crains que ce ne soit pas possible pour l'instant. Il semblerait que le roi ait d'autres vues pour Cressly, et je dois donc aller tenter ma chance ailleurs. J'aurai quitté les lieux d'ici la fin du mois prochain. »

— Oh !

Surpris par son exclamation indignée, William leva les yeux de sa lettre.

— Que se passe-t-il ?

Elle leva une main pour lui demander d'attendre, tandis qu'elle achevait la missive.

« Je suis meilleur soldat que fermier, j'ai l'impression, et la reconversion ne devrait pas être trop ardue. Peut-être vais-je louer une maison convenable en ville. Dès que je serai installé, je serai heureux de recevoir votre visite, cela va de soi.

Votre serviteur,
le capitaine Nichols »

— Oh ! répéta-t-elle. Comment Charles peut-il faire une chose pareille ? Il veut confisquer les terres de Robert !

Will haussa les épaules sans chercher à cacher son indifférence.

— Ce sont des choses qui arrivent. Votre ami est un nobliau et il s'est trouvé du mauvais côté pendant la guerre. Cela ne coûte rien à Charles de l'écarter. Sans doute veut-il complaire à quelqu'un, et les terres du capitaine sont pour lui le meilleur moyen d'y parvenir.

— En ce cas, j'ai changé d'avis. Nous devons retourner à Londres, Will ! Robert m'a sauvée des soldats de Cromwell. C'est lui qui est intervenu le lendemain de votre départ. Il a parlé en ma faveur quand j'ai été jugée et que je risquais l'exil ou même pire. Et il m'a aidée à m'installer à Londres. Peut-être que si je parle à Charles, j'arriverai à le faire changer d'avis. Je dois au moins essayer. Je dois tant à Robert !

*
* *

Leur retour à la Cour, une semaine plus tard, fut accueilli avec beaucoup d'excitation, et tout le monde se pressa sur leur passage avec curiosité lorsqu'ils traversèrent le grand hall pour gagner les appartements royaux.

La Cour était devenue bien plus ennuyeuse depuis que l'insolent jeune comte l'avait quittée. On ricanait encore en privé en se rappelant son cadeau d'adieu au roi. Tous avaient été stupéfaits d'apprendre qu'il avait épousé sa maîtresse, excepté le duc de Monmouth, qui avait parié une petite fortune sur l'événement et prétendait qu'Elizabeth Walters était l'amie d'enfance du comte.

— Ils me regardent comme si j'étais un fauve dompté, grogna William à l'intention de sa femme, qu'il attira contre lui. Pourquoi sommes-nous revenus ? Ah oui ! Nous devons vous arranger un entretien avec Sa Gracieuse Majesté, qui est l'un de vos anciens soupirants, pour pouvoir sauver votre héroïque capitaine. Vous adorez me donner des rivaux, hein, petit oiseau ?

Une voix sonore retentit alors non loin d'eux.

— William ! Elizabeth ! Comment allez-vous, mes chers amis ? Quel plaisir de vous revoir ici ! L'atmosphère céans va devenir beaucoup plus gaie, à présent que vous êtes de nouveau parmi nous.

Et Charles Stuart de s'avancer vers eux pour refermer les bras autour de leurs épaules, les enveloppant tous deux d'une étreinte enthousiaste.

— Venez ! J'ai hâte de vous montrer où en sont les préparatifs de mon mariage. Surtout à vous, Elizabeth… Je me rappelle combien vous aviez été enthousiasmée par notre dernier grand bal masqué. Mon épouse va arriver à Portsmouth, et nous allons descendre la Tamise sur une magnifique barge. On prépare certaines des décorations dans l'enceinte même du palais.

Fendant la foule, il les entraîna d'un pas décidé avant que l'un ou l'autre n'ait eu le temps de répondre. Puis il les guida jusqu'à un atelier grouillant d'activité, où une armée d'artisans et d'ouvriers s'affairaient à graver, dorer, peindre et souder le métal, donnant forme à deux trônes géants et nombre d'arceaux, dieux marins et hippocampes crachant de l'eau, licornes, lions mécaniques qui se dressaient en rugissant.

— Eh bien, qu'en pensez-vous, William ?

Will hésita un instant à répondre.

— J'en dis que si votre épouse aime l'ostentation et l'excès, elle sera ravie.

— Mais c'est tout le pays qui sera transporté d'enthousiasme ! La barge sera la pièce centrale d'une immense flottille. Une ère nouvelle s'annonce pour l'Angleterre. Nous gagnons beaucoup à ce mariage. Un nouveau départ… Il semble que vous ayez eu aussi le vôtre, n'est-ce pas, William ?

Il sourit chaleureusement à Elizabeth, qui lui adressa un sourire rayonnant en retour, puis il détourna les yeux pour revenir à Will.

— Vous rappelez-vous tous nos rêves ?

Un brin de mélancolie vibrait dans sa voix, et William ravala la réponse acerbe qui lui était montée aux lèvres.

— Bien sûr, Votre Majesté. Et j'espère que cette union vous apportera davantage que des terres et un accès à la Méditerranée — un peu de ce bonheur que j'ai trouvé avec Lizzy.

— Merci. Je suis ravi que vous soyez venus tous les deux. En de telles occasions, on préfère avoir ses amis autour de soi.

— Hem… Il y a un sujet dont Elizabeth aimerait discuter avec vous, Charles…

Le roi soupira.

— D'accord, mes très chers. Décidément, les gens ont toujours quelque chose à discuter !

La propension de Charles à donner la plupart de ses audiences dans sa chambre à coucher avait d'abord choqué Elizabeth. Mais à présent, le dos confortablement appuyé à un monticule de coussins brodés d'or, assise sur le lit de Sa

Majesté, un épagneul endormi sur les genoux, elle trouvait cela agréable, un peu comme de rendre visite à un vieil ami.

Il lui versa un verre de vin et se servit lui-même.

— Eh bien, Elizabeth ? Quel est donc le sujet que vous désirez aborder ? Il faut toujours qu'une de mes ladies se dispute avec moi, bien que je sois un garçon jovial. Je reconnais cet air-là. Allons, crachez le morceau, madame !

— Très bien. Vous avez confisqué les biens d'un ami qui m'est très cher, le capitaine Robert Nichols. Et cela en dépit de l'amnistie générale et du fait qu'il ait vécu pacifiquement sur ses terres depuis le début de la Restauration. Je ne puis croire qu'il ait fait quoi que ce soit pour mériter cela. C'est un homme honorable et réservé. Galant, aimable, courageux…

Charles l'arrêta d'un geste de la main.

— Robert Nichols… Robert Nichols… Le nom ne m'est pas inconnu. N'aurait-il pas une propriété dans le Nottinghamshire ?

— C'est exact.

— Je me souviens à présent… J'ai demandé à Clarendon de trouver des terres pour un homme dont le soutien financier et… autres formes d'activité ont été d'une importance vitale pour la Couronne. Il m'a dit que l'homme en question avait nommément revendiqué ces terres. Votre capitaine a-t-il des relations à la Cour, en dehors de vous ?

— Pas que je sache, Charles. Il a été un soldat du Parlement et c'est un gentilhomme campagnard. Un baronet, je crois.

— Et en quoi son sort vous concerne-t-il ?

— Il est intervenu auprès de Cromwell quand j'ai été arrêtée et a parlé en ma faveur. Sans son aide, j'aurais été déportée ou pendue.

— Diable, Elizabeth ! C'est incroyable l'art que vous avez de toujours vous fourrer dans d'invraisemblables pétrins ! Mais quelle belle histoire ! Tout à fait divertissante. Un modeste gentilhomme au caractère chevaleresque qui se cramponne désespérément à ses terres… Est-il bel homme ?

Elle le dévisagea, perplexe.

— Euh… oui. Mais cela n'a aucun rapport avec ma requête, Charles !

— Non, non, bien sûr. Si vous étiez le genre de femme à vous laisser tourner la tête par un bellâtre, c'est sûrement moi que vous auriez choisi !

Ils s'esclaffèrent de concert. Le regard d'Elizabeth pétillait de tendresse.

— Vous êtes de fait un homme très séduisant, Charles Stuart. Et vous le savez fort bien !

Il sourit et leva son verre en guise de salut.

— Mais pas tout à fait aussi séduisant que cet impertinent de poète, pas vrai ? Vous l'avez complètement gâté, vous savez. S'il continue ainsi, il va bientôt nous pondre des poèmes d'amour.

Elizabeth rougit et cacha son visage dans le pelage soyeux de l'épagneul.

— Dites-m'en un peu plus sur votre ami le capitaine. Est-il marié ? S'il n'est pas trop fier, j'ai peut-être une solution qui arrangerait tout…

— Non, il n'est pas marié. Mais il est plutôt fier, en effet.

— Excellent ! Voilà une très bonne nouvelle, Elizabeth, et je vous suis reconnaissant de l'avoir portée à mon attention. A présent, si vous voulez bien m'excuser, je dois m'entretenir sur-le-champ avec Clarendon. Les choses pressent. Il ne reste plus beaucoup de temps. J'espère que je vous verrai ce soir au bal, William et vous.

– Mais…

Poussant dehors son invitée stupéfaite, Charles agita la sonnette pour appeler son premier ministre. Il était aux anges. Grâce à Elizabeth, il venait de mettre le doigt sur la solution parfaite.

Il allait lui accorder sa requête, elle n'avait pas d'inquiétude à avoir… L'honorable capitaine Nichols, dont elle parlait en terme si élogieux, allait garder ses terres, voir ses possessions doubler et obtenir le titre de comte de surcroît…

A la seule condition qu'il épouse Hope Mathews !

Il aurait seulement à l'emmener à la campagne, lui assurer le confort nécessaire et la traiter avec toute la courtoisie requise pour une amie particulière du roi.

Et la ramener à la Cour le moment venu.

Le message fut délivré peu après que le ministre fut entré dans la chambre : le capitaine Robert Nichols était prié de se présenter sans délai à la Cour.

4

Cressly

Il approchait du manoir, foulant le champ immaculé où voletait un fin duvet de neige. L'air glacé lui brûlait les poumons, mais qu'importait ? Kate Bishop, la laitière, l'avait embrassé, et il ne sentait pas le froid.

Dès que ses parents étaient partis pour aller rendre visite à son oncle, il s'était précipité au village et avait fait le planton à la porte de la belle. Sa patience avait été récompensée — il avait été le premier à l'aborder.

— Voulez-vous être ma Valentine ? lui avait-il demandé.

Puis, tout rougissant, il lui avait tendu le joli papier bleu où il avait écrit son nom en lettres d'or. Il avait travaillé dessus pendant des heures en secret, sachant que ses parents désapprouveraient.

Mais l'effort en avait valu la peine. Hissée sur la pointe des pieds, elle l'avait embrassé, et ce baiser l'avait réchauffé pendant tout son trajet de retour.

Il s'arrêta au milieu du champ, plus heureux qu'il ne l'avait jamais été en ses douze années d'existence. Les bois étaient tranquilles autour de lui, le silence si profond qu'il pouvait entendre le battement excité de son propre cœur.

Puis un cri retentit. Une hulotte, sans doute fort affamée pour être restée si tard en chasse, *songea-t-il. Mais le son résonna de nouveau et il provenait du manoir.*

Un hurlement de panique…

Caroline !

Il se mit à courir et se rua dans la Cour pavée, où il fut arrêté net par la vue de cinq chevaux errant devant la porte du manoir fracassée, dont un panneau avait volé en éclats.

Oh ! Seigneur...

Le cœur battant à se rompre, il pénétra dans le hall et s'avança dans le corridor. Les serviteurs devaient s'être enfuis ou cachés, et il ne vit pas trace des hommes d'armes de son père. Comme il approchait du salon, il entendit les sanglots de Caroline, mêlés à de rauques éclats de voix et à des rires avinés.

S'appuyant au chambranle, il jeta un coup d'œil à l'intérieur. La pièce était jonchée de meubles brisés, de morceaux de tapisserie lacérée et de tableaux arrachés des murs. L'un des gardes du manoir gisait en travers d'une table, une lame fichée dans le dos.

Caroline se tenait recroquevillée dans un coin. Sa robe était déchirée, ses rubans bleus préférés avaient été arrachés de ses cheveux, et son visage meurtri portait des ecchymoses et des traces de sang.

L'espace d'un instant, il crut qu'il allait vomir. Oh ! Seigneur, c'était de sa faute ! Il aurait dû être là pour la protéger !

Cinq hommes se tenaient dans la pièce, en uniformes rutilants et chapeaux à plumes — des cavaliers de Sa Majesté. Mais sous leurs vêtements élégants se dégageait une forte odeur de crasse et d'alcool.

Il sentit alors un rugissement de fauve s'étrangler dans sa gorge. Pour l'instant, les soldats avaient oublié Caroline, occupés à frapper les murs avec la poignée de leurs épées et à arracher les lattes du parquet.

Il songea à se précipiter dans la pièce pour saisir sa sœur et s'enfuir en courant avec elle. Mais il ne savait même pas si elle était encore en état de marcher. Si seulement il pouvait lui signaler sa présence, afin qu'elle sache qu'elle n'était pas seule ! Mais il ne pouvait prendre le risque d'alerter les autres.

La terreur, la culpabilité et la rage qui bouillonnaient en lui firent soudain place à un calme glacé. Sa respiration se ralentit et son pouls s'apaisa, tandis qu'il concentrait toute son attention sur les intrus.

Ils étaient bien cinq. Le gars au visage de brute à côté de Caroline. Le bel homme aux cheveux noirs, plus élégamment vêtu que les autres, qui lançait ses ordres depuis le milieu de la pièce. Le type au visage chafouin et le blond à la lèvre fendue d'une cicatrice, qui cognait contre les murs. Et celui dont la dague arborait une lame dangereusement recourbée et qui sondait le plancher dans un coin. Il les observa tour à tour, puis s'éclipsa en silence et traversa le hall à pas muets.

La longue épée était suspendue au mur du bureau paternel. Il l'avait souvent regardée, fasciné par sa beauté mortelle et la terrible inscription gravée dans le métal : lex talionis — *la loi de la vengeance.*

La lame vibra lorsqu'il la tira de son support. Des deux mains, il en agrippa le pommeau orné d'une tête de loup et retourna vers le salon.

Il arriva juste à temps pour voir la brute agripper Caroline par le bras et la relever sans douceur. Il bougea alors les poignets et leva la lame à hauteur de sa poitrine comme s'il maniait une lance. Mais ce n'était pas encore le moment. Il devait attendre qu'ils se détournent un instant.

L'homme imprima une secousse à Caroline.

— Allons, petite demoiselle, dites-nous ce que vous savez, et nous vous laisserons tranquille. Vous pourrez retourner jouer avec vos poupées.

— Parlez pour vous, Harris ! se récria le blond. Elle est déjà trop grande pour les poupées. Nous avons de bien meilleurs jouets pour elle !

L'homme au visage de brute la secoua derechef. Puis il empoigna ce qui restait de son corsage et la souleva du sol jusqu'à ce que ses pieds battent dans le vide.

— C'est vrai, jolie demoiselle ? Vous voulez jouer avec nous ? susurra-t-il.

Etouffée par le col de sa robe, Caroline luttait pour respirer, la voix suppliante et entrecoupée de sanglots.

— Je... je ne sais rien. Je... ne comprends pas ce que vous demandez.

— Finissons-en, messieurs, intervint le brun, apparemment moins ivre que les autres. Il y a une milice dans le coin, et nous n'avons pas trop de temps devant nous. Il est clair que cette gamine ne sait rien. Achevez-la, Harris, et allons-nous-en !

— Quoi, nous aurions perdu notre temps ? protesta ce dernier. Je sais quoi faire avec elle, moi. Tant pis pour vous si ce n'est pas votre cas. Allez-vous-en si vous voulez, les gars. Je ne serai pas long.

— Bah ! fit le blond. Vous avez raison après tout. Amusons-nous avec elle, nous l'avons bien gagné.

Rejoignant son compagnon, il tira d'un geste sec sur la jupe de Caroline, laquelle se mit à lutter désespérément, griffant et lançant des coups de pied à ses agresseurs.

— Assez, imbéciles ! cria l'homme à la dague. Je vais lui couper la gorge moi-même, si vous n'êtes pas plus raisonnables !

Déjà, il se dirigeait vers elle. Quelques secondes encore, et il serait trop tard. La force qui avait paralysé Robert desserra soudain son étreinte, et le temps, jusque-là figé, se remit brusquement à couler.

Rassemblant ses forces, il brandit son épée très haut au-dessus de sa tête.

Ce fut alors que Caroline le vit. Leurs yeux se rencontrèrent un instant, ceux de sa sœur horrifiés et implorants, comme si elle essayait de lui faire passer un message. Mais si c'était le cas, il n'en perçut pas le sens, et chargea. Hurlant de fureur, il se rua sur l'homme qui s'approchait de Caroline avec sa dague.

Imbibé d'alcool et pris par surprise, le soldat pivota sur les talons top tard et sa lame courbe ne fit qu'égratigner la joue de son jeune assaillant. La longue épée de Robert, en revanche, l'atteignit au ventre et l'empala contre le mur.

Robert n'avait jamais tué de sa vie et cilla sous le choc. Cela ne lui semblait pas réel. C'était comme s'il avait agi en dehors de sa volonté, emporté par la force de son élan. Mais à présent qu'il en était réduit à ses propres forces, il avait beau tirer, il ne parvenait pas à ôter l'épée du corps de son adversaire.

Un pichet d'alcool le frappa soudain sur la nuque et il s'affala sur le sol.

— Nom de nom ! cria le blond. Pauvre Humboldt ! Tué par un petit maraudeur… Et dire qu'il allait épouser son héritière le mois prochain !

— Oui. Dommage, commenta le bel homme brun. Qui aimerait finir ainsi ?

Robert rampa sur les coudes et les genoux, tâtonnant derrière lui pour attraper une épée qu'il se rappelait avoir vue sur le sol en arrivant. A l'instant même où il eut posé la main sur elle, il se releva d'un bond et tint les assaillants en respect, la lame pointée vers eux.

— Lâchez-la !

— Hum…, fit l'homme au visage chafouin. Tu sais ce que je vais faire avec cette épée, mon garçon ? Je vais te trancher la gorge, tout simplement !

Caroline, qui luttait toujours aux mains de Harris, parvint à desserrer son étreinte autour de sa gorge.

— Fuis, Robbie ! hurla-t-elle. S'il te plaît ! Echappe-toi vite !

— Ah, tu veux que je la lâche, mon gars ? ricana Harris. Eh bien, je vais te faire plaisir.

Soulevant Caroline dans les airs, il la projeta de toutes ses forces contre le mur.

Robert avait toujours été réservé, et sa sœur était le boute-en-train de leur fratrie. Sœur, amie, compagne de jeux, elle possédait un charme et une personnalité hors du commun. Elle était la vie même. Mais lorsqu'elle heurta le mur et glissa sur le sol en un tas inerte, elle lui parut soudain si petite… si fragile… Elle lui jeta un dernier regard suppliant, comme si elle attendait quelque chose de lui.

Alors, avec un sanglot, il recula d'un pas tandis que les hommes s'avançaient vers lui. Puis il lâcha son épée qui rebondit sur le sol et s'enfuit. Parvenu sur le seuil de la pièce, il jeta un dernier coup d'œil vers elle par-dessus son épaule, mais elle n'était déjà plus.

Alors il courut comme un fou dans la nuit, tombant à genoux quand il ne fut plus capable d'avancer.

Des gens accouraient vers lui, les flammes de leurs torches tanguant dans le noir.

Le cœur déchiré par une douleur affreuse, il rejeta la tête en arrière et poussa dans la nuit un hurlement d'animal blessé.

Il s'éveilla dans un cri, plié en deux et les mains crispées sur la poitrine, cherchant sa respiration. Les rêves dans lesquels apparaissait Caroline étaient les pires. Ils n'avaient ni la distance du souvenir ni le côté détaché de ses autres cauchemars. Ils le précipitaient brutalement dans le passé, le forçant à revivre cette nuit-là, et il redevenait l'enfant terrorisé qui n'avait pas su défendre sa sœur.

Avec un gémissement, il tendit la main vers sa table de nuit pour se servir à boire.

— Tu n'as pas besoin de me presser ainsi, Caro. Je fais de mon mieux, tu sais, dit-il à la pièce vide autour de lui.

Mais elle ne lui laissait pas de répit. Jamais. A la lumière du jour, il parvenait à écarter ces pensées et ces images-là. Cependant la plupart de ses nuits, en dehors du furtif souvenir d'un regard violet et d'un sourire effronté dans un petit visage maculé de boue, étaient vouées au sang et à l'horreur.

Il aurait voulu être l'un de ces chanceux que leurs rêves ne poursuivent pas au réveil…

Le second message royal, lui enjoignant de se présenter à Whitehall, arriva deux jours plus tard et le stupéfia presque autant que le premier.

Il ne pouvait en imaginer la raison. A moins qu'on ne le soupçonnât d'entretenir des liens avec les ennemis de la Couronne ? Parmi ceux qui s'étaient battus pour le Parlement durant les guerres civiles, il existait des fanatiques. Les *Fifth Monarchists*, ou partisans de la Cinquième Monarchie, avaient notamment représenté une force puissante. Des hommes qui voyaient la guerre et l'exécution de Charles Ier comme un prélude à un nouvel âge d'or durant lequel le Christ et ses saints régneraient sur la Terre.

Pour eux, Cromwell avait été un second Moïse, conduisant les élus du Seigneur vers la terre promise.

Trois mois plus tôt, ils avaient déclenché à Londres un soulèvement qui s'était soldé par une sanglante bataille des rues et quarante morts.

On ne pouvait blâmer le roi de les traiter avec sévérité — on comptait parmi eux deux régicides et un général de division —, et en apprenant la confiscation de ses terres, la première pensée de Robert avait été qu'on le soupçonnait d'être l'un d'entre eux.

Rien ne pouvait cependant être plus éloigné de la vérité ! Sa guerre à lui avait été purement personnelle. Ses frères d'armes n'étaient pas des puritains et des prêcheurs, mais de simples soldats qui avaient tué quand il le fallait, pour obéir aux exigences de leur métier. Ils se moquaient bien de la religion et n'éprouvaient guère de scrupules. Leur honneur à eux, c'était la fidélité due à leurs camarades, le respect de leur tâche et de la parole donnée.

Et à présent, il projetait de rejoindre leurs rangs. Si du moins s'il n'était pas arrêté pour trahison…

Ses compagnons et lui comptaient parmi les mercenaires les plus prisés d'Europe, et les opportunités ne manquaient pas en Allemagne, aux Pays-Bas et ailleurs.

Il s'était cru las de la guerre. Et pourtant, cette perspective soulevait en lui un indéniable sentiment d'exaltation. Dans le fait de défier la mort, en s'en remettant à sa seule habileté et à la chance pour sauver sa peau, il y avait quelque chose de stimulant qui aurait ramené à la vie l'esprit le plus blasé.

Il avait déjà revendiqué ses deux mille livres de biens sous forme d'armes, d'équipement et de montures. Il décida qu'il se rendrait à Londres pour y satisfaire sa curiosité, en comptant sur son intelligence pour se tirer d'affaire si les choses tournaient mal.

Pendant son séjour là-bas, il tâcherait de trouver des emplois pour ses serviteurs et une situation bien rémunérée pour lui-même, avec une compagnie de mercenaires.

Il comptait bien aussi retrouver la piste évaporée, quitte à mettre à contribution relations et vieux amis…

5

Robert s'engagea à grands pas dans la longue galerie en pierre de Whitehall. Sa tenue était sobre mais élégante, et une immense épée, qui n'était visiblement pas de parade, lui battait le flanc.

Il avait passé presque tout l'après-midi à attendre, et sa patience était à bout. A présent que la lueur orange du couchant sombrait à l'horizon et que les ombres s'allongeaient vers l'est, il décida qu'il était grand temps pour lui de dîner et de regagner son gîte pour la nuit. Il n'était pas un quémandeur, après tout. C'était Sa Majesté qui avait demandé à le voir ! Si ce monarque parjure et voleur de terres avait besoin de lui, eh bien, il n'avait qu'à venir le chercher à l'auberge. Le lendemain, il…

Une voix sonore retentit soudain dans la galerie presque déserte.

– Capitaine Robert Nichols ! Sa Majesté va vous recevoir !

La pièce où on l'introduisit était richement meublée, avec une superbe table de chêne luisant et une cheminée en marbre sculptée d'effigies de Bacchus et de Cupidon.

Les manches retroussées et son manteau de pourpre négligemment jeté sur le dossier d'une chaise, le monarque jouait aux cartes avec une beauté auburn perchée sur ses genoux.

Quelques instants s'écoulèrent avant qu'il ne lève enfin les yeux.

— Ah, Nichols, vous voilà enfin !

Il le dévisagea avec une évidente curiosité.

— Juste au bon moment… Savez-vous jouer ?

Robert ôta son chapeau à larges bords et gratifia le roi d'un profond salut.

— Milord… Lady Castlemaine, murmura-t-il en s'inclinant encore plus bas devant la dame.

Puis il répondit à la question posée.

— Oui, je joue. C'est un passe-temps très répandu chez les soldats.

La dame le détailla de la tête aux pieds, d'un air visiblement appréciateur.

— Nous sommes-nous déjà rencontrés ? lui demanda-t-elle.

— Je m'en souviendrais si c'était le cas, madame. Mais votre beauté est célèbre et ne me laisse aucun doute sur votre identité.

— Beau garçon, belles manières, petit zeste de charme…, énuméra le roi. Si nous pouvons vous…

Il claqua des doigts, cherchant le terme adéquat.

— Si nous pouvons vous dérider un peu, vous devriez faire l'affaire.

— Je vous demande pardon ?

Charles haussa les épaules avec désinvolture.

— Eh bien, vous avez un air plutôt martial. Il y a des femmes qui doivent aimer cela, je suppose. Mais vous ne voulez pas ressembler à un pasteur de village, n'est-ce pas ? Surtout ce soir…

— Milord ? fit Robert, de plus en plus décontenancé.

L'homme devait être ivre ou avoir l'esprit dérangé !

— Oh ! Non, Charles ! le contredit lady Castlemaine. Il ne ressemble pas du tout à un pasteur, je vous assure ! Il est grand, solidement bâti et un peu effrayant. Il n'a absolument rien de doux !

Elle porta une main à sa poitrine et fut secouée d'un léger frisson.

— Mmm…, fit le roi. Et cela vous suffit, ma belle, pas vrai ? Allons, laissez-nous maintenant…

Comme elle esquissait une moue de contrariété, il promit :

— Je vous verrai plus tard.

Il la gratifia d'une tape sur les fesses qu'elle accueillit d'un sifflement irrité, puis la poussa vers la porte.

— Elle a raison sur un point, capitaine, déclara-t-il ensuite en rendant toute son attention à Robert. Vous êtes fort bien vêtu pour un homme qu'on vient de dépouiller de ses biens.

Et désignant l'épée d'un geste, il ajouta :

— Vous êtes venu livrer bataille ?

— Je suis venu parce que vous m'avez convoqué, sire.

— Ah oui ?

— Et ma curiosité a été éveillée.

Charles hocha la tête.

— Oui, oui, bien sûr… Tout de même, c'est une sacrée arme que vous avez là. Elle doit valoir une petite fortune, non ? Redoutablement meurtrière, mais pas très pratique. La plupart des gens préfèrent quelque chose de plus léger, de plus maniable. Une rapière ou un coutelas, par exemple.

— Elle n'est pas faite pour les duels ni pour impressionner les dames, majesté. Disons qu'il s'agit d'une… possession personnelle à laquelle j'attache une valeur sentimentale. Elle m'a été léguée par mon père.

Le roi lui dédia un sourire.

— Appelez-moi Charles. Puis-je la voir de plus près ?

Robert obtempéra. Mais à l'instant même où il tira l'épée de son fourreau, quatre hommes d'armes surgirent de l'ombre pour se jeter sur lui, ainsi que deux gentilshommes qui jouaient aux cartes dans une alcôve à l'autre bout de la salle.

Etait-ce une mise en scène pour le mettre en garde ? Il l'ignorait mais, en tant qu'officier, il fut impressionné. Quelle efficacité !

Charles les congédia tous d'un geste négligent, attendit que Robert ait déposé son épée sur la table pour lui faire signe de s'asseoir, et examina l'arme avec intérêt.

— Peut-être germanique…, murmura-t-il. Ils adorent les loups là-bas. Mais je parierais que la lame est espagnole, ajouta-t-il en retournant l'objet. *Lex Talionis* ? Dites-moi, capitaine…

Il se pencha en avant. Une note de défi amusé vibrait dans sa voix.

— De qui voulez-vous vous venger ?

Robert imita son geste.

— Si c'était de l'un des occupants de cette salle, majesté, il serait déjà mort.

— Grand Dieu ! Vous ne manquez pas d'impudence, mon ami ! se récria le roi avant d'éclater d'un rire sonore qui résonna sous les lambris de la pièce. Vous n'êtes pas exactement celui que je croyais, mais le diable m'emporte si vous ne faites pas l'affaire. Reprenez votre bien, ajouta-t-il en faisant glisser l'épée vers lui. Elle risque de vous gêner quand vous danserez. Tâchez de ne pas faire trébucher les dames, ce soir.

Robert fronça les sourcils, décontenancé. Quoi, l'entrevue était terminée ? Pourquoi diable le roi l'avait-il convoqué à la Cour ?

— Je suis venu ici sur votre injonction, majesté, et j'ai déjà attendu toute la journée. Puis-je au moins savoir ce qui m'a valu cette convocation ?

— Chaque chose en son temps, capitaine. Venez à présent… Si nous ne nous hâtons pas, nous allons être en retard.

Robert savait, comme tout le monde, que le roi n'était pas formaliste. On disait même qu'il ne dédaignait pas de courir les fêtes privées, les tavernes, voire les lupanars. En automne, il jouait même les gentilshommes de campagne à Newmarket. Son frère James et lui assistaient souvent à des dîners et des soupers où ils privilégiaient l'amusement aux dépens de l'étiquette.

C'était là un comportement qu'on aurait cherché en vain dans une autre cour d'Europe. Il fallait que Charles eût beaucoup de courage et éprouvât une grande confiance en l'amour de son peuple pour se conduire ainsi, en homme ordinaire aux yeux de tous.

Robert ne put s'empêcher d'éprouver un certain respect pour le personnage. Mais il n'en fut pas moins stupéfait d'être engouffré dans un carrosse sans autre forme de procès, après qu'on lui eut expliqué qu'il allait assister à une fête que le roi avait organisée avec son autre maîtresse, dans leur maison de Pall Mall.

C'était une belle nuit de fin avril. Le crépuscule était déjà tombé, mais il ne faisait pas complètement nuit quand leur voiture s'arrêta devant une superbe maison à deux étages, à l'extrémité ouest de la rue. Ombragée par des ormes, la demeure était pourvue d'un jardin qui jouxtait celui de St James Palace.

Plusieurs attelages étaient déjà stationnés dans la rue, devant la maison, et il semblait que la fête battît déjà son plein.

Parfois, dans la bataille, il arrivait que, même avec tout l'entraînement, l'intelligence et l'habileté stratégique du monde, on se retrouvât complètement perdu et confronté à une situation aussi imprévisible qu'incontrôlable.

Lorsque cela arrivait, il ne restait plus qu'à se fier à son instinct, à se laisser porter par les événements et à attendre patiemment le moment où l'on aurait de nouveau prise sur les choses.

Robert sentit qu'il était sur le point de vivre un de ces moments. Il n'avait toujours pas la moindre idée de la raison pour laquelle ce monarque qui l'avait dépouillé de ses terres l'avait, si peu de temps après, appelé à la Cour et s'apprêtait à faire de lui son commensal.

Aussi se prépara-t-il à jouer les observateurs en attendant d'obtenir une réponse à ses questions.

6

Hope ne s'était jamais sentie aussi heureuse. Recevoir dans sa maison Charles et ses amis compensait les mille petites blessures et humiliations qu'elle avait subies depuis qu'elle était à la Cour.

Pendant un an et demi, comme Cendrillon, elle avait fait des apparitions à Whitehall le temps d'alimenter les commérages, puis s'était éclipsée à minuit, n'emportant rien d'autre avec elle que les vestiges d'un beau rêve.

Mais ce soir, c'était elle l'hôtesse, elle qui donnait un bal ! Enfin… un dîner. On était à la veille du premier mai, et cette soirée était une célébration privée destinée aux plus proches amis du roi.

Donner cette fête chez elle — et c'était cela surtout qui la réjouissait — était pour Charles une façon de reconnaître l'importance qu'elle avait dans sa vie devant ceux dont l'opinion lui importait le plus.

Elle savait qu'elle ne le garderait plus très longtemps. Mais en attendant, elle ne pouvait s'empêcher de l'aimer pour ces instants de rêve dont il lui permettait de jouir. L'espace d'un soir, elle pouvait s'imaginer qu'elle était sa reine…

Il lui avait laissé tout organiser, lui enjoignant de ne pas regarder à la dépense. Et elle ne se tenait plus d'excitation, impatiente de lui montrer tout ce qu'elle avait accompli.

Pendant deux semaines, elle s'était affairée nuit et jour aux préparatifs, transformant la maison en une véritable fête pour les sens, en un endroit pour célébrer l'été qui approchait, dans le luxe, le confort et la facilité…

Heureuse, elle examina le résultat avec un sourire radieux. C'était une soirée dont tout le monde se souviendrait, elle en était certaine.

Une soirée dont Charles aurait tout lieu d'être fier…

L'air embaumait, chargé des effluves des bougies parfumées, des paniers de fruits et des masses de fleurs dont elle avait elle-même cultivé la plupart dans ses jardins bien-aimés, sous l'égide du jardinier de Charles, John Rose, son mentor pour tout ce qui touchait aux fleurs.

Des bouquets de verdure ornaient les balustrades, les manteaux des cheminées et les arches. Ici et là, des tonnelles fleuries et des mâts enrubannés délimitaient de petits espaces intimes, aussi bien à l'intérieur qu'à l'extérieur de la maison.

Les servantes portaient des guirlandes de fleurs et les valets vêtus de vert étaient grimés en *jack-in-the-green*, en l'honneur de la fête de mai. De la musique s'élevait des alcôves et flottait doucement dans le salon, mêlée au joyeux brouhaha des rires et des conversations. Un lustre de cristal éclairait brillamment la pièce et les dessertes étincelaient de cristaux — carafes de malvoisie, de vin du Rhin, d'Espagne et des Canaries, superbes verres bordés d'or et d'argent.

Dans la salle à manger attenante, une longue table drapée de blanc attendait les convives, chargée de plateaux de mouton, homard et poulet ainsi que de tartes, afin que chacun puisse se servir à sa convenance. L'argenterie gravée des initiales H.M. brillait à la lueur des bougies, et un grand bol d'argent rempli d'eau de rose trônait au milieu de la table pour que les invités puissent y tremper leur serviette et se laver les mains.

On avait convié en tout cinquante personnes. James, le frère du roi, et son fils le duc de Monmouth étaient déjà arrivés. Buckingham jouait aux cartes dans un coin avec Elizabeth de Veres, la ravissante épouse de Lord Rivers. Hope la détailla avec curiosité. Elle aimait bien William… Il s'était montré aimable avec elle en dépit de sa basse extraction, la traitant avec autant de respect qu'il en montrait aux autres dames de la Cour. Simplement, il semblait trouver fort amusante sa fidélité envers Charles. Et maintenant, c'était lui qui était tombé amoureux de son épouse ! D'ailleurs, Charles aussi admirait Elizabeth.

Etrange, le penchant de ces séducteurs pour les vertueuses beautés ! La vertu… ce n'est certainement pas ce que les hommes recherchent en moi…

Il ne manquait plus que Charles.

Au moment même où elle se faisait cette réflexion, des cris de bienvenue s'élevèrent dans le salon, et elle tourna les yeux vers la porte. Un grand homme brun un peu rubicond, coiffé d'un chapeau à plume d'autruche crânement incliné sur le côté et vêtu d'un manteau pourpre galonné d'or, pénétra dans la pièce, éclipsant aussitôt les autres invités par sa taille et sa présence.

Charles, enfin !

Un sourire radieux éclaira son visage, et elle sentit s'accélérer les battements de son cœur. Sans doute le roi devait-il produire le même effet sur toutes les femmes présentes.

Mais ce soir, il est à moi, à moi seule !

Le regard étréci, elle observa ensuite avec intérêt l'homme qui s'avançait à côté de son royal amant. Elle ne l'avait jamais vu à la Cour auparavant car, sinon, elle se serait souvenue de lui. Mince de hanches, mais large d'épaules et doté d'une carrure puissante, il dépassait Charles d'au moins deux pouces. Une impression de solidité se dégageait de lui, ce qui n'était pas fréquent chez les hommes habitués à vivre dans le confort douillet de la Cour. Il se mouvait comme un homme d'épée, avec grâce et souplesse.

Pourtant, il y avait quelque chose de presque farouche en lui. On l'imaginait aisément recouvert d'une armure et juché sur un destrier, tel un chevalier vengeur des anciens temps. Elle lui trouva un air familier, sans savoir pourquoi. Un peu comme s'il était sorti de l'un de ses rêves pour venir lui rendre visite.

Tout en se frayant un chemin dans la foule des invités pour aller accueillir Charles, elle ne cessa d'examiner ce visiteur inconnu. Il portait un riche pourpoint noir et un chapeau rabattu orné de plumes blanches. Une écharpe d'officier assortie lui servait de baudrier, et les crevés de ses manches révélaient l'étoffe immaculée de son linge. Dans cette pièce remplie de courtisans vêtus de couleurs gaies, il semblait à la fois élégant et dangereux. Et cela lui allait bien.

L'espace d'un instant, elle l'imagina nu, et son pouls s'accéléra aussitôt, tandis que le rouge de la honte lui montait aux joues.

L'homme se tourna pour parler à Charles, et elle put alors détailler ses traits à loisir. Il avait une beauté rude que relevait encore la cicatrice à demi effacée qui lui zébrait la joue. Ses cheveux coiffés en arrière étaient rassemblés en un catogan bien net que nouait un ruban noir. La lueur des bougies y accrochait des reflets d'or bruni, révélant une alternance de mèches sombres et claires. Et les ombres palpitantes qu'animaient les girandoles accentuaient ses traits bien ciselés — pommettes saillantes et mâchoire ferme.

Et cette bouche si sensuelle, si tentante…

Je me demande bien de quelle couleur sont ses yeux…

Elle n'était plus qu'à quelques pas de Charles et se hâta vers lui pour lui souhaiter la bienvenue.

Le roi la prit dans ses bras et lui embrassa la joue.

— Vous avez accompli des merveilles ce soir, miss Mathews. Et vous êtes aussi jolie que le premier jour de l'été !

Elle sourit, rayonnante. Ces simples mots la payaient amplement de tout le travail qu'elle avait fourni. Charles la relâcha et ôta son chapeau pour la saluer d'une élégante courbette.

— Comme vous pouvez voir, ma chère, j'ai invité un ami. J'espère que vous aurez assez de place pour accueillir un convive de plus. Puis-je vous présenter un homme courageux et audacieux s'il en est, le capitaine Robert Nichols ?

Il la saisit alors par les épaules, et Dieu sait pourquoi, ce geste par trop familier en public la laissa légèrement embarrassée. Elle lutta contre l'envie de se dégager brusquement.

Le capitaine Nichols s'avança vers elle d'un air sévère, comme s'il se trouvait confronté à une chose excessivement déplaisante.

Hope rougit, surprise de sa propre réaction. En quoi la réprobation de cet étranger lui importait-elle ? Elle affrontait bien pire au quotidien ! Que cet homme pense d'elle ce qu'il voulait !

Ecartant cet accès de pudeur inaccoutumée, elle accueillit son nouvel invité d'un sourire enjoué.

— Bienvenue, capitaine Nichols. C'est un honneur de vous avoir avec nous en cette soirée de fête. Je vous en prie, faites comme chez vous.

Elle lui tendit la main, l'obligeant ainsi à y déposer un baiser.

Son chapeau calé sous le bras, il saisit le bout de ses doigts fins dans sa grande main, et le cœur de Hope se mit aussitôt à battre violemment dans sa poitrine. Puis il s'inclina pour la gratifier d'un baisemain. Ses doigts étaient frais sous les siens, et elle sentit son souffle tiède sur sa peau, tandis que ses lèvres lui effleuraient les phalanges. Son index et son majeur s'attardèrent un instant, pressant le dessous satiné de son poignet.

Elle frissonna et retira sa main, submergée par un déferlement de sensations aussi nouvelles que dangereuses.

L'homme se redressa de toute sa taille, et une mèche de cheveux se détacha de son catogan, adoucissant l'austérité de ses traits.

— C'est très aimable à vous, madame, de réserver un accueil aussi chaleureux à un étranger…

Sa voix était riche, profonde et mélodieuse. Hope leva les yeux pour rencontrer les siens. Il la fixait avec intensité, et l'espace d'un instant, elle lui retourna son regard scrutateur. Il y avait quelque chose d'indéniablement triste en lui, et d'effrayant aussi.

En dépit de son air de mâle assurance et de sa force, elle devina en cet homme une âme troublée. Ses prunelles vertes, d'une étonnante nuance olive mêlée de paillettes noires et argent, captivaient et fascinaient. Elle crut déceler dans leurs profondeurs un sentiment de solitude et de grande tristesse. Une immense douleur, également.

Gênée, elle cilla et détourna les yeux. Oui, c'était un homme très séduisant.

— Hope, ma chère, le devoir nous appelle ! Accompagnez-moi, que je salue nos autres invités. Ensuite, chacun pourra se détendre et jouir de la soirée.

Délivrée du sortilège qui l'avait saisie dans ses rets, Hope recula et se laissa envelopper par la relative sécurité des bras de Charles. Si seulement elle avait été une séductrice vertueuse comme cette Elizabeth de Veres ! Le genre de femme dont les hommes s'éprenaient.

Et demeuraient amoureux…

— Pouvez-vous vous débrouiller seul un instant, capitaine ?

— Je l'espère, majesté.

Avec une admiration détachée, Robert regarda le souverain saisir la belle courtisane par le bras. Elle portait une tenue très originale — jupe et manches d'un rouge profond, jupons blancs brodés de fleurs et corsage noir. Cette toilette soulignait la finesse de sa taille et le léger balancement de ses hanches lorsqu'elle marchait. Ce qui surprenait, quand on savait qui était son amant, c'était la simplicité de sa parure — une couronne de saule, de violettes et de lierre sur le front et quelques fleurs éparses dans les cheveux. Rien d'autre.

Hope Mathews…

Il avait entendu parler d'elle. Une petite théâtreuse qui avait sauté sans transition de la scène au palais pour devenir l'« amie intime » de Sa Majesté… Elle était mieux qu'il ne l'avait imaginée. Ni fruste, ni vulgaire. Tout à fait charmante même, et d'une beauté naturelle à couper le souffle. Avec sa peau crémeuse et satinée, sa bouche pleine et la luxuriante abondance de ses cheveux noirs, elle n'avait pas besoin d'artifices.

Mais c'étaient ses yeux surtout qui l'avaient surpris et retenu captif. D'incroyables yeux pleins de secrets, plutôt violets que bleus, sous de longs cils en éventail.

Il ne lui arrivait pas souvent de tomber ainsi en arrêt devant un visage, mais il avait toujours été fasciné par les yeux violets, et les vrais étaient extrêmement rares.

Il se rappela subitement à l'ordre. Allons ! A quoi songeait-il ? En dépit de ses poignets délicats et de son regard blessé, cette femme n'était pas une innocente gamine des rues. C'était une concubine royale, d'une beauté plus éclatante encore que celle de sa noble rivale. Un véritable morceau de roi.

Des créatures comme elle dégageaient un puissant charme sexuel, c'était normal. Elles étaient faites pour être attirantes et cultivaient chez elles tout ce qui contribuait à la séduction. Et pourtant…

Cette femme-là ressemblait à une nymphe sauvage tout droit sortie de la forêt. Son sourire pétillait et enchantait comme une chaude nuit d'été, et un doux parfum de printemps s'exhalait de sa personne.

Il ne s'attendait pas à être aussi… séduit…

Comme si elle pouvait lire dans ses pensées, elle lui jeta un regard par-dessus l'épaule. Quelques brins de verdure s'échappèrent de sa couronne pour venir s'entremêler à ses cheveux.

Robert sentit sa respiration s'accélérer. Une vague de désir déferla en lui, brusque, intense, inaccoutumée… L'espace d'un instant, tout sembla se figer alentour, et il ne resta plus que cette fille et lui.

Il inclina la tête dans un léger salut, et elle lui répondit d'un sourire radieux, les yeux pétillants de malice. Elle ressemblait à une enfant espiègle.

Il laissa échapper un petit rire stupéfait. Elle avait beau

être ce qu'elle était, elle avait éveillé en lui une gaieté qu'il n'avait pas ressentie depuis longtemps.

Oh non ! Elle n'était pas une innocente gamine des rues ! Mais un elfe peut-être ? Un elfe facétieux…

7

Robert choisit une alcôve tranquille dans un coin du salon. C'était un soulagement pour lui de quitter la salle de réception. Comment une personne sensée pouvait-elle tapisser une pièce de miroirs du sol au plafond ? Lorsqu'il y avait fait son entrée, un tourbillon de couleurs criardes et de perruques reflété sur tous les murs lui avait donné le vertige. A se demander comment les invités un peu éméchés parvenaient à retrouver la porte !

Le mouvement qui s'était produit à l'arrivée du roi s'était un peu calmé. Les courtisans lui avaient présenté leurs compliments, Charles les avait acceptés, et à présent, chacun semblait disposé à se divertir. Plusieurs invités s'étaient installés à des tables pour jouer aux dés et aux cartes. Les gens entraient dans la salle à manger et en sortaient en un flot continu, se servant librement et mangeant quand cela leur chantait.

Le duc de Buckingham et leur charmante hôtesse interprétaient une saynète dans le salon. Robert trouvait la chose un peu puérile, contrairement aux autres spectateurs apparemment qui, eux, semblaient se divertir.

Pourquoi diable l'avait-on amené ici ? se demandait-il pour la énième fois de la soirée, avec une impatience grandissante. Il n'aimait pas les devinettes !

Ce fut malgré tout une agréable surprise pour lui de découvrir Elizabeth de Veres à l'autre bout de la pièce. Il ne l'avait pas revue depuis qu'elle avait quitté Londres près d'une année plus tôt. De toute évidence, son mari, plongé dans une grande conversation avec le roi, était rentré en grâce.

Souriante, Elizabeth ne cessait de lui faire signe de les rejoindre. Mais Lord Rivers ne l'entendait visiblement pas ainsi. Une main fermement posée sur le bras de son épouse, il se détournait de temps à autre de son royal interlocuteur pour promener autour de lui un regard où brillait une flamme possessive. Osez vous approcher de ma femme et vous verrez un peu ! semblaient dire ses yeux.

Robert soupira. C'était un plaisir d'observer le jeune couple. Un léger toucher sur l'avant-bras, un chuchotement à l'oreille, des regards de connivence qui en disaient long — leur intimité était palpable. Les voir ainsi lui réchauffait le cœur et le rendait jaloux en même temps.

Est-ce d'Elizabeth que je me languis ? Ou simplement ai-je envie de vivre la même chose qu'eux ?

En cette étrange nuit, peuplée de rires et de musique, de vieux amis et d'anciens rivaux, de belles séductrices et de rois capricieux, la pièce étincelait de couleurs ; tout ce qu'elle abritait semblait danser, débordant de vie, et c'était presque comme si lui aussi, subitement, redevenait vivant.

Il sourit en observant la charmante courtisane du roi. Il n'éprouvait plus la moindre impatience à présent. C'était elle, l'enchanteresse qui lui avait jeté un sort la première…

Le général Monk, le faiseur de rois, celui qui avait permis le retour de Charles Stuart sur le trône, s'avança vers lui pour le saluer.

— Sir Robert Nichols ! Quel plaisir de vous revoir à Londres, monsieur ! Vous vous êtes fait trop rare ces derniers temps.

Ils échangèrent une chaleureuse poignée de main.

— Où étiez-vous donc passé, capitaine ? J'ai essayé de vous retrouver. En vain…

— Je possède… hem… je possédais un petit domaine dans le Nottinghamshire, monsieur. J'ai quitté le champ de bataille pour les champs de blé. Et en fait de guerre, je ne combats plus que les éléments qui menacent mes récoltes.

— Oh ! Je vois… On croit que c'est ce que l'on désire — s'éloigner de la fumée et du grondement des canons. Un peu de paix enfin… Mais on finit par s'ennuyer et la nostalgie nous prend. Quelque chose nous manque et les jours finissent par tous se ressembler. Comprenez-vous ce que je veux dire ?

— Oui, je crois…

— Eh bien, il est possible que j'aie un remède à vous proposer.

— Vraiment ?

Robert sentit un frémissement d'anticipation lui parcourir l'échine. Etait-ce pour cela que le roi l'avait fait venir dans cette maison ce soir ? Pour lui proposer quelque chose en échange de ce qu'il lui avait pris ?

— Vous êtes un guerrier admirable, Sir Robert. Mais ce qui est plus important encore à mes yeux, c'est qu'on peut compter sur vous pour garder la tête froide, penser par vous-même et faire le travail correctement. Vous l'avez amplement prouvé. Est-ce qu'un titre vous plairait ?

— Bien sûr, général, mais…

— Ah, général ! Vous connaissez notre capitaine, je vois…

Charles s'avança derrière eux et les enserra dans une même étreinte.

— Je le connais, en effet, sire. C'est un excellent soldat. Quelqu'un que je…

— Et bien sûr, général, vous avez déjà rencontré Lord Rivers ? le coupa le roi. Un ami très cher du temps de mon exil et un héros de guerre lui aussi. Permettez-moi de vous présenter sa charmante épouse, Elizabeth…

Le général s'inclina et déposa un baiser sur la main de la jeune femme.

— Félicitations, madame. Tout Londres a commenté cette capture. Ce haut fait n'a pu être accompli que par une femme hors du commun.

— Merci, général. Vous êtes trop aimable. Mais en vérité, c'est William qui m'a capturée !

Elizabeth se tourna alors vers Robert, un sourire radieux aux lèvres.

— Robert, c'est si bon de vous revoir ! Vos visites me manquaient, et vous sachant dans votre solitude, je me faisais du souci pour vous.

Robert les salua tous d'une révérence très formelle. Mais Elizabeth lui jeta les bras autour du buste et l'étreignit sans façon. Tout en se dégageant, Robert jeta un coup d'œil à celui qui la lui avait ravie. Bien que de Veres ne lui eût jamais été présenté, il l'avait souvent aperçu dans les tavernes et les cafés. A présent, une indéniable expression de bonheur illuminait son visage. Elizabeth avait peut-être accompli pour son libertin ce qu'il avait espéré un temps qu'elle ferait pour lui.

De Veres s'avança vers lui pour lui tendre la main, et il n'eut pas d'autre choix que de l'accepter.

— Lizzy m'a souvent raconté de quel réconfort vous avez été pour elle dans le passé, capitaine Nichols. Je vous remercie d'avoir veillé sur elle quand je ne pouvais pas le faire.

Et à qui la faute, si Elizabeth avait été en danger ? Robert ravala la réplique cinglante qui lui était venue et réussit à hocher poliment la tête.

Le général Monk posa une main sur son épaule dans un geste de revendication.

— Si vous n'y voyez pas d'inconvénient, majesté… Sir Robert est un soldat de premier ordre et j'ai donc une proposition à lui faire concernant les *Coldstream Guards*.

Charles écarta les bras dans un geste bon enfant.

— Ah, les retrouvailles ! N'est-ce pas touchant ? Je ne me doutais pas que le capitaine connaissait autant de mes amis. Mais je crains que votre petit entretien avec lui ne doive attendre, général. En fait, je dois vous demander à tous de nous excuser. Le capitaine et moi devons causer avant que le bal ne commence. Vous nous pardonnez ?

Elizabeth, souriante, plongea dans une révérence, tandis que le général Monk et William s'inclinaient en guise d'assentiment. Le roi posa alors une main affable sur l'épaule de Robert de plus en plus perplexe et le conduisit dans un petit bureau lambrissé, dont il referma et verrouilla la porte sur eux.

Puis il lui fit signe de s'asseoir et remplit deux verres.

— Eh bien, capitaine, vous devez vous demander pourquoi vous êtes ici.

— En effet, majesté.

— C'est l'œuvre de ce petit tyran d'Elisabeth de Veres. Je l'adore, bien entendu. Mais elle est très fâchée contre moi parce que je vous ai confisqué vos terres.

— Elle n'avait pas à discuter de cela avec vous ! s'écria Robert avec raideur. Je ne lui ai pas demandé son aide, ni n'ai songé un seul instant à la relation qui la lie à vous. C'est une amie de longue date, et je pensais qu'elle saurait être discrète.

L'acrimonie vibrait dans sa voix.

Charles rejeta la tête en arrière et éclata de rire.

— Capitaine ! Vous êtes un guerrier et vous en savez fort peu sur le comportement de la gent féminine. A présent, il faut vous accoutumer à un mode de vie moins rude. Les femmes sont peut-être moins fortes que nous physiquement. Mais si vous les croyez faibles par ailleurs, c'est que vous ne les connaissez pas du tout. Moi, je les ai longuement étudiées. Je les connais bien et je les aime très sincèrement.

— J'en prends note, mais puis-je vous demander où vous voulez en venir, sire ?

— Certaines femmes étaient nées pour être des généraux. Elizabeth est l'une d'elles. Vous ne l'ignorez pas, j'en suis sûr. Et elle a choisi de se faire la championne de votre cause. Il ne faut pas lui en vouloir. Elle éprouve de l'affection à votre égard et de la loyauté. Elle vous estime assez pour m'avoir demandé de vous rendre votre domaine, et je l'estime assez pour y avoir réfléchi. C'est ennuyeux pour moi, bien entendu. Il va falloir que je trouve d'autres terres pour Lord Harris, même s'il tenait particulièrement à obtenir les vôtres.

Un frisson glacé parcourut Robert à ce nom.

— Jonathan Harris ? Un homme grand ? Chauve ?

— Oui, c'est bien lui. Vous savez donc qui il est ? Ma parole, vous connaissez tout Londres !

Robert eut un sourire froid.

— Nos routes se sont probablement croisées pendant la guerre…

Ainsi, l'homme qu'il traquait tournait à présent autour de sa maison… Le gibier avait-il l'intention de devenir le chasseur ? Ou y avait-il quelque plan divin derrière tout cela ?

Quoi qu'il en soit, Harris ne devait pas franchir les portes de Cressly. Jamais !

— Oh ! Elles se sont croisées, assurément ! L'homme a combattu des deux côtés, en fonction de son intérêt. Royaliste, parlementaire, puis royaliste de nouveau. Je ne peux pas dire que je l'apprécie beaucoup. On ne peut pas faire confiance à ce genre de personnage. Mais c'est une question de politique. Il se trouve qu'il m'est très utile et qu'on a grand besoin de lui en ce moment. Vous avez été un honnête et excellent soldat, capitaine. Le général vous tient en haute estime et chante vos louanges. J'ai pensé à vous attribuer une charge sur sa recommandation. Mais j'ai un problème que vous pouvez m'aider à résoudre, et la solution que j'ai à l'esprit pourrait nous convenir à tous deux. Si vous acceptez, vous garderez vos terres et j'y ajouterai même les parcelles voisines.

— Et comment puis-je être utile à Votre Majesté ?

— S'il vous plaît, appelez-moi Charles.

— Qu'attendez-vous de moi… Charles ?

Le roi n'y alla pas par quatre chemins.

— Je voudrais que vous épousiez ma maîtresse.

Robert vida son verre d'un trait pour dissimuler sa stupéfaction. A vrai dire, il doutait d'avoir bien entendu.

— Vous voulez que… j'épouse votre maîtresse ? répéta-t-il, abasourdi.

— Oui. Hope Mathews. Notre hôtesse… C'est une délicieuse créature, et j'en suis très entiché. Mais je vais bientôt me marier, capitaine. A la Cour, on critique déjà beaucoup sa présence. Son statut social est tel que…

— Je sais qu'on la nomme la fille aux oranges. Ou encore l'ancienne prostituée du Merry Strumpet…

Le roi se raidit.

— Ils peuvent l'appeler comme ils veulent. Elle est plus innocente et a bien meilleur caractère que la plupart des grandes dames de la Cour.

— Je ne comprends pas, majesté. Pourquoi me demandez-vous de l'épouser ?

— Comme je viens de vous le dire, je vais bientôt me marier. Dans trois semaines, mon épouse foulera le sol britannique. Vous avez dû remarquer les préparatifs en cours. Hope m'est très chère, mais sa condition sociale lui interdit de paraître en présence de la reine. Si je veux que la Cour ferme les yeux, il faut que je lui rende la chose plus acceptable. Ils avaleront mieux une maîtresse mariée qu'une courtisane célibataire. Et une dame titrée leur en imposera plus aisément qu'une fille des rues.

— Alors pourquoi ne lui donnez-vous pas un titre, tout simplement ?

— Un titre ? Pour services rendus à la Couronne ?

Le roi remplit de nouveau leurs verres en s'esclaffant de bon cœur.

— Elle a été pour moi une meilleure amie que bien d'autres personnes qui en ont été mieux récompensées. Mais je ne peux la titrer directement sans risquer de me mettre toute la Cour à dos et de voir mon épouse outragée retourner sur-le-champ au Portugal. Or, l'Angleterre a impérieusement besoin de ce mariage… Mais si je ne peux pas donner de titre à Hope…

Il pointa un long doigt vers lui.

— Vous, en revanche, le pouvez. Ici, ce sont les apparences qui comptent. Il suffit de donner le change, vous comprenez ? Elle doit épouser un homme titré et s'éloigner quelque temps de la Cour, jusqu'à ce que mon mariage soit accompli et que les choses soient réglées entre mon épouse et ma maîtresse en titre. Ensuite, Hope pourra revenir en tant que dame mariée.

— Et entre elle et vous…

Charles leva la main pour l'interrompre.

— C'est sans importance et ne vous concerne en rien. Ce qui vous concerne, c'est ma proposition. Vous allez l'épouser. Ce soir. Et vous l'emmènerez loin de Londres avant demain. En échange, vous garderez votre domaine, auquel j'adjoindrai les terres voisines. Et j'ajouterai une couronne à votre blason. Vous serez le baron Nichols et le nouveau comte de Newport. Miss Mathews deviendra donc une lady. Une comtesse, pas moins. Et ceux qui s'aviseront encore de la regarder de haut auront affaire à vous et ne tarderont pas à s'en mordre les doigts. Vous veillerez à sa sécurité et à son confort. Et quand je la rappellerai à la Cour, elle y reviendra avec vous, en honorable lady.

— Si je comprends bien, elle ne sera pas ma femme mais votre catin ?

La voix du roi se fit soudain glaciale.

— Vous la traiterez en grande dame, capitaine, puisqu'elle en sera une.

Robert ignora la froideur du ton.

— Et pourquoi est-ce à moi que vous avez réservé cet étrange honneur ?

— Parce qu'Elizabeth m'a assuré que vous étiez un homme honorable et que lui aviez toujours montré la plus grande affection. Je me fie à son jugement et j'espère que vous vous comporterez avec Hope comme avec elle. Et aussi parce qu'aucun autre gentilhomme ne voudra d'elle, à cause de sa basse extraction.

Il étrécit les yeux avant d'ajouter :

— C'est un peu différent en ce qui vous concerne. Après tout, votre arrière-grand-père ne possédait pas de titre. C'était un officier mineur et un simple nobliau. C'est votre grand-père qui a obtenu la chevalerie, et votre père a été fait baronet pour services rendus au roi Jacques. Vous êtes un gentilhomme, certes, mais vos racines nobiliaires ne sont pas assez profondes pour que vous ne soyez pas sensible à l'honneur qui vous est fait. Bien entendu, je pourvoirai Hope d'une dot généreuse. Ce qui ne gâtera rien, n'est-ce pas ? ajouta-t-il avec un regard rusé.

— Et si je préfère l'offre du général Monk ?

Il ne savait pas pourquoi il demandait cela. En fait, il avait pris sa décision à l'instant même où Charles avait mentionné le nom de Harris. Ce qui l'offensait, c'était la désinvolture avec laquelle on avait présumé que son honneur était à vendre. Pourquoi aurait-il facilité la transaction, quand on faisait visiblement si peu de cas de lui ?

— On ne vous laissera pas le choix, capitaine Nichols. Le général Monk m'a prouvé sa loyauté. Les services qu'il a rendus à l'Angleterre et à moi-même sont incalculables. Vous, d'un autre côté, pouvez vous révéler un homme dangereux — un officier mécontent et privé de ses terres, prêt à faire allégeance à un chef militaire plutôt que d'obéir à son roi. Ce genre d'homme, nous en avons déjà eu notre content. Et vous ne m'avez jamais servi. Vous n'avez pas fait vos preuves. Faites-les à présent. C'est une occasion qui ne se reproduira plus.

— Pour que ce soit bien clair… Vous me demandez de jouer un rôle de cocu en toute connaissance de cause et de me rendre complice de votre adultère ?

Le roi hocha la tête.

— Exactement. Et vous en serez généreusement récompensé. Ne croyez pas que cela me plaise de placer un homme honorable dans une telle position, capitaine. Mais je ne peux décemment confier Hope à quelqu'un de moins fiable.

Un sourire chaleureux et charmeur détendit soudain ses traits.

— Mais quel hôte lamentable je fais ! Venez dîner, mon cher… Profitez des réjouissances, prenez le temps de réfléchir. Moi, pendant ce temps, je vais m'occuper un peu de ma dame. Nous reparlerons de tout cela plus tard dans la soirée…

Son regard se fit de nouveau acéré.

— Ne prenez pas de décision sans avoir soigneusement pesé mes arguments. Il vaut toujours mieux se faire de nouveaux amis, ajouta-t-il en lui tapotant amicalement l'épaule. Sans compter qu'Hope est vraiment une fille délicieuse. Alors qu'avez-vous à perdre ?

8

De l'homme dépossédé de ses biens à l'aristocrate, de la suspicion à la faveur royale, du chasseur au gibier… Tel un magicien, le roi avait fait basculer son monde d'un seul coup de baguette. Et Robert en était encore tout abasourdi.

Bien qu'une bonne partie de tout cela ne fût que fumée et jeux de miroirs, deux choses demeuraient pourtant parfaitement claires : la proie qu'il traquait depuis si longtemps avait refait surface et se trouvait à portée de sa main, et le bel elfe mutin qui l'avait fait sourire s'était en réalité moqué de lui.

Fatigué par la chaleur et les parfums écœurants qui flottaient dans la pièce, Robert chercha la porte des jardins. Sur son chemin, il passa à proximité du roi et de leur hôtesse. La tête penchée, Sa Majesté écoutait avec attention, tandis que sa compagne lui chuchotait quelque chose à l'oreille.

Ces yeux violets, qu'il aurait pu croire innocents, pétillaient de malice, et elle égrenait un rire aussi doux qu'une musique. Etait-ce de lui qu'ils se gaussaient ?

Il sortit de la maison, incapable de supporter plus longtemps ce rire et la candeur apparente de ces yeux. Le bruit lointain des conversations le suivit tandis qu'il s'éloignait. Il s'installa sur un banc, près d'une fontaine, le dos appuyé au mur d'une tonnelle.

Jamais il n'aurait imaginé qu'il avait été rappelé à la Cour pour cet… « honneur » !

Un cocu payé par le roi… Y a-t-il un terme spécifique pour désigner ce genre de personnage ? Oui : baron

Nichols, comte de Newport, songea-t-il avec un humour caustique. Des titres qu'il était censé accepter avec fierté.

Et qu'il accepterait… De toute façon, il n'avait pas le choix. Il ne pouvait pas laisser le dernier meurtrier de sa sœur pénétrer à Cressly et y déambuler tranquillement. Jamais ! Pas même pendant le peu de temps qui s'écoulerait avant qu'il ne l'expédie de vie à trépas.

Laisser faire une telle chose serait un inadmissible sacrilège, et une partie de Caroline, la dernière qui lui restât encore, serait à jamais perdue. Alors, oui, il devait accepter ce mariage.

Harris sera fou furieux et se lancera à mes trousses. S'il me provoque en duel, le blâme n'en retombera pas sur moi. Et s'il m'attaque directement, ce sera de la légitime défense. Dans les deux cas, il sera mort et j'aurai vengé Caroline.

N'empêche… Le Tout-Londres se passionnait pour les intrigues et les hauts faits de son roi très porté sur l'amour, et Robert n'ignorait rien des antécédents de sa future femme. Hope Mathews était à peine plus qu'une prostituée, et sans doute en avait-elle été réellement une avant de devenir la maîtresse d'hommes riches et titrés.

Il avait cependant trop connu les ravages de la guerre, il avait trop vu de femmes et d'enfants abandonnés pour juger les actes auxquels une personne devait parfois consentir pour survivre.

Ce n'était bien sûr pas le genre de pedigree qu'un homme, fût-il simple baronet, recherchait habituellement chez une épouse, et il se sentait furieux et offensé qu'on se serve ainsi de lui avec tant de désinvolture.

Cocu, souteneur, entremetteur, aveuglé volontaire… Voilà le rôle que le roi et sa maîtresse attendent de moi. Il y a des hommes meilleurs qui ont refusé. Des hommes plus fiers qui ont su dire non. Le général Monk sert l'Angleterre en tant que soldat et homme d'Etat. Moi, je vais servir mon pays en tant que comédien, pour le bénéfice d'un roi adultère et de sa catin…

Ainsi, ils l'avaient supposé à ce point cupide et vénal pour ne pas douter qu'il accepterait sans rechigner de vendre son honneur et sa fierté pour une couronne de comte, quelques terres et un sac d'or ?

Et c'est pourtant bien ce que je vais faire. Mais pas pour la richesse. Pour la vengeance…

Il repensa aux derniers instants de bonheur de sa vie, en cette froide soirée d'hiver où il avait embrassé Kate Bishop, quelques moments à peine avant d'entendre les hurlements de sa sœur.

Pauvre gamin qu'il était alors ! Il ne se doutait pas que la vengeance était sur le point de dévorer toute sa vie.

Ou de m'entraîner très bas, songea-t-il avec un long soupir.

Les rires légers qu'il percevait à peine jusque-là s'étaient intensifiés et rapprochés, entremêlés à présent de cris, d'applaudissements et de vivats.

Intrigué, il se leva pour aller voir ce qui se passait, descendit l'allée et franchit la haie par une petite brèche, pénétrant ainsi dans le jardin adossé au parc.

La nouvelle lune était à peine plus épaisse qu'une faucille d'argent, mais le ciel noir au-dessus de sa tête étincelait de diamants. C'était une belle nuit ; l'air était tiède et doux, et les arbres s'agitaient à peine dans la brise légère. Les portes du salon étaient grandes ouvertes, et la fête s'était déversée au-dehors. Des torches et des bougies illuminaient le jardin, baignant tout le décor d'une lueur magique.

Des acrobates et des bateleurs faisaient la roue et marchaient sur les mains, tandis que des prestidigitateurs et des avaleurs de feu accomplissaient leurs tours.

Les domestiques de miss Mathews se glissaient dans la foule, offrant des guirlandes et des corbeilles de mai débordantes de tulipes, d'iris, de marguerites, mais aussi de bonbons et de gâteaux.

Les parents de Robert avaient toujours désapprouvé ces fêtes du mai, mais lui, il se rendait au village en catimini afin de prendre part aux réjouissances.

Dansant et frappant dans ses mains, la maîtresse des

lieux était irrésistible, et son rire joyeux eut raison de sa mauvaise humeur. Après tout, ce qui l'attendait n'était pas vraiment la faute de cette femme. Ce n'était pas elle qui l'avait choisi comme époux de complaisance !

Conquis par l'ambiance de gaieté qui régnait autour de lui, il en oublia peu à peu son ressentiment et sa colère.

Ils croient se servir de moi à leurs propres fins. Mais après ce soir, Hope Mathews sera mienne, qu'ils le veuillent ou non !

Son sourire s'accentua quand un concert de tambours, de claves et de clochettes tintinnabulantes annonça l'arrivée d'une troupe de danseurs traditionnels costumés en animaux des bois. Il y avait des loups, des ours, des cerfs, et même des centaures.

Ils exécutèrent des danses folkloriques sur un rythme très enlevé, tandis que les serviteurs apportaient la nourriture dehors. Les musiciens de la maison se joignirent bientôt à la fête, et le vin se mit à couler à flots.

Un violoniste et un joueur de pipeau s'éloignèrent en se glissant sous une arche de verdure ménagée dans la haie. Miss Mathews leur emboita le pas. Le cou entouré d'un collier de fleurs sauvages, ses cheveux d'ébène flottant jusqu'aux reins, elle marchait pieds nus dans l'herbe argentée par le clair de lune, conduisant son troupeau de convives vers les pelouses et les bosquets de St. James Park.

Complètement subjugué, Robert les suivit.

Dans un concert d'exclamations ravies, ils firent halte au milieu d'une clairière brillamment éclairée. Au centre, se dressait un grand mât de bouleau dépouillé de ses branches, sauf celles du sommet, et orné de guirlandes, de rubans et de fleurs sauvages sur toute sa hauteur.

Le joueur de pipeau souffla une note aiguë pour imposer le silence, et la voix de miss Mathews résonna au-dessus de la foule.

— Mesdames et messieurs, mes chers amis ! Sa Majesté voudrait vous rappeler qu'il est à présent minuit passé… et que nous sommes déjà demain ! Voici ce qu'elle m'a demandé de vous dire : « Aujourd'hui, il n'est pas un garçon ni une fille qui ne soit prêts à accueillir le mai. »

Des cris, des vivats et des rires saluèrent cette déclaration. Le joueur de pipeau entama alors un air alerte, et quelques-uns des plus grands seigneurs et dames du pays, chantant, dansant et frappant dans leurs mains, rejoignirent la farandole autour du mai.

Ne pouvant quitter des yeux la maîtresse des lieux qui virevoltait les bras levés vers le ciel, Robert la regardait danser, comme magnétisé. Pour elle, foin des pas sophistiqués ou des sautillements prudents de ses voisins ! Elle se donnait entièrement à la musique et à l'instant.

Il lui envia subitement cette passion, cet appétit de vivre. Deux choses qui lui étaient devenues étrangères depuis tant d'années…

Est-ce qu'elle fait tout de cette façon-là ? Est-elle ainsi dans les bras d'un amant ? Qu'est-ce que ce serait de faire l'amour avec elle, là, dans l'herbe moelleuse, sous le regard de la lune et des étoiles ?

Une voix retentit soudain près de lui.

— Elle est ensorcelante, n'est-ce pas ?

— Oui, répondit-il d'un air absent, avant même d'avoir compris à qui il parlait.

Le roi se tenait à quelques centimètres de son épaule.

— Ainsi que disait mon poète, avant de se faire kidnapper par une autre belle : « On ne croise pas souvent de ces femmes-là — douces et espiègles tentatrices. »

Une imperceptible note de regret vibrait dans sa voix.

Robert soupira, les yeux toujours fixés sur Hope.

— Oui… je sais. Elle est vraiment ravissante.

— Alors, acceptez-vous ma proposition ?

— Oui.

Quelle autre réponse aurait-il pu donner ?

— Parfait ! J'en suis ravi. Ce sera le meilleur divertissement de la soirée !

Robert se tourna complètement vers lui et le regarda, l'air suspicieux.

— Je crains de ne pas comprendre ce que vous voulez dire…

— Vous n'allez pas tarder à saisir, Lord Newport. Je vous promets que vous saurez tout le moment venu. Contentez-vous de jouer votre rôle et vous verrez bientôt de quoi il retourne.

Un carrosse doré s'arrêta à l'orée de la clairière, et Charles se hâta vers l'attelage avant que Robert n'ait eu le temps de répondre.

Très bien, si c'était ainsi… Qu'importaient les modalités de la chose, après tout ? Ce mariage n'était qu'une pure farce, de toute façon… Alors pourquoi ne pas l'intégrer aux réjouissances de la nuit, en effet ?

Résigné, Robert n'y pensa plus et profita de ce qu'un *jack-in-the-green* passait par là pour saisir un verre de vin du Rhin sur son plateau.

Puis il se rapprocha du mai enrubanné et s'appuya contre un arbre pour jouir de la scène, curieux, mais sans le moindre désir de rejoindre la danse. Au bord de la clairière, plusieurs dames se traînaient entre les buissons, rampant sur les mains et les genoux.

Robert tourna la tête pour les observer, stupéfait.

La voix de William de Veres s'éleva derrière lui.

— Elles récoltent la rosée. Vous avez sûrement entendu la comptine ?

La jolie fille qui, le premier de mai,
S'en va dans les champs à la pointe du jour,
Et se lave avec la rosée de l'aubépine
Ne perdra jamais sa beauté.

Il égrena un petit rire.

— On dit aussi que ça l'aidera à capturer le cœur de l'homme de son choix. Etes-vous fâché contre Lizzy, capitaine ? C'est ce qu'elle semble penser.

A regret, Robert détourna les yeux de sa fiancée et jeta un regard froid à son interlocuteur.

— Je n'ai pas encore décidé. Quand je le saurai, je vous en informerai. Je suppose qu'elle est curieuse de connaître le résultat de son intervention. Eh bien, dites-lui qu'elle verra bien assez tôt ce qu'il en est.

Il reporta son attention vers les danseurs et se raidit lorsqu'il sentit la main de William se poser sur son épaule.

— Pour des raisons que j'ai du mal à comprendre, Elizabeth semble tenir beaucoup à vous, fit-il sans même tourner la tête. Mais si vous n'ôtez pas votre main tout de suite…

William obtempéra, puis redressa le col de Robert d'un geste négligent et se pencha à son oreille.

Un mélange d'amusement et de menace vibrait dans sa voix.

— Tout ce qui concerne Lizzy me regarde, capitaine. Vous feriez mieux de ne pas l'oublier.

Robert haussa les épaules pour toute réponse, mais le poète avait déjà disparu.

Une chose à mettre à son actif, songea-t-il avec un sourire. C'était bon signe pour Elizabeth. Il semblait que son poète de cour fût un homme après tout. Bien plus qu'il ne l'avait imaginé…

Une sonnerie de cors et un tintement de clochettes annonça soudain l'arrivée d'un homme de haute taille, au visage recouvert d'un masque d'or repoussé figurant le soleil. Sa main gauche tenait un bâton doré entrelacé de lierre et de fleurs.

Il posa un genou à terre et tendit sa main droite à Hope, qui la saisit avec un sourire rayonnant.

Puis il se releva et, se tournant vers la foule, conduisit la jeune femme vers l'assistance.

— Nobles seigneurs et gentes dames, mes chers invités…

Salut, joli mois de mai, toi qui inspires
La gaieté, la jeunesse et le chaleureux désir !

Bois et bosquets sont revêtus de ta parure,
Monts et vallées chantent tes louanges.
Nous te saluons donc par notre chant,
Et te souhaitons la bienvenue.
Puisses-tu vivre longtemps !

Poussant Hope en avant, il ajouta :

— Mes amis, je vous présente notre charmante Reine de Mai !

— Oh ! Charles ! Quelle merveilleuse surprise !

Elle dut presque crier pour se faire entendre par-dessus le vacarme assourdissant des vivats. Aussi lui jeta-t-elle les bras autour du cou pour ajouter :

— C'est une nuit dont je me souviendrai toujours. Merci, merci !

C'était en effet un grand honneur que d'être choisie pour incarner la Reine de Mai. Il n'était pas une ville ni un village dans toute l'Angleterre où les jeunes filles encore célibataires ne se disputent ce prix.

Pourtant, Charles avait jeté son dévolu sur elle, la préférant aux nombreuses beautés aristocratiques de l'assistance !

Ses yeux étincelaient plus que les étoiles au firmament, tandis que Charles se dégageait doucement de son étreinte pour lui placer le bâton orné de verdure entre les mains.

— Votre sceptre, milady. Et à présent…

Lentement, il fit le tour de la clairière, levant et abaissant le doigt tour à tour, comme s'il dénombrait les hommes présents.

— Mes amis, la Reine de Mai…

Un « Chut ! Chut » parcourut l'assistance, vibrante d'anticipation, et tout le monde prêta l'oreille.

— … doit avoir un Roi de Mai ! acheva Charles, qui abattit sa main droite sur l'épaule de Robert.

— Pourquoi pas moi ? cria le duc de Buckingham, soulevant une tempête de rires.

Ignorant l'interruption, Charles entraîna Hope et Robert devant le mai.

— Par décret royal, miss Mathews est proclamée ce soir la Reine de Mai. Et Lord Newport, baron Nichols, sera son époux.

La déclaration suscita applaudissements et chuchotements d'excitation.

— J'appelle maintenant un prêtre des bois et lui demande de s'avancer, afin de bénir l'union du Seigneur et de la Dame de mai.

Un peu surprise de la tournure que prenaient les événements, Hope n'en sourit pas moins et essaya de redresser la couronne de fleurs qui avait glissé sur son front. En vain.

Puis elle se tourna vers son compagnon, qui la dominait de toute sa taille, et le gratifia d'un sourire charmeur.

Buckingham aurait été un choix plus confortable, sans nul doute. Mais le capitaine lui faisait battre le cœur plus vite. Et après tout, c'était amusant de continuer le petit jeu qu'elle avait entrepris — réussir à dérider ce beau ténébreux de militaire !

Des roses écarlates furent jetées à ses pieds, et on la para d'un collier de saule et de lierre entrelacé de fleurs assorties à celles qui ornaient ses cheveux.

Robert sentit croître en lui une certaine impatience lorsqu'il fut à son tour couronné de fleurs et drapé d'une écharpe aux couleurs de l'arc-en-ciel. Mais Hope rayonnait littéralement. Son sourire était contagieux, et elle était si délicieuse avec sa couronne fleurie qu'il lui fut impossible de jouer plus longtemps les grincheux.

Un étrange regret lui poignit soudain le cœur, au souvenir de l'innocence perdue. Il avait été un enfant autrefois, et il semblait qu'elle en fût toujours une, tant elle rayonnait d'une joie candide, mêlée à toute l'allégresse de la jeunesse.

Elle porte vraiment bien son nom. Si seulement le passé pouvait perdre son emprise… Si nous pouvions vraiment nous tenir là tous deux, innocents et sans souillure… Si cette nuit pouvait être bien réelle et nous de vrais amoureux sur le point de s'unir…

Le joyeux tapage autour d'eux s'intensifia, tandis que la

foule s'écartait pour livrer passage à un homme corpulent vêtu en prêtre, avec un masque vert, un chapelet en feuilles d'arbre et un manteau tressé de fleurs.

Parvenu devant le roi, il s'inclina profondément.

— Je vais procéder à la bénédiction, monseigneur.

Puis il vint se placer entre Hope et Robert.

— Chut, chut ! firent les assistants, qui tendaient l'oreille pour mieux entendre.

— Enfants de mai…, commença l'homme. La joie et l'allégresse ont fait résonner les bois, et l'heure vient de sonner. L'hiver est derrière nous, et les joies de l'été nous attendent.

Il balaya l'espace d'un geste, puis désigna le roi.

— Le doux mai est de retour et attend le lever du soleil.

Le « soleil » s'inclina gracieusement sous les vivats, tandis que le prêtre prenait Hope et Robert par la main.

— Afin d'honorer le plus doux et le plus joyeux des mois, fertile et enclin aux amours, voici devant vous le Seigneur et la Dame de Mai, que je vais unir en mariage. A vous maintenant ! Riez, chantez, rejoignez-nous dans la danse. Et levez votre verre au Roi et à la Reine de Mai !

Soudain, on vit surgir de partout des *jack-in-the-green* les bras chargés de plateaux de verres de vin. Les invités se précipitèrent vers le Roi et la Reine de Mai pour leur porter un toast, et plusieurs tonneaux d'hydromel furent mis en perce. Un violon commença à égrener ses notes, bientôt rejoint par un pipeau, et un cercle d'hommes déguisés en bêtes se forma autour des fiancés. Les danseurs se remirent à agiter leurs clochettes, tandis que le prêtre accomplissait le rituel du mariage avec un réalisme surprenant.

L'aube n'était plus très loin lorsque le jeu s'acheva. Hope salua son compagnon d'une révérence et chercha Charles des yeux, prête à danser avec lui. Mais en dépit de sa haute taille, le roi n'était visible nulle part.

Elle aperçut finalement l'éclat de son masque d'or derrière une tonnelle de feuillage. Charles se tenait là, la tête penchée, en grande conversation avec une belle femme rousse costumée en lune, dont le déguisement formait le très exact pendant de celui du soleil.

Elle sentit une douleur fulgurante lui cisailler la poitrine, tandis qu'un frisson lui glaçait le sang. Les joues cramoisies, elle ravala des larmes de chagrin et de rage.

Là, sous sa tonnelle, la resplendissante Lady Castlemaine tenait sa cour, entourée d'admirateurs, tandis que le roi lui ceignait amoureusement la taille.

9

Hope serra les poings et inspira à fond plusieurs fois, tâchant de réprimer sa fureur. Puis elle parcourut la distance qui la séparait d'eux, la tête haute et un sourire froid plaqué sur le visage. Mais même ainsi, elle sentait ses jambes si faibles qu'elle faillit trébucher. Et une boule lui nouait la gorge au point qu'elle craignit de ne pouvoir parler.

— Lady Castlemaine…, salua-t-elle sa rivale, refusant de la gratifier de la moindre révérence. Charles…

Le roi parut vaguement mal à l'aise.

— Ah, voici notre Reine de Mai ! Vous amusez-vous bien, ma chère ? Vous avez fait un superbe travail, savez-vous ? Tout est absolument parfait !

Jusqu'ici, encore peu d'invités avaient remarqué la présence de Lady Castlemaine à la fête. Mais à présent, tous les yeux étaient braqués sur elle. Les conversations moururent, tandis que les gens tendaient l'oreille pour écouter. La nuit avait été un enchantement, et la voir se terminer par un crêpage de chignon entre deux des maîtresses royales en ferait certainement la fête la plus réussie de l'année.

Haute et claire, la voix de Hope résonna dans toute la clairière.

— Voyons, Charles, même un fornicateur notoire comme vous peut se contenter d'une seule d'entre nous à la fois. Priez-la de partir, je vous prie.

Lady Castlemaine poussa une exclamation outragée.

— Charles ! Allez-vous laisser cette fille des rues s'adresser à moi sur ce ton ? Si c'était une de mes servantes, je la ferais fouetter. Il faut lui apprendre à respecter ses supérieurs !

Robert exhala un soupir et vida son verre. Pendant un court instant, il avait été séduit, grisé par les paillettes, la gaieté et le charme de cette douce nuit d'été. Mais à présent, le sortilège était rompu, mettant à nu la cruelle tromperie qui sous-tendait cette mise en scène.

Et j'en fais partie, que je le veuille ou non.

Allait-il assumer son rôle ? S'avancer et se présenter aux yeux de tous comme le défenseur de la belle offensée ?

Elle n'est pas vraiment mienne. Pourquoi diable interviendrais-je entre eux ? Que Sa Majesté se tire d'affaire toute seule !

Pourtant, en dépit de la colère qui bouillonnait visiblement en elle, il trouva qu'en cet instant Hope Mathews ressemblait à une petite fille blessée. De toute évidence, elle souffrait pour de bon et il n'y avait personne d'autre que lui pour lui venir en aide.

Il tendit son verre vide à un valet et s'avança vers le petit groupe.

— Pardonnez-moi, Lady Castlemaine… Nous nous sommes déjà rencontrés chez le roi, vous souvenez-vous ? Vous plaisantez, je pense, et n'avez pas eu l'intention d'insulter la comtesse. Lady Nichols n'est ni une fille des rues ni une servante. Elle est mon épouse, madame.

Le roi se hâta de saisir la perche.

— Mais oui, Barbara ! Vous vous rappelez le capitaine Nichols, n'est-ce pas ? Vous l'avez vu tout à l'heure dans mes appartements… Il est aussi comte de Newport et a épousé notre Reine de Mai. Elle est comtesse comme vous à présent, et vous devez vous montrer courtoise envers elle.

Il gratifia l'assistance de son plus charmant sourire et poursuivit :

— Continuez la fête, Lord Newport. Et félicitations à votre charmante épouse et à vous…

Robert voulut prendre le bras de Hope, mais elle se dégagea d'un geste brusque.

— Le jeu est fini, je ne joue plus !

Elle arracha sa couronne de fleurs et la jeta aux pieds de Charles.

— Comment avez-vous pu me faire cela ? Après tout le mal que je me suis donné pour vous plaire ! Cette nuit était censée être la nôtre. Pas la sienne ! Notre nuit, à vous et à moi.

Charles se raidit.

— Ne faites pas de scène, Hope, je vous prie. Lord Nichols, il est temps d'emmener votre femme chez vous. Vous pouvez emprunter mon carrosse.

Il fit signe à un valet de pied, qui accourut aussitôt.

— Sire ?

— Faites avancer l'attelage, voulez-vous ?

Le domestique hocha la tête et s'éloigna en courant pour exécuter l'ordre.

Robert voulut saisir la jeune femme par le coude.

— Venez, ma chère.

Mais elle se retourna contre lui, telle une furie.

— Ne me touchez pas ! Je ne sais même pas qui vous êtes. Ce n'est pas votre affaire, occupez-vous de ce qui vous regarde !

Il la relâcha immédiatement et recula de quelques pas. A cet instant, Hope avisa le prêtre qui s'avançait vers eux en retroussant ses encombrantes robes d'une main, tandis que l'autre serrait le masque vert qu'il portait encore quelques minutes auparavant.

Elle le reconnut aussitôt pour l'avoir croisé un peu plus tôt dans la soirée ainsi qu'à la Cour.

Une nausée lui tordit alors l'estomac, et elle eut l'impression que tout tournait autour d'elle.

Non, ce n'était pas possible…

L'homme s'approcha, souriant et soufflant, de toute évidence inconscient de la tension qui régnait sous la tonnelle et n'attendait qu'une étincelle pour exploser.

— Majesté ! haleta-t-il. Je suis venu vous présenter mes

respects avant de prendre congé. J'espère que tout était à votre satisfaction ?

— C'était parfait, messire. Lord et Lady Newport, puis-je vous présenter le révérend Edward Durham ? C'est lui que vous devez remercier pour votre bonheur.

— Charles, vous n'avez pas fait ça ! se récria Hope. Ce n'est pas possible !

Le sang se retira de son visage, tandis qu'elle mesurait soudain la profondeur de la perfidie royale. Elle avait cru que cette cérémonie de mariage n'était qu'une parodie, rien d'autre qu'un divertissement supplémentaire, une petite contribution surprise de Charles à la soirée raffinée qu'elle avait imaginée.

Mais en un instant, le conte de fées se brisa, et elle vit s'évanouir ses rêves d'une vie indépendante qui semblait pourtant à sa portée.

« Ayez confiance en moi », lui avait-il répété. Ayez confiance ! »

Et fort de cette injonction, il lui avait fait épouser par tromperie un coureur de dot fraîchement débarqué à la Cour ! Un soldat puritain à la morale rigide, qui l'avait toisée avec un mépris à peine voilé dès le premier instant de leur rencontre…

— Laissez-nous. Tous ! intima Charles. Vous aussi, Barbara.

Puis il empoigna Hope par le bras. Trop stupéfaite pour résister, elle le suivit à l'autre extrémité de la clairière. Les curieux ne perçurent plus alors que le son de leurs voix — le soprano irrité de Hope et le baryton apaisant du roi —, mais sans pouvoir saisir le sens d'aucune de leurs paroles.

Robert observait la scène, le visage sombre. Le roi avait blessé et humilié Hope en amenant sa maîtresse en titre dans sa propre maison. Cela, il pouvait le comprendre. Mais le mépris outragé qu'elle lui avait jeté à la face lorsqu'il avait tenté de l'aider l'avait grandement offensé et augurait mal pour l'avenir.

De toute évidence, passer d'un monarque à un comte aussi

nouvellement promu lui semblait si indigne d'elle qu'elle ne ressentait même pas le besoin de se montrer courtoise.

Toute sa sympathie et sa naissante admiration pour elle fondirent aussitôt comme neige au soleil.

Il resta debout parmi les spectateurs, prié de laisser sa femme tranquille et d'attendre comme un laquais, pendant que le roi et sa catin se donnaient en spectacle.

Il l'humilie en public avec son aristocratique courtisane, mais en même temps, il tient à montrer au monde entier qu'elle est à lui et non à moi. Et elle l'y encourage !

L'espace d'un instant, il fut tenté de partir et de les laisser tous les deux, songeant à la mascarade que ce serait d'ouvrir les portes de Cressly à cette créature superficielle et cupide. Tant pis pour son titre !

Qu'elle y vienne en tant qu'invitée, si elle veut. Mais le diable m'emporte si elle est jamais ma maîtresse !

Il arrêta un *jack-in-the-green* et tendit la main vers un verre.

— C'est le jour de mes noces ! expliqua-t-il avec un sourire amer.

Puis il avala le contenu du verre d'une traite et en prit un autre sur le plateau avant que le valet n'ait eu le temps de s'éloigner.

Allons, où en était la comédie à présent ?

Il s'installa pour observer commodément le spectacle.

A l'autre bout de la prairie, Hope cherchait les mots pour exprimer le cruel sentiment de trahison qu'elle ressentait.

Charles venait de briser un lien sacré pour elle et avait en plus allègrement piétiné son libre arbitre. Jamais plus elle ne serait son amante ! Mais elle était bien décidée à lui jeter à la face ce qu'elle avait à dire.

— Comment avez-vous pu, Charles ? Que vous ai-je fait, sinon être pour vous une compagne et une amie loyale ? Je préférerais mille fois remonter sur les planches plutôt que d'être ainsi réduite malgré moi à ce rôle d'épouse qui n'est rien d'autre qu'un esclavage !

— Mais c'est pour votre protection, ma douce ! Un mari saura…

— Saura quoi ? Faire attention à moi ? Me diriger ? Me protéger contre les hommes riches, titrés, malhonnêtes, trompeurs et sans-cœur ?

Elle lui jetait chacun de ces mots comme une pierre en plein visage.

Il lui fit la grâce de rougir légèrement.

— Hope, je…

— Combien l'avez-vous payé pour qu'il vous débarrasse de moi ? C'est de cela que vous vous entreteniez avec lui dans votre bureau ? Vous discutiez de moi comme si j'étais un savoureux morceau de viande ? Et aucun de vous deux n'a eu la décence ni la courtoisie de me demander ce que j'en pensais, ni même de m'en informer ! Quel droit aviez-vous de disposer de mon sort sans même me consulter ?

La dernière phrase fut prononcée d'une voix plus plaintive que vindicative. Elle se sentait dangereusement proche des larmes.

Charles n'aimait pas les conflits. Il les évitait avec autant de soin que ses courtisans et les femmes de son entourage semblaient les rechercher. Hope n'avait jamais été un problème jusqu'à ce jour. Aussi se sentait-il de plus en plus embarrassé et vaguement irrité.

— Je suis votre roi, Hope. Mais je suis aussi votre amant. Et comme vous me l'avez fait remarquer à maintes reprises ces derniers jours, mon épouse est en route pour l'Angleterre. N'est-il pas de ma responsabilité de veiller à votre sécurité et à votre confort ?

— En déléguant cette responsabilité à quelqu'un d'autre ? A un homme qui nous est aussi étranger à l'un qu'à l'autre ? L'aviez-vous seulement rencontré avant cette nuit ?

Il hésita, sur la défensive.

— Non. Mais ceux qui le connaissent m'ont dit le plus grand bien de lui. Pour être franc, ma chère, je pensais que vous préféreriez un homme jeune et séduisant plutôt qu'un vieux barbon. Et ce n'était pas facile de mettre la main sur un gentilhomme qui accepte de consentir à cette union.

Elle haussa les épaules.

— J'imagine que c'était difficile, en effet ! Mais moi, ce que je voulais, Charles, c'était la responsabilité de ma propre vie. Je vous ai déjà dit que j'avais économisé de l'argent. En me donnant à cet homme, vous l'autorisez à s'en emparer. Vous lui octroyez un contrôle sur ma personne et sur tout ce que je possède !

— Il n'osera pas abuser de ce qui m'est cher.

Hope eut un hoquet de colère et de dégoût.

— Ce qui vous est cher ? En amenant ici votre créature, vous avez montré à tout le monde le cas que vous faisiez de moi !

— Hope, vous savez que je ne tolère pas la jalousie !

— Et moi, je ne tolère pas d'être vendue comme une esclave ! Je ne suivrai pas cet homme, mais je ne vous encombrerai pas davantage non plus. Je vais remonter sur les planches et…

— Vous n'en ferez rien ! Ni le Théâtre Royal ni celui de mon frère ne vous accepteront si je m'y oppose.

— Pourquoi me blessez-vous ainsi ? Vous n'étiez pas obligé de faire cela. Vous n'aviez pas à amener cette femme ici ni à me voler mon avenir. Vous m'avez trahie de toutes les façons possibles. Vous êtes peut-être le roi, mais je vous ai donné beaucoup plus que vous ne m'avez jamais donné. Mon amitié. Ma loyauté. Ma confiance.

— Alors continuez à me faire confiance, Hope… Les choses ne sont pas telles que vous les dépeignez. Je sais ce qui est le mieux pour vous, vous devez me croire. J'ai fait de vous une lady. Une comtesse. Vous avez à présent le même rang que Barbara. Elle n'est pas plus heureuse que vous ce soir, je vous assure. Dès que j'aurai réglé les choses entre ma femme et elle, je vous rappellerai à la Cour. Vous serez alors une noble dame mariée et…

Elle écarquilla les yeux de stupeur, n'ayant pas encore envisagé l'exil.

— Quoi ? Vous me bannissez de la Cour ?

— Je vous envoie à la campagne pour un temps et vous allez partir ce matin même. Quand vous reviendrez, vous serez accueillie à Whitehall avec tous les honneurs dus à une lady, et je vous présenterai alors à ma f…

Trop furibonde pour en écouter davantage, Hope commit l'impensable : elle tourna le dos au roi et s'éloigna.

Pieds nus, elle se fraya un chemin entre les invités, frissonnant de froid et les orteils trempés par la rosée. Il faisait encore sombre, mais des stries de lumière jouaient sur l'horizon.

Partir le jour même ? Mais ses vêtements ? Ses bijoux ? Ses chaussures ?

Un grand valet de pied s'approcha. Elle lui jeta un regard las. Il s'arrêta près d'elle et désigna du menton un chemin gravillonné qui s'enfonçait en serpentant dans les bois.

— Milady… Votre attelage est avancé.

— Ah oui… Charles a vraiment pensé à tout !

L'homme qui était devenu son époux, et qui lui avait paru si froid et austère avant qu'elle ne réussisse à le faire sourire, semblait à présent s'impatienter, et ce qu'elle lut dans ses yeux lui parut sinistre et cruel.

Vous faisiez partie du complot, vous aussi. Vous avez conspiré tous les deux sans vous soucier un seul instant de mes désirs à moi. Vous avez marchandé un titre en épousant une catin. Dieu, que je vous hais ! Tous les deux !

Elle le gratifia cependant d'un sourire — glacé — et accepta le bras qu'il lui offrit pour l'aider à monter dans l'habitacle capitonné du carrosse royal. Puis elle s'assit, raidie de colère, le regard droit devant elle.

Charles se tenait dehors à la fenêtre du carrosse, Lady Castlemaine à son côté.

— Eh bien, William, fit-il avec une feinte jovialité. N'avez-vous pas quelques petits mots bien spirituels pour souhaiter bonne route au Roi et à la Reine de Mai ?

William enveloppa d'un regard le tableau trop familier.

Le roi et ses deux maîtresses.

Les larmes et l'humiliation.

Les courtisans bouche bée, leur appétit salace aiguisé par le spectacle.

— Oui, bien sûr, Charles… Je crois que j'ai juste ce qu'il faut :

D'où vient cette mesquine soumission
Que notre époque mal éduquée
Impose à la féminité,
Déchue des droits de son sexe…

Le roi exhala un soupir et leva la main pour lui intimer le silence.

— Bon, bon… Ce sera tout, merci. Il est bon de voir que certaines choses ne changent pas. Allons, fouette cocher !

L'attelage se mit en branle et s'élança dans un joyeux tintement de clochettes, emportant Hope loin de sa maison bien-aimée de Pall Mall, de tous ses amis et de ses rêves. Seule avec un étranger…

Debout près du roi, William regarda disparaître le carrosse.

— C'était inutilement cruel, Charlie. Vous avez beaucoup plus changé que je ne le pensais.

— Parfois, il faut se montrer cruel pour être bon, Will.

— Lizzy et moi repartons demain.

— Vous n'en ferez rien. Vous ne devez pas oublier que je suis votre roi et que vous avez été invités à mon mariage. N'allez pas vous imaginer que ma patience pour vous soit infinie. D'ailleurs… N'ai-je pas accordé à Elizabeth ce qu'elle souhaitait ? Son capitaine va conserver ses terres. Elle devrait être ravie !

Ravi, le « capitaine d'Elizabeth », lui, était loin de l'être. Hope Mathews était assise à un demi-mètre de lui, visiblement dans tous ses états. Mais courtisane jalouse ou catin hautaine, elle était pour le moment sous sa responsabilité, se tenant recroquevillée dans un coin, les yeux brillants de larmes, et il n'avait pas la moindre idée de la façon dont il fallait s'y prendre avec elle ! De toute sa vie, il n'avait jamais eu de femme à lui. Des cantinières et des filles d'auberge par les nuits trop froides, oui. Une veuve ici et là. On les embrassait gentiment en leur laissant un peu d'argent ou un présent, et on reprenait sa route.

Mais cette femme-ci était son épouse à présent. Cette seule pensée l'accablait. Il aurait sûrement mieux valu pour eux deux qu'ils s'entendent, mais cela semblait si diablement compliqué !

Tout ce qu'il savait, c'était qu'il n'avait pas encore trouvé l'attitude juste, car tous ses efforts n'avaient rencontré que froideur et dédain. Même le puissant Charles Stuart s'y était cassé les dents. Mais aussi… N'importe quel imbécile aurait évité d'étaler sa liaison avec une autre femme devant celle qu'il était censé honorer, qu'elle fût une fille d'auberge ou une grande dame !

Les pleurs silencieux de Hope le déstabilisaient. Il préférait quand elle était en colère, sous la tonnelle. Non… En fait, il préférait quand elle était heureuse, dansant autour du mai.

Ses lèvres se retroussèrent en un imperceptible sourire au souvenir de Hope, pieds nus dans l'herbe. Il savait comment faire sourire une femme, bien sûr ! Mais c'était par des moyens dont il n'avait nulle intention d'user avec elle.

Allons, il était pourtant intelligent, non ? Un homme plein de ressources et qui savait garder la tête froide. Un meneur. Il allait bien trouver un moyen de sécher les larmes d'une femme jalouse !

Décidé à faire une nouvelle tentative pour l'amadouer, il se pencha en avant et tendit une main pour lui tapoter doucement l'épaule.

— Là, là ! Il ne faut pas pleurer, *lass*. Cette mégère à cheveux rouges montée sur des échasses est bâtie comme un râteau de jardin et elle est loin d'être aussi jolie que vous, je vous assure. Sa Majesté ne va pas tarder à regretter ce qu'elle a fait…

Elle le foudroya d'un regard perçant.

— Je ne pleure pas ! Et maintenant veuillez enlever votre main ! lui ordonna-t-elle en détachant bien chaque mot. Ne me parlez pas, ne me touchez pas ! Vous n'en avez pas le droit.

Robert sentit ses bonnes intentions fondre comme neige au soleil. Il n'était pas habitué à ce qu'on s'adresse à lui sur ce ton, et il n'avait pas l'intention de tolérer l'hostilité, la condescendance et les grands airs de madame. Ni sa façon de lui parler comme à un domestique impertinent !

Il se rassit sur son siège, les yeux étincelants d'une froide colère et la bouche réduite à une ligne dure.

— Si fait, j'en ai le droit. Et vous feriez mieux de me montrer un peu de respect, rétorqua-t-il d'un ton sec.

Elle se redressa.

— Pourquoi ? Pourquoi le devrais-je ? Vous pensez que vous valez mieux que moi et que je ne suis guère plus qu'une vulgaire prostituée ? J'ai vu la façon dont vous m'avez regardée lorsque vous avez pénétré dans ma maison.

Elle déglutit avant de poursuivre d'une voix vibrante d'indignation :

— Epargnez-moi vos pieux sermons. Parce qu'au fond quel genre d'homme êtes-vous ? Vous acceptez les restes d'un autre homme, prêt à rendre l'objet du marchandage dès qu'on vous le demandera. Vous vous êtes vendu tout autant que j'ai pu le faire dans le passé. Et votre récompense, c'est un titre et une femme qui appartient à un autre !

— C'est là où votre royal amant et vous vous méprenez totalement, madame…

Bien qu'il se fût exprimé avec douceur, il y avait dans sa voix quelque chose qui arracha un frisson à Hope et lui rappela qu'elle était à la merci d'un étranger.

— Nous nous sommes peut-être prostitués l'un et l'autre, je ne le nierai pas. Mais je vous ai payée avec le peu qu'il me reste de mon honneur. Que Charles le veuille ou non et que vous l'acceptiez ou pas, vous êtes à moi maintenant. Légalement, vous m'appartenez.

— Et c'est bien regrettable pour vous autant que pour moi… Toute ma vie, j'ai entendu les gens me dire que je leur appartenais, qu'ils avaient des droits sur moi. Le problème, c'est que je n'aime pas être la propriété de qui que ce soit. Vous allez vite vous apercevoir que je fais une très mauvaise esclave !

— Ce n'est pas ce que je voulais dire. Vous êtes impossible, décidément ! Pas étonnant que… Ah, bah ! J'aurais dû exiger un titre de duc et un palais pour m'encombrer de vous…

Elle détourna la tête pour regarder fixement par la fenêtre. Elle était encore pieds nus, et ses joues luisaient, striées de larmes. Le collier de fleurs qu'elle avait gardé autour du cou se soulevait et s'abaissait sur sa poitrine au rythme de sa respiration précipitée, et sa chevelure était parsemée de violettes et de boutons d'or. Elle ressemblait tant à une petite fille qui a du chagrin qu'il se sentit ému malgré lui.

Hope ferma les yeux pour chasser de sa vue son compagnon de voyage, même si elle avait appris depuis bien longtemps que cela ne servait à rien.

Son cœur était sur le point de se briser.

Trompée.

Trahie.

Vendue.

Humiliée. Encore une fois…

La colère se mélangeait en elle à la souffrance, et elle ne parvenait pas à les démêler l'une de l'autre.

Comment ose-t-il, cet hypocrite, ce menteur, ce goujat !

Ravalant des larmes amères, elle n'était pas très sûre de savoir à qui s'adressait cette diatribe.

A Charles ?

Ou à cette arrogante brute qui était devenue son mari ?

10

Hope étudiait l'homme — son mari — à demi étendu sur la banquette en face d'elle, ses longues jambes allongées devant lui. Sa large carrure semblait à l'étroit, même dans le spacieux habitacle du carrosse royal.

Il prend trop d'espace…

Ils avaient voyagé toute la journée de la veille, ne s'arrêtant qu'à la nuit tombée dans une auberge à quelques heures de trajet de leur destination. Il lui avait réservé une chambre avant de disparaître promptement, et elle ignorait où il avait dormi. Sans doute à la taverne, à en juger par les effluves qui s'exhalaient de lui. Le puritain moralisateur était déjà à moitié ivre, avant même la cérémonie. Avait-il éprouvé le besoin de noyer ses délicats scrupules pour pouvoir aller jusqu'au bout de la tromperie ? A moins que Charles ne l'ait mariée à un ivrogne !

Dans les deux cas, le personnage n'en demeurait pas moins ambigu…

Elle résista à l'envie de lui décocher un coup de pied pour le sortir de sa torpeur. Mais s'il se réveillait, s'avisa-t-elle, elle devrait lui adresser la parole. Or ils n'avaient pas échangé un mot depuis qu'ils avaient quitté St. James Park. Pas même dans la matinée, quand il lui avait jeté une paire de chaussures usagées pour couvrir ses pieds nus.

Ce capitaine Nichols aux manières de débauché ressemblait fort peu au soldat raide et formaliste qui l'avait dévisagée avec tant de désapprobation dans le hall de réception de sa maison de Pall Mall. Les divertissements de la nuit de fête et les fatigues du voyage l'avaient laissé débraillé, les paupières lourdes et meurtries, la mâchoire ombrée de barbe et les cheveux défaits.

Son élégant pourpoint noir bordé d'argent était à présent ouvert, exposant la colonne puissante de son cou et les lignes musclées de sa poitrine.

Hope posa son regard sur le petit creux entre ses clavicules, et son pouls s'accéléra malgré elle.

Ce Nichols-là n'évoquait plus en rien un chevalier des anciens temps, bien qu'il parût toujours aussi dangereux. Il avait même fort mauvais genre, et elle n'arrivait toujours pas à croire que Charles ait pu la livrer à cet étranger, lui confiant sa sécurité avec sa seule parole pour tout garant.

Et pourtant, en dépit de sa colère et de son ressentiment, force lui était de s'avouer que le visage et la silhouette de cet homme lui inspiraient la même fascination qu'à Pall Mall, lorsqu'elle l'avait vu pour la première fois. Constat qui n'était pas sans la déconcerter…

Mais c'est parfaitement normal après tout… Une réaction naturelle pour une femme, devant un homme séduisant en diable et d'un genre que l'on rencontre rarement à la Cour. Une nouveauté. Or la nouveauté ne dure jamais bien longtemps. Il n'y a donc rien là que je ne sois capable de gérer…

Il changea soudain de position en marmonnant quelque chose d'incohérent et elle se détourna, le visage cramoisi, pour regarder par la fenêtre.

Ils traversaient une forêt de chênes, de hêtres et de saules. Les rayons du soleil mouchetaient le sol, et une brise joueuse agitait les feuilles nouvellement écloses, créant une mosaïque mouvante d'ombres et de lumières.

Hope s'agenouilla sur la banquette et passa la tête par la fenêtre pour mieux jouir du spectacle. Un ruban d'argent scintillant la fit cligner des yeux, lorsque le soleil se refléta sur une rivière encore lointaine qui apparaissait et disparaissait à travers le rideau des arbres.

La circulation — chariots et piétons — devint plus intense

comme ils en approchaient. Bétail et chevaux traversaient à gué dans un grand bruit d'eau, tandis qu'un petit groupe de gens debout sur la rive attendaient en bavardant la barge du passeur.

Moins vaste que la Tamise, la rivière était cependant plus large et rapide que Hope ne s'y était attendue. Sur l'autre rive, dans le lointain, se dressaient d'imposantes bâtisses de pierre. Avide de découvrir ce paysage tout nouveau pour elle, elle se pencha davantage pour tout embrasser du regard.

Réveillé depuis une demi-heure, Robert l'observait en silence, stupéfait. Aucune lady de sa connaissance ne se serait perchée ainsi, les coudes sur le rebord de la fenêtre, la tête au-dehors, les cheveux au vent, et le postérieur en l'air ! C'était hautement inconvenant… et absolument délicieux… Un sourire involontaire releva le coin de ses lèvres.

Voilà, c'était ainsi qu'il l'aimait. Non pas hautaine courtisane, mais jeune fille sans apprêt, telle qu'il l'avait vue, dansant pieds nus sous le firmament !

Deux nuits auparavant, elle lui était apparue comme une nymphe aux yeux immenses, sauvage et libre, visiteuse enchanteresse tout droit sortie d'un royaume magique. Il en était presque venu à croire depuis que c'était son imagination qui l'avait matérialisée ainsi, dans un rêve brumeux de musique et de danse, d'esprits malicieux et de chansons. Et voilà que cette enchanteresse était de retour !

Elle semble capable de s'émerveiller comme une enfant… Si telle est sa nature profonde, quel imbécile voudrait la laisser partir ?

Elle était encore nu-pieds malgré son cadeau, acheté pour une somme exorbitante à une égrillarde servante d'auberge qui lui avait offert sa personne en sus de ses chaussures. Un bonus qu'il avait décliné. Sa prétendue femme lui en serait-elle reconnaissante si elle le savait ? Il en doutait. Pourtant, elle était bel et bien son épouse au regard de la loi, et il n'aurait guère été séant de culbuter une fille pendant que sa toute récente moitié dormait à l'étage au-dessus. Et puis elle avait déjà eu son content d'humiliation devant sa rivale sans qu'il en rajoute encore.

En guise de récompense pour cette attitude chevaleresque, il s'accorda le plaisir de rester silencieux et de jouir du spectacle. Hope avait beau être hautaine et irascible à ses heures, elle n'en était pas moins une séduisante créature, bien que d'une beauté non conventionnelle.

Quoique…

La vue des fines chevilles et des orteils adorables qui dépassaient de ses jupons de soie était indubitablement excitante. Le soir de la fête, elle s'était débarrassée de ses bas avant de danser, et il n'aurait eu qu'à étendre un peu le bras pour toucher sa peau et caresser ses cuisses nues sous sa robe.

Elle est à moi. Elle s'est vendue à moi pour obtenir une place auprès de la future reine…

Sa posture cambrée plaquait sa jupe contre elle, faisant ressortir toutes les courbes voluptueuses de son corps. Ses seins pointaient, crevant l'étoffe de son corsage, et tressautaient tandis qu'elle se contorsionnait pour ne pas perdre une miette du spectacle. Ce devait être une gêne que d'être corsetée aussi serré.

Je n'aurais qu'à passer derrière elle et dénouer ses lacets…

Alors il pourrait enserrer les deux globes délicieux dans ses paumes et titiller leurs pointes exquises avant de glisser les mains dans le corset pour les délivrer.

Bon sang ! Il y a trop longtemps que je n'ai pas eu de femme ! J'aurais dû accepter la proposition de la fille d'auberge.

Une douloureuse érection pointa à travers ses chausses, et il ravala un gémissement. Comme il n'avait aucun moyen de se soulager dans l'immédiat, force lui était de souffrir en silence.

Je pourrais remonter sa jupe jusqu'à ses hanches soyeuses, dévoiler ce ravissant derrière et…

Oh ! Seigneur ! Les jolies fesses rebondies étaient presque à portée de sa main, douces, fermes, satinées, toutes prêtes à se laisser palper et caresser…

Arrête !

Il prit une profonde inspiration, luttant pour maîtriser son corps et ses sens. Ces fantasmes alimentaient un désir dont l'intensité l'inquiétait, un désir auquel il ne devait pas se laisser aller. La situation était déjà bien assez compliquée sans cela ! Hope n'était pas seulement la maîtresse d'un autre homme. C'était celle de son roi. Une femme que Charles pouvait rappeler à n'importe quel moment, selon son bon plaisir.

En outre, il était clair qu'il lui déplaisait en tant que mari. Elle ne souhaitait pas l'entendre, encore moins qu'il la touche.

Lui de son côté n'était pas homme à partager son épouse. Tant qu'il ne la revendiquait pas comme telle, leur mariage restait purement nominal. Il ne pouvait y avoir de véritable adultère, de cocuage ou d'honneur bafoué aussi longtemps qu'elle n'était pas réellement sienne.

Elle n'était qu'une épouse de pure forme. Une charge que lui avait confiée le roi. Il s'était engagé sur l'honneur à veiller sur elle, à bien la traiter et à se montrer courtois, quoi qu'il lui en coûtât.

Rien de plus.

Satisfait de ce raisonnement, qui avait le mérite de préserver son honneur, il reporta son attention vers la fenêtre.

Hope s'étira, arquant le dos comme un chat satisfait avant de s'accouder de nouveau, tout en cherchant une position confortable. Ce faisant, elle imprimait à ses hanches un mouvement langoureux, inconsciente du spectacle délicieusement provocant que ses fesses offraient sous le tissu tendu de sa robe.

— Ça suffit, bon sang ! Allez-vous enfin vous rasseoir ?

Brusquement tirée de sa rêverie, Hope sursauta et rentra la tête, non sans se cogner au passage au chambranle de la fenêtre. Robert grimaça mais ne fit pas un geste pour l'aider.

Il se rappelait trop bien sa réaction furibonde, les deux fois où il avait essayé de se montrer aimable ou protecteur.

Elle s'assit en face de lui dans une position très raide, les mains croisées sur son giron, et le gratifia d'un regard furieux.

— Là ! Cela vous convient mieux ainsi ?

Il se redressa lui aussi, son chapeau sur les genoux.

— Oui. Merci.

Elle resta alors ainsi, le regard fixé droit devant elle, tout le temps qu'ils attendirent leur tour pour être transportés de l'autre côté de la rivière. Le jeune elfe curieux s'était de nouveau évanoui.

Robert se sentit coupable. Après tout, elle n'avait rien fait de mal. Elle l'avait excité sans le vouloir, et la façon brutale dont il l'avait enjointe de se rasseoir ne se justifiait pas. Il avait si souvent emprunté cette route qu'il ne prêtait plus guère d'attention au paysage. Mais pour elle, c'était une expérience nouvelle. Et elle semblait l'apprécier.

Ils traversèrent la rivière dans un silence contraint. Il n'avait pas eu l'intention de lui gâcher le plaisir de la découverte. Mais du diable s'il savait quel ton employer avec elle ! Il était habile à l'art de la guerre, compétent pour gérer ses affaires et plus que capable de satisfaire les besoins purement physiques d'une femme.

Mais quant à savoir comment la rendre heureuse, c'était une autre histoire ! Il se sentait un peu plus empoté à chaque tentative — un sentiment qu'il n'aimait pas du tout.

Pourtant, un homme n'était pas censé esquiver son devoir, aussi difficile fût-il.

Il s'éclaircit donc la gorge et tenta de rétablir la communication.

— C'est la ville de Nottingham, comme vous le savez sans doute. Et la rivière que nous venons de traverser est la Trent. Peut-être ignorez-vous que Nottingham est célèbre pour ses fromages et sa bonne bière, qui a la réputation d'être la plus forte, la plus claire et la plus goûteuse d'Angleterre. La ville est aussi connue pour sa foire, la fameuse *Goose Fair*, qui a lieu chaque année à l'automne. Une tradition vieille de plusieurs centaines d'années… Le manoir de Cressly n'est qu'à huit miles de Nottingham, et il vous sera facile devenir ici de temps en temps pour y faire vos achats. La ville possède le plus grand champ de foire de l'Angleterre, et ma gouvernante affirme que ses boutiques sont mieux approvisionnées que celles de Londres. On y fabrique de la dentelle et des bas dont vous allez sans doute avoir besoin, puisque vous avez laissé les vôtres à…

Sa voix mourut sur ces mots. Hope le dévisageait comme s'il avait deux têtes, sans doute stupéfiée par la longueur de son laïus, après plus d'une journée entière de silence obstiné. Elle baissa les yeux vers son giron avant de les lever de nouveau vers lui.

— Il y a aussi un château, hasarda-t-il.

Elle hocha la tête. Il faisait un effort de conversation, et elle se sentit obligée de l'imiter. Mais ce n'était pas l'unique raison. En fait, il avait bel et bien éveillé son intérêt, et en dépit de sa colère et de sa méfiance, elle n'avait jamais été femme à bouder son plaisir.

Aussi fit-elle un effort pour répondre.

— Nottingham Castle ?

— Oui.

Il se sentit encouragé à poursuivre.

— Si on escalade le rocher du château, on peut voir à trente kilomètres à la ronde.

Un élancement de douleur lui cisailla le cœur à cette évocation. Enfant, il avait grimpé jusqu'au sommet des tours avec Caroline et ses parents.

La voix de Hope, d'abord indifférente, s'anima tout à coup.

— Le château de Robin des Bois ?

— Celui de la légende, oui. Malheureusement, le commandant du château l'a fait démanteler pendant la guerre, plutôt que de l'abandonner aux mains de l'ennemi. Je crois que c'est votre ami Buckingham qui en est le propriétaire à présent. Il est en train de le faire réparer.

— Peut-on voir la forêt de Sherwood de là-haut ?

Elle semblait tout excitée à présent.

— Une portion, oui. Mais ce qu'il en reste n'est sans doute rien comparé à ce qu'elle était autrefois. Une grande partie a été abattue pour le bois de construction et la fabrication des bateaux, et on a nettoyé le terrain pour créer de nouveaux domaines. A Cressly, certains arbres ont dû en faire partie autrefois, et les terres que le roi m'a données doivent en contenir beaucoup d'autres. J'ai bien l'intention de les préserver du mieux que je pourrai.

— Oh ! Vous m'avez donc épousée pour protéger une forêt ?

— En partie. Mais quelle plus belle dot peut-il y avoir pour un si joli elfe ?

Le visage de Hope s'épanouit, et elle lui dédia un léger sourire.

Allons, il semblait faire quelques progrès dans l'art de se concilier une épouse ! Il s'était efforcé de la dérider et cela semblait marcher pour le moment... Elle avait besoin qu'on prenne soin d'elle, tout simplement. Comme ses serviteurs, ses métayers, ses soldats, ou même son destrier. A un cheval, il fallait du foin, de l'eau, de l'avoine et de l'exercice...

Et une épouse, de quoi avait-elle besoin ? S'il réfléchissait au problème, il était sûr de pouvoir le résoudre. En fait, il s'était trouvé bien désorienté ces derniers temps, il s'en rendait compte à présent. Un soldat sans guerre, c'était quelqu'un qui n'avait plus d'objectif. Sa première réaction avait été de considérer Hope Mathews comme un fardeau, mais peut-être lui fournirait-elle au contraire le but qui lui manquait...

— Avez-vous faim ? lui demanda-t-il. Vous plairait-il de visiter la ville ? Nous pourrions peut-être aussi vous y trouver des bas et de meilleures chaussures ?

Malgré ses efforts pour affecter une froide nonchalance, Hope se détendit, et un large sourire fendit son visage.

— Ce que j'aimerais, c'est escalader le rocher du château

pour voir la forêt. Et goûter votre fameux fromage ainsi que votre bière.

L'excitation pétillait de nouveau dans son regard.

Oubliant alors leur animosité, ils commencèrent leur visite par les échoppes des merciers. Hope avait réellement besoin de bas, de jupons et de chaussures, sans compter des peignes et une brosse. Il lui fallait aussi quelques robes confortables. Tout ce qu'elle possédait était resté à Londres, dans sa maison de Pall Mall.

Nottingham était une ville animée et bien agencée, avec de larges rues bordées d'imposantes demeures et des bâtiments en brique rouge et en pierre. Le marché était exactement tel que Robert l'avait décrit. Prolongé par deux avenues, il possédait sur l'un de ses côtés une galerie à colonnes de plus d'un kilomètre où les chalands pouvaient déambuler à loisir.

Hope trottait près de lui, essayant de s'adapter à ses longues enjambées. Ils firent une pause pour observer un souffleur de verre qui, pour le plus grand plaisir de Hope, la laissa façonner elle-même une délicate baguette de verre filé.

Elle examina ensuite avec envie un délicieux bestiaire d'oiseaux et d'animaux finement ciselés. Puis elle avisa un miroir dont le cadre en chêne sculpté était décoré de feuillages et de glands. Elle le prit pour y jeter un coup d'œil et entendit Robert commenter derrière elle :

— Vous ressemblez à une fée sylvestre qui contemple son reflet dans un étang de la forêt. Nous allons l'acheter. Le pauvre homme mérite une récompense pour la leçon qu'il vient de vous donner.

Hope commença par esquisser une moue, puis finit par accepter, ravie du cadeau.

Elle trouva sans problème tout ce dont elle avait besoin et, bien qu'elle espérât pouvoir récupérer ses affaires à Londres, elle fit tout de même quelques achats supplémentaires, par sécurité.

Deux heures plus tard, ses paquets étaient dans le carrosse et eux-mêmes occupés à déjeuner d'ale et de fromage dans les caves de l'Auberge de la Couronne. Le fromage était réellement délicieux, la bière étonnamment claire, et surtout revigorante et riche de saveurs.

Cherchant visiblement tous deux à préserver leur trêve tacite, ils limitèrent prudemment leur conversation à des sujets anodins — le beau temps, les curiosités locales, l'histoire de la ville.

En fait, Hope s'amusait vraiment. Elle trouvait qu'il était fort aimable à son nouvel époux de l'emmener faire les boutiques. Il s'était montré très généreux, et elle adorait le miroir. Rien ne l'obligeait à ces attentions, puisqu'il avait déjà obtenu ce qu'il voulait. Pourtant, il semblait beaucoup plus affable que la veille.

Comme s'il avait lu dans ses pensées, il tira de sa poche un charmant petit cygne de verre et le posa sur la table devant elle.

Elle cilla, confuse. Le miroir, elle en avait besoin, bien qu'elle n'eût pas envisagé d'en acheter un aussi beau. Mais cette fois, c'était clairement un présent.

Fais attention, Hope, pour l'amour du ciel ! Il est beaucoup plus dangereux quand il offre des cadeaux que lorsqu'il fulmine et lâche des jurons !

Elle devait s'efforcer de rester méfiante. Mais il était si séduisant qu'il devenait difficile de garder ses distances… surtout après avoir ingurgité trois pintes d'ale !

— Je… Je ne sais pas quoi dire. Merci, capitaine Nichols. Mais ce n'était pas vraiment nécessaire, vous savez.

Il haussa les épaules.

— Je sais. Pas besoin de prendre cet air inquiet. Je suis un homme de parole et je suis parfaitement conscient de la situation. Ce soir, vous dormirez de nouveau dans votre propre chambre, ne craignez rien. Mais même si nous avons pris un départ difficile, nous sommes mariés de fait. N'importe quelle femme mérite un cadeau pour son mariage. Et si cela vous déplaît, eh bien, prenez-le comme un gage de paix.

J'adore le son de sa voix. Chaude, rassurante. Et si séductrice en même temps...

Elle repoussa sa chope et tendit la main pour saisir le cygne, le retournant pour le faire étinceler à la lumière. Si beau, si fluide... Avec son long cou arqué et ses ailes entrouvertes, il ressemblait à un oiseau vivant sur le point de prendre son envol.

Elle n'en restait pas moins intensément consciente des doigts de Robert Nichols à quelques centimètres à peine des siens. Elle les sentait presque aussi distinctement que s'il l'avait touchée. Un frisson courut le long de son bras, puis dans son dos, lui laissant une exquise sensation dans la poitrine et au creux de l'estomac.

Elle releva les paupières et plongea son regard dans celui de son mari, attirée par le vert profond de ses prunelles pailletées d'ombre et de lumière. De fines rides rayonnaient en éventail autour de ses yeux. Des rides d'expression, sans doute. Pourtant, il n'était sûrement pas homme à rire souvent, car ce qu'elle lisait dans ses prunelles, c'était le chagrin et la solitude.

Qu'avait-il vu dans sa vie ? Des choses terribles, sans doute, mais aussi des merveilles. Lesquelles ? Elle crut déchiffrer dans son regard une promesse... du désir... un impérieux besoin, et... Seigneur, voilà qu'elle brûlait de l'embrasser !

Elle s'éclaircit la gorge, retrouva sa respiration qui était demeurée un instant suspendue et recula pour s'adosser à sa chaise.

— Merci, capitaine. C'est ravissant. Ne voulez-vous pas me montrer le château à présent ? Avant qu'il ne fasse trop sombre...

— Bien sûr.

Il se redressa à son tour, coupant court à l'échange muet qui les avait rapprochés un instant.

— Pourquoi continuez-vous à m'appeler « capitaine

Nichols » ? Etant donné les circonstances, cela résonne étrangement. Essayez de m'appeler Robert, voulez-vous ? Ou « mon mari ».

— Pourquoi pas « monsieur » ?

Elle eut un sourire qui creusa des fossettes dans ses joues, et il ne put s'empêcher de le lui rendre.

— Je suis désolé d'avoir été désagréable avec vous dans le carrosse, dit-il.

Elle paraissait réfléchir.

— « Mon mari » me gêne un peu, commenta-t-elle enfin. Je ne me sens pas à l'aise avec cette appellation.

Ni avec le fait d'être une épouse…

— Mais « Robert » devrait aller, acheva-t-elle.

— Parfait !

Il se leva, courbant la tête pour ne pas la cogner à l'une des poutres au-dessus d'eux. Puis il lui tendit la main pour l'aider à faire de même.

La montée était abrupte vers ce qui restait du château, perché sur un promontoire rocheux de cent trente pieds connu sous le nom de « roc du castel ». Le château lui-même n'était plus qu'une ruine, avec pour seuls vestiges le portail d'entrée et une partie de la vieille cour, ainsi que les remparts extérieurs.

Mais la vue était superbe. Hope l'examina avec le regard d'un jardinier et la curiosité émerveillée d'une visiteuse éprise de paysages. La terre était riche et fertile, striée d'étendues de forêt vers l'ouest et le nord, de prairies verdoyantes et de parcelles cultivées au fond de la vallée, bordant la course sinueuse de la Trent argentée.

Tandis qu'elle appréciait ainsi le spectacle, Robert la contemplait, elle, avec désir. Le vent ébouriffait ses cheveux d'ébène et plaquait ses vêtements sur son corps, moulant étroitement ses courbes et retroussant ses jupes et jupons, tel un amant impatient de la dévêtir.

Cette idée le fit sourire, réaction qui lui était devenue

familière. Et pourtant, il ne la connaissait que depuis deux jours !

Il s'avança derrière elle pour la retenir le cas échéant, un peu inquiet de la voir se tenir aussi près du bord.

— Voici votre forêt de Sherwood…, dit-il. Et à sept miles environ vers le nord-est, sur ce chemin sinueux, se dresse Cressly. On pourrait presque apercevoir ses cheminées et ses tours entre les arbres…

Hope acquiesça d'un hochement de tête, comme si elle les voyait vraiment, puis elle se dressa sur la pointe des pieds et plaça sa main en visière sur ses yeux, s'imaginant presque distinguer une volute de fumée au-dessus d'une cheminée lointaine. Elle se sentait curieuse de découvrir sa nouvelle maison, et impatiente, ce qui la surprenait elle-même.

Le crépuscule approchait à grands pas, et le soleil était déjà bas sur l'horizon. Le ciel avait pris une teinte orange couronnée de touches d'or, de magenta et de violet.

Ils observaient côte à côte le spectacle, et Hope, à un moment, s'appuya même contre lui. Elle s'en étonna à part elle. Comment avaient-ils pu devenir aussi promptement familiers ? Deux jours seulement s'étaient écoulés depuis que le roi lui avait brisé le cœur. Et pourtant, elle n'y avait pas pensé une seule fois de la journée.

Etait-elle donc si superficielle ? Beaucoup d'hommes l'avaient poursuivie de leurs avances, mais elle ne s'était jamais sentie attirée par aucun comme par celui-ci.

Il n'était pas question de se laisser prendre à ce piège, cependant. Mais ils pouvaient du moins être amis… Cela leur rendrait la vie plus facile…

Il prétend qu'il comprend. Et qu'il est homme à tenir sa parole.

Avec un autre homme, peut-être. Mais était-il aussi fiable avec une femme ?

Un frisson la secoua, et il lui offrit son manteau pour se protéger de la fraîcheur vespérale. Le vêtement avait la même odeur que lui — un troublant mélange de fumée, de cuir et d'épices. Il était encore tiède de la chaleur de son corps, et elle le drapa étroitement autour d'elle.

Comment a-t-il réussi à tromper ainsi ma garde ? Je m'étais pourtant promis…

— Nous ferions mieux d'y aller, elfe des bois. Il y a quelque chose que je voudrais vous montrer, et ces rebords deviennent dangereux quand la nuit tombe.

Elle le regarda, surprise et charmée par cette appellation qui lui devenait familière.

Elfe…

Elle aimait la sonorité de ce mot. Et puis les elfes étaient beaux, mystérieux, sauvages. Personne ne l'avait jamais appelée ainsi.

Il lui offrit la main, et elle la saisit sans réfléchir. Comme ils approchaient des remparts, elle respira soudain un puissant parfum, semblable à celui de la reine des prés ou de l'aubépine. Il émanait de lumineuses fleurs blanches qui escaladaient les murailles et recouvraient les murs d'un épais tapis.

— Elles sont magnifiques ! Comment ai-je pu ne pas les voir tout à l'heure ?

— Ce sont des belles-de-nuit blanches. Leurs pétales ne s'ouvrent que du crépuscule à l'aube. C'est seulement alors qu'on peut sentir leur parfum. C'est pourquoi je ne vous ai pas amenée ici avant la fin de l'après-midi. Venez maintenant. Il faut nous dépêcher avant qu'il ne fasse tout à fait nuit.

Il lui prit le bras pour assurer son équilibre, et ils redescendirent le sentier.

— Merci, Robert. En fin de compte, c'était une journée magnifique. Je l'ai vraiment appréciée.

— Moi aussi. Grâce à vous, j'ai revu tout cela avec un regard neuf.

Les yeux de Hope étincelaient dans la pénombre, et son sourire lui réchauffa le cœur.

— Croyez-vous que Robin des Bois et Petit Jean aient emprunté ce même sentier ?

— Possible… Mais ils n'étaient pas ce que la plupart des gens imaginent. Ils tenaient sans doute davantage des bandits de grands chemins et des fripouilles que des justiciers.

— Mais ils ne volaient que les riches !

— Oui, bien sûr… Je connais l'histoire. Mais tous les voleurs s'en prennent aux riches, non ? A quoi leur servirait de s'attaquer aux pauvres ? Ce serait du temps perdu pour eux et un risque inutile.

— Mais eux, ils redistribuaient leurs gains aux pauvres…

Il haussa les épaules.

— J'ai des doutes à ce sujet. Je pense qu'ils devaient plus probablement acheter ainsi leur silence, des vivres et des boissons qu'il leur était difficile de se procurer à visage découvert. De la stratégie, en somme… Ces pauvres gens n'étaient pas en position de nuire à Robin, mais ils pouvaient se révéler utiles en jouant les espions et en lui fournissant des informations. Une petite pièce de temps en temps représentait sans doute un excellent investissement pour l'avenir.

Hope ne semblait pas partager son analyse et lui opposait à présent une moue légèrement boudeuse.

— On dit qu'il prenait la défense des femmes et ne supportait pas de les voir opprimées ou molestées de quelque façon que ce soit. C'était un prince parmi les voleurs, un esprit libre. Il défendait les gens ordinaires en bute aux taxes injustes et aux lois forestières édictées par l'église, les tyrans et… et les gens comme vous !

Robert la dévisagea, perplexe.

— Les gens comme moi ?

— Oui ! Les nobles, les barons et les comtes qui vivent dans le luxe et se nourrissent de la sueur des autres.

Robert se renfrogna. Vivre sur le dos des autres ? Pour qui le prenait-elle ? Pour l'un de ces courtisans inutiles et de ces flagorneurs qui profitaient de la manne royale sans la moindre vergogne ?

Il se sentit blessé par cette accusation pour le moins

gratuite. Il avait beau s'être laissé acheter pour devenir son époux, cela ne justifiait pas une telle opinion.

— Puis-je me permettre de vous rappeler, Lady Nichols, que vous faites partie des gens comme moi à présent ? Cela dit, de quoi viviez-vous donc dans votre palais et votre maison de Pall Mall ?

— Oh ! Je ne serai jamais comme vous ! Je ne suis pas assez bien pour ça ! Et d'ailleurs, je n'en ai pas la moindre envie. Des hypocrites et des menteurs, voilà ce que vous êtes tous !

— Robin des Bois était un coupe-jarret, un voleur et un bandit ! jeta-t-il sèchement. Il ne faut donc pas s'étonner s'il est admiré par les personnes comme vous !

Elle s'arrêta net et dégagea son bras d'un geste brusque.

— Vous auriez aimé le voir pendu, hein, capitaine Nichols ? Peut-être même écartelé ! Quant aux personnes comme moi, vous n'avez pas la moindre idée de ce qu'elles sont. J'ai peut-être vécu du revenu de certains hommes, mais croyez-moi, j'ai payé pour chaque parcelle de ce qui m'a été octroyé !

Elle s'interrompit quelques secondes pour reprendre son souffle.

— Qui êtes-vous pour me juger ? J'ai fait ce que je devais pour survivre et prospérer. N'avez-vous pas fait la même chose sur le champ de bataille ? N'est-ce pas aussi la raison qui vous a poussé à m'épouser malgré votre évidente aversion pour la chose ? Moi, au moins, je n'ai jamais tué personne !

Elle l'écarta pour passer devant lui, continuant à descendre le sentier toute seule.

— Hope, attendez-moi ! Ce chemin est dangereux dans le noir…

Il se hâta de la rattraper et, comme elle ne voulait pas s'arrêter, il s'empara fermement de son bras.

— Tout ce que j'ai essayé de vous dire, c'est que vous avez grandi parmi les pauvres, qui ont tendance à prendre pour des héros les rebelles et les gens qui défient la loi.

— Et me rappeler au passage que je ne suis rien d'autre qu'une prostituée qu'on a portée au pinacle !

— Non ! J'ai seulement voulu dire que vous menez à présent la même vie que ces nobles que vous insultez. Ce qui fait de vous une hypocrite, comme moi.

Elle se débattit.

— Lâchez-moi ! Je vous ai déjà demandé de ne pas me toucher.

— Et moi, je vous dis qu'il n'est pas question que je vous laisse rentrer seule dans le noir !

Elle voulut s'éloigner de lui. Mais il se pencha d'un geste preste et la souleva dans ses bras, aussi aisément que si elle avait été une enfant.

— Reposez-moi par terre ! Je suis parfaitement capable de marcher sur mes deux pieds !

Elle lutta pour se dégager, ce qui eut pour seul effet d'inciter Robert à resserrer son étreinte. Elle sentait sa force dans ses longues enjambées, dans le jeu puissant de ses muscles. Ses bras, sa poitrine, son ventre — tout en lui était dur et résistant comme l'acier.

Aucun moyen de lui échapper !

Constatant cela, elle cessa de se débattre mais refusa de se détendre pour autant, le corps aussi tendu et rigide que celui d'un chat en colère.

Il la déposa sur le sol, à l'entrée de l'auberge.

— A présent, je peux vous reposer par terre !

Il avait besoin d'une boisson, songea-t-il en s'essuyant le front. En fait, il ne se rappelait pas avoir jamais autant bu que ces derniers jours.

Mais aussi, c'était sa faute à elle ! Elle était exactement ce qu'il avait pensé. Une femme impossible. Il se réjouissait presque de cette dispute. Au moins, les choses étaient redevenues ce qu'elles devaient être.

Il s'éloigna sans un mot de plus, la laissant trouver seule le chemin de sa chambre.

Mais il n'avait pas fait trois pas qu'il entendit sa voix résonner derrière lui, moqueuse.

— Et vous, capitaine, quels sont vos héros ?

Il ne daigna pas se retourner.

— Je n'en ai pas !

Elle insista :

— Je vous dirai avec combien d'hommes j'ai couché si vous me dites combien vous en avez tués ! Alors, marché conclu ?

Cette fois, il ralentit le pas, s'arrêta et fit volte-face. Puis il s'appuya à un pilier, croisa les bras et pencha la tête pour l'examiner de la tête aux pieds.

— Je me moque bien de savoir avec combien d'hommes vous avez couché, miss Mathews. Et je n'ai pas tenu le compte de ceux que j'ai tués !

11

Hope regardait ostensiblement par la fenêtre. Tout plutôt que de paraître remarquer la présence de cet individu ! Elle devait avoir imaginé le bref réchauffement de leurs relations, car il n'en restait plus trace. Après une journée de plaisanteries et de plaisirs tout simples, le vernis de civilité s'était déchiré aussi aisément qu'une étoffe trop mince, les laissant de nouveau enfermés dans une froide hostilité.

Les choses avaient basculé si vite… Un moment ils admiraient ensemble le coucher du soleil, et le moment d'après ils s'affrontaient. Elle ne savait pas comment un tel changement avait pu se produire et en si peu de temps, ni pourquoi elle l'avait délibérément provoqué, ensuite, lorsqu'il l'avait laissée à la porte de l'auberge.

Qu'est-ce que je voulais vraiment ? Qu'il s'en aille ? Qu'il reste ?

L'attraction entre eux était indéniable. Elle l'avait sentie dès le premier instant où elle avait posé les yeux sur lui. Mais il n'était pas l'aimable compagnon qu'il avait prétendu être. Oh ça non !

Et elle qui avait fondu pour quelques mots gentils, tel un pauvre chiot abandonné !

Ce souvenir la laissait honteuse et en colère contre elle-même. Mais pouvait-elle s'étonner de s'être raccrochée à un peu de gentillesse, après la façon dont elle avait été humiliée et trahie ?

Une telle chose n'arriverait plus, néanmoins ! Elle était une courtisane, bonté divine, pas une jouvencelle au cœur tendre et aux larmes faciles ! Il n'avait d'ailleurs pas fallu longtemps à Nichols pour se montrer sous son véritable jour.

Après tout, c'était mieux ainsi. Sans mascarade et sans faux-semblant… L'homme était arrogant, despotique, méprisant et moralisateur. Lorsqu'il était venu la chercher, plus tôt dans la matinée, son regard froid avait glissé sur elle comme si elle n'était rien de plus qu'un paquet de linge ou un sac de sucre. Un achat de plus à charger dans le chariot, en somme, pour le ramener à la maison.

Elle lui coula un regard oblique à travers ses cils. Il semblait à l'étroit et mal à l'aise dans les espaces confinés — l'auberge, le carrosse et même la maison de Pall Mall. De nouveau, il avait négligé de se raser et des ombres accentuaient le contour ferme de ses lèvres, de son menton et de sa mâchoire.

Pourquoi fallait-il qu'elle trouve ces allures frustes aussi attirantes, surtout quand il semblait qu'il eût encore passé la nuit à boire ? Elle aurait dû ne ressentir que mépris, mais son propre corps la trahissait. En dépit de sa colère et de l'évident dédain de son époux, elle était aussi intensément consciente de sa présence que lorsqu'il était assis en face d'elle à l'auberge. Elle pouvait presque sentir sa joue râpeuse contre sa joue à elle. Et ses lèvres la brûlaient comme si cette bouche renfrognée s'était soudain rapprochée, à un souffle de la sienne. La sensation de toucher… sans toucher !

Elle prit une profonde inspiration, consciente du langoureux désir qui alanguissait ses membres et lui oppressait le cœur.

Si je laisse mes sens prendre le dessus, cet homme va devenir un danger pour moi. Plus qu'aucun autre ne l'a jamais été.

Une femme comme elle, si souvent en proie à un sentiment de solitude et par trop encline aux rêveries enfantines, devait toujours prendre garde à garder la tête froide. La journée de la veille avait été une totale aberration. Au fond, c'était parfait qu'ils ne puissent pas se souffrir. Il était trop facile de confondre le désir physique avec autre chose quand l'amitié venait s'y mêler.

Oui, le désir non maîtrisé était une dangereuse faiblesse. Mais le désir conscient pouvait être contrôlé… et même devenir une arme.

Elle tourna de nouveau les yeux vers la fenêtre.

Ce désir, il le ressent aussi. Je l'ai bien vu, hier, dans le carrosse… C'était évident.

Un sourire satisfait retroussa ses lèvres à l'idée qu'il n'était pas le seul à détenir un pouvoir.

Ils traversèrent un village à l'air prospère, aux maisons de brique à colombages et aux toits de chaume, niché dans un vallon ombragé au milieu des bois. Ses fraîches profondeurs vertes tachetées de lumière étaient bordées à l'ouest par de vastes pâturages, et il pouvait s'enorgueillir de sa belle forge et d'une brasserie aux dimensions imposantes.

La veille, Hope aurait posé à son compagnon de voyage force questions sur ses habitants. Mais aujourd'hui, elle était de nouveau muette.

Peu après le village, ils tournèrent pour emprunter un chemin sinueux. On accédait à Cressly par une magnifique allée bordée de chênes gigantesques qui traversait une forêt de hêtres. Les vieux arbres, plus impressionnants en taille et en forme que tous ceux que Hope avait vus jusque-là, lui inspirèrent la même admiration respectueuse qu'elle aurait éprouvée en pénétrant sous les voûtes d'une cathédrale.

Elle avisa soudain un petit troupeau de biches et, ignorant son maussade geôlier, elle sortit à demi le buste de la fenêtre pour mieux les voir. Les biches dressèrent les oreilles mais ne firent pas mine de détaler, observant même le carrosse avec une certaine indifférence tandis qu'il prenait le virage et s'enfonçait plus profondément entre les arbres.

Hope sentit son cœur battre plus vite. Son impatience de découvrir le manoir n'avait cessé de croître depuis la veille, quand elle avait admiré la vue dans la vallée depuis le Roc du Castel. Le joli village et la forêt semblaient sortir tout droit d'un conte de fées, et il lui tardait de voir le reste.

Tout d'abord, elle n'en aperçut que des bribes — briques rouges, tourelles élancées et hautes cheminées.

Mais après un dernier virage, l'allée fila tout droit, lui dévoilant enfin une superbe demeure à deux étages, aux murs rougeâtres et aux fenêtres encadrées de blanc.

Dressée au milieu d'un bosquet, avec d'épais buissons qui la protégeaient du vent d'est, la maison était recouverte d'une épaisse tapisserie de lierre vert sombre et de vigne vierge.

Bordée par une terrasse veloutée de mousse et de lichen, elle s'élevait sur une pente douce, dans une boucle de la Trent qui coulait devant ses fenêtres, les rives ornées de grands arbres dont les branches les plus basses trempaient dans l'eau. Un bassin où se déversait le trop-plein de la rivière semblait être le refuge d'un couple de cygnes et d'autres oiseaux aquatiques d'espèces variées.

Hope n'avait jamais vu de demeure aussi bien intégrée au paysage. Il semblait qu'elle eût poussé spontanément parmi la forêt, les champs et les collines, dont elle semblait faire intimement partie.

Le carrosse fit halte dans une cour déserte pavée de dalles. Un suave parfum montait des plates-bandes de fleurs échevelées qui bordaient une large allée gravillonnée. Mais pas de serviteurs affairés, ni d'enfants curieux, de poules ou de chiens saluant les nouveaux venus de leurs sonores aboiements.

Tout était silencieux lorsque Hope descendit de voiture. On n'entendait que le gargouillement de la rivière et le murmure du vent dans les feuilles.

Elle accepta la main que lui offrait Robert, bien qu'il n'eût pas proféré le moindre mot d'accueil pour lui souhaiter la bienvenue dans sa maison.

Votre maison qui est aussi la mienne à présent, capitaine Nichols. Que cela vous plaise ou non !

Un faucon cria au-dessus de sa tête et le vent fit courir un frisson glacé dans son dos. L'espace d'un instant, elle eut l'impression que la maison la regardait, la soupesant et la jaugeant.

Réprimant son angoisse, elle leva le menton et redressa

le dos. Le juge, c'était lui, pas cette charmante demeure dont elle découvrait en la regardant mieux qu'elle était assez négligée. Elle en paraissait presque irréelle, avec ses jardins mal entretenus, ses murs étouffés par la végétation et sa cour silencieuse.

Pourtant, c'était la maison dont elle avait toujours rêvé. C'était comme si la vieille demeure l'appelait, la suppliant de l'aimer et de s'occuper d'elle. Hope aurait voulu l'étreindre tout entière.

J'ai besoin d'elle autant qu'elle a besoin de moi. Et je ne laisserai pas cet homme me chasser d'ici !

Mais dans ses songes, la maison lui appartenait. Dans ses songes, elle était heureuse et libre. Or Charles et cet étranger lui avaient volé son rêve. Cette maison ne pourrait jamais être sienne. Elle appartenait à quelqu'un d'autre. Et si Charles la rappelait, comme il le lui avait assuré, elle devrait la quitter pour la nouvelle cage dorée où il choisirait de l'enfermer. S'il l'oubliait ici, ce qui n'était pas impossible non plus, Cressly deviendrait sa prison et le capitaine Nichols son geôlier. C'était un lieu où sa présence n'était pas désirée et où il lui faudrait vivre sans amour.

A Drury Lane, au moins, elle s'était sentie utile et pas déplacée.

Elle déglutit. Voilà que ses émotions menaçaient de la submerger ! Elle avait fourni tant d'efforts pour ne pas laisser voir sa peine à cet homme si sévère et si froid… Un geste aimable de sa part, et elle s'était sentie immédiatement attirée vers lui au point d'accepter son bras et de s'appuyer sur lui, confiante en sa vigueur.

Mais la vérité, c'était qu'elle était seule, ainsi qu'elle l'avait toujours été. C'était en elle, et en elle uniquement, qu'elle devait trouver de la force !

Oh ! Charles ! Comment avez-vous pu me faire cela ? Et pourquoi ?

C'était si douloureux qu'elle dut se mordre les lèvres pour ne pas crier.

— Bonsoir, sergent Oakes. J'ai amené une invitée, la

comtesse de Newport… Vous me ferez plaisir en intimant aux domestiques de veiller à son confort. Je vous verrai ensuite dans la bibliothèque. Nous avons des choses importantes à discuter.

Hope cilla.

J'ai amené une invitée.

Ainsi, c'était cela qu'elle était censée être !

Elle prit une profonde inspiration et se composa une contenance avant de se tourner vers ledit Oakes. Le sergent dévisageait son maître, visiblement stupéfait de son apparition. Puis il concentra son attention sur elle.

Comme il s'approchait d'eux, elle remarqua qu'il tenait sa main gauche recroquevillée contre son flanc. Il semblait qu'il lui manquât deux doigts. Quant à son visage, il était zébré d'une cicatrice qui lui traversait la joue et le front, frôlant dangereusement l'un de ses yeux.

— C'est un immense plaisir de vous accueillir céans, milady.

Il lui dédia un sourire chaleureux. Il avait la voix rauque et cassée de quelqu'un qui a passé des années à aboyer des ordres, mais son ton était amical. Il portait un uniforme de soldat au lieu d'une livrée, et il était difficile de déterminer sa position exacte dans la maisonnée. Mais Hope n'en avait cure.

Ceux qui se ressemblent se reconnaissent entre eux. Et le sergent était un survivant. Comme elle.

Elle s'avança vers lui et glissa familièrement son bras sous le sien.

— C'est une telle joie de faire connaissance avec l'un des collègues de Robert ! Il est parfois si taciturne… Je craignais qu'il n'ait pas d'amis. Aussi suis-je ravie de le voir plaisanter avec vous. Mais il ne devrait pas vous taquiner ainsi. En réalité, je suis Lady Nichols, la nouvelle épouse de notre galant capitaine !

Les yeux du sergent s'arrondirent de stupéfaction et il cilla plusieurs fois. Puis il ouvrit la bouche et la referma à deux reprises avant de retrouver la parole.

— Vous vous êtes marié, capitaine ? Mais quand ? Et pourquoi ne nous en avez-vous pas informés ?

Robert émit un léger bâillement d'ennui.

— La chose a été plutôt soudaine, dit-il avec une nonchalance affectée. J'aurais dû envoyer un messager de Londres ou de Nottingham, je suppose…

Oakes approuva d'un hochement de tête, la mine subitement sévère.

— Vous auriez dû, monsieur, en effet. Ainsi, nous aurions pu préparer un accueil bien plus convenable à votre épouse.

Puis il ajouta dans un grand sourire à l'adresse de la nouvelle maîtresse de maison :

— Bienvenue à Cressly, madame. Nous manquions d'une présence féminine ici. Et veuillez excuser ce pauvre accueil. Je vais demander aux domestiques de se rassembler tout de suite.

Hope lui tapota le bras.

— Inutile de vous excuser, sergent.

La surprise d'Oakes était presque comique et contrastait avec la froide indifférence de son maître. Hope le lâcha pour prendre le bras de son mari et un sourire suave étira ses lèvres lorsqu'elle le sentit se raidir.

Posant gracieusement la tête sur son épaule, elle leva vers lui un regard noyé.

— Nous avons été submergés tous les deux par une irrésistible passion. N'est-ce pas, chéri ?

Robert fit entendre un grognement pour toute réponse.

Un maigre jeune homme brun qui portait un bandeau sur l'œil vint s'occuper des chevaux, tandis qu'un valet de pied au visage balafré aidait à décharger les bagages.

Les gens mutilés ou marqués de cicatrices étaient légion dans les rues de Londres depuis la guerre. Mais on n'en voyait guère chez les gentilshommes.

Elle allait interroger le sergent Oakes à ce sujet, quand les portes de Cressly s'ouvrirent. On l'entraîna à l'intérieur avant qu'elle n'ait eu le temps de poser sa question.

12

Hope trouva la maison sombre, froide et inhospitalière — comme son propriétaire, en somme. Et si étrangement vide…

Un superbe escalier de bois massif se dressait devant elle. Avec ses sculptures élaborées et ses larges paliers, il s'élevait du sous-sol aux greniers. Une salle de billard s'ouvrait près de l'entrée. La bibliothèque se trouvait à gauche, séparée du salon par un vaste couloir. Mais en dehors de lourdes draperies sombres, les murs étaient nus, et les rares meubles recouverts pour la plupart par des housses et des tapis.

Le travail de nettoyage devait être aisé pour les servantes, mais il se dégageait de l'ensemble une atmosphère presque funéraire. On entendait tictaquer une pendule dans une pièce lointaine, et Hope sentit une appréhension lui serrer le cœur.

Comment vais-je pouvoir vivre ici ?

Elle était habituée à la musique, aux couleurs, aux rires et à la gaieté. A la compagnie… aux amis…

Lorsque le sergent Oakes eut achevé de rassembler les domestiques, le capitaine la présenta brièvement.

— Voici la comtesse de Newport.

Puis il attendit d'un air impatient et agacé, tandis que le sergent nommait un à un les serviteurs à Hope, en précisant chaque fois leur fonction.

De toute évidence, son coureur de dot de mari était pressé de se débarrasser d'elle pour vaquer à ses affaires !

Il a honte de me présenter comme sa femme même à sa domesticité !

Un élancement de colère et de souffrance lui cisailla le cœur. Refusant d'en tenir compte et de montrer à quel point son attitude l'affectait, elle se redressa, la tête haute, faisant de son mieux pour offrir une image digne et gracieuse.

Robert s'adressait d'un ton sec à ses serviteurs, mais ceux-ci ne montraient pas le moindre signe de crainte ; il ne semblait donc pas qu'ils aient affaire à un maître difficile. On aurait pu s'attendre à les voir manifester une certaine excitation à l'arrivée de leur nouvelle maîtresse, mais il n'en était rien. Ils se tenaient en rang, par ordre de préséance, le visage impavide.

La gouvernante, Maggie Overton, une petite femme châtain à l'air sévère, l'examina avec un regard aussi froid que celui de son maître.

Mme Fullerton, la cuisinière, la salua d'un signe de tête distrait, comme si d'autres devoirs l'appelaient.

Le valet de pied aux cicatrices lui fut présenté sous le nom du caporal Ryan. Ce fut ensuite le tour de M. Yates, un beau jeune homme dont la main gauche était amputée de deux doigts.

Enfin, deux servantes, Lucy et Patience, s'inclinèrent devant elle en la dévisageant d'un regard aigu.

C'était là une équipe réduite, étant donné la taille du manoir et Hope était bien décidée à remédier aussi promptement que possible à l'absence de femme de chambre notamment.

En fait, elle ne savait trop que penser de ces gens. Le sergent semblait amical, les valets de pied corrects. Mais la gouvernante la détaillait avec un mépris patent, et les servantes, même si elles ne donnaient pas extérieurement le moindre signe d'insubordination, l'examinaient avec une curiosité qui frôlait l'impolitesse.

Je pourrais aussi bien avoir le mot « catin » estampillé sur le front. Les hommes ne savent pas qui je suis, mais elles, elles pensent le savoir.

La façon dont son époux l'avait présentée devait d'ailleurs

confirmer leurs soupçons. Une dame convenable ne séjournait pas seule chez un homme, surtout quand elle n'était pas mariée.

Eh bien, tant pis ! Elle n'allait pas essayer de se justifier devant cet échantillon d'étrangers revêches. Qui étaient-ils pour la juger ? Elle avait affronté le jugement de ducs et de duchesses, le regard dédaigneux de toute la Cour, alors ce n'étaient certainement pas ces gens-là qui allaient l'impressionner !

Redressant la tête avec fierté, elle gratifia la venimeuse gouvernante d'un regard hautain.

Robert s'éclaircit la gorge et s'avança.

— Bien… Vous connaissez la maisonnée à présent. Je suis sûr que Maggie se fera un plaisir de vous faire visiter le manoir pendant qu'on vous prépare une chambre. Oakes et moi avons du travail. Je vous verrai au dîner.

Il l'abandonna sur ces mots, la laissant se débrouiller comme elle pouvait.

— Par ici, madame. Je vais vous montrer le salon. Mais faisons vite… Nous avons beaucoup de travail, avec votre arrivée inattendue.

Hope fronça les sourcils. L'agacement de la gouvernante était évident, et son attitude fort peu respectueuse. Après avoir si longtemps nettoyé et servi dans l'établissement de sa mère, Hope éprouvait spontanément un sentiment de camaraderie envers les domestiques. Elle essayait de respecter leur dignité, de se montrer sensible à leurs besoins, et s'efforçait de ne pas être un fardeau pour eux.

Mais elle ne tolérait pas l'impolitesse.

Elle n'avait pas demandé à être comtesse, ni grande dame, ni épouse. Mais elle l'était devenue, c'était un fait. Et cela lui avait coûté très cher. Elle avait droit au respect et veillerait à l'obtenir. Cette femme devait être remise à sa place.

Contrairement aux pièces qu'elle avait entrevues jusque-là, le salon était luxueusement meublé, et visiblement habité. Des tuiles hollandaises ornaient le foyer gigantesque et des canapés, fauteuils et sofas étaient disposés sur un tapis turc aux couleurs éclatantes, constellé d'étoiles. La large fenêtre ouvrait sur une superbe vue de collines onduleuses et d'arbres vénérables, et on voyait briller le bassin qui bordait le parc aux biches.

Les portraits d'un homme sévère mais séduisant et d'une belle femme élégante ornaient les murs. Portraits de famille, sans aucun doute. La ressemblance de l'homme avec Robert était frappante.

Il est plus beau que son père. Son visage est sévère, mais pas à ce point. Je doute que le baronet Nichols père ait jamais souri.

La gouvernante toussota, marquant ainsi son impatience. Tout le monde semblait impatient autour d'elle, bien qu'il ne semblât pas y avoir grand-chose à faire dans cette maison vide, si elle en croyait le peu qu'elle avait vu.

Elle étudia les tableaux quelques instants de plus avant de se retourner.

— Oui, Maggie ?

— Pour vous, ce sera Mme Overton, rectifia sèchement la femme. J'ai du travail qui m'attend. Vous pouvez vous installer ici pendant que les hommes montent vos bagages et qu'on vous prépare une chambre.

— J'aimerais que quelqu'un me fasse visiter la maison, Maggie. C'est le travail de la gouvernante, je pense ?

— C'est l'une de ses prérogatives en effet, mademoiselle, quand il lui reste du temps pour divertir les invités.

Sa voix était presque sifflante.

— Pas quand c'est un ordre de votre maîtresse, madame Overton ! D'ailleurs pour vous, ce sera Lady Newport ou milady. J'ai épousé votre maître et je suis la dame de céans désormais, que cela vous plaise ou non. Vous êtes donc priée de me montrer le respect approprié si vous voulez conserver votre poste ici !

— Oh ! Vous êtes la maîtresse, pour sûr, madame. Et nous savons tous de qui ! Nottingham n'est pas si loin de Londres que vous semblez le croire. On y clabaude sur la petite amie du roi, avec ses regards enchanteurs et ses cheveux plus noirs que la nuit. Personne d'autre n'a des yeux de cette couleur, ni ne viendrait à la campagne aussi bien attifée. Je vous ai vue avec le roi à Newcastle quand j'ai rendu visite à ma grand-mère. Dieu seul sait ce que vous avez bien pu faire à notre maître ! Il n'avait jamais amené de femme ici auparavant. Mais il mérite certainement mieux qu'une créature comme vous.

Reniflant de mépris, elle reprit :

— Ici, nous travaillons tous très dur, madame. Ce n'est pas un palais rempli de serviteurs prêts à vous obéir au doigt et à l'œil. Si vous voulez passer pour son épouse, libre à vous. Mais ne vous attendez pas à ce que nous entrions dans votre jeu !

Secouée par cette attaque virulente et inattendue, Hope sentit son cœur s'emballer, et une vague de colère déferla en elle, menaçant de la submerger.

Elle avait enduré pire à la Cour. Mais c'était là une épreuve de trop après trois jours de trahisons, de fatigues et d'incertitudes. Cinq ans plus tôt, elle aurait levé le poing sur cette femme et l'aurait assommée en moins de temps qu'il n'en fallait pour le dire…

— Madame Overton…

Elle réussit à garder une voix impassible.

— Je vous déconseille d'utiliser ce ton avec moi de nouveau. Si vous savez qui je suis, alors vous avez dû entendre quelques histoires à mon sujet, notamment une anecdote à propos d'une certaine Orange Moll. Eh bien, sachez qu'elle est véridique. J'ai été courtoise avec vous et ne vous ai donné aucune raison de vous montrer si grossière. J'en parlerai à votre maître, vous ne me laissez pas le choix.

— Eh bien, faites-le donc, milady !

Le ton était toujours pugnace, mais la femme recula tout de même d'un pas.

— Je suis auprès de lui depuis dix-sept ans. Et vous ? Une semaine ? Quelques jours ?

— Disparaissez de ma vue, madame Overton. Tout de suite !

— Avec plaisir, madame. Et bonne visite ! J'espère que vous ne vous perdrez pas dans les couloirs.

Encore bouillonnante de colère, Hope traversa le hall lambrissé, ouvrant les portes les unes après les autres. Elle en voulait furieusement à Robert. Si elle en était là, c'était sa faute ! S'il l'avait traitée avec courtoisie et respect, les serviteurs auraient fait de même.

Le hall était meublé de plusieurs tapis verts, d'une longue table à tréteaux, d'un placard et de plusieurs chaises. Tandis que Hope marchait, l'un des tapis glissa sous son pied et elle tomba sur le sol, se cognant le coude à la table. Elle se releva tant bien que mal dans un juron, opération difficile étant donnée l'ampleur de ses jupes. Puis elle s'assit sur une chaise et se frotta le coude en ravalant des larmes de douleur.

Robert me hait. Les domestiques me détestent. Et à présent, voilà que la maison s'y met aussi !

— Eh bien, moi aussi, je vous hais ! Tous !

C'était stupide de le proclamer ainsi tout haut, mais cela lui fit du bien… jusqu'à ce qu'elle aperçoive un petit bout de fille qui la contemplait d'un regard écarquillé, un seau à la main et une coiffe posée de travers sur sa tignasse rousse.

Hope n'était pas elle-même de très haute taille, et il était rare que quelqu'un lui donnât l'impression d'être grande. L'apparition n'était pas Lucy ou Patience, en tout cas. Sans doute quelque souillon ou fille de cuisine qui n'était pas censée déambuler à l'étage…

— Est-ce que… vous… euh… Je peux vous aider ?

La voix était à peine plus qu'un chuchotement, mais c'était la première fois de la journée que quelqu'un offrait son aide à Hope.

— Ne prenez pas cet air effrayé, je ne suis pas folle. Seulement en colère. Et je ne suis ni une intruse ni un fantôme.

— Dieu soit loué, milady ! Pendant un moment, j'ai cru que c'était elle !

— Elle ?

— La fille qui hante le manoir. Dans le quartier des servantes, il y en a qui disent qu'elle se promène nuit et jour dans les couloirs.

— Oh ! Je vois… Non, rassurez-vous. Je suis l'épouse du capitaine Nichols. Et pour l'instant, je suis un peu perdue. Quel est votre nom ?

— Je m'appelle Rose, milady. C'est gentil à vous de le demander. Je ferais mieux de redescendre à présent. Si Mme Overton me voit ici, elle va m'écorcher vive.

Visiblement nerveuse, la fille jetait des coups d'œil des deux côtés du hall en tordant anxieusement le coin de son tablier.

— J'étais censée nettoyer le sol du hall d'entrée à la place de Lettice, qui fait le travail de Patience vu que celle-ci est en train de nettoyer le petit salon pour…

— C'est parfait, Rose, l'interrompit Hope avec douceur. Inutile de m'expliquer.

Une idée se formait déjà dans sa tête.

— Vous connaissez bien le manoir, Rose ?

— Oh oui, milady, dans les moindres recoins ! C'est moi qui ramasse les cendres et prépare le feu dans les cheminées quand presque tout le monde dort encore.

— Pensez-vous que vous pourriez m'aider à enlever cette robe ?

— Que je… Oh !

Le regard scandalisé de Rose était si comique que Hope se prit à sourire pour la première fois de la journée, mais la jeune fille se reprit très vite.

— Oui ! Je pourrais faire cela, madame, j'en suis sûre. Avant, j'aidais Mme Overton. Et on m'appelle souvent pour lacer Patience et Lucy. Je sais aussi coudre et raccommoder, ajouta-t-elle avec fierté. A la maison, c'était moi qui faisais tous les habits de ma famille. Je sais aussi coiffer.

— Mais c'est parfait, Rose ! Mon mariage a été très

soudain, voyez-vous, et j'ai grand besoin d'une femme de chambre.

Ce qui n'était pas un mensonge. Elle aurait pu requérir les services de Patience ou de Lucy jusqu'à ce qu'elle trouve une fille au village. Mais leur attitude ne l'avait guère encouragée à faire appel à elles.

Hope ne doutait pas que promouvoir Rose au poste de chambrière allait mettre la maisonnée sens dessus dessous. Ayant servi elle-même, elle connaissait assez les dessous de la vie domestique pour savoir que les autres servantes allaient d'abord être furieuses. Mais elles comprendraient vite que leur position au manoir et leur avancement dépendaient du bon vouloir de la nouvelle maîtresse et qu'elles avaient donc intérêt à lui complaire.

— Comment se fait-il qu'une fille aussi pourvue de talents travaille dans l'arrière-cuisine ?

— C'est qu'il n'y a pas eu de dame ici depuis fort longtemps, milady. Je suis juste censée aider les autres servantes. Et puis c'est aussi parce que je suis irlandaise… Dans une maison anglaise, vous ne verrez jamais une Irlandaise occuper un poste plus élevé.

— Est-ce le capitaine Nichols qui en a décidé ainsi ?

— Oh ! Non, madame, je ne crois pas. Le maître ne s'occupe pas de ces choses. C'est ainsi, voilà tout. Et je crois qu'il en est de même dans les autres maisons.

— Eh bien, pas dans celle-ci désormais. Une lady choisit elle-même sa chambrière. Et moi, je vous choisis.

La fille poussa une exclamation ravie et frappa ses mains l'une contre l'autre, renversant le seau par inadvertance.

Son visage changea aussitôt d'expression.

— Oh ! Madame, je suis désolée. Quelle maladroite je fais ! Je vais nettoyer tout de suite.

— Hum… Nous nous ressemblons sur ce point, je le crains bien. Je viens juste de trébucher et de tomber. Mais nous ne pouvons pas passer notre temps à nous excuser, n'est-ce pas ? Tant pis pour les dégâts ! Et puis vous n'avez plus à nettoyer cela. Vous êtes une camériste à présent, et de telles tâches sont en dessous de vous. Vous ne devrez plus prendre vos ordres que de moi.

Le sourire de Rose était contagieux et Hope se sentit optimiste pour la première fois de la journée. Grâce au ciel, elle venait de se faire une alliée dont la loyauté lui était désormais tout acquise. Le sergent Oakes ne lui était pas hostile non plus. Et avec le temps, elle espérait parvenir à se concilier les autres un à un. Au lieu de disputer à Mme Overton le contrôle de la maison, elle apprendrait simplement à contourner son autorité.

Après que Rose lui eut désigné la porte du bureau de Robert, Hope l'envoya en expédition dans le manoir.

— Essayez de repérer ma chambre, voulez-vous ? Et revenez ensuite me dire où elle se trouve. Si on vous pose des questions, dites que c'est à moi qu'il faut s'adresser.

La jeune fille dansait littéralement de joie.

— Bien, milady. J'y vais tout de suite. En me réveillant ce matin, je n'avais pas la moindre idée de ce qui m'attendait. Si j'avais pu me douter ! Votre arrivée, c'est la meilleure chose qui me soit arrivée de ma vie !

Eh bien, j'aurai au moins fait le bonheur de quelqu'un !

Hope se dirigea vers le bureau avec une certaine appréhension. Elle savait se battre quand il le fallait, mais elle n'aimait pas cela et tâchait d'éviter les scènes déplaisantes chaque fois qu'elle le pouvait.

Pourtant, à part durant les quelques heures passées à Nottingham, toutes ses conversations avec Robert s'étaient terminées par des disputes. Il ne l'aimait pas et elle n'était visiblement qu'un fardeau pour lui. Sans doute allait-il la rabrouer pour son intrusion et cela finirait-il une fois encore en altercation.

Pourtant, si elle voulait prendre le contrôle de la maisonnée, il lui fallait affronter le lion dans son antre. Aussi fit-elle de son mieux pour se barder d'une calme indifférence.

Prenant une profonde inspiration, elle frappa à la porte et, sans attendre la réponse, poussa le panneau pour se glisser à l'intérieur.

C'était une pièce sombre, spartiate, avec une cheminée, un bureau, deux chaises et une collection de boucliers et d'armes de guerre accrochés aux murs. L'épée que Robert portait à Londres était suspendue au-dessus de l'âtre, étincelant d'une beauté mortelle.

Mais en dehors de ses boiseries sculptées et de son étalage d'armes, la pièce ne comportait ni couleurs, ni décorations, ni la plus petite parcelle de chaleur.

Si le bureau privé d'un homme reflétait sa personnalité et sa vie intérieure, alors son mari était sans conteste quelqu'un de sombre et de dangereux.

Et sa vie n'était que bataille.

13

— Est-ce que les gens ne frappent pas au palais, Hope ? Vous voyez bien que nous sommes occupés !

Elle cilla, surprise.

— Mais j'ai frappé !

Le sergent Oakes lui adressa un clin d'œil et un sourire compatissant.

— Il faut absolument que je vous parle, Robert. C'est à propos des serviteurs. Il faudrait régler ce problème maintenant avant que les choses ne deviennent irrattrapables. Cela ne peut pas attendre, je vous assure.

Le sergent se leva et s'inclina devant elle, puis lui offrit galamment son siège.

— Si vous voulez bien m'excuser, milady. Et vous aussi, capitaine. Je vais sans plus tarder informer tout le monde de la bonne nouvelle.

Il s'arrêta sur le seuil pour ajouter :

— Vous nous avez porté chance, Lady Newport. Je vous souhaite beaucoup de bonheur en retour !

Perplexe, Hope interrogea Robert du regard. En quoi l'obtention de terres forestières pouvaient-elles intéresser les serviteurs ?

— Eh bien, que se passe-t-il, Hope ? Comme vous le constatez, vous avez interrompu un entretien privé dans mon bureau…

— Votre gouvernante est insolente et terriblement impolie.

Il haussa les sourcils.

— Vraiment ? Depuis toutes ces années que je la côtoie, je n'avais jamais remarqué.

Elle prit sur elle pour garder un ton aussi détaché que le sien.

— Je lui ai demandé de me faire visiter la maison afin que je puisse y retrouver mon chemin, et elle a refusé.

Il haussa les épaules.

— Et qu'attendez-vous de moi ? Je n'ai pas le temps de vous prendre par la main, Hope. Ici, nous avons tous du travail.

— Tiens, tiens ! C'est quasiment mot pour mot ce qu'elle m'a répondu. Ce que j'attends de vous ? Que vous accomplissiez votre devoir ! Vous devez me présenter convenablement à votre maisonnée, en tant que votre épouse. Les serviteurs ne me respecteront pas sans cela.

— Mais vous n'êtes pas mon épouse au sens propre… Pourtant, vous vous sentez autorisée à envahir mon espace privé et à me dicter ce que je dois faire.

— Votre semblant d'épouse, alors, le diable vous emporte ! Et je ne devrais pas avoir à vous dicter votre conduite ! Si j'étais à votre place, je n'abandonnerais pas ainsi mes invités, ni ne laisserais mes serviteurs faire preuve de grossièreté envers eux. Et je ne les traiterais certainement pas comme vous me traitez !

Sa voix était montée de plusieurs crans. Elle avait beau faire, aucun homme ne l'avait jamais rendue aussi furieuse ni ne lui avait fait perdre son sang-froid comme celui-ci semblait en avoir le pouvoir.

— Qu'allons-nous faire alors ? Nous promener main dans la main et leur mentir sans vergogne ? Les gratifier d'un grand discours sur la dynastie, les héritiers et tous les petits… Nichols à venir ?

— Vous voulez dire les Stuart, c'est ça ? Soyez donc plus franc, Robert ! Pourquoi avez-vous accepté le marché si cela vous déplaît à ce point ?

— Tout ce que je veux dire, c'est que ni mes serviteurs ni mes métayers ne sont ici pour obéir à vos caprices. Et cela inclut le sergent Oakes. Mme Overton m'est fort utile, et il y a des années qu'elle est auprès de moi.

Son ton froid et son attitude impassible achevèrent de la faire sortir de ses gonds.

— Je vois. Elle est utile… mais pas moi… Excepté, bien entendu, comme moyen d'échange pour obtenir une terre et un titre. Mais à présent que vous avez eu ce que vouliez, c'est trop vous demander que de respecter votre part du marché, j'imagine ? Je suis une créature pacifique. Je ne veux de mal à personne. Mais je vous le jure, si j'avais su que vous alliez devenir mon mari pour de bon, j'aurais été diantrement tentée de verser du poison dans votre vin le soir de la fête du mai !

— Et moi, si j'avais su que vous alliez devenir ma femme, j'aurais été diantrement tenté de le boire, madame !

— Mais vous le saviez, capitaine ! Et vous en avez été fort bien récompensé !

Elle quitta la pièce sur ces mots, mais gâta la dignité dédaigneuse de sa retraite en se cognant contre la porte au moment de sortir.

Elle avait toujours été maladroite. Mais cet homme, cette maison et surtout sa situation la déstabilisaient au point qu'elle était couverte de bleus à peine arrivée et si frustrée qu'elle se sentait au bord des larmes.

Larmes qui faillirent bien jaillir de ses yeux quand elle se retrouva dans le hall et s'aperçut qu'elle n'avait pas la moindre idée de l'endroit où elle devait aller…

— J'ai trouvé votre chambre, madame. Elle est toute prête et vous attend.

Rose ! Hope fut si heureuse de la voir qu'elle faillit la serrer dans ses bras. Il fallait qu'elle fasse un cadeau à cette fille. Le sergent et elle représentaient les deux seuls points positifs dans sa catastrophique journée.

Le troisième, comme elle le découvrit très vite, fut sa chambre…

C'était un somptueux et confortable appartement d'angle, avec un parquet de chêne ciré entrelacé de motifs en ébène et de bois couleur de miel. La fenêtre, munie d'un siège, avait vue sur la rivière en contrebas, et des portes-fenêtres ouvraient sur une terrasse orientée au sud. Du satin bleu ciel et des tapisseries d'Aubusson gaiement colorées recouvraient les murs, assortis à la nuance légèrement plus sombre des fauteuils capitonnés. De riches courtines de damas doré et de velours bleu agrémentaient le lit, tandis que la cheminée de marbre, d'une blancheur neigeuse, conférait à la pièce une élégance toute classique.

Mais ce qui la ravit par-dessus tout, ce fut la profusion de fougères et de fleurs en pots qui ornaient tous les coins de la pièce.

— Oh ! Mon Dieu, Rose ! C'est aussi beau et parfumé qu'un jour d'été !

— N'est-ce pas, madame ? Je n'ose toucher les objets de crainte de les salir !

Hope pouffa de rire. Son moral remontait en flèche.

— Nous allons nous occuper de cela. Vous avez besoin d'un bon bain et de meilleurs vêtements. J'ai une robe qui devrait vous aller.

Elle exhala un soupir d'aise.

— Ce soir, je dînerai dans ma chambre, Rose. Veuillez en informer… ceux que cela concerne. Puis apportez-moi une cruche de vin et un morceau de pain pendant que je fouille dans mes bagages.

La petite servante s'éloigna d'une démarche allègre. Mais elle fut arrêtée net par l'apparition de la gouvernante, qui se figea sur le seuil.

Cette dernière semblait aussi surprise que Hope par l'aspect de la chambre.

— Mais ce n'est pas… Votre chambre…

Elle remarqua soudain la présence de Rose.

— Rose O'Donnell ! Qu'est-ce que ça signifie ? On vous a cherchée partout. Retournez tout de suite à l'office !

Hope s'interposa.

— Rose ne retournera pas à l'office, madame Overton. Elle m'a été d'une aide précieuse aujourd'hui, et comme j'ai besoin d'une femme de chambre, ce que vous pouvez sûrement comprendre, j'ai choisi Rose qui me paraît faire parfaitement l'affaire.

— C'est impossible. Ce n'est pas convenable. D'ailleurs, j'ai besoin d'elle dans la cuisine.

— Eh bien, engagez quelqu'un d'autre. Le sujet est clos. Elle a déjà commencé à remplir ses nouvelles fonctions. N'est-ce pas, Rose ?

— Oui, milady !

— Alors, allez vite faire ce que je vous ai demandé.

Rose sortit en se glissant entre le chambranle et la gouvernante, qui se remit à protester.

— Le maître…

— Le maître peut aller se faire pendre s'il veut, et vous pouvez lui répéter ce que j'ai dit. La journée a été très longue, après une semaine plus que difficile et ma patience est à bout. Allez-vous plaindre au capitaine Nichols si vous n'êtes pas satisfaite.

Et comme la femme la dévisageait, incrédule, elle ajouta :

— Laissez-moi à présent. Ah, et si vous voyez le sergent Oakes, remerciez-le pour cette superbe chambre.

La gouvernante faillit s'étrangler sous l'outrage.

— Bonsoir, madame Overton. S'il vous plaît, veuillez refermer la porte derrière vous.

Rose revint quelques instants plus tard, munie d'un plateau chargé de fromage, de jambon et de fruits, ainsi que d'une cruche de vin blanc frais et sucré. Une vraie perle, cette petite !

Sa récompense fut une robe de taffetas bleu sombre et une autre en lainage émeraude, qui s'accordaient toutes deux avec son teint et la couleur de ses cheveux.

— Oh ! Milady… Vraiment ? C'est pour moi ? Jamais je n'en ai vu de pareilles. Si l'on m'avait dit que je porterais un jour d'aussi belles choses !

Elle tournoya dans la pièce, le taffetas bleu plaqué sur sa poitrine.

— Comment pourrai-je jamais vous remercier ?

Hope se remémora l'époque déjà lointaine où sa première vraie robe l'avait transportée de joie.

Elle sourit.

— Je suis heureuse qu'elles vous plaisent, Rose. Il vous suffira de les ajuster un peu, et elles vous iront très bien, je pense. Une chambrière doit être bien vêtue, afin de ne pas faire honte à sa maîtresse. Des vêtements convenables font partie de vos gages. Et maintenant, si vous voulez bien m'aider à ôter cette robe… Ensuite, je n'aurai plus besoin de vous ce soir. Allez trouver le sergent Oakes. Dites-lui que vous êtes ma chambrière désormais et que je lui serais reconnaissante s'il pouvait vous trouver une chambre convenable au manoir.

— Bien, madame.

— Et remerciez-le bien de ma part pour m'avoir fait préparer celle-ci.

Car c'était Oakes qui avait dû lui assigner ce superbe appartement, digne en tout point de la maîtresse de maison. Ainsi s'expliquaient sans doute le sourire et le clin d'œil qu'il lui avait adressés dans le bureau de Robert.

Après le départ de Rose, elle prit la cruche de vin et s'installa sur la banquette de la fenêtre pour regarder la lune dorée s'élever lentement au-dessus des arbres et de la brume.

Pour la première fois depuis des jours, elle disposait enfin d'un endroit où elle pouvait jouir d'un peu de solitude et réfléchir. Personne ne vint la déranger, ce qui ne la surprit guère. Elle aurait dû goûter ce repos, car elle en avait bien besoin. Elle se sentait épuisée, physiquement et moralement.

Pourtant, il n'en fut pas ainsi.

Les événements de la semaine avaient été si rapides, si chaotiques, qu'elle avait l'impression d'avoir fait naufrage et de se retrouver soudain rejetée sur une côte lointaine et inconnue. Aussi longtemps qu'elle avait pu agir, parler, se battre, elle n'avait pas eu le temps de s'appesantir sur cette impression. Mais maintenant, dans la tranquillité de cette chambre, elle ne pouvait plus y échapper.

La trahison de Charles avait été doublement dévastatrice, et en elle-même et par la façon dont il l'avait commise. Qu'avait-elle fait pour l'inciter à la blesser ainsi, à l'abandonner dans ce manoir à demi vide avec des étrangers, à la merci de cet homme au cœur glacé ?

La colère l'étouffait tant qu'elle dut avaler un verre de vin pour se calmer.

Charles... Elle lui avait donné plus qu'à aucun autre. Son corps, son amitié. Sans jamais lui demander quoi que ce soit en échange. Ni bijoux, ni faveurs. Seulement la liberté de s'en aller en paix. Liberté qu'il lui avait cruellement refusée, en usant de tricherie et de mensonge.

Je le hais. Oh ! Seigneur, comme je le hais !

Elle ne lui avait pas fait de promesses, elle estimait donc après cela ne plus rien lui devoir. Elle n'était pas un jouet qu'il pouvait délaisser pendant qu'il s'amusait avec un nouveau.

Non content de me traiter en catin, il voudrait me commander comme un mari ? Eh bien, cela ne sera pas !

Et l'autre, son mari de complaisance ? Il l'avait épousée pour obtenir ce qu'il voulait, tout en la méprisant pour ce qu'elle était. Il lui reprochait un marché où elle n'était pour rien, alors qu'il l'avait accepté de son plein gré et n'avait pas manqué d'en réclamer le prix.

L'un était un menteur et un tricheur, l'autre un hypocrite. Et tous deux l'avaient traitée comme un objet de peu de valeur qu'ils avaient utilisé à leurs propres fins.

Robert y a gagné son titre et de nouvelles terres. Charles a réussi à me faire quitter la Cour sans rompre avec moi, du moins aussi longtemps qu'il est sûr de ne pas le vouloir. Et moi, qu'est-ce que je tire de tout cela ?

L'humiliation.

L'exil.

La perte de sa liberté.

Et de la part des serviteurs du manoir, rien d'autre que du mépris.

Si quelqu'un avait le droit d'être en colère, c'était bien

elle ! C'était elle qui souffrait, alors qu'elle n'avait rien à se reprocher. Tout ce qu'elle possédait, tout ce pour quoi elle avait travaillé n'existait plus ou appartenait désormais à son mari. Charles lui avait même ôté le droit de remonter sur scène.

Mais ils ne perdent rien pour attendre, autant l'un que l'autre ! Je prendrai d'eux tout ce que je pourrai et je les ferai payer.

Et pour commencer, elle s'arrangerait pour que l'honorable capitaine la désire, malgré son dédain. Elle le séduirait, et se vengerait ainsi du roi et de lui. Elle montrerait à Charles qu'il n'avait plus la haute main sur elle. Et au fier et hautain Robert qu'il ne valait pas mieux qu'elle.

Je l'obligerai à admettre que son honneur ne vaut pas plus que le mien.

Elle avala un autre verre de vin, espérant adoucir ainsi son chagrin et sa colère.

Dans ses rêves d'enfant, c'était un lieu tel que Cressly qu'elle imaginait être son refuge, avec des arbres immenses, une rivière d'eau claire et des jardins aux fleurs multicolores vibrants de vie. Le manoir était certes négligé, mais sa beauté rayonnait malgré tout, et son charme la touchait jusqu'au fond du cœur. C'était presque comme si cet endroit avait besoin d'elle. Pourtant, dans ses profondeurs secrètes, la maison lui semblait froide et vide.

Entourée de silence, de serviteurs suspicieux et liée à cet homme glacial et distant, elle se sentait désespérément seule, lasse et prisonnière.

Et elle était fatiguée d'être forte…

Une douleur lui cisailla la poitrine et des larmes perlèrent à ses cils, mais elle les refoula sans pitié.

Elle tendit de nouveau le bras vers la cruche, puis le laissa retomber. Le vin adoucissait la souffrance, certes. Mais avec sa puissante alchimie, il avait transformé sa colère en auto-compassion. Or elle ne voulait pas de cela.

La lune brillait haut dans le ciel à présent, globe de lumière jaune au-dessus de l'horizon bleu sombre. Le ciel était clair, mais des bancs de brume montaient de la rivière, et quelque part dans le lointain, on entendait gronder le tonnerre.

Elle frissonna, les genoux ramenés contre sa poitrine. Elle aurait dû demander qu'on lui allume du feu. Mais il était temps de se coucher.

Avec précaution, elle chercha son chemin à tâtons dans le noir, se cognant l'orteil contre le rebord du lit en chêne massif. La douleur fut si vive qu'elle poussa un cri avant de s'effondrer, recroquevillée sur le matelas.

Ce n'était qu'une petite chose, mais une petite chose de trop. Elle se mordit les phalanges pour comprimer sa souffrance, mais le chagrin qu'elle réprimait depuis des jours finit par la submerger. Les larmes longtemps combattues jaillirent en sanglots déchirants et elle pleura sans fin, telle une petite fille perdue dans le noir.

Robert se glissa dans son lit, épuisé. Il venait de passer vingt minutes à écouter les doléances de sa gouvernante.

Il semblait qu'en dépit de sa semonce Hope ait continué à mettre sa maisonnée sens dessus dessous. Décidément, cette femme était aussi égoïste, superficielle et gâtée qu'il l'avait craint !

Sans compter que madame n'avait pas daigné se joindre à eux pour le dîner ! On aurait pu penser qu'elle y assisterait, ne fût-ce que pour le plaisir de pavoiser après avoir débauché l'une des filles de cuisine de Mme Overton.

Malgré ses griefs, il ne pouvait s'empêcher d'admirer son habileté et son courage. Mme Overton était une adversaire coriace qui régnait sur Cressly depuis plus de quinze ans.

D'après Oakes, qui ne cachait pas son amusement, la chose avait été un véritable coup d'Etat — un coup que la redoutable gouvernante n'avait pas vu venir. Et à présent, l'équipe de domestiques était complètement déboussolée, ne sachant plus qui était en charge de la maison de Mme Overton, ou de la mystérieuse comtesse de Newport…

Oui, indéniablement, Hope Mathews était une brillante tacticienne ! Et maintenant, il allait devoir gérer la rébellion qui n'allait pas manquer de gronder dans les rangs de la domesticité. Dieu savait pourtant que ces mesquines querelles étaient bien la dernière chose dont il avait besoin en ce moment !

Sa préoccupation dominante, c'était Harris. Depuis qu'il avait vu ses compagnons mourir l'un après l'autre, l'homme devait bien se douter qu'il était traqué.

J'espère que, pendant toutes ces années, il a passé son temps à regarder par-dessus son épaule et que la peur le tient éveillé nuit après nuit et le hante comme Caroline le fait pour moi.

Ce n'était pas un hasard si l'homme avait réclamé Cressly au roi. Il devait encore espérer trouver le trésor qu'il y croyait enterré.

Recherchait-il aussi une confrontation ? Robert en doutait. Il n'était pas une fillette facilement maîtrisable, lui, et Harris était un couard, qui s'était terré jusqu'à ces derniers temps. Puis il avait soudain entrevu l'opportunité de s'emparer d'un trésor depuis longtemps convoité, et la cupidité avait été plus forte que la prudence.

A présent, il était exposé.

Cherchera-t-il à me détruire ? Ou s'enfuira-t-il ?

Si Harris attaquait, ce serait à la façon des lâches. Et il fallait s'en méfier.

C'est à Londres que je devrais être en ce moment…

Il avait besoin d'informations. Il fallait qu'il découvre où se cachait l'homme et qu'il le file discrètement. Mais le roi n'avait pas perdu de temps pour les mettre en voiture, son encombrante maîtresse et lui. On ne lui avait pas laissé la moindre opportunité d'en apprendre un peu plus sur son ennemi — où il habitait, ce qu'il manigançait, ses faiblesses, ses habitudes, ses projets…

Il avait prévenu Oakes afin que ce dernier prenne les précautions nécessaires. Après toutes ces années, le moment du règlement de comptes approchait enfin. Mais Robert aurait préféré qu'il ait lieu ailleurs qu'au château.

A Londres ou même plus loin.

Et voilà que la présence de Hope au manoir représentait une complication, une diversion même, dont il n'avait pas besoin. Comment était-ce possible ? Quelques heures seulement après avoir localisé Harris, un homme qu'il traquait depuis des années et qui était probablement à ses trousses, il était incapable de penser à autre chose qu'à cette petite sorcière en train de danser pieds nus sous les étoiles !

Il l'avait emmenée faire les boutiques, puis admirer le paysage, pendant que l'homme qui avait tué sa sœur risquait de lui glisser entre les doigts ! Comment avait-il pu se montrer aussi inconscient ?

Incapable de trouver le sommeil, il se laissa rouler sur le dos, les mains croisées derrière la tête.

Hope n'avait pas tort. Rien de tout cela n'était sa faute. C'était même grâce à elle si les serviteurs de Cressly avaient pu garder leur travail.

Il avait conclu avec le roi un marché pour des raisons qui lui étaient propres, et en vertu de ce marché, il était de son devoir de veiller à ce qu'elle soit bien traitée.

Il se sentit brusquement coupable, ce qui le mit mal à l'aise.

Cela n'a pas dû être facile pour elle aujourd'hui, admit-il avec un soupir.

Il aurait dû la protéger contre les vindicatives prérogatives de Maggie Overton et s'assurer qu'elle se sentait chez elle à Cressly. C'était lui qui aurait dû lui trouver une camériste et lui faire visiter la maison. Il était pourtant un commandant capable et expérimenté, bonté divine ! Il pouvait tout de même gérer deux choses à la fois !

Du moins espérait-il avoir choisi pour elle la chambre qu'il fallait. C'était l'une des plus vastes et des mieux éclairées du château. Et la vue y était superbe, la plus belle de la maison. Il avait dit à Oakes qu'elle aimait la verdure et les fleurs, et les valets de pied avaient rassemblé tout ce qu'ils avaient pu trouver comme plantes en pot dans la maison afin d'en orner l'appartement.

Bien sûr, ce n'était pas aussi impressionnant que ce à quoi elle avait été habituée à Londres, mais il était tout de même certain qu'elle avait apprécié.

J'essaierai d'être plus attentif à ses besoins, ne serait-ce que pour lui éviter des problèmes, se promit-il pour calmer sa mauvaise conscience. *Mais je dois en priorité m'occuper de Cressly.*

Fermant les yeux, il se laissa lentement glisser dans le sommeil, tandis que des rêves sombres s'emparaient de nouveau de lui.

Loin, très loin dans le château, comme d'habitude, il crut entendre une femme pleurer.

14

Rose fit son apparition le lendemain matin pour apporter du thé à Hope et l'aider à s'habiller. Elle arborait fièrement sa nouvelle robe verte et bouillonnait d'excitation.

Son enthousiasme fut contagieux, sans compter qu'il n'était pas dans la nature de Hope de rester assise à attendre les événements.

Une heure plus tard, elle était prête à visiter la maison en compagnie de sa nouvelle femme de chambre.

L'impression qu'elle avait éprouvée la veille se révéla exacte. La plus grande partie du château était désertée et fermée.

En somme, songea-t-elle, *je ne devrais pas en vouloir à Robert de m'abandonner à moi-même. Même son foyer ne semble guère l'intéresser.*

Malgré tout, les pièces principales étaient bien entretenues. Située dans l'aile nord, en face du salon où elle avait attendu la veille, l'élégante salle à manger était lambrissée de noyer et embellie d'un tapis turc aux couleurs éclatantes.

Le bureau de son époux se trouvait un peu plus loin, et une salle confortable, au plafond peint représentant un ciel bleu moucheté de nuages blancs, semblait dissimulée à l'extrémité du corridor est. Hope s'y aventura et jeta un coup d'œil autour d'elle. Des sofas, des fauteuils et un bureau disparaissaient sous des housses, mais les murs étaient ornés de peintures à l'huile, et plusieurs étagères et petites tables offraient au regard toute une exposition de curiosités — coraux aux nuances éclatantes, pierres polies, petites sculptures, automates mécaniques parmi lesquels on trouvait même un carrosse avec les valets de pied courant à côté du véhicule.

Une licorne, des figurines de verre et une lunette d'approche étaient disposées sur un présentoir. Hope fut particulièrement charmée par une délicieuse maison de poupée à deux étages, meublée d'objets minuscules aux détails exquis.

Elle passa les doigts en haut d'une vitrine et les retira maculés de poussière.

— Quelle pièce merveilleuse ! C'est à la fois un bureau et un cabinet de curiosités. Personne ne vient jamais ici ? Personne n'y travaille ?

Rose frissonna.

— Non, madame. Les gens évitent cette partie de la maison. Ils disent que c'est surtout celle-là qui est hantée. Je n'avais jamais vu cette pièce jusqu'à maintenant. En fait, je ne savais même pas qu'elle existait.

— Parfait ! Que cela reste ainsi… J'adore cet endroit et j'ai l'intention de le revendiquer pour moi. Ce sera plus facile si personne n'en fait rien.

— Mais qui viendra ici pour nettoyer, madame ? Ou pour allumer le feu ?

— Pour aujourd'hui, vous m'aiderez, Rose. Ensuite, je me débrouillerai toute seule. Un peu de travail ne me fait pas peur.

Elle commença à ôter les housses et, avec l'assistance réticente de Rose, passa le reste de la matinée à dépoussiérer, cirer et nettoyer les fenêtres, jusqu'à ce que le parquet étincelle et que vitrines, meubles et collections d'objets rares brillent d'un lumineux éclat.

Son travail achevé, elle s'arrêta pour examiner deux miniatures représentant une toute jeune fille blonde dont le joli visage rond était éclairé d'un radieux sourire. Les deux portraits étaient soigneusement disposés dans l'une des vitrines, parmi d'autres petits trésors.

Hope les contempla longuement, fascinée. C'était presque

comme si cette jeune fille lui avait envoyé un message depuis un lieu éloigné ou une époque lointaine. Quelque chose dans ses yeux lui rappela Robert.

Me parlera-t-il un jour de sa famille ? Et moi, lui parlerai-je de la mienne ?

Elle se secoua, parcourue d'un brusque frisson. Il lui restait encore bien des recoins de cette fascinante retraite à explorer. La fenêtre munie d'un siège donnait sur la rivière, comme sa chambre à l'étage. Par les battants entrouverts, elle pouvait entendre le gazouillis affairé des oiseaux, occupés à bâtir leur nid, le léger froissement du vent dans les feuilles et le murmure apaisant de l'eau.

Elle fut encore plus ravie de découvrir à droite de la cheminée une porte en partie dissimulée qui donnait accès à une terrasse dallée, bordée d'un haut mur recouvert de clématites à la douce odeur de miel.

Un sentier parfumé la mena ensuite jusqu'à un jardin négligé, abritant un cadran solaire et une fontaine. La végétation avait besoin d'un bon élagage, et la fontaine d'un bon nettoyage. Mais même ainsi, cet endroit lui fit l'effet d'un petit paradis.

L'après-midi touchait à sa fin lorsque Rose et elle terminèrent leur visite. A part la salle de billard déjà aperçue la veille, attenante à la bibliothèque lumineuse et haute de plafond, entrevue elle aussi, l'aile sud était inutilisée. Le bruit de leurs pas résonnait derrière elles tandis qu'elles suivaient un couloir. A l'autre extrémité, Hope découvrit une serre en pierre à étage, avec une galerie qui dominait les bois et les champs en contrebas.

C'était absolument magnifique ! Qui pouvait laisser un endroit aussi enchanteur à l'abandon ?

Elle imagina la serre ornée de miroirs, avec sa fontaine de marbre blanc gazouillant gaiement au milieu des plantes exotiques et des arbres provenant de toutes les parties du monde. Une serre était un luxe qu'elle n'avait pu avoir à Londres, et elle résolut d'écrire très vite à son ami M. Rose, le jardinier du roi.

Sa jeune chambrière la tira soudain par la manche tout en jetant au-dehors des coups d'œil inquiets. Le ciel s'était assombri, envahi peu à peu par de menaçants nuages couleur de plomb.

— Nous n'avons pas de chandelles pour nous éclairer, milady. Peut-être devrions-nous nous dépêcher de retourner sur nos pas ? Je n'aimerais pas être surprise par la nuit dans ces corridors.

Hope acquiesça volontiers, elle-même mal à l'aise et épuisée par ses explorations. Toutes deux se hâtèrent alors de regagner le confort des pièces éclairées où flottaient d'appétissants fumets de bœuf rôti.

Trop fatiguée pour endurer conversations forcées et roides politesses, Hope dîna une fois de plus dans sa chambre et ne tarda pas à se coucher.

Trois portes plus bas, de l'autre côté du hall, Robert cherchait une bouteille d'alcool. Lui non plus ne désirait pas de compagnie. Il voulait seulement du brandy et être seul. Car c'était, ce jour-là, l'anniversaire de Caroline.

Hope se retourna en gémissant, plongée dans un sommeil agité. Quelque part, un volet mal accroché cogna contre un mur. Elle émit un léger cri, tandis que des sons à peine perceptibles s'immisçaient dans ses rêves. Le cœur battant et le souffle court, elle agrippa sa couverture et tressaillit avec violence, luttant pour échapper à la chose obscure qui la poursuivait dans son cauchemar.

Elle finit par s'éveiller en sursaut, avec l'étrange sensation d'avoir entendu quelqu'un l'appeler par son nom.

C'était souvent qu'elle se réveillait ainsi la nuit. Depuis son enfance. Dans la maison de Drury Lane, il fallait toujours être sur ses gardes.

Mais d'une certaine façon, elle aimait cela. Marcher seule, enveloppée dans le doux mystère de la nuit… D'habitude, cela ne l'effrayait pas.

Mais cette nuit, si.

Le vent s'était levé depuis la veille au soir et il soufflait de l'est. Les maisons qu'on ne connaissait pas faisaient toujours entendre des bruits étranges. Etaient-ce des chuchotements ? Des bruits de pas ? Ou le gémissement d'une âme perdue appelant dans le noir ?

Quelque chose claqua dans le hall et Hope étouffa un cri. Puis elle se reprit aussitôt, se moquant de sa réaction. Des planchers qui craquent, des fenêtres qui se referment, des volets qui claquent, et des chuchotements étranges, il n'y avait rien là d'étonnant. C'étaient les bruits normaux d'une vieille demeure dont les jointures protestaient. Et si elle y voyait autre chose, ce n'était que le fruit de son imagination surexcitée, rien de plus.

Luttant contre l'impulsion éperdue de se cacher sous sa couverture, elle se redressa, défiant ses propres peurs. Elle aimait les orages, non ? Ils l'excitaient, lui donnaient une impression de pouvoir. Et c'était précisément ce dont elle avait besoin.

Elle enfila un ample peignoir de soie qu'elle serra autour d'elle et se dirigea vers la bibliothèque, d'où la vue était à couper le souffle. Elle y resta longtemps, tandis que la pluie cinglait la rivière en rafales rageuses, heurtait les fenêtres et tambourinait sur les portes. Mais au lieu d'éprouver l'exaltation habituelle, elle se sentait les nerfs en pelote.

C'était une chose que de regarder l'orage en ville, derrière le rempart des bâtiments. Mais à la campagne, on avait l'impression d'être sur son passage, même calfeutré à l'intérieur. Il semblait plus sauvage et dangereux, pareil à une bête féroce qui faisait retentir ses rugissements dans toute la forêt. Les grondements familiers se faisaient plus sonores avec son approche, mais le vent apportait aussi d'autres sons — des cris aigus, des sanglots, des plaintes lugubres.

Ce n'est rien. Rien que le vent dans les branches…

Malgré tout, Hope ne put s'empêcher de repenser aux récits effrayants de Rose.

Quelque chose trépida soudain dans l'air autour d'elle et

un violent éclair illumina le ciel. Au même instant, un visage se refléta dans la fenêtre, et Hope poussa un cri d'effroi avant de se retourner pour prendre ses jambes à son cou.

Mais elle heurta de plein fouet un obstacle chaud et dur.

— L'orage vous a réveillée aussi, à ce que je vois... Désolé si je vous ai fait peur.

Robert la serra contre lui pour l'empêcher de tomber, et elle se cramponna à ses épaules avec un soupir de soulagement. Elle sentit sa force, et cela la rassura d'une façon étrangement familière.

Il la retint serrée contre lui un peu plus longtemps que nécessaire avant de la relâcher avec lenteur. Il y avait quelque chose de différent en lui. Ses gestes étaient plus détendus, sa voix plus rauque, et son haleine sentait le brandy. Ses bras l'encerclaient encore et elle sentait son érection puissante se presser contre son ventre — constatation qui la rendit toute flageolante...

Allons, se reprit-elle s'interdisant de se laisser aller à la mollesse qui s'emparait d'elle avec une étrange douceur, c'était l'occasion qu'elle attendait — l'occasion de lui montrer qu'il ne valait pas mieux qu'elle.

Et de le faire sien...

— J'ai entendu des bruits dans ma chambre et j'ai eu peur, chuchota-t-elle.

Il s'était enveloppé dans une robe de chambre dont elle lissa l'encolure avant de passer la main dessous pour la poser sur son torse dur et musclé. Sa peau nue était chaude sous ses doigts et elle perçut le ferme battement de son cœur sous sa paume.

— Et vous vous êtes aventurée ici toute seule ? Dans le noir ?

— Je suis venue ici pour mieux profiter de l'orage.

Elle plaqua plus étroitement les voluptueuses courbes de son corps contre lui.

Il était nu sous son peignoir. Elle laissa glisser les doigts le long de son ventre musculeux et emprisonna son membre, qu'elle sentit grossir immédiatement dans sa main. Doux comme du satin. Dur comme du fer.

Dressée sur la pointe des pieds, elle chuchota tout contre sa gorge :

— Il me rend plus vivante… plus impatiente… Il nourrit en moi un désir sans nom. Sentez-vous son pouvoir, Robert ?

Elle égrena un rire de tourterelle.

— Cela fait combien de temps que vous n'avez pas eu de femme ?

Il lui empoigna la main sans ménagement et l'obligea à reculer.

— Madame, je suis peut-être soûl, mais demain je serai dégrisé. Et vous serez toujours la catin du roi !

— Et votre femme. Je serai aussi votre femme, répondit-elle, piquée.

— Bon sang ! Vous vous comportez comme une chienne en chaleur !

— Et vous, que croyez-vous donc être ?

Les choses ne se passaient pas du tout comme elle l'avait escompté. Elle était en colère à présent et se sentait blessée malgré elle.

— Vous me désirez. Votre corps ne ment pas. Seulement vous n'avez pas le courage d'agir en conséquence. Je suis peut-être la chienne du roi, mais vous êtes son chien couchant… Et puisque le maître est loin du chenil, pourquoi ne nous accorderions-nous pas un peu de plaisir ?

— Vous n'avez donc pas d'amour pour lui ? Etes-vous vraiment si vénale ? Il vous a bien traitée cependant. Ayez au moins un peu de respect pour l'homme qui vous a nourrie et vêtue.

La réponse jaillit avant même qu'elle n'en eût conscience :

— Quel respect ? Je ne lui dois rien. Pourquoi aimerais-je un homme qui ne me rend pas la pareille ? Il ne vaut pas mieux que vous. Vous êtes tous les deux des hypocrites ! Et je suis une courtisane, pas une catin. J'ai de l'éducation. Je sais danser, chanter, jouer aux cartes. Je parle français, je sais lire et écrire. J'ai même appris à compter.

Elle prit une profonde inspiration et poursuivit :

— Et si vous voulez le savoir, je n'ai jamais été la maîtresse que trois hommes dans ma vie. Ils m'ont achetée et ont payé pour jouir de ma compagnie, c'est vrai. Mais je ne les ai jamais trompés. Je serais étonnée que Charles ou vous-même puissiez en dire autant !

— Vous me parlez de votre fidélité quand je viens juste d'ôter votre main de mon sexe ! Vous me pardonnerez donc d'en douter.

Il secoua la tête.

— Je suis un homme, Hope. Et… oui, je vous désire. Mes sens sont sur le qui-vive dès que vous êtes dans les parages. C'est quelque chose dans votre voix, votre allure, votre démarche. Les femmes comme vous sont nées pour séduire. Mais que vous le vouliez ou non, vous n'êtes pas une prostituée qu'on quitte après avoir pris son plaisir avec elle. Votre nom est lié au mien à présent, et votre honneur aussi. Aussi longtemps que vous serez sienne, je vous traiterai en invitée, et non en épouse ou en maîtresse.

— Ah oui ?

Elle éclata d'un rire sarcastique.

— Ecoutez-vous donc ! Ce n'est pas en refusant de prendre notre mariage en compte que vous serez moins cocu pour autant. Vous n'avez plus d'honneur à perdre. Vous l'avez vendu pour un titre, milord !

Robert exhala un soupir découragé. Pourquoi cette constante animosité entre eux ? Il ne voulait pas vraiment cela, le ciel lui en était témoin. Elle était ce qu'elle était, et lui aussi. Une catin et un tueur qui avait failli à son devoir. Mieux valait qu'ils se laissent mutuellement tranquilles.

— Le titre ne signifie rien, Hope. Ce n'est pas pour cela que j'ai vendu mon honneur, comme vous dites. Tout ce que je voulais, c'était garder Cressly, afin de pouvoir honorer une promesse que j'ai faite il y a bien des années. Sans doute y avait-il bien d'autres hommes qui auraient pu servir vos desseins. Si vous avez tant d'aversion pour moi, pourquoi m'avez-vous choisi ?

— Vous avoir choisi ? En quoi ai-je eu le choix, dites-moi ? Je n'avais même pas été prévenue de ce mariage ! Pendant que Charles et vous étiez en train de disposer de moi et de décider à ma place, je m'occupais de ses invités, préparais le mai et faisais tout ce qu'il fallait pour le rendre fier de cette soirée et de moi. Et il m'en a remerciée en me refusant ce que je souhaitais le plus au monde ! Oh ! Je sais ce que vous pensez. Vous croyez que j'attendais des bijoux, n'est-ce pas ? Ou de l'argent. Une meilleure position. Mais qu'est-ce que tout cela, quand on dépend du bon vouloir de quelqu'un d'autre ? Ce que je désirais, c'était ma liberté, capitaine. Je ne voulais pas être à la Cour quand sa reine arriverait. Je l'ai supplié de me laisser partir afin de me retirer dans une maison à moi. Et qu'a-t-il fait ? Il m'a vendue à un homme qui me hait ! Mariée à quelqu'un que je n'avais jamais rencontré ! Et privée de ma liberté pour toujours… Il ne m'aime pas ni ne me respecte. Alors pourquoi devrais-je l'aimer et le respecter ?

— Il est votre roi.

Elle ricana.

— J'ai partagé son lit, et je peux vous dire qu'il n'est rien de plus qu'un homme !

Elle le regardait, échevelée, son joli visage tout barbouillé de larmes. Et il sentit sa gorge se serrer à cette vue. Etait-il possible qu'elle n'ait rien su, qu'elle n'ait pas été complice de ce marché pour lequel lui-même avait eu si peu de latitude ? Cette pensée ne lui était jamais venue à l'esprit. Si ce qu'elle affirmait était vrai, alors Charles s'était en effet cruellement comporté avec elle, et elle n'était pas plus responsable que lui de leur situation présente. Comme lui, elle avait été un pion. Peut-être même encore davantage que lui…

— Je ne le savais pas, Hope. Je croyais que vous aviez arrangé cela ensemble.

Elle parut abasourdie, mais se reprit promptement.

— Et moi, je pensais que c'était un arrangement entre lui et vous. Charles s'est servi de nous deux de belle manière, capitaine !

Elle respira à fond avant d'ajouter :

— Quand je vous ai vu à Londres, mon cœur s'est emballé. Jamais je ne m'étais sentie aussi intéressée et attirée par un homme. Ce n'est pas pour cela que je serais tombée dans vos bras, bien entendu. Mais nous sommes loin de Londres à présent, et tant de choses ont changé. Pourquoi ne chercherions-nous pas alors un peu de réconfort l'un près de l'autre ? Je lis de la tristesse dans vos yeux. Et moi, je me sens très seule ce soir.

Robert sentit tout son corps se tendre à ces mots et prit une profonde inspiration pour calmer la fièvre qui menaçait de le gagner. Hope était assurément une créature délicieuse, et il brûlait de la posséder, depuis la cascade de ses cheveux couleur de nuit jusqu'à ses ravissants orteils. Il plongea ses yeux dans le beau regard violet qui semblait rayonner d'une lumière intérieure.

— Et quand il vous rappellera ?

Sa voix était âpre, accusatrice.

— Vous savez aussi bien que moi qu'il me faudra obéir.

Il recula d'un pas.

— Alors vous n'êtes que mon invitée céans. Et je ne profite jamais de mes invitées.

Aussi fluide que de l'eau, la soie du peignoir de Hope glissa de ses épaules et tomba à ses pieds, en une petite flaque miroitante. Un éclair zébra le ciel, illuminant son corps d'albâtre. Elle avait les seins fermes, haut perchés et doucement arrondis, avec des mamelons pointus et sombres qui ne demandaient qu'à être taquinés et embrassés. Sa taille fine surmontait des hanches voluptueuses, et Robert sentait une chaleur irradier du triangle sombre au sommet de ses jambes au galbe parfait. Ses narines palpitèrent tandis qu'il respirait la troublante odeur musquée qui s'exhalait d'elle. Elle effleura son pénis, qui se gonfla aussitôt dans sa main.

Il ne put retenir un gémissement. De son autre main, elle s'empara de la sienne et la guida vers la jonction de ses cuisses. Elle était si mouillée, si soyeuse…

Jurant entre ses dents, il l'empoigna par les fesses et la

souleva en la pressant étroitement contre lui. Elle croisa les jambes autour de sa taille, se frottant contre son sexe, dont elle sentait l'érection pousser contre ses cuisses nues. Cet homme avait le pouvoir d'allumer un véritable incendie en elle !

Succombant aux images qui le taraudaient depuis des jours, Robert oublia ses bonnes intentions. Il captura les lèvres de Hope dans un baiser sauvage au goût de brandy, la langue plongée dans les profondeurs chaudes de sa bouche.

Il n'y avait rien de tendre dans ce baiser affamé, exigeant, avide de satisfaction. Il sentait les seins de la jeune femme contre sa poitrine, ses tétons durcis se presser contre lui, tandis qu'elle offrait son mont de Vénus humide et chaud à la poussée de son membre gonflé.

Une porte-fenêtre s'ouvrit à la volée, poussée par une violente rafale, mais ni l'un ni l'autre ne s'en soucia.

Il était resté trop longtemps sans toucher une femme, et le désir le submergeait. Il se pencha sur une table et y allongea Hope.

Sa bouche continuait à dévorer la sienne tandis que ses mains voyageaient sur son corps, taquinant ses mamelons, enveloppant sa taille et son ventre d'un frôlement lascif. Abandonnant ses lèvres, il sema un sillage de baisers brûlants sur sa gorge, ses seins, et plus bas encore, effleurant du bout des doigts sa chair frissonnante.

A Londres, Hope avait imaginé les baisers de cet homme. Plus tard, à l'auberge de Nottingham, sa seule proximité avait eu l'intensité d'un toucher.

Mais cela… Elle ne savait quelle sauvage magie était à l'œuvre, mais elle jouissait de chacune de ses caresses tandis qu'il prenait hardiment possession de son corps.

Arquée entre ses mains, elle se donna toute à ses baisers tandis que ses joues râpeuses lui éraflaient la peau, laissant ses lèvres brûlantes et enflées. Chaque parcelle de son corps vibrait, délicieusement vivante.

Elle émit une protestation incohérente lorsqu'elle sentit

sa chaleur se retirer d'elle. Rouvrant les yeux, elle le vit debout, occupé à la contempler.

Son corps à lui était exactement tel qu'elle l'avait imaginé — souple, dur et étroit de hanches, le torse lisse et sculptural, les bras musclés et les épaules puissantes de l'homme d'épée.

Elle gémit, frustrée, puis fit entendre un léger cri lorsqu'il lui empoigna les hanches de ses larges mains pour la tirer vers lui jusqu'à ce que ses fesses atteignent le rebord de la table et qu'elle s'offre à lui, complètement ouverte sous ses yeux, rougissant de le voir nu entre ses cuisses, son membre en érection frôlant la toison humide de son sexe.

— Grand Dieu, je pourrais vous dévorer ! murmura-t-il d'une voix rauque.

C'étaient les premiers mots que l'un d'eux ait prononcé depuis le moment où elle avait laissé glisser son peignoir sur le sol.

Il s'agenouilla entre ses jambes qu'il souleva pour les caler sur ses épaules, puis lui plaqua fermement les reins sur la table.

Elle brûlait, en dépit du vent froid et de la pluie qui pénétrait en rafales par la porte-fenêtre ouverte. Lorsqu'il commença à l'embrasser, avec légèreté, l'effleurant de son souffle chaud, elle se tortilla et faillit bondir sur ses pieds. Mais ses contorsions, au lieu de la dégager, la rapprochèrent un peu plus de cette bouche.

Elle gémit, s'abandonnant à sa langue, à ses mains qui lui dispensaient du plaisir. Puis elle lui enlaça la nuque d'un geste farouche et possessif, l'entraînant vers elle.

— Maintenant, Robert, s'il vous plaît…

Il la pénétra alors d'une poussée brutale et elle lui agrippa les épaules, arquée vers lui pour mieux accueillir chaque mouvement.

Le tonnerre grondait au loin et ses échos résonnaient autour du manoir, dans les arbres et les collines alentour. Le vent faisait claquer les volets contre la muraille extérieure et des éclairs blancs illuminaient le ciel, tandis que Robert la remplissait toute de sa virile puissance, comblant ses sens.

Puis le farouche voyage s'acheva. L'espace d'un instant, il demeura immobile au-dessus d'elle. Elle entendait les battements de son cœur et le son de sa respiration haletante, mais il ne prononça pas un mot.

Au lieu de cela, il se redressa à la force des poignets et elle l'observa en silence tandis qu'il rajustait sa robe de chambre. Puis il ramassa le peignoir de soie et le lui tendit, avant de l'aider à se relever.

Hope frissonna en écoutant la pluie cingler les dalles.

— Voulez-vous que je vous raccompagne dans votre chambre, murmura-t-il, ou trouverez-vous votre chemin toute seule ?

Cette froide politesse la mortifia, après la façon dont elle s'était abandonnée à ses caresses.

Elle se sentait blessée et ne put s'empêcher de le montrer.

— Vous avez pris ce que vous vouliez, et vous vous en allez, c'est ça ?

— Ce que vous vouliez, Hope, corrigea-t-il.

Sa voix était lasse et distante.

— J'ai eu une journée difficile. Il vaut mieux que je sois seul à présent…

— Je suppose que vous vous sentez déshonoré ? Vous exsudez la réprobation par tous les pores de la peau !

— Ce n'est pas de la réprobation, Hope. Vous n'avez pas la moindre idée de ce que je…

Il soupira et se passa la main dans les cheveux.

— Etait-ce cela que vous cherchiez ? Me mettre en porte-à-faux avec moi-même ?

Elle se sentit rougir.

Pourquoi avait-elle voulu le séduire ? Elle ne le savait plus elle-même. Elle était si seule, si loin de tout ce qui lui était familier ! Jamais elle ne s'était sentie aussi perdue !

Elle cilla, refoulant ses larmes. Pleurer ne servait à rien, et il n'aimerait sûrement pas cela. Pour sûr, il devait la haïr à présent.

Elle se retourna vers lui, galvanisée par la colère.

— Si vous avez l'impression que vous venez de souiller votre précieux honneur, c'est à vous seul qu'il faut vous en prendre, capitaine. Oui, je vous ai provoqué. Oui, je me suis offerte à vous. Outrageusement ! Mais personne ne vous obligeait à accepter. Alors ne jouez pas les victimes, s'il vous plaît, c'est ridicule ! Vous êtes un homme, le monde vous appartient. Vous êtes plus grand que moi. Plus fort que moi. Vous avez accepté de plein gré ce que je vous offrais, vous avez pris de plein gré ce que vous vouliez.

Elle reprit sa respiration.

— C'est vous qui détenez le pouvoir ici. Pas moi.

Il lui sourit, suave.

— Ah bon ? Mais c'est vous qui avez le roi, ma chère. Pas moi.

— Pendant que vous essaierez en vain de vous endormir dans votre lit solitaire, vous penserez à moi ! Chaude, consentante, prête à vous accueillir…

Il haussa les épaules.

— N'insistez pas, Hope…

Sa voix était à peine plus qu'un murmure.

— Ce n'est pas vous qui hantez mes rêves.

15

Hope se réveilla avec une épouvantable migraine. C'était sans doute d'avoir pleuré toutes les larmes de son corps avant de s'endormir. Une mauvaise habitude qui semblait en passe de s'installer !

Peut-être devrait-elle avoir recours au vin quand elle se sentait aussi bouleversée. Mieux valait être malade d'avoir trop bu que trop pleuré, c'était moins humiliant.

Pourtant, elle aurait dû se sentir victorieuse. Elle avait définitivement tourné le dos à Charles et montré au fier Robert Nichols qu'il ne valait pas mieux qu'elle.

Mais au lieu d'éprouver le sentiment de triomphe attendu, elle se sentait coupable et désorientée. Robert ne l'avait peut-être pas sciemment piégée pour la contraindre au mariage, mais il n'en restait pas moins un bel hypocrite. Après tout, il ne l'avait épousée qu'en échange de substantielles compensations et il avait beau jeu de la mépriser, vraiment !

Comment se sentait-il, lui, ce matin ?

Je lui ai prouvé que je n'étais rien d'autre qu'une catin. Voilà tout ce que j'ai su faire !

Elle posa la tête contre ses genoux dans un gémissement, nouant ses bras autour de ses jambes.

Je ne pourrai plus jamais le regarder en face !

Ce fut dans cette posture que Rose la trouva vingt minutes plus tard.

Incapable d'endurer la bonne humeur de la jeune fille,

Hope se laissa rouler sur le ventre et tira la couverture sur sa tête.

Sans se laisser perturber le moins du monde, Rose prépara le thé avec force cliquetis d'argenterie et heurts de porcelaine. Cette boisson délicieuse et raffinée faisait fureur chez les gens sophistiqués, et elle avait été surprise d'en trouver à la campagne. Il semblait vraiment que Nottingham puisse rivaliser avec Londres en matière de boutiques.

— C'est prêt, milady. Ouvrez les yeux et regardez un peu ce que je vous ai apporté. C'est tout à fait spécial !

La réponse de Hope fut à demi étouffée par l'oreiller.

— Allez-vous-en, Rose !

— Je sais ce que c'est que d'être loin de chez soi, milady. Et je sais aussi qu'il vous arrive d'être triste et de vous sentir seule. Mais si vous voulez bien ouvrir les yeux, il y a là quelque chose qui va vous faire plaisir, je vous le promets !

Hope poussa un grognement fort peu féminin et tendit le bras.

— Du thé, oui, je sais… Mais ce n'est pas la potion magique que l'on croit. Posez cela sur la table de chevet et laissez-moi, s'il vous plaît, Rose.

Elle n'avait pas plutôt fini de parler que quelque chose de soyeux et de chaud vint se frotter contre sa main. Elle ouvrit enfin les paupières pour découvrir une petite boule de poils au nez retroussé, qui fixait sur elle un regard d'ambre où se mêlaient curiosité et malice.

Un chaton !

Elle ne put s'empêcher de sourire.

— Vous avez été si gentille avec moi, expliqua Rose. Ces belles robes et tout le reste… Avant vous, personne ici ne s'était même préoccupé de connaître mon prénom. Alors j'ai voulu vous faire un petit plaisir.

— Le ciel vous bénisse, Rose O'Donnell. C'est l'un des plus beaux cadeaux que l'on m'ait jamais faits !

Attendries et rieuses, elles jouèrent toutes deux avec le petit chat qui les gratifia de sauts et de cabrioles, attaquant la plume qu'elles avaient attachée à une ficelle pour l'amuser.

— Mieux vaut ne pas en parler, milady. Ce sera un secret entre nous. Le maître ne veut pas d'animaux dans la maison. Il est très strict là-dessus.

Pendant les jours qui suivirent, Hope parvint à éviter Robert qui était retourné à Nottingham pour affaires, accompagné du sergent Oakes. Sans doute devait-il l'éviter lui aussi, ce qui n'avait rien d'étonnant.

Elle prenait ses repas dans son appartement plutôt que toute seule dans la salle à manger. Et elle se procura un tablier avec d'amples poches dans lesquelles elle pouvait transporter discrètement le chaton.

Mais Mme Overton vit un jour pointer la minuscule tête ébouriffée et se mit à pousser des hauts cris comme si Hope avait promené un rat.

— Vous n'allez pas garder cette bestiole ici, je vous préviens ! Vous allez voir quand le maître le saura. Pour lui, la place des animaux est dehors, pas dans le manoir.

Hope se contenta de hausser les épaules, ignorant la remarque. Au palais, il y avait quantité de chiens à qui il arrivait de faire leurs besoins un peu partout. Mais les chats étaient propres, alors où était le problème ?

En outre, elle serait le plus souvent toute seule dans le cabinet de curiosités dont elle souhaitait faire son bureau, car Rose évitait cette pièce comme la peste. Alors la compagnie d'un unique chaton, ce n'était tout de même pas trop demander !

Elle mit à profit l'absence de Robert pour poursuivre son exploration de Cressly et ses environs, arpentant les bois, les pâturages et les berges de la Trent, le chaton dans sa poche. Et si, la nuit, le château continuait à résonner d'appels lugubres et de craquements étranges, elle était trop épuisée par ses longues promenades pour s'en soucier vraiment.

Au milieu de la semaine, un chariot arriva de Londres, chargé de coffres contenant ses bijoux, ses produits de beauté et ses vêtements. Mais pour vivre au manoir et courir les environs, elle n'avait plus guère l'usage de ces atours. Après avoir offert à Rose une autre robe, un manteau et un très élégant chapeau à plumes, elle renvoya le tout, se contentant de conserver pour elle-même quelques tenues toutes simples, incluant les vêtements d'homme qu'elle avait portés à Londres à l'époque où ils avaient fait fureur.

Quant à l'intérieur du château, elle ne pouvait guère l'améliorer sans aide et sans ressources. Aussi se contenta-t-elle d'ajouter quelques touches d'élégance à son bureau et de s'occuper de son mieux du jardin secret.

Robert ne parvenait pas à se défaire de l'embarras dans lequel l'avait jeté le fait d'avoir fait l'amour avec Hope.

Jusqu'à lors, qu'elle fût la maîtresse d'un autre homme n'avait guère eu d'importance pour lui. Persuadé qu'elle s'était délibérément servie de lui en exploitant sa situation désespérée auprès de Charles, il s'était aisément convaincu qu'aussi longtemps qu'il ne la toucherait pas sa relation avec elle serait claire et simple. Tout ce qu'il lui devait, c'était le minimum de courtoisie qu'on était tenu d'offrir à une invitée, même quand elle n'était pas désirée.

La perspicacité de Hope à cet égard l'avait grandement surpris. « Ce n'est pas en refusant de prendre notre mariage en compte que vous serez moins cocu pour autant. »

C'était exactement ce qu'il avait pensé. Mais refuser de la considérer comme sa femme risquait de devenir beaucoup plus difficile à présent.

Il lui avait menti, en quittant la bibliothèque, cette nuit-là, et il s'était menti à lui-même.

Bien sûr, ses nuits restaient remplies de cauchemars — la guerre, l'éclair de l'acier et le feu des canons, le champ de bataille, la peur et le sang…

Bien sûr, il entendait toujours les cris, les jurons et les hurlements des innocents pris au piège, et les sanglots de Caroline le poursuivaient dans ses rêves.

Mais depuis Londres, chaque fois qu'il glissait dans le

sommeil, c'était l'image d'un elfe aux yeux violets qui flottait sous ses paupières closes. Un petit elfe au regard triste…

La situation était déjà difficile avant : l'image de Hope en train de danser sous la lune, telle une reine païenne, ou de se pencher par la fenêtre de l'attelage en faisant saillir son joli postérieur ne le quittait plus mais, à présent, c'était le souvenir de la jeune femme nue et offerte qui ne cessait de le hanter. Son parfum, sa saveur, le son de sa voix, l'obsédaient sans relâche.

Elle n'était pas l'épouse qu'il aurait choisie s'il avait été libre de ses actes, c'était un fait. Mais cela ne l'empêchait pas de brûler de désir pour elle. Or ce n'était pas acceptable, car il n'était pas homme à partager. Il devait donc trouver une solution…

Pour commencer, il traita les problèmes les plus faciles à résoudre et envoya Oakes engager cinq hommes de plus, d'anciens soldats prêts à jouer les valets de pied, les grooms et les cochers. Ce serait une tâche aisée, car le pays regorgeait de militaires au chômage qui ne pouvaient guère prétendre à d'autres emplois. Oakes veillerait également à leur procurer des armes et à les tenir prêts, au cas où leurs autres aptitudes viendraient à être requises.

Ravalant sa fierté, il avait aussi envoyé un message à William de Veres. Il lui fallait un espion à Londres, quelqu'un qui ouvrît les yeux et les oreilles pour lui. Or William connaissait bien la Cour et Elizabeth lui faisait totalement confiance.

En ce qui concernait Hope, les choses étaient plus délicates… De toute évidence, elle n'était pas heureuse au manoir et il s'était montré bien négligent envers elle. Il imaginait ce qu'elle avait dû ressentir à se voir ainsi trahie. Elle n'était pas venue à Cressly de son plein gré, et après ce qui s'était passé entre eux, il se sentait une responsabilité plus grande à son égard.

Elle l'évitait, depuis leur rencontre nocturne, mais il n'avait pas voulu l'insulter ni l'offenser. Seulement, cette nuit-là, il n'était pas d'humeur à écouter, ni lui à parler. Surtout de Caroline.

A présent qu'un peu de temps s'était écoulé, il estimait que ce serait plus facile de reprendre le dialogue et qu'il fallait le faire sans trop attendre, au risque de rendre sinon la chose définitivement impossible.

Ragaillardi par une rasade de brandy, il se mit à la recherche de la jeune femme.

Mais il ne la trouva ni dans le salon ni dans la bibliothèque et il n'obtint pas de réponse lorsqu'il toqua à la porte de sa chambre. Il allait poursuivre ses recherches à l'extérieur, lorsqu'il aperçut la gouvernante.

— Maggie ? Savez-vous où je pourrais trouver Lady Newport ?

— Là où elle est tous les jours, je suppose. Dans l'aile nord, à l'autre bout de l'ancien hall.

— Où exactement ?

— Dans la pièce où vous nous avez interdit à tous de pénétrer. Je crois qu'elle s'est mis en tête d'en faire son bureau.

Son bureau ? Le diable l'emporte !

Cette femme ne cesserait-elle donc jamais d'être une nuisance ? Qui lui avait donné le droit de s'arroger cet endroit ? Elle allait où bon lui semblait, s'emparait de ce qui lui plaisait, n'en faisait qu'à sa tête. Et à présent, voilà qu'elle envahissait son espace privé !

Furieux, il traversa le hall à grands pas.

La porte du petit cabinet était entrouverte. Perchée sur le siège de la fenêtre, Hope regardait dehors. Elle était vêtue avec simplicité, la taille enveloppée d'un tablier, et une trace de suie maculait sa joue.

Un chaton d'un blanc neigeux était installé sur ses genoux, occupé à jouer avec la dentelle qui dépassait de sa manche. Hope le caressait d'un geste absent tout en contemplant le paysage d'un air mélancolique. Elle semblait si perdue, si abandonnée, que Robert sentit sa gorge se serrer, submergé par une émotion à laquelle il ne s'attendait pas.

Il s'était déjà posé des questions sur elle, sur le rôle exact qu'elle avait joué dans la mascarade de leurs épousailles. Mais pour la première fois depuis qu'il la connaissait, il se demanda qui elle était vraiment.

Ce fut le chaton qui le vit le premier. Il arqua le dos et se mit à cracher. Hope leva alors les yeux et blêmit de surprise.

— Vous me cherchiez ?

Robert eut tôt fait de se reprendre.

— Qu'est-ce que cette bête fait là ? Les chats sont faits pour chasser la vermine, pas pour servir d'animaux de compagnie !

— Mais ce n'est qu'un chaton, capitaine. Une petite chatte. Et elle est très bien élevée.

Une note de supplication vibrait dans sa voix.

— Nous ne sommes pas au palais ici, où n'importe quel imbécile possède un chien, un singe ou Dieu sait quel petit favori fourré dans sa manche ou à l'intérieur d'un manchon. Envoyez-la dans la grange où elle pourra se rendre utile. Vous faisiez peut-être ce que vous vouliez avec le roi, mais… Oh ! Bon sang ! Arrêtez ça tout de suite !

Hope aurait bien voulu, mais il y avait trop de jours qu'elle était à cran. Ses yeux débordaient de larmes qu'elle n'arrivait plus à refouler. Elle avait reporté toute son affection sur cette petite chatte, et voilà qu'il voulait la lui enlever !

— Arrêtez, Hope ! Ce genre de tactique ne marche pas avec moi, vous vous en apercevrez vite.

La minette sauta des genoux de sa maîtresse et gambada vers lui pour se frotter contre ses bottes. Puis elle se souleva sur ses pattes arrière, enfonçant ses minuscules griffes dans le cuir.

Hope se figea d'appréhension.

— S'il vous plaît, capitaine, ne lui en veuillez pas… Elle ne le fait pas exprès, vous savez.

Robert se pencha et saisit le chaton par la peau du cou pour le détacher de sa botte. Le petit animal se contorsionna dans sa main et le griffa, lui arrachant une grimace de douleur.

— Ah oui ? Cette petite sauvage n'y voit aucun mal ?

Et vous prétendez qu'elle est bien élevée ! On se demande quels dégâts elle va faire quand elle sera grande…

Il reposa la chatte sur le siège de la fenêtre, à côté de Hope.

— Reprenez votre Fluffy ou Princesse ou tout autre nom que vous avez jugé bon de lui donner et arrangez-vous pour qu'elle ne soit pas dans les jambes de mes gens et ne commette pas de bêtises. Pas question qu'elle grimpe aux rideaux ou qu'elle égratigne les meubles, compris ? Sinon, elle ira tout droit à la grange.

— Alors je peux la garder ?

Il poussa un soupir et s'installa dans un fauteuil, les jambes étendues devant lui. Il remarqua seulement à ce moment-là les changements qu'elle avait apportés à la pièce. Tout y brillait d'un éclat inhabituel, et il s'y sentait plus à l'aise qu'il ne l'aurait cru.

— Vous êtes ici chez vous, Hope… Mais apprenez-lui les bonnes manières.

— Elle s'appelle Daisy.

Il hocha la tête.

— Un nom de fleur. Evidemment, avec ce pelage blanc et ces yeux jaunes…

Hope le dévisagea, incertaine. Etait-ce du sarcasme ? Ou faisait-il tout simplement un effort de conversation ?

Elle décida de lui accorder le bénéfice du doute.

— J'avais un chaton comme elle quand j'étais petite.

— Etait-il aussi mal élevé ?

Elle allait riposter sèchement, quand elle surprit un léger sourire sur ses lèvres.

— Je crains que oui, malheureusement. Je… je m'arrangerai pour vous remplacer vos bottes…

— C'est inutile. Elles ont connu bien pire que les griffes d'un chaton.

Il s'éclaircit la gorge avant de poursuivre.

— Hope, je préfère que cette partie de la maison reste inoccupée. Personne ne vous l'a dit ?

— Vous ne m'en avez pas parlé. Et les domestiques ne m'adressent pas la parole. Excepté Rose.

— Ah, c'est vrai. Il va falloir que je remédie à cela…

— Pourquoi n'utilisez-vous pas cette pièce ? C'est un endroit pourtant magnifique, et rempli d'objets merveilleux. Et la vue sur le jardin et superbe.

— C'était mon cabinet de curiosités quand j'étais enfant.

Il eut un sourire sans joie.

— Vous allez sans doute me dire que j'ai perdu ma curiosité depuis. Sachez simplement que, de façon générale, j'aime mieux ne pas repenser à ma jeunesse.

— Alors puis-je l'utiliser ? J'en prendrai grand soin et n'abîmerai rien, c'est promis.

Il eut un petit rire. Cette fille avait l'art de lire dans ses pensées !

— Je vois que vous appréciez l'endroit…, admit-il. Il a l'air plus propre et pimpant que je ne l'ai jamais vu. Mais pour en faire vraiment un lieu confortable, il vous faudra du feu, une sonnette pour les serviteurs et une provision de vin.

— J'ai essayé de nettoyer le foyer et le conduit, mais je dois reconnaître que ça dépasse un peu mes compétences.

D'où les traces de suie sur son visage !

— Vous devriez laisser ce travail aux domestiques. Oakes vous dira lequel d'entre eux est le plus qualifié pour ce travail.

Un silence gêné s'installa alors entre eux. Mais c'était leur première conversation courtoise depuis l'après-midi passé à Nottingham, et Hope n'avait pas envie qu'il s'en aille tout de suite. Elle l'appréciait vraiment lorsqu'il faisait un effort pour se montrer plaisant.

Aussi se creusa-t-elle la tête pour trouver un sujet de conversation.

— Dans le salon…

— Oui ?

— Il y a deux portraits. Est-ce votre père et votre mère ?

— En effet.

— Et… où sont-ils à présent ?

— Je n'en ai pas la moindre idée. Au paradis, j'espère,

s'il en existe un. Ils sont morts il y a plusieurs années lors d'un séjour à Londres. Il y a eu une épidémie de peste.

— Je suis désolée. Je ne voulais pas…

Il haussa les épaules.

— Cela fait déjà longtemps, je vous l'ai dit.

— Et ici, dans cette pièce ? J'ai vu deux miniatures.

— Ma sœur Caroline. Elle aussi est morte. Mais je préfère ne pas en parler. Il y a d'autres sujets que…

Il s'arrêta, interrompu par la brusque apparition de la gouvernante dans la pièce.

— Ah, vous l'avez découverte, milord ! J'ai essayé de lui dire à propos de cet animal, mais elle n'a rien voulu entendre et…

Robert interrompit la diatribe, les sourcils froncés.

— Vous avez oublié de frapper, madame Overton ! Ma femme et moi sommes en train de parler, comme vous pouvez voir. A l'avenir, veuillez vous rappeler votre position dans cette maison : vous êtes une servante, et lady Newport la maîtresse. Ce n'est pas à elle de prêter l'oreille à vos remontrances, mais à vous de l'écouter. Et pour tout ce qui concerne la maisonnée, j'entends que mon épouse soit obéie comme moi-même. Vous veillerez donc également à ce que ce soit bien compris par tous les membres de la domesticité. Suis-je clair ?

— Oui… Oui… Milord… Milady…

Rouge et balbutiante, la gouvernante les salua tous deux d'une révérence et se hâta de sortir.

— Eh bien, voilà une bonne chose de faite, commenta-t-il.

Hope cilla, saisie d'une compassion inattendue.

— C'était peut-être un peu dur…

— Ah bon ? Je n'ai pas l'habitude, il faut dire. On n'a pas ce genre de souci avec les soldats, Dieu merci. En tout cas, je n'en ai jamais vu aucun s'enfuir en larmes ! Quant à Mme Overton… Est-il vrai que vous avez menacé de lui envoyer votre poing dans la figure ?

— Moi ?

Hope écarquilla les yeux et prit son air le plus innocent.

— Sûrement pas !

— C'est bizarre. Pourquoi aurait-elle raconté cela, alors ?

— Peut-être qu'elle ne tient pas bien la boisson. Ma mère avait le même problème.

— Possible. Mais êtes-vous sûre que vous ne lui avez rien dit de tel ?

Hope embrassa la petite tête mutine de son chaton.

— Elle m'a littéralement accusée d'être Hope Mathews. Je n'ai donc fait que lui confirmer la chose et l'assurer que certaines des histoires qu'elle avait pu entendre sur mon compte étaient parfaitement vraies. Celle à propos d'Orange Moll, par exemple.

Robert la dévisagea, stupéfait.

— Elle vous a accusée d'être Hope Mathews ?

— Oui. Elle m'a traitée de courtisane sans scrupule et autres amabilités. Je lui ai dit que j'étais votre épouse, mais elle a refusé de me croire. Je pense qu'elle voulait vous protéger de ma mauvaise influence et…

Elle s'empourpra, confuse. Seigneur, qu'était-elle en train de dire ?

— Je… je suis sincèrement désolé, Hope. C'est ma faute. J'aurais dû leur expliquer clairement depuis le début que vous deviez être respectée et obéie. Et vous écouter quand vous êtes venue me dire qu'il y avait un problème. J'espère que c'est arrangé à présent.

Il haussa un sourcil curieux.

— Mais dites-moi, qu'avez-vous fait à cette Orange Moll ?

Elle eut un sourire espiègle.

— Je l'ai étendue par terre d'un coup de poing. Vite fait, bien fait !

Alors, pour la première fois depuis des années, les voûtes de Cressly répercutèrent le rire tonitruant de Robert.

— Vous êtes une sacrée fille, Hope Nichols !

La seule pensée de sa minuscule épouse mettant K.-O. la terrible Mme Overton l'amusait plus qu'il n'aurait su le dire. Et elle en était capable, il n'en doutait pas. Encore une image plaisante à ajouter à la liste de celles qui se pressaient déjà dans son esprit lorsqu'il songeait à elle. Une liste qui ne cessait de s'allonger.

— Comme punition, je remets complètement le problème entre vos mains. Si vous prenez à tâche de mettre ma maisonnée sens dessus dessous, eh bien, c'est à vous qu'incombera la responsabilité de gérer les retombées. En clair, je ne veux plus être dérangé par ces stupides drames domestiques.

Elle hocha la tête.

— Et pour l'extérieur ? A qui dois-je m'adresser pour tout ce qui concerne les jardins et le reste ?

Il remua, mal à l'aise, écartant fermement de son esprit les souvenirs de la nuit d'orage et de ce qui s'était passé.

— Oakes, je suppose. Mais cela ne devrait pas vous concerner.

— Il peut peut-être me dire qui pourrait réparer la fontaine du jardin secret ? Il y aurait tant à faire dehors !

La réponse fusa, péremptoire.

— Je ne veux pas que vous dévastiez les jardins !

— Mais je ne veux pas les dévaster ! Seulement élaguer nettoyer, désherber et…

— Il y a les jardiniers pour ça.

— Eh bien, on ne le dirait pas ! Ce devrait être un merveilleux endroit. Pourtant, il est triste et négligé.

— Et que connaissez-vous donc des jardins ?

— J'ai souvent parlé avec John… M. Rose, je veux dire. C'est le jardinier du roi et un botaniste de grand renom. Il essaie de faire pousser des ananas, figurez-vous. Avez-vous jamais goûté…

— Laissez les jardins tranquilles, Hope. Si vous vous ennuyez, vous pouvez vous occuper autrement. La bibliothèque vous est ouverte à tout moment, ainsi que les écuries. Vous pouvez faire atteler quand bon vous semble et aller faire des courses à Nottingham, par exemple.

— Je peux, vraiment ?

— Bien sûr ! Ce ne sera pas aussi confortable que ce à quoi vous êtes habituée, et les routes sont parsemées d'ornières. Mais si vous voulez visiter les boutiques, n'hésitez pas. Je vous demande seulement d'attendre le retour d'Oakes afin de prendre avec vous quelques hommes d'armes supplémentaires.

— Vous ne viendrez pas avec moi ?

Se trompait-il, ou avait-il vraiment perçu une pointe de déception dans sa voix ?

— Non, désolé. Des affaires importantes m'appellent à Londres. Je partirai d'ici la fin de la semaine et resterai sans doute absent une quinzaine de jours.

Hope se sentit subitement désappointée. Voilà qu'il s'en allait juste au moment où elle commençait à l'apprécier un peu ! Elle se rappela leur courte trêve à Nottingham, quand il avait su la charmer de ses sourires et lui enflammer les sens.

Je veux apprendre à le connaître. Je veux faire de lui mon amant, mais aussi mon ami.

— Je… que dois-je acheter à Nottingham ?

Il haussa les sourcils, surpris.

— C'est bien la première fois que j'entends une femme poser une pareille question !

Il tira une bourse de velours de sous sa chemise.

— Quand votre chariot est arrivé de Londres, il transportait également ceci. Voici vingt souverains en or. Ils sont à vous, ainsi que deux mille livres en sécurité dans le coffre de mon bureau. Quand je partirai, je vous laisserai une clé.

— Ce sont…

— Vos économies, oui. Faites ce que bon vous semble avec cet argent, mais ne le dépensez pas pour la maison, je vous en prie. Il vous appartient. Sa majesté nous a fait présent de dix mille livres à l'occasion de notre mariage. Si vous voulez embellir le manoir ou procéder à des dépenses utiles, servez-vous de cette somme. Vous n'aurez qu'à faire porter les dépenses sur mon compte.

Dix mille livres… C'est donc le prix auquel Charles m'a estimée. Plus que n'importe quelle catin. Mais moins que le collier de perles qu'il a offert à la Castlemaine.

Elle ressentit une pointe d'irritation à cette pensée, mais

pas la douleur qu'elle aurait sans doute éprouvée quelques jours plus tôt.

— Vous me faites confiance pour ça ?

Il hocha la tête.

— Pourquoi pas ? Vous avez dirigé une grande maison à Pall Mall, avec toute une équipe de domestiques. Je suis sûr que vous êtes plus compétente que moi dans ce domaine. Mais ce n'est pas une obligation, bien sûr.

— J'accepte ! Vous pouvez compter sur moi.

Il la regarda, charmé.

J'aime la voir sourire…

— Très bien. Je n'impose que deux restrictions. Laissez les jardins tels qu'ils sont. Et pas de miroirs dans la maison. Sauf dans votre chambre.

— Pas de miroirs ?

— Hum… Après avoir vu votre maison de Pall Mall, je crains qu'on ne puisse pas vous faire confiance sur ce point.

— Mais les miroirs ajoutent de la lumière et de la chaleur à une maison. Et la vôtre en a grand besoin, capitaine Nichols.

— Appelez-moi Robert… Les miroirs, quand il y en a trop, donnent le vertige. Le soir où je vous ai rencontrée, j'avais la tête qui tournait et je me sentais nauséeux.

— C'est pour cela que vous sembliez si renfrogné ? Je pensais que c'était moi que vous foudroyiez du regard !

— Non, petit elfe. En dépit de ce que vous pouvez penser de moi, il n'est pas dans mes habitudes de faire la tête aux jolies femmes. Du moins pas délibérément.

Il se leva et lui tendit la main.

— Il se fait tard, et j'ai encore beaucoup à faire. Me rejoindrez-vous plus tard pour le dîner ?

Elle le gratifia d'un sourire radieux.

— Avec joie. Euh… Robert ?

— Oui ?

Son corps touchait presque le sien. Elle sentait sa chaleur l'envelopper telle une caresse.

— Je…

Que lui dire ? Qu'elle était désolée de l'avoir séduit ? Mais ce n'était pas vrai. Elle mourait même d'envie de recommencer !

— Je vous ai reproché des choses qui n'étaient pas de votre faute et je le regrette. Ce que je vous ai dit l'autre nuit, oubliez-le… Vous êtes un homme honorable. Ou du moins, vous vous êtes conduit honorablement avec moi.

Il s'inclina profondément devant elle.

— J'ai commis la même erreur envers vous, madame. Je croyais que vous aviez comploté avec Charles et je vous en voulais pour cela, comme je m'en voulais à moi-même d'avoir accepté. Je ferai désormais de mon mieux pour rendre votre séjour ici agréable, ainsi que j'aurais dû le faire depuis le début.

— Merci, milord. Peut-être, à votre retour de Londres, pourrons-nous prendre un nouveau départ. J'aimerais que nous devenions amis.

Un sourire chaleureux illumina les traits de Robert, tandis qu'il s'inclinait pour lui baiser la main. La caresse de ses lèvres sur sa peau la fit frissonner.

Que ressentirait-on à faire tendrement l'amour avec cet homme, sans colère ni souffrance ni arrière-pensées ? Que ressentirait-on à aimer quelqu'un qui vous rendrait la pareille ?

— Moi aussi, admit-il. Mais soyons prudents. Etant donné les circonstances, je suggère que nous évitions à l'avenir ce qui s'est passé l'autre nuit.

16

Le retour de Robert à Londres fut beaucoup plus discret que son précédent séjour. Il portait des vêtements quelconques et gardait son chapeau tiré très bas sur le front afin de cacher ses yeux. Sa haute taille était plus difficile à dissimuler. Mais quand il restait assis, la différence n'était pas notable. Tous les hommes se ressemblent quand ils sont penchés sur une table.

Il était arrivé en ville au moment où défilait, de Hampton Court à Whitehall, le cortège de la nouvelle reine. Glissant sur la Tamise dans une barge dorée entourée d'une superbe flottille, la reine et sa suite de moines encapuchonnés et de dames à la mine sévère ressemblaient à un groupe d'étourneaux égarés parmi les paons.

A cette vue, Robert ne put s'empêcher d'éprouver pour la souveraine un élan de compassion. Ces confesseurs, ces duègnes, cette mise sombre… Tout cela ne ferait que la rendre ridicule à la Cour.

Tandis qu'il observait la procession, son regard se posa soudain sur Lady Castlemaine. Tout sourires et triomphante, la favorite se pavanait parmi les amis et les familiers du roi, arborant plus de bijoux à elle seule que la reine et la duchesse d'York réunies.

Qu'est-ce que Hope en aurait pensé ? se demanda-t-il. Il était certain d'une chose en tout cas : jamais elle n'aurait paradé comme la Castlemaine.

Elle aurait été plus encline à la discrétion et à la compassion pour la jeune reine…

Ces réflexions lui rappelèrent que Hope était la maîtresse du roi, elle aussi.

On dit que Charles n'éprouve aucune jalousie. Mais moi, si ! Je n'aurais jamais dû laisser arriver ce qui s'est passé l'autre nuit. N'importe quel homme à ma place éprouverait du désir pour elle. Mais je ne croyais pas l'apprécier autant...

Il était content d'avoir renoué le dialogue avec elle. Après tout, elle ne semblait pas si difficile à amadouer. Un peu de courtoisie, du respect, sa femme de chambre irlandaise et un chaton... Ce n'était pas trop cher payé pour la voir sourire. Et quand elle se déridait, tout s'illuminait autour d'elle. Son visage rayonnait, ses yeux étincelaient, et elle éveillait en lui des émotions qu'il croyait mortes depuis longtemps.

J'aurais voulu pouvoir rester auprès d'elle pour l'accompagner à Nottingham.

Il avait apprécié leur première visite là-bas. Enfin, en grande partie. Hope s'était montrée si primesautière et charmante ! Sa façon de tourner le verre incandescent dans l'échoppe du fileur de verre, son intérêt pour l'histoire de la région, pour la forêt de Sherwood... Il ne comprenait toujours pas comment leur dispute avait démarré. A un moment, il l'avait blessée et elle l'avait offensé en retour.

« Je vous dirai avec combien d'hommes j'ai couché si vous me dites combien vous en avez tués. »

Trois, avait-elle affirmé. Trois hommes seulement... Ce qui était étonnant pour une courtisane. C'était elle, bien plutôt, qui aurait été choquée s'il avait répondu à son tour. De même qu'elle serait fort surprise à présent de le voir assis dans un cabinet privé d'un café de Russel Street enfumé et bruyant, à attendre William de Veres.

Il détestait avoir à demander de l'aide à quelqu'un, surtout quand il s'agissait d'une question d'honneur. Mais cette fois, c'était un mal nécessaire. Il ne s'agissait pas seulement de vengeance ou de rédemption. Pour la première fois depuis longtemps, il avait quelque chose à protéger. Or le dangereux Harris s'était volatilisé !

Alors… Quelles qu'aient été les précédentes activités de William de Veres — espion ou bandit de grands chemins — il espérait que celui-ci avait des informations d'importance à lui dévoiler. Après deux semaines de vaines recherches, Robert n'avait en effet plus qu'une envie, en finir avec cette histoire et rentrer chez lui.

Un brouhaha de voix excitées attira soudain son attention. Il reposa son verre et tourna les yeux vers la porte où se dessinait la haute silhouette d'un gentilhomme élégamment vêtu.

De Veres ôta son chapeau à plumes et salua les clients à la ronde. Puis il échangea quelques plaisanteries avec certains d'entre eux et adressa un signe de tête à un gentilhomme trapu qui se tenait non loin du seuil. Robert reconnut en ce dernier Joshua Greathead, un hobereau qui avait combattu sous la bannière de Cromwell pendant la guerre civile et avait aussi commandé sa propre compagnie de soldats.

Quel genre de relation cet homme pouvait-il entretenir avec le poète favori du roi ?

De Veres se dirigea enfin vers le coin où il se trouvait.

— Bonsoir, Lord Newport. Seigneur, quelle gigantesque épée vous avez là !

— Appelez-moi capitaine Nichols, voulez-vous ? Ou Robert, si vous préférez. Mes ennemis se battent avec des épées, pas à coups de paroles !

William sourit.

— *Comment un damoiseau pourrait-il se mesurer à des hommes désarmés ? Et je suis depuis longtemps désarmé par l'amour*, déclama-t-il.

— Pour l'amour du ciel, faut-il toujours que vous parliez en vers ? Cela finit par devenir agaçant.

— Toutes mes excuses si mes poèmes vous donnent sur les nerfs, capitaine.

Robert brusqua les choses. Il n'avait pas de temps à perdre en joutes verbales.

— Vous m'avez envoyé un message me donnant rendez-vous ici, Lord Rivers. Pour quelle raison ?

De Veres répondit par une autre question.

— Et vous, pourquoi menez-vous cette enquête sur Lord Harris ?

Robert se renversa contre le dossier de sa chaise et pianota sur le rebord de la table sans répondre.

— Hum…, commenta de Veres. Lizzy a peut-être raison après tout, je vais finir par vous apprécier. Et Dieu sait que vous avez besoin d'amis ! Vous avez beaucoup d'ennemis, capitaine. Difficile de comprendre pourquoi, car vous semblez d'un naturel plutôt bienveillant. Heureusement pour vous, je manie aussi bien l'épée que la plume. Je sais que je vous suis antipathique. Mais j'aime vraiment Lizzy et j'ai commencé à l'aimer bien avant que vous ne fassiez sa connaissance. Si je lui ai fait courir un danger, c'était par accident. Et je ne le regrette pas en fin de compte, puisque c'est cela qui nous a réunis. Quant à vous, vous l'avez sauvée et avez pris soin d'elle.

Comme Robert esquissait un geste, il s'empressa d'ajouter :

— Oh ! Je sais que vous l'avez fait pour elle et non pour moi, mais je ne vous en suis pas moins redevable. Si je vous ai envoyé un message, c'est parce que je tenais à vous apprendre que Lord Harris a mené lui aussi une enquête. Sur vous !

Robert cessa brusquement de pianoter et leva la tête pour le regarder dans les yeux.

— Voilà une information intéressante…

— C'est ce que j'ai pensé.

— Que savez-vous de lui ?

— Harris ? C'est un sadique, un vicieux et un meurtrier. Mais il n'a pas son pareil aux cartes et aux courses de chevaux. Il se fait appeler « colonel », bien qu'il ait été renvoyé de l'armée il y a dix ans. Il a été accusé deux fois de viol et une fois d'agression, mais il a été blanchi chaque fois.

Robert serra les dents.

— Charles a-t-il une raison de vouloir le récompenser ?

— Peut-être, mais je ne sais pas laquelle. Je ne suis pas aussi proche du roi que je l'étais jadis. Je doute qu'il soit au courant des crimes du bonhomme, qui n'aurait jamais été aussi bien accueilli à la Cour, sinon. Harris est riche. Il possède plusieurs lupanars et de vastes propriétés dans le Lancashire et en Ecosse. Il est bien apparenté et jouit de hautes protections pour avoir prêté de l'argent à des gens importants. Il a également apporté à plusieurs reprises une généreuse contribution à la cause de sa majesté. Ce qui est étrange, en revanche, c'est qu'il s'intéresse à vous.

Robert hocha la tête et caressa machinalement la garde de son épée.

— Vous m'avez été d'une aide précieuse, Lord Rivers, et je vous en remercie. Savez-vous où je pourrais le trouver ?

— Je réitère ma question, capitaine : pourquoi ?

— J'ai une affaire d'ordre privé à régler avec lui. Et il semblerait qu'il en ait également une à régler avec moi.

— Il ne peut pas y avoir de bonne affaire avec cet homme…

William coula un regard significatif sur l'épée de Robert.

— Et le roi est farouchement opposé aux duels. A votre place, je resterais tranquille. Vous avez vos terres, ainsi que la gratitude et la faveur royale. Quant à Hope Mathews… Elle est charmante, n'est-ce pas ?

Robert lui jeta un regard aigu, mais de Veres n'en continua pas moins :

— Elle m'a toujours beaucoup plus. A cause de son caractère combatif, je veux dire, ajouta-t-il en hâte. Elle était bien trop chaste et sélective pour une courtisane. Vous avez mis la main sur un trésor, capitaine. S'il y a un différend personnel entre Harris et vous, je vous suggère de l'oublier et de jouir de la merveille que le destin vous a envoyée. Sinon vous risquez de susciter la colère de notre cher roi… et de tout perdre.

Robert hésitait encore à s'expliquer davantage. Mais après tout, se dit-il, Elizabeth faisait confiance à cet homme.

— Il y a quelque chose de très personnel entre Harris

et moi. Une dette à payer. Même si je voulais renoncer, je ne pourrais pas. J'ai passé des années à traquer cet homme et j'ai perdu sa trace en Europe. A présent, il est revenu et il représente un danger pour moi et les miens. C'était à lui que Charles voulait donner Cressly. Harris l'avait expressément demandé. Il ne sait pas que je sais. Ou du moins il n'en est pas sûr. Peut-être ne sait-il pas non plus que je suis informé de son retour. Quoi qu'il en soit, il faut que je le localise rapidement et que je lui règle son compte avant qu'il ne me règle le mien.

William sourit et se renversa à son tour contre le dossier de sa chaise.

— Lizzy m'a fait promettre d'agir avec discrétion et pondération, et d'essayer de vous dissuader de commettre des actes impulsifs. Vous êtes témoin que j'ai fait ce que j'ai pu. Mais l'intrigue, l'espionnage, le danger… Tout cela n'est pas sans attrait pour moi. Je suis marié, capitaine, pas mort !

Robert cilla.

— Etes-vous en train de me dire que vous avez fait lire mon message à Elizabeth ?

— Bien entendu ! Je lui dis tout.

Et revenant à leur discussion :

— Il n'y a rien que vous puissiez faire pour le moment, Nichols. Votre gibier se trouve en Ecosse, entouré d'hommes d'armes. Il a quitté Londres tout de suite après vous, soi-disant pour lever des fonds afin de financer les ambitions de Sa Majesté à l'étranger. Le temps que vous arriviez sur ses terres, il serait déjà sur le chemin du retour. Rentrez chez vous et patientez. Je serai vos yeux et vos oreilles à Londres et à la Cour. Soyez assuré que je vous tiendrai informé de tout ce que vous aurez besoin de savoir et que je ferai mon possible pour vous aider.

Robert hocha la tête.

— Je vous remercie.

La fierté, l'une de ses alliées les plus fidèles pendant toutes ces années, le poussait à refuser cette offre. Mais elle ne résista pas à la vision qui se dressa soudain dans son esprit — celle d'une petite enchanteresse au sourire malicieux et au visage maculé de suie.

C'était son devoir à présent de veiller sur Hope. Et il pouvait difficilement le faire s'il se trouvait à des kilomètres d'elle.

— Votre aide est la bienvenue, De Veres. Je l'accepte avec reconnaissance.

Il se leva.

— Et s'il vous plaît, veuillez transmettre à Elizabeth mon meilleur souvenir. Merci encore.

— De rien, capitaine. Je paie toujours mes dettes. Et puis cela risque d'être amusant.

Robert reprit le chemin de Cressly avec une impatience qu'il n'avait pas ressentie depuis bien des années. Il ne connaissait pas Hope depuis longtemps, mais en ce court laps de temps, elle était devenue tellement importante dans sa vie qu'elle semblait en avoir toujours fait partie.

Pour la première fois depuis une éternité, il avait l'impression d'avoir enfin une raison de rentrer chez lui.

17

— « Une pour la tristesse,
Deux pour la gaieté,
Trois pour un mariage,
Quatre pour une naissance. » C'est ma mère qui m'a appris ça, déclara fièrement Lucy. Les pies en savent long sur l'avenir.

Patience renifla avec dédain.

— Toutes les mères apprennent ce dicton à leurs filles !

— Eh bien, moi, je ne le connaissais pas, intervint Hope.

La tête inclinée de côté, elle suivait les gestes de deux des valets de pied, qui mettaient un tableau en place sur le mur.

— Si seulement j'avais su cela avant mon mariage ! ajouta-t-elle.

Tout le monde pouffa, même Mme Overton.

— Le maître est un homme très bon, milady. Les trois pies ont dû vous porter chance.

Tout en s'affairant, les servantes rivalisaient d'histoires pour impressionner leur nouvelle maîtresse avec leur sagesse de campagnardes. De fil en aiguille, elles en vinrent à évoquer les histoires de crimes et de châteaux hantés du voisinage.

Le sergent Oakes pénétra dans la pièce avant qu'elles n'aient eu le temps d'évoquer le fantôme de Cressly. Il arrivait encore à Hope d'entendre des bruits qui la faisaient sursauter. Et la nuit, les cris des oiseaux nocturnes qui chassaient alentour l'effrayaient parfois.

Toutes se remirent au travail avec une énergie accrue.

Hope avait eu l'agréable surprise de découvrir chez les domestiques une ardente volonté de redonner la vie à cette maison trop longtemps négligée. Entendant autour d'elle les fredonnements, les rires et les plaisanteries, elle sentit affleurer en elle une indéniable fierté. Ces dernières semaines, depuis son retour de Nottingham, tous avaient changé d'attitude à son égard. Ils se montraient coopératifs pour la seconder dans la tâche qu'elle s'était fixée, et l'effet s'en faisait sentir. Jour après jour, le manoir revivait et prenait un lustre nouveau.

Le plâtre des cloisons avait été passé à la chaux, les lambris et les parquets cirés. La lumière entrait à flots par les fenêtres et dansait dans les couloirs.

Ils en étaient à présent à la phase décoration. On accrochait des tableaux et des tapisseries, on ôtait les housses poussiéreuses et on battait les tapis.

Hope n'avait pas eu besoin d'acheter autant de choses qu'elle l'avait cru tout d'abord, après avoir fait main basse sur un véritable trésor de meubles, peintures et rideaux emballés et entreposés dans les celliers.

Elle questionna Mme Overton, tandis qu'elles prenaient le thé ensemble.

— Pourquoi avait-on écarté tous ces meubles et ces objets ?

— Ils ont d'abord été enlevés par sécurité pendant la guerre, milady. Le maître n'était pratiquement jamais à la maison, et il ne restait que les serviteurs et moi. Songez un peu — en sept ans d'absence, il ne nous a rendu visite qu'une seule fois ! Et lorsqu'il est enfin revenu, tout cela ne semblait guère l'intéresser. Puis M. Oakes nous a informés que le manoir allait être confisqué et donné à quelqu'un d'autre et que nous allions tous devoir partir. Alors nous avons tout empaqueté une nouvelle fois.

Elle exhala un soupir d'aise.

— Cela me fait si chaud au cœur de voir la maison reluire de nouveau, madame ! Je croyais ne jamais la revoir ainsi !

Hope avait fait le nécessaire pour se réconcilier avec

la gouvernante. L'expérience et le savoir-faire de cette femme étaient inestimables, et elle n'avait aucun intérêt à empiéter sur ses tâches.

— Grand Dieu, madame Overton ! Vous avez géré cet endroit toute seule pendant sept ans ? Cela a dû représenter un travail inouï. Qu'est-ce que le capitaine aurait fait sans vous ?

— Je ne sais pas, milady. Le sergent Oakes n'était pas là non plus. Je suppose que tout serait tombé en ruine. Et le maître ne s'en serait même pas aperçu !

— Heureusement, vous étiez là pour préserver le lieu… Nous allons conjuguer nos efforts pour lui redonner tout son lustre d'antan. Et nous verrons bien si le capitaine s'en aperçoit !

La gouvernante sourit.

— Oh ! Je crois qu'il s'en apercevra, madame. Au moins quand il recevra les factures !

Le cœur de Hope se mit à battre la chamade lorsqu'un attelage arriva de Londres deux jours plus tard. Mais ce n'était qu'un chariot transportant son argenterie. Robert n'était toujours pas de retour…

Elle jeta au feu sans même l'ouvrir la missive que Charles lui avait également fait porter par le messager. Ce n'était pas un pli royal mais une lettre privée et elle ne se sentait pas le moins du monde obligée de le traiter différemment d'un autre homme.

Elle ne pensait pas que Robert lui manquerait autant. Mais ce qui s'était passé pendant l'orage avait tout changé entre eux, même si elle ne comprenait pas pourquoi il était parti pour Londres aussi subitement.

On ne pouvait pas dire qu'ils avaient fait l'amour. Du côté de Robert comme du sien, cela avait été trop primitif, trop urgent, trop teinté de colère. Mais la passion, l'attirance mutuelle et le plaisir — un plaisir délirant — n'en avaient pas moins été au rendez-vous. Il avait eu beau dire que cela ne devait plus se reproduire, Hope avait l'impression qu'il l'avait marquée au fer rouge, s'immisçant partout en elle, y compris dans ses pensées.

A aucun moment elle ne s'était doutée qu'il avait été si près de perdre son foyer. Avait-il eu des dettes ? Il semblait pourtant que non.

Alors ? Etait-ce parce qu'il s'était battu pour le Parlement ? Peut-être… Quoi qu'il en soit, elle comprenait mieux ce qu'il avait voulu dire quand il lui avait affirmé qu'il ne l'avait pas épousée pour un titre.

Il avait dit d'autres choses aussi. Des choses qui restaient mystérieuses…

« Ce n'est pas vous qui hantez mes rêves. »

Alors, c'était quelqu'un d'autre. Mais Robert refusait de parler de sa famille ou de son passé. Il souriait rarement, riait encore moins, et même quand il le faisait subsistait une expression hantée dans son regard.

Un homme aussi séduisant que lui ne pouvait pas avoir été toujours seul. A Londres, elle avait bien vu qu'elle n'était pas la seule femme à poser sur lui un regard chargé de désir.

Avait-il perdu un amour ? Son cœur avait-il été brisé ? Quelle tragédie recélait son passé ? Et de qui rêvait-il la nuit ?

En dépit de son interdiction, elle avait bien l'intention d'étendre son programme de remise en état des lieux aux jardins aussi. Pas à la vaste jungle de plantes luxuriantes qui entourait le manoir. Les fleurs en avaient simplement été moissonnées pour orner la salle à manger et les paliers. Mais en dehors de cela, elle n'y avait pas touché.

Le jardin secret derrière le cabinet aux merveilles, en revanche, semblait littéralement l'appeler et elle ne pouvait ignorer cette invite. Dans sa gloire sauvage, il possédait une beauté bien spécifique qu'elle ne tenta pas de domestiquer. Elle se contenta de tailler un peu ici et là, d'arracher les mauvaises herbes, de bêcher la terre trop tassée et d'enlever les feuilles mortes.

Le sergent Oakes vint l'aider à réparer la fontaine et elle en profita pour le remercier de lui avoir octroyé une si jolie chambre.

Mais il secoua la tête.

— Ce n'est pas moi, *lass*, c'est le capitaine. Il a été très clair là-dessus… C'était cet appartement qu'il fallait vous donner. Il a pensé que vous apprécieriez la luminosité et la vue.

Hope s'étonna.

— Vraiment ?

Il a pensé à mon confort alors même que nous venions de nous quereller ?

Le travail sur la fontaine le fit transpirer et Hope lui versa une rasade du vin frais de la cruche qu'elle avait apportée au jardin.

— Oui, madame. « C'est une petite personne lunatique, Oakes », m'a-t-il dit. Elle va trouver cet endroit sinistre. Faites-lui préparer la grande pièce ensoleillée qui donne sur la rivière. Et garnissez-la de toutes les plantes que vous pourrez trouver. »

— C'était très aimable à lui de s'en soucier. Il ne m'en a jamais dit un mot.

— Ça ne m'étonne pas, madame. Ce n'est pas un bavard, notre maître !

Contrairement au sergent que le vin semblait rendre loquace. Hope veilla donc à ce que sa timbale restât toujours bien remplie.

— Il est homme à prendre soin des autres, mais pour ce qui est de parler… D'après Maggie, sa vieille nurse prétend qu'il était bien plus sociable quand il était enfant. Mais depuis que je le connais, et ça va faire bientôt vingt ans, il a une nette tendance à garder ses pensées pour lui.

— Ah bon ?

— Oui, madame. Fermé comme une huître, voilà ce qu'il est ! Il a été nommé officier à seize ans, voyez-vous. A cette époque-là, ni les autres hommes ni moi n'appréciions beaucoup l'idée d'être commandés par un blanc-bec. Mais il n'avait rien d'un adolescent. On aurait dit qu'il était né vieux. Il y avait quelque chose de sombre en lui. Il ne riait ni ne souriait jamais et il était toujours affairé. Pas le genre à s'asseoir pour prendre une bière avec les gars. Je me disais qu'il avait sûrement des démons. Mais si c'était le cas, il les gardait pour lui.

Hope haussa les sourcils, très intéressée.

— Des démons ?

Elle aussi avait noté ce côté sombre chez Robert. Mais ce n'était pas le mot qu'elle aurait employé pour le décrire.

— Oui, confirma Oakes. Parfois, avant la bataille, il avait un regard qui vous faisait frissonner. Un regard si glacé qu'il aurait pu tuer quelqu'un par la peur sans même avoir recours à son épée !

Il eut un rire bref et cracha sur le sol, comme pour exorciser le mal.

— Mais ne vous inquiétez pas, *lass*. Il est féroce sur le champ de bataille, mais je ne l'ai jamais vu maltraiter ses hommes, ni même un prisonnier. Encore moins une femme ou un enfant. C'est assez rare chez les hommes qui ont longtemps guerroyé pour être souligné.

Puis il conclut avec un hochement de tête :

— Un vrai gentilhomme. Et un commandant épatant ! Certains trouvaient normal d'utiliser leurs hommes comme des munitions. Mais le capitaine, lui, a toujours fait de son mieux pour épargner nos vies chaque fois que c'était possible.

Oui, c'est bien ainsi que je l'ai imaginé la première fois que je l'ai vu…

Oakes s'essuya le front et s'assit à l'ombre sur un banc de pierre. Il faisait très chaud pour un début de juin. Il prit la cruche et se resservit.

— Savez-vous quoi, milady ? Aussi loin que je me souvienne, vous êtes la première personne qui ait su le faire rire ou même seulement sourire. Un vrai sourire, je veux dire. Pas l'un de ces vagues rictus sans vie qui vous font froid jusqu'à la moelle des os.

Hope fut ravie de l'entendre. Les sourires et le rire de Robert étaient brefs et fugaces, excepté la fois où il s'était esclaffé à gorge déployée quand elle lui avait parlé d'Orange Moll.

En une heure de conversation avec Oakes, elle en avait appris davantage sur son époux que pendant tout le mois écoulé.

Elle reprit donc, décidée à profiter de son humeur loquace :

— Vous dites qu'il est homme à prendre soin des gens qui…

Oakes ne lui laissa même pas le temps d'achever.

— Valets de pied couturés de cicatrices, garçons d'écurie borgnes et factotums manchots, si je puis me définir ainsi…, énuméra-t-il. La plupart des hommes qui travaillent ici ont servi sous ses ordres, madame. Quand la guerre s'est achevée, il n'y avait guère d'emplois et beaucoup trop d'anciens soldats en quête de travail. Nous étions nombreux à ne même pas avoir été payés des arriérés de notre solde. Beaucoup d'entre nous ont mal tourné, ont été jetés en prison pour dettes ou sont morts de faim. Trouver du travail à cette époque était déjà difficile pour un bel homme en bonne santé. Alors vous pensez, pour des gens comme Jemmy et moi… Le capitaine a procuré un emploi à tous ceux de ses hommes qui en avaient besoin. Il ne laisse jamais tomber ses proches.

Elle hocha la tête, mutine.

— Voilà qui explique tout ! J'étais grandement perplexe, sergent, voyez-vous. Je commençais à me dire que vous formiez tous un joli lot d'empotés !

Ils partirent tous deux d'un bel éclat de rire. Puis Oakes hocha la tête, reprenant son sérieux.

— Vous lui faites du bien, *lass*. Vous avez éveillé son intérêt, et Dieu sait que c'est rare. Ce n'est pas un homme facile à connaître. Mais je gage que le jeu en vaut la chandelle !

— Je m'en souviendrai, sergent. Mais je suppose qu'il a eu d'autres… intérêts… avant moi ?

— Eh bien, il y a eu cette Elizabeth Walters… Il se montrait très protecteur envers elle. Pendant la guerre, il a servi un temps sous les ordres de son père. Il admirait la jeune fille, je pense, et il sentait qu'il était de son devoir de la protéger. Mais elle ne l'a jamais fait rire. Et il ne l'a jamais regardée de la façon dont il vous regarde.

Hope rougit et s'absorba un court moment dans la contemplation de ses orteils.

— C'est un très bel homme, sergent, et j'imagine qu'il y a sûrement eu d'autres femmes…

— Oh ! Ça…

Oakes haussa ses robustes épaules.

— Les soldats ont des besoins comme les autres hommes, et certains ont même plus d'une compagne. Le capitaine…

Il sourit.

— Eh bien, il y a sûrement eu deux ou trois veuves et pas mal de filles d'auberge qui ne se sont pas fait prier pour lui tenir chaud la nuit. Mais il n'a jamais été le genre d'homme à filer la romance. Plus d'une dame a essayé et s'y est cassé les dents. Il aimait beaucoup Lady Rivers, c'est vrai. Mais je ne l'ai jamais vu amoureux pour de bon. Selon moi, il était marié à cette sombre catin qu'on appelle la guerre. Et ça a été vraiment une sacrée surprise pour nous tous de le voir revenir avec une épouse !

Hope égrena un petit rire.

— Croyez-moi, sergent, j'en ai été aussi surprise que vous !

Robert inspecta la maison, stupéfait de ce qu'il y découvrait. Des aquarelles de fleurs, de superbes paysages à l'huile et des peintures exotiques de cités orientales ornaient les murs. Des tapis aux couleurs éclatantes décoraient les cloisons et les tables, d'autres étaient disposés sur les parquets fraîchement encaustiqués. Des tapisseries flamandes étalaient leurs chatoyants motifs, faisant se côtoyer des scènes tirées de l'histoire, de la légende et de la mythologie.

Il s'arrêta devant celle qui recouvrait l'un des murs de la bibliothèque. Elle représentait un groupe d'astrologues en habits colorés, rassemblés sur un balcon d'où ils pointaient un télescope vers le ciel noir et argenté.

Il reconnaissait beaucoup de ces œuvres, qui étaient déjà là au temps de son enfance. Il avait oublié qu'il les avait fait enlever et empaqueter.

On aurait cherché en vain une unité de style ou de sujets dans cette décoration. Visiblement, Hope l'avait choisie sans autre raison que sa gaieté, sa chaleur, et la vue plaisante qu'elle offrait à l'œil.

C'était Cressly tel qu'il ne l'avait jamais imaginé, reposant, attrayant, confortable et lumineux. Il fut estomaqué de tout ce qu'elle avait accompli en quelques semaines à peine.

Elle est arrivée dans ma maison vide et l'a faite sienne.

Loin de l'agacer, cette pensée le fit sourire… jusqu'à ce qu'il aperçoive la profusion de fleurs coupées dans les vases de la salle à manger.

Les fleurs de Caroline ! La seule chose que je lui avais expressément demandé de respecter !

Son regard fut ensuite attiré par l'éclat de l'argenterie disposée sur une desserte. Il y avait là des chandeliers élégamment ouvragés, une assiette et un bol ciselés, ainsi qu'un monceau de serviettes de table brodées d'initiales.

H.M.

Après que le capitaine Oakes l'eut quittée, Hope s'étendit sur l'épais tapis de gazon du jardin secret, la cruche à demi vide à côté d'elle. Le soleil caressait son visage et le délicieux babil de la fontaine ajoutait sa note d'enchantement à cette délicieuse journée. Elle regarda les petits nuages blancs qui moutonnaient au-dessus de sa tête.

Qui sait ? Par quelque étrange magie de mai, j'ai peut-être fini par trouver mon foyer. Peut-être même ai-je trouvé mon…

— Pour l'amour du ciel, que faites-vous ici ?

Elle sursauta, surprise, se cognant la tête au rebord de la fontaine. L'espace d'un instant, des étoiles dansèrent devant ses yeux et elle dut se mordre la lèvre pour ne pas crier.

— Je profite du soleil, ça ne se voit pas ? A-t-on idée de surprendre les gens comme ça ? Quand êtes-vous revenu ?

Le plaisir de le voir de retour était définitivement gâté par le ton furibond avec lequel il l'avait apostrophée et la douleur qu'elle ressentait.

— A l'instant, répliqua-t-il sèchement. Juste à temps pour vous empêcher de vous approprier les jardins. Faut-il absolument que vous vous mêliez de tout, madame ?

— Mais c'est bien vous qui m'avez donné carte blanche, non ? Ne m'avez-vous pas dit que Cressly était aussi chez moi ? Et je compte bien en profiter, au moins pendant la durée de mon séjour.

Sa voix vibrait de défi mais, au fond d'elle-même, elle tombait des nues. Et dire qu'elle avait pensé qu'il apprécierait tout le travail accompli ! Elle avait même cru qu'il en serait ravi.

Après tout, qu'avait-elle donc fait de mal ? Elle avait simplement fait réparer une fontaine et cueilli quelques fleurs. Qu'est-ce qui n'allait pas chez lui ?

— Je vous ai laissé la maison, madame. Tout ce que je vous ai demandé, c'est de ne pas toucher aux jardins. Pour qui vous prenez-vous à la fin ? Votre amant et vous ne pouvez tout de même pas vous introduire partout et prendre possession de tout ce qui vous plaît !

— Mon amant ? Vous voulez dire le roi ?

— Le roi, oui.

Il remarqua alors ses pieds nus, sa chevelure ébouriffée. Et en dépit de son irritation, les images de ses tétons gonflés et de ses cuisses neigeuses envahirent son esprit, et son sexe réagit aussitôt.

Il jeta à ses pieds une serviette de table damassée.

— Tenez ! Vendez ce linge, rangez-le dans une armoire ou donnez-le à quelqu'un. Mais pour l'amour de Dieu, n'utilisez pas les insignes de Sa Majesté pour décorer ma maison !

Elle saisit la serviette et l'enfonça dans sa poche.

— H.M., ce sont mes initiales… Hope Mathews !

Elle le défiait, les lèvres entrouvertes et le regard flamboyant.

Il y eut de la part de Robert un silence gêné.

— Eh bien, vous êtes Hope Nichols à présent, non ?

Elle crut voir une légère rougeur lui empourprer les pommettes.

Jalousie ?

Embarras ?

Quand les hommes étaient en colère, ils serraient généralement les lèvres. Mais les siennes demeuraient fermes et pleines.

— J'ai compris, capitaine, inutile d'enfoncer le clou. J'ôterai ces malencontreuses serviettes afin qu'elles n'offusquent plus votre vue.

— Si vous le souhaitez, vous pouvez aller à Nottingham en commander d'autres.

Ignorant ces paroles, elle lui tendit la main pour qu'il l'aide à se relever.

— Quant au roi, il n'est plus mon amant.

— Pardon ?

— « Votre amant », avez-vous dit. Eh bien, Charles ne l'est plus. Sinon, je n'aurais jamais…

Elle prit une profonde inspiration et le regarda droit dans les yeux.

— Quoi que vous puissiez penser de moi, je n'ai jamais couché avec deux hommes à la fois. Charles m'a trahie. En ce qui me concerne, ma liaison avec lui est donc terminée. Elle s'est achevée le premier jour de mai. Jamais plus je ne lui ferai confiance ni ne partagerai sa couche, quoi qu'il advienne.

— Mais l'autre soir, vous m'avez répondu que s'il vous rappelait, vous obéiriez…

Il la remit aisément sur ses pieds, et le simple contact de sa main déclencha en lui une montée de désir immédiate. Tout chez elle l'enflammait — sa main, son pied, chacun de ses regards…

— J'ai dit que je serais obligée d'y aller, rectifia-t-elle.

Il est le roi, et je ne peux refuser d'obtempérer à ses ordres. Pas plus que vous lorsqu'il vous a convoqué. Mais je ne coucherai plus jamais avec lui.

Elle retira sa main et épousseta sa jupe.

— A présent, si vous voulez bien m'excuser… Mieux vaut que je m'en aille avant de souiller vos précieux jardins par ma présence. Ils ont été conçus pour la vie, la joie et la célébration de la nature. Mais vous les négligez et les laissez mourir. On dirait que vous tenez à transformer ce bel endroit en tombeau. N'oubliez tout de même pas de remercier vos domestiques pour le dur travail qu'ils ont accompli. Ils ont fait des miracles ici dans l'espoir de vous plaire, et ce serait gentil de paraître l'avoir remarqué. Vous leur devez au moins cela.

Puis elle ajouta avant de tourner les talons :

— Bienvenue à la maison, capitaine !

18

Bienvenue à la maison ?

Triste bienvenue en vérité, quand Hope s'ingéniait à l'éviter et s'était remise à dîner dans sa chambre !

Tout cela à cause de ces maudits jardins…

Ce n'était tout de même pas si monstrueux que de demander à quelqu'un de tenir sa promesse, bon sang ! Et puis, si cela avait tellement d'importance pour elle, pourquoi ne venait-elle pas en discuter au lieu de bouder dans son appartement ?

Les jardins avaient toujours été le domaine de Caroline. Elle les avait aimés dès l'instant où elle avait appris à marcher. Trébuchant sur ses petites jambes, elle y pourchassait les papillons en riant. En grandissant, elle avait éprouvé pour eux une véritable passion. Tous les habitants de Cressly avaient implicitement admis ce fait : les jardins lui appartenaient.

Mais Hope, de toute évidence, voulait se les approprier pour les transformer à son goût. Et la dernière partie de Caroline qui demeurât encore vivante ici-bas risquait de disparaître à jamais.

Il ne pouvait ramener sa sœur à la vie, bien entendu. Mais il lui devait au moins la justice. Et tant qu'elle ne l'aurait pas obtenu, les jardins resteraient tels qu'ils étaient.

Hope aussi adorait les fleurs, c'était indéniable. Peut-être pourrait-il faire un geste ? Lui proposer une contrepartie ? De toute évidence, elle ne serait pas heureuse tant qu'elle n'aurait pas quelque chose à faire pousser. En fait de cadeau, des arbustes et une brouette lui feraient sans doute davantage plaisir que des bijoux !

Cette pensée lui arracha un sourire.

Le troisième jour après son retour, il eut l'occasion de l'observer à son insu, tandis qu'elle nourrissait les cygnes, assise au bord du bassin. Il se trouvait lui-même sur la pelouse nord, prêt à commencer une petite séance d'escrime avec le sergent Oakes.

Hope portait des culottes d'homme, et ses cheveux dénoués flottaient sur ses épaules. Elle jetait des miettes aux superbes volatiles, sans oublier les roitelets et les grives qui s'approchaient d'elle hardiment pour réclamer leur part de la pitance.

— Comment s'adapte-t-elle, Oakes ? Elle ne vous a pas causé trop de problèmes en mon absence ?

— Oh ! Non, capitaine ! La maisonnée est tout à fait sous le charme, vous savez. Même Maggie s'est considérablement réchauffée à son égard. Le manoir est plus gai depuis qu'elle est là. Elle a su en faire un endroit chaleureux, et tous les domestiques se sentent encouragés et heureux.

— Savent-ils qui elle est ?

— Ceux qui sont au courant s'en moquent bien, je crois… Une jolie femme peut bien capturer le cœur d'un roi, si elle n'est pas aussi une brave fille, sûr que les oiseaux ne viennent pas lui manger dans la main ! Avec milady, les serviteurs se sentent importants et estimés, capitaine. Et elle a su faire de cette maison un véritable foyer.

— Hum… Ils feraient tout de même bien de ne pas trop s'attacher à elle.

Oakes haussa les sourcils, curieux.

— Et vous, capitaine ?

— Cela vaut pour moi aussi, sergent. Et même davantage !

L'épée au clair, Robert s'élança alors. Oakes eut à peine le temps de parer l'attaque.

— Est-ce pour cela que vous ne dînez pas avec elle, capitaine, et qu'elle reste confinée dans sa chambre depuis votre retour ? Vous voulez éviter de trop vous attacher à elle ?

Robert n'avait pas prévu cette question.

— Bon sang !

La lame du sergent l'atteignit sous sa garde, entaillant sa chemise et lui égratignant la peau. Il le fit reculer avec une série d'attaques et de feintes, attentif cette fois à ne pas se laisser distraire.

— Non, Oakes, répondit-il enfin. Elle boude dans son appartement parce qu'elle n'est pas contente que je lui aie interdit les jardins.

Le duel devenait intéressant. De simple routine d'entraînement, l'exercice se transformait en vrai combat. Chacun des adversaires tournait autour de l'autre, une lueur prédatrice dans les yeux.

— Pourquoi capitaine ? Vous ne voulez pas la faire partir, n'est-ce pas ?

— Non, sergent. Je veux seulement préserver une petite partie de Cressly… pour des raisons qui ne vous concernent pas. Une sorte de sanctuaire…

Il s'exprimait d'une voix calme, unie, sans quitter un seul instant son adversaire des yeux.

— Vous ne savez pas toujours comment vous comporter avec les gens, pas vrai ? observa le sergent.

Il se fendit d'un geste prompt, mais Robert détourna le coup et fit sauter l'épée, qui rebondit sur le sol.

— Mais comme guerrier, vous n'avez pas votre pareil !

Robert sourit et s'inclina.

— Vous n'êtes pas mauvais non plus, sergent Oakes. On recommence ?

Le cliquetis soudain des lames vint troubler la paix matinale, effrayant oiseaux et cygnes qui se dispersèrent rapidement. Hope fronça les sourcils de contrariété. N'était-ce pas assez que Robert l'ait chassée de son sanctuaire sans rime ni raison ? Ce n'était pas le genre de retrouvailles qu'elle avait espéré…

Avant son départ, il s'était pourtant montré agréable,

amical, charmant même. Il lui avait manqué, et elle avait attendu avec impatience son retour.

Mais une fois de plus, il semblait qu'elle ait imaginé des choses qui n'existaient pas. L'homme était plus désagréable et bourru qu'il ne l'avait jamais été ! C'était comme si le dégel entre eux n'avait jamais eu lieu.

Du moins avait-elle gagné la sympathie des serviteurs en son absence et transformé le manoir en un lieu vivable. Ce qui était déjà un grand pas…

En dépit de son irritation, elle s'arrêta sur la terrasse pour observer les deux hommes qui s'entraînaient sur la pelouse. Elle aurait menti si elle avait prétendu ne pas apprécier la beauté masculine, et celle de son mari était indéniablement fascinante.

Un corps d'homme, pour peu qu'il fût grand, robuste et puissant, lui avait toujours paru attirant, et ce n'était pas souvent qu'on en croisait à la Cour. Or Robert réunissait toutes ces qualités.

Et sa façon de se mouvoir ! Elle avait le plus grand mal à en détacher les yeux. Les années de combat et d'entraînement avaient durci et modelé son corps, mais il n'en bougeait pas moins avec cette grâce fluide qui l'avait tant captivée lors de leur première rencontre. Il lui rappelait ces grands félins qu'elle avait admirés à la Tour de Londres.

A la Cour, certaines dames pratiquaient l'escrime pour se distraire et faire de l'exercice, et aussi parce qu'il semblait y avoir des hommes que cela excitait. C'était par ailleurs une discipline que Hope avait toujours eu envie d'apprendre.

Robert accepterait-il de me donner des leçons ?

Elle s'imagina en train de l'affronter, leurs regards se défiant tandis qu'ils dansaient l'un devant l'autre un subtil ballet d'attaques et de parades, haletants et la peau perlée de sueur.

Une chaleur lui incendia subitement les veines tandis qu'elle le regardait se démener avec souplesse. Sa chemise à demi ouverte collait à son torse, et une mèche de cheveux échappée de son catogan lui balayait le visage.

Elle le contemplait, fascinée, les lèvres entrouvertes comme si elle s'apprêtait à recevoir un baiser…

Le diable emporte cet homme !

Il l'avait bannie de ses précieux jardins, et voilà qu'elle se surprenait encore à rêver de sa bouche ! Aussi, c'était de sa faute. Elle n'aurait pas dû le séduire pendant l'orage. Elle avait voulu le charmer, le capturer dans ses rets. Et c'était elle qui se retrouvait prise au piège !

Agacée, elle lui tourna le dos et pénétra dans la maison.

Une heure plus tard, elle remontait des cuisines, le nez dans le *Manuel des dames* de Hannah Wooley, un livre merveilleux rempli de conseils pour diriger une maison et se tirer de situations sociales embarrassantes, mais aussi de recettes pour concocter des remèdes ou des parfums. Malheureusement, il n'y avait pas la moindre entrée sur l'art de gérer les maris grognons ou…

Elle poussa un cri, se heurtant brusquement au mari en question qui dévalait les marches deux à deux, un lièvre dans chaque main.

Le coude de Robert entra brutalement en contact avec sa pommette, juste au-dessous de l'œil. Elle perdit l'équilibre et serait tombée en arrière s'il ne l'avait saisie par le poignet pour la retenir à temps.

Il poussa un juron, puis, marmonnant de vagues excuses, il la souleva dans ses bras et la porta à l'étage, tout en hélant à tue-tête la gouvernante.

– Mme Overton ! Mme Overton !

Hope protesta.

— Ce n'est pas la peine de faire tout ce raffut, capitaine ! Faites préparer des compresses froides, et dans un jour ou deux, il n'y paraîtra plus.

La blessure lui semblait réellement anodine. En fait, elle avait été plus surprise qu'autre chose. Et même à présent, elle ressentait l'effet psychologique de la commotion bien plus que la douleur elle-même, même si son œil pleurait et si, au tiraillement croissant de sa peau, elle devinait que sa joue commençait à se tuméfier.

— Chut, elfe des bois… Je suis un grand gaillard et c'est une très grosse ecchymose. Je n'aurais pas dû descendre aussi vite sans regarder où j'allais. Votre joue est déjà violette et votre œil fermé par l'enflure. Vous allez avoir un très vilain hématome.

Une note d'inquiétude perça alors dans la voix de Hope :

— Vraiment vilain ?

— Assez pour effrayer les enfants et les adultes au cœur mal accroché !

Elle ne put s'empêcher de sourire. Mal lui en prit ! Un élancement de douleur irradia aussitôt de sa tempe à sa mâchoire.

— Ouch…

— Je suis désolé, ma chère. Je ferai attention la prochaine fois, promis.

Il la portait avec aisance, et en dépit de la douleur, Hope laissa retomber la tête contre sa poitrine. Elle n'était pas particulièrement confiante de nature, mais elle sentait qu'elle pouvait se fier à lui pour s'occuper d'elle.

Je crois que je l'ai toujours su…

C'était un soulagement inhabituel pour elle que de se détendre en laissant quelqu'un d'autre s'occuper de tout. La sensation réconfortante de ces bras puissants serrés autour d'elle l'enveloppait d'une délicieuse chaleur, bien plus intense que la douleur.

Du moins pendant les vingt premières minutes…

Mais lorsque Rose et un Robert soudain débordant de sollicitude l'eurent installée dans son lit, la tête et les épaules surélevées par des oreillers, la souffrance se fit plus présente, tandis que sa pommette enflait apparemment à vue d'œil. Les élancements dans sa tempe devinrent si vifs que le moindre geste était un supplice. Sa joue était si douloureuse qu'elle avait du mal à penser à quoi que ce fût d'autre.

Elle ravala un gémissement, tandis que Rose, Robert et

la gouvernante se concertaient au-dessus d'elle sur ce qu'il convenait de faire.

— S'il vous plaît, fermez les rideaux, les pria-t-elle d'une voix dangereusement proche des larmes.

Rose se hâta de lui donner satisfaction avant de disparaître en hâte pour aller exécuter quelque commission.

Robert s'assit sur le bord du lit. Hope poussa un petit cri quand elle le sentit effleurer avec précaution sa peau meurtrie.

— Chut, ma chérie… Ça ne durera qu'une minute. Ce n'est pas la première fois que je soigne un œil au beurre noir. A l'armée, mes hommes passaient leur temps à se cogner la tête ou à recevoir des coups de poing.

Sa voix était douce, apaisante. Il continua à parler tout en explorant sa pommette, puis sa mâchoire de ses mains expertes, cherchant une éventuelle fracture et mesurant les dommages. Puis il lui pressa l'épaule de sa main libre.

— Mais peu d'entre eux étaient aussi courageux que vous, je dois l'admettre.

Elle aurait voulu lui dire que non, elle n'était pas courageuse du tout. Sa tête la faisait souffrir ainsi que son œil et elle ne pouvait plus du tout ouvrir la paupière, pas même pour ciller. Mais elle avait trop mal pour articuler le moindre son.

Elle tressaillit en sentant quelque chose de frais sur son visage. Les élancements s'apaisèrent un peu et elle exhala un soupir de soulagement.

— Ça va mieux, n'est-ce pas ?

Il repoussa doucement ses cheveux en arrière et déposa un baiser sur son front.

— Oui, bien mieux, merci. Mais est-ce que c'est vraiment si affreux à voir que vous le dites ?

Robert confirma d'un hochement de tête.

— Et ce sera pire demain, j'en ai bien peur.

La réponse avait jailli avant qu'il n'ait eu le temps d'y réfléchir. Hope fit entendre un gémissement accablé.

— Vous allez bientôt vous sentir beaucoup mieux. Rose

va vous donner quelque chose qui va soulager la douleur et vous aider à dormir.

Il se posa sur le lit près d'elle et passa un bras sous ses épaules pour la soutenir, afin qu'elle puisse avaler une infusion de laudanum, safran et muscade mélangée à du vin chaud. Même ce léger mouvement la fit grimacer.

— J'ai amené de la glace, milord et d'autres linges, annonça alors la voix de Rose. Mme Overton dit que l'opium va la soulager toute la nuit. Je peux rester avec elle à présent, si vous voulez.

Mais Robert refusa.

— Merci, Rose. Mais c'est ma faute si elle s'est blessée. Je vais rester jusqu'à ce qu'elle s'endorme et la veiller un peu.

— Bien sûr, milord.

La jeune fille lui coula un regard étrange avant de quitter la pièce.

— Elle croit que vous m'avez frappée, murmura Hope d'une voix lointaine.

La potion faisait déjà son effet, elle le sentait. Si on lui avait dit la veille que son mari serait étendu si vite dans son lit auprès d'elle, elle n'aurait jamais voulu le croire !

Avec un léger soupir, elle se blottit contre lui. Ses mouvements étaient lents et languissants, comme si elle se mouvait dans un liquide épais. Le corps de Robert était confortable et chaud. Dieu, qu'elle se sentait bien contre lui !

Il pressa doucement un linge glacé sur sa joue.

— Elle n'a pas tort. Je vous ai bel et bien frappée avec mon coude.

Elle remua, et il sentit la pression de sa hanche doucement incurvée contre son sexe, qui réagit aussitôt à ce contact.

— Mmm… Pas exprès en tout cas, marmonna-t-elle. J'aurais dû m'abstenir de feuilleter un livre dans l'escalier, et regarder devant moi… A présent, je ne peux plus rien lire du tout !

Une adorable moue gonfla ses lèvres, tandis qu'elle prononçait ces derniers mots.

— Je suis vraiment désolé, Hope.

En fait, il était même carrément mortifié. Elle semblait si fragile ! Il se faisait l'impression d'être un gros lourdaud à côté d'elle.

— C'est la première fois de ma vie que je fais du mal à une femme.

— Mmm… Je sais, Robert. Mais cessez de vous morigéner… C'était notre faute à tous les deux. Un stupide accident.

Elle bâilla en remuant de nouveau contre lui. Il sentit sa respiration s'accélérer, tandis qu'une brusque chaleur lui incendiait le bas-ventre et rayonnait dans tout son corps. Son membre, incontrôlable, se dressa, brûlant. Et la contrainte des vêtements ne faisait que le stimuler davantage.

Il changea de position, mais Hope bougea en même temps que lui et la chaleur de son derrière ne fit qu'empirer le problème.

Jamais il n'avait désiré aussi farouchement une femme ! Elle était visiblement sous l'effet du laudanum. Et pourtant, il la voulait. Oh ! Glisser la main sous sa robe, remonter le long de ses cuisses satinées pour effleurer sa chaleur secrète, au centre de son corps, caresser son ventre lisse, palper ses seins, titiller leurs mamelons pour les préparer à…

— Savez-vous quoi ? fit-elle soudain. Je vous pardonnerai complètement si vous me racontez une histoire.

Sa voix était à peine plus qu'un murmure.

Robert cilla.

— Une histoire ?

Il lui fallut un moment pour reprendre ses esprits.

— Oui… Pour m'aider à m'endormir.

Il exhala un soupir de frustration. C'était à cause de lui si elle était dans cet état, mais pour ce que cela changeait ! Cette damnée fille aurait pu se promener nue dans la chambre qu'elle ne l'aurait pas excité davantage ! Elle lui avait mis le feu au corps. Et à présent, même le son de sa voix le mettait dans tous ses états.

Il lui effleura la joue du revers de la main, ravi de la sentir fraîche sous son toucher. Puis il captura du bout du doigt une longue mèche soyeuse qu'il rejeta derrière son oreille.

— Quelle histoire aimeriez-vous entendre, madame mon épouse ?

Il enfouit le nez dans son cou, respirant son odeur. Elle sentait la rose et la noix de muscade.

Hope frissonna, mais ce n'était pas de froid. Une délicieuse langueur s'emparait d'elle tandis que le souffle chaud de Robert soulevait ses cheveux. Quelque chose papillonna dans son estomac et elle sentit une tendre chaleur se répandre dans son ventre. Sa chair vibrait, mais c'était comme si tout cela se passait loin d'elle, à des milliers de kilomètres. Peut-être était-elle en train de rêver ?

Elle exhala un soupir.

— Robin des Bois. Mon Robin des Bois à moi, pas le vôtre…

Il eut un petit rire.

— Si je comprends bien, c'est une pénitence ? Je ferais bien de me souvenir que vous n'oubliez jamais rien. Mais pour l'amour du ciel, arrêtez de vous tortiller et de presser votre joli derrière contre moi ! Vous savez parfaitement ce que vous faites, diablesse que vous êtes !

Elle sourit pour toute réponse, déjà aux frontières du sommeil.

— Avez-vous entendu parler du Major Oak ? reprit-il.

Sa voix ressemblait à une caresse. Il parlait d'un ton profond et velouté qui rappelait à Hope la saveur du chocolat chaud. Elle secoua la tête et une légère douleur rayonna dans sa mâchoire, mais c'était trop lointain pour la déranger vraiment.

— Bon, très bien…

Il lui effleura les cheveux du bout des doigts.

— C'est un vieux chêne vénérable situé près du village d'Edwinstowe, au cœur de la forêt de Sherwood. Certains affirment qu'il pourrait avoir mille ans. Son tronc mesure près de dix mètres de circonférence à la base ; il présente un grand creux bien sec au milieu et étend ses branches épaisses comme des bras accueillants. On dit que c'est là que Robin et ses hommes venaient dormir. Ma sœ… euh… quelqu'un qui m'était proche dans mon enfance et qui adorait comme vous les histoires de Robin des Bois, me récitait souvent un poème à ce sujet. Un poème très ancien. Je ne sais pas vraiment qui l'a écrit.

Un élancement soudain lui poignit le cœur, et un nœud se forma dans sa gorge tandis que ses yeux le brûlaient. L'espace d'un instant, il craignit d'être englouti par le souvenir du passé.

— Robert ?

Elle se retourna vers lui et posa une main légère sur sa poitrine.

Il respira plusieurs fois à fond, luttant pour refouler la terrible, la sombre émotion qui menaçait de le submerger.

— Je suis désolé. Vous devriez déjà dormir. Peut-être qu'une autre fois…

Elle protesta.

— Non, non, s'il vous plaît ! C'est maintenant que je veux l'entendre.

Il lui prit la main sans y penser et l'attira contre lui. La chaleur de son corps le réchauffait, dissipant en partie le froid qui l'avait si abruptement saisi.

— Alors, je vais vous le redire tel que je l'ai entendu moi-même. Fermez les yeux et imaginez que vous êtes dans la forêt de Sherwood, avec Robin et ses joyeux drilles, protégés par un immense chêne sous un ciel étoilé…

Après un instant d'hésitation, il commença alors à réciter d'une voix mélodieuse un conte auquel il n'avait plus repensé depuis les jours lointains de son enfance.

Cherchant le repos, ses joyeux compagnons et lui
Dormirent plus d'une nuit d'été sous le grand arbre vert.
Ce qu'il avait pris dans les coffres des riches abbés et les celliers bien pourvus des paysans,
Il le partagea entre les pauvres.
Pas un noble évêque ne lui tomba entre les mains

Sans avoir à payer un droit de passage.
Mais il relâcha gracieusement la pauvre veuve
Et vola au secours de bien des jeunes filles éplorées.
Jamais il ne détourna la femme mariée du lit de son époux,
Mais à sa chère maîtresse, sa bien-aimée Marian,
Il fut toujours fidèle, à ce qu'on raconte. D'où qu'elle vînt,
Elle fut la souveraine des bois, la dame chasseresse.
Les habits retroussés jusqu'aux genoux, les cheveux joliment nattés,
Armée de l'arc et du carquois, elle parcourait en tous sens
Les forêts sauvages. Diane ne connut jamais
Tant de divins plaisirs ni n'occit autant
de cerfs que Marian…

Sa voix mourut sur ces derniers mots, tandis qu'il sentait Hope se détendre contre lui.

Il lui effleura la joue du revers de la main.

— Bonne nuit, Lady Nichols, chuchota-t-il dans ses cheveux.

Transformée en Marian par la vertu des mots et celle du laudanum, Hope s'endormit sous une tonnelle feuillue, l'arc à l'épaule, la main de son époux dans la sienne.

Sa dernière pensée consciente fut que Robin des Bois ressemblait décidément beaucoup à Robert.

19

Hope demeura alitée trois longs jours. Toutes les heures, son visage tuméfié était rafraîchi pendant vingt minutes avec de la glace. Elle était désolée de donner tant de travail à sa nouvelle femme de chambre, à qui revenait la tâche d'aller et venir de la chambre à la glacière enfouie sous la paille et la sciure, tout au fond de la cave.

Allées et venues nécessaires, car la glace et les décoctions semblaient faire leur effet. La douleur était devenue supportable et elle pouvait de nouveau ouvrir son œil, bien que l'effort la fît encore souffrir. Il lui était toujours pénible de lire, manger ou boire, et elle n'avait pas grand-chose à faire pour s'occuper, sinon écouter les bavardages de Rose et jouer sur son lit avec Daisy. Les pitreries de la petite chatte l'avaient distraite un moment, mais Hope commençait à s'ennuyer.

Sans compter que Robert agissait en vrai tyran ! Il avait donné des ordres pour qu'elle ne quitte pas la chambre jusqu'à ce qu'il en ait donné l'autorisation. Mais il lui avait à peine rendu visite pendant ces trois jours, sauf pour passer la tête dans l'entrebâillement de la porte, dire deux mots et s'éclipser aussitôt.

Elle se souvenait vaguement qu'il était resté près d'elle le soir de l'accident et lui avait même récité un poème sur Robin des Bois, mais elle commençait à croire qu'elle l'avait imaginé. On pouvait rêver des choses très bizarres sous l'effet du laudanum, c'était bien connu…

Quoi qu'il en soit, elle s'était habituée à considérer Robert comme son mari et elle estimait qu'elle avait eu de la chance, du moins jusqu'ici. Il était jeune, séduisant, avait le sens de l'honneur. Un trait de caractère dont on faisait bien peu de cas à la Cour, mais qui était important pour elle.

Il n'empêche… Elle n'allait pas laisser un mari, aussi plein de qualités fût-il, lui dicter sa conduite. C'était au visage qu'elle avait un problème, pas aux jambes. Elle pouvait sûrement marcher !

Mais sa détermination à se lever faiblit singulièrement lorsque Rose lui eut apporté un miroir. Sa joue n'était plus noire et bleue mais bistre, pourpre et jaune, avec çà et là quelques affreuses stries verdâtres. Et bien que sa paupière pût à présent s'ouvrir, elle demeurait enflée et difforme.

Hope laissa échapper un gémissement d'effroi.

— Oh ! Rose ! Pourquoi ne me l'avez-vous pas dit ? J'ai l'air d'un monstre ! Je ne peux pas sortir avec cette tête-là.

— Un peu de poudre arrangerait bien les choses, milady, et… Oh !

Elles levèrent toutes deux la tête pour découvrir Robert debout sur le seuil. Rose le foudroya d'un regard étincelant, tandis que Hope plaçait instinctivement une main devant elle pour cacher son visage.

— Mesdames…

Raide et empourpré, il s'inclina avant de tourner les talons.

— Robert, attendez ! Je ne voulais pas dire…

Mais il avait déjà disparu.

— Je suis si affreuse ! Pas étonnant que je le fasse fuir !

Rose eut un reniflement de dédain.

— Dites plutôt qu'il ne supporte pas de voir son propre ouvrage.

— Oui, vous avez peut-être raison. Mais ce n'est pas ce que vous pensez. Je vous ai déjà expliqué que…

— Que vous vous êtes cognée contre son poing ? C'est aussi ce que prétendait ma mère.

— Je suis désolée pour votre mère, Rose. Mais je vous assure que le capitaine n'est pas ce genre d'homme. C'est un gentleman. Et ce n'est pas contre son poing que je me suis cognée, mais contre son coude. Je ne veux pas avoir à vous le redire. Est-ce compris ?

— Oui, madame.

Rose quitta la chambre avec son travail de couture, le menton relevé et l'air sceptique.

Hope quitta la chambre deux jours plus tard. L'œdème avait considérablement diminué, elle n'avait presque plus mal et voyait normalement.

Elle s'était résignée à utiliser de la poudre, qui la gênait presque autant que l'ecchymose, tant elle était peu habituée à ces artifices. Mais elle était décidée à sortir enfin de sa retraite.

C'était une magnifique journée de juin. Les roses chargées de parfums et bourdonnantes d'abeilles se déversaient par-dessus les grilles du jardin, et se frayaient un chemin aventureux sur la pergola depuis longtemps abandonnée, les treillis brisés et les murs de brique rouge, dans une débauche de fragrances et de couleurs.

Son matériel de pêche sous le bras, Hope traversa le parc en direction de la Trent et s'engagea dans le sentier du bord de l'eau. Que de contrastes charmants ! Les branches basses des arbres formaient une voûte sombre au-dessus de sa tête, et les reflets que renvoyait la rivière jouaient sur le sol, dans une délicieuse danse d'ombres et de lumières.

Elle suivit la courbe de la rivière bouillonnante jusqu'à l'endroit où cette dernière s'élargissait et se transformait en cours d'eau lent et paresseux.

Là, elle s'assit sur un petit tertre, le dos appuyé à un if majestueux.

Il était encore tôt. Elle entendait de petits *plouf!* et apercevait de minuscules ondes concentriques chaque fois qu'un poisson remontait à la surface.

Elle prépara son matériel et plongea sa ligne dans les eaux étincelantes. Le sergent Oakes lui avait dit que la rivière regorgeait de brèmes, de brochets et de goujons.

Mais la pêche n'était pour elle qu'un prétexte pour jouir de cette belle journée au bord de la rivière.

J'aime cet endroit… J'aime les gens qui y vivent… Le maître de céans me fascine et hante mes pensées au point que j'ai du mal à m'en distraire. Mais Charles est marié à présent et peut me rappeler d'un jour à l'autre. Que suis-je censée faire, alors ?

« Détends-toi et jouis de l'instant présent », lui répondit une voix secrète.

Ma foi, c'était en effet ce qu'elle avait de mieux à faire, décida-t-elle. Et cela, aussi longtemps qu'elle le pourrait…

Elle commençait à somnoler, bercée par le doux chuchotement de la rivière, quand une voix paniquée, au fort accent irlandais, la tira brusquement de son sommeil.

— Milady ! Milady ! On vous demande à la maison. Venez tout de suite ! Un messager du roi vient d'arriver.

Hope sentit son cœur chavirer. Non, pas maintenant ! Elle n'était pas prête. Elle ne voulait pas voir Charles. Et surtout, elle n'avait pas le moindre désir de s'en aller.

— Madame, vite !

— J'arrive…

Vêtu de l'élégante livrée des Stuart, le visiteur attendait dans le salon avec Robert. Une expression de surprise teinta son regard lorsqu'il aperçut Hope, qu'il examina de haut en bas.

— Lady Newport ?

— C'est bien moi. A qui ai-je l'honneur ?

Elle n'était que trop consciente de son œil au beurre noir, de son visage encore tuméfié et de son apparence plutôt négligée. Seigneur, qu'est-ce que cet homme allait penser d'elle ?

— John Carpenter. Pour vous servir, madame…

Otant son chapeau orné de plumes aux couleurs vives, il s'inclina dans une profonde révérence.

— J'ai apporté des présents pour vos cuisines ainsi qu'un message de Sa Majesté. Pourrions-nous avoir un entretien en privé ?

Hope jeta un coup d'œil à Robert qui se tenait assis dans un coin de la pièce, les bras croisés, ses longues jambes bottées étendues devant lui. Visiblement, il bouillait de colère.

— Quoi que vous ayez à dire, vous pouvez parler devant mon époux, monsieur Carpenter.

Robert lui lança un coup d'œil, mais elle ne put déchiffrer son expression.

Carpenter haussa les sourcils, légèrement décontenancé.

— Très bien… Sa Majesté vous a envoyé dix barils de vin du Rhin et un beau cuissot de venaison pour célébrer votre mariage et son propre bonheur conjugal. Elle veut que vous sachiez qu'elle pense souvent à vous et espère que vous allez bien.

Il se tourna ensuite pour examiner Robert, avec autant d'insolente insistance que s'il avait eu sous les yeux un insecte d'une espèce inconnue. Robert se redressa brusquement sur son siège, prêt à se lever. Hope se hâta de le rejoindre et posa la main sur son épaule.

La lueur de colère s'accentua dans les yeux de Robert, mais il finit par se rasseoir.

Décidé à ne pas se laisser intimider, le messager continua, bien que sa voix fût un peu plus haut perchée et que son œil clignât comme s'il avait développé un tic.

— Sa Majesté le roi s'inquiète beaucoup de ne pas avoir eu de vos nouvelles, madame. Il vous a envoyé plusieurs lettres, mais elles sont restées sans réponse.

Il dévisageait Robert en parlant, comme s'il l'accusait d'être à l'origine du problème. Mais Robert regardait à présent Hope, une expression de vive surprise dans les yeux.

— Eh bien, je… J'ai reçu les lettres de Sa Majesté, bien entendu… Mais je ne pensais pas qu'elles requéraient une réponse. Je…

Je les ai brûlées sans même y jeter un coup d'œil. M'aurait-il déjà demandé de revenir à la Cour ?

Le messager s'éclaircit la gorge et poursuivit :

— Le roi veut simplement savoir si vous allez bien. Il

m'a demandé de lui présenter un rapport dès mon retour, madame.

— Oh ! Je vois ! murmura Hope.

Elle toucha sa joue du bout du doigt.

— Si c'est cela qui vous trouble, vous n'avez pas de souci à vous faire, monsieur Carpenter. Sa Majesté me connaît bien et sait quelle maladroite je fais. Je montais un escalier avec un livre à la main, sans regarder où j'allais. Mon mari descendait au même moment avec un peu trop de précipitation. J'étais presque nez à nez avec lui quand nous nous sommes aperçus. J'ai fait un brusque écart pour l'éviter, et il a eu le même réflexe. Malheureusement, nous avons sauté tous deux du même côté… Ce sera sans aucun doute une anecdote amusante à raconter quand l'hématome se sera un peu estompé, conclut-elle avec un soupir.

Le messager parut sceptique.

— Vraiment ? Et où sont les hématomes de votre époux, madame ?

— Pourquoi en aurait-il ? Il descendait alors que je montais et il est beaucoup plus grand que moi. Ce n'est…

— Assez, Hope !

Robert se leva. Il dominait le messager de plusieurs centimètres.

— M. Carpenter accomplit seulement son travail. Faites-lui servir un repas et préparer un lit s'il le souhaite. Quant à vous, ajouta-t-il en se tournant vers l'émissaire, vous avez délivré votre message. Vous avez posé vos questions et ma femme vous a répondu. Comme vous le voyez, elle se remet de son accident. Il n'y a rien à savoir de plus. Lorsque vous vous serez reposé, vous pourrez reprendre la route. Je sais que vous êtes venu essentiellement pour voir mon épouse. Mais remerciez tout de même Sa Majesté de ma part pour tous les présents qu'elle m'a octroyés.

Il était hors de lui et se demandait pourquoi la visite de ce messager l'irritait autant. Sans doute parce qu'à travers lui le roi s'était immiscé dans sa maison, dans son intimité, pour affirmer ses droits sur Hope et leur rappeler à tous deux à qui elle appartenait.

Et si Carpenter avait pour mission de la ramener au palais ?

C'était précisément le genre de chose qu'il s'était mis peu à peu à redouter. Il s'était attaché à Hope bien plus qu'il ne l'aurait pensé en acceptant la proposition de Charles. Il en était même venu à la considérer comme sienne.

Et à présent ? C'était donc cela, son avenir ? Voir sa femme soumise aux caprices d'un autre homme ? D'après Hope, ce n'était plus le cas. Elle assurait en avoir fini avec Charles. Et de fait, elle n'avait pas répondu à ses lettres.

Mais elle savait comme lui que l'injonction de retourner à la Cour allait tomber un jour ou l'autre.

Que se passerait-il alors ?

Au dîner, Hope avait senti Robert lointain. Il lui avait à peine parlé, excepté pour lui souhaiter une bonne nuit. Elle avait eu si peur que le messager ne soit venu pour la rappeler à Londres ! Et Robert, de son côté, qui ne lui avait offert ni encouragements ni réconfort…

A présent, seule dans sa chambre, elle s'étonnait d'avoir été si prompte à attendre une telle attitude de lui.

Un courant d'air écarta subitement les courtines de son lit. Elle se dirigea vers la fenêtre pour regarder dehors. La lune était haute, et des nuages informes traversaient le ciel. Pas de tonnerre, et pas le moindre avant-goût de pluie. Seulement le vent qui tourmentait les arbres baignés de lune dont les feuilles argentées frémissaient.

Elle crut entendre un soupir derrière elle et fit volte-face, le cœur battant. Mais non, il n'y avait rien. Elle souleva Daisy de son nid entre les oreillers, réconfortée par sa chaleur soyeuse et son ronronnement sensuel.

Pourquoi faut-il toujours que le vent souffle pendant nos disputes ?

Et pourquoi la maison semblait-elle parfois respirer ?

Un léger froissement s'éleva dans un coin de la pièce. Hope se rua vers un chandelier et sortit de la chambre à reculons, en serrant Daisy contre sa poitrine.

J'aime cette maison. Mais je ne suis pas sûre qu'elle me le rende…

Bravant les couloirs enténébrés, elle se dirigea alors vers la seule pièce où elle se sentait toujours à l'aise – le petit cabinet désuet de l'aile nord.

Il faisait trop chaud pour y faire du feu aussi se contenta-t-elle d'allumer plusieurs bougies pour s'éclairer. C'était étrange… Même ce petit bureau, son havre habituel, semblait palpiter d'une présence indistincte. Au-dessus du sinistre hululement du vent, elle eut soudain l'impression d'entendre quelqu'un crier.

— Tout va bien, Daisy. Il n'y a rien ici qui puisse nous effrayer.

Une latte du parquet craqua derrière elle et elle poussa un petit cri de frayeur.

Robert ne put s'empêcher de sourire en englobant la scène du regard. Hope tenait le chaton caché derrière son dos, pour le protéger sans doute. Et de son autre main, elle brandissait le chandelier comme une arme, prête à le jeter à la tête d'un éventuel intrus.

— Ce n'est que moi, Hope… Je suis désolé… Je ne voulais pas vous faire peur. Que faites-vous ici à cette heure ?

Elle exhala longuement son souffle.

— Je ne pouvais pas dormir. Je vous ai déjà dit que je me levais souvent la nuit.

Il s'approcha d'elle pour lui ôter le candélabre des mains et le remplaça par un verre de brandy.

— Moi aussi.

Il fit entendre un soupir de lassitude.

— Peu de gens osent s'aventurer dans cette partie de la maison à la lumière du jour. Encore moins la nuit.

Elle lui jeta un regard aigu.

— Ah oui ?

— Ils ont peur, je suppose.

Il la guida vers un fauteuil et la fit asseoir, après avoir libéré Daisy de son étreinte.

— Pourquoi ne lisez-vous pas dans votre chambre ?

Il s'installa sur le siège à côté d'elle, les pieds sur une table marquetée qui devait valoir une petite fortune.

Hope avala une gorgée de brandy.

— Parfois, j'entends des choses dans ma chambre. Des choses qui ressemblent à… des pleurs de femme, ou des cris, des bruits de pas et autres bizarreries. C'est une si vieille maison…

Il hocha la tête.

— Avez-vous parlé avec les serviteurs en mon absence ?

— Pourquoi ?

— Parce qu'ils sont fort capables de vous avoir rempli la tête de sottises. Fées, mauvais esprits, fantômes et autres balivernes…

Le brandy la réchauffait peu à peu. Et la présence de Robert encore plus.

— Ils disent…

— Que la maison est hantée, je sais. Mais ce n'est pas vrai. Les bruits que vous entendez, ce sont les oiseaux de nuit qui s'appellent entre eux. On en trouve beaucoup dans les parages. Le hululement des hulottes peut ressembler à une plainte, celui du chat-huant à un cri. Quant au moqueur, il peut imiter beaucoup de sons — grincements de portes, aboiements de chiens et même sifflotements humains. Il n'y a rien là qui doive vous effrayer.

— Ce n'est pas parce que vous n'avez pas peur qu'il n'y a rien à craindre ! Mme Overton m'a raconté l'histoire de la Belle de Clifton qui avait épousé un homme riche en l'absence de son fiancé. Quand ce dernier est revenu, il est devenu fou de chagrin et s'est noyé dans la rivière. Tout près d'ici…

— Je connais cette histoire : « Puis tout redevint tranquille, la vague s'apaisa, et la rivière coula aussi doucement qu'avant. » Sauf que c'est arrivé à quinze bons kilomètres d'ici !

Les yeux de Hope brillèrent subitement d'excitation.

— Vraiment ?

— Oui, mais ce n'est pas tout. Quand Margaret Clifton a su ce qui était arrivé à son amoureux, elle a été saisie de remords et l'a rejoint dans sa tombe aquatique.

Il avait presque chuchoté les derniers mots.

— Vous ne croyez pas aux fantômes, Robert, n'est-ce pas ?

Il gratta pensivement la tête du chaton, qui avait escaladé ses jambes pour venir s'installer sur sa poitrine.

— Non, non, bien sûr…

Elle perçut de la tristesse dans sa voix et voulut en savoir davantage. Mais il ne lui en laissa pas le temps.

— Si vous avez l'impression que quelque chose vous hante, elfe des bois, c'est sûrement l'écho de vos propres préoccupations.

— Et vous, capitaine ? Peut-on savoir ce qui vous hante ?

Il se resservit à boire avant de répondre.

— Quelque chose de bien pire que les fantômes ou les démons…

Elle ouvrit des yeux inquiets.

— Que peut-il y avoir de pire ?

— Les souvenirs, Hope. Ce sont mes souvenirs qui me hantent.

Elle hocha la tête.

— Oui, je comprends. Moi aussi, je connais cela.

Elle mourait d'envie de tendre la main vers lui pour le toucher, mais elle craignait que son geste ne soit mal interprété.

Le regard de Robert s'était fait lointain. Pourtant, il lui adressa un sourire las.

— Les jardins étaient l'endroit favori de ma sœur, lui confia-t-il soudain, après plusieurs minutes de silence.

Elle le dévisagea, surprise. Elle s'était faite à l'idée qu'il lui était impossible d'aborder certains sujets avec lui, qu'il était un homme très secret.

— La fillette de la miniature ?

— Oui. Caroline. Elle est morte il y a de nombreuses années. Je m'excuse de m'être montré si désagréable le jour de mon retour. Vous aviez tous travaillé si dur pour rendre à la maison son lustre d'antan… J'étais vraiment ravi du résultat et je ne voulais certes pas critiquer votre initiative. C'est seulement que…

— Vous ne vouliez pas que je fasse intrusion dans l'espace intime de vos souvenirs.

— Oui… non… Ce n'est pas vous, Hope… C'est… plus compliqué que cela. Personne n'y a touché depuis des années, vous comprenez. Elle… elle avait des endroits spéciaux. Le jardin secret, par exemple.

Il exhala un soupir douloureux.

— Je préfère qu'on le laisse intact, c'est tout. Une façon de retenir ce qui me reste encore d'elle… Mais il y a les vergers et l'ancienne serre, bien qu'elle soit en piètre état. J'ai pensé que vous auriez là de quoi vous occuper.

Il esquissa un geste de la main.

— Vous pourriez peut-être faire pousser des ananas ?

Elle sourit.

— Pourquoi pas ?

— Si du moins vous ne retournez pas à Londres… Ainsi, vous n'avez pas répondu à ses lettres ?

— Non. Je ne les ai pas lues. Et je ne suis même plus en colère contre lui. C'est seulement que… cela ne m'intéresse plus. A vrai dire, j'ai eu très peur aujourd'hui.

Il la scruta un instant.

— Peur qu'il ne vous rappelle à la maison ?

— Je n'ai jamais eu de véritable maison, Robert. Enfin, pas de maison à moi. Le seul endroit qui s'en rapproche, c'est Cressly. Je craignais que vous ne me laissiez partir sans même un dernier regard.

Il se mit à rire et lui prit la main.

— Regardez-moi, Hope.

Ses yeux étaient chaleureux et sa voix engageante.

— Comment serait-ce possible ? Cressly est littéralement

revenu à la vie depuis que vous êtes ici ! C'était un manoir solitaire et vide, et vous lui avez infusé votre âme. Vous avez bel et bien une maison — celle-ci. Quoi qu'il advienne, elle vous attendra. Et vous y serez toujours la bienvenue.

Hope lutta pour refouler ses larmes, mais l'une d'elles s'échappa et roula le long de sa joue.

Robert l'essuya doucement avec son pouce.

— S'il me rappelle à Londres, viendrez-vous avec moi ? Pour être mon mari aux yeux de tous et me ramener ensuite à la maison ?

— Oui, si vous le souhaitez. Hope… Croyez-vous que nous puissions prendre un nouveau départ ?

— Comment cela ?

Elle l'examinait, une lueur de fol espoir dans le regard. Etait-il vraiment sérieux ? Comment être certaine qu'il ne changerait pas d'avis à leur prochain différend ? C'était si incroyable… On lui avait déjà donné des maisons. Mais c'était la première fois que quelqu'un lui offrait un foyer.

— Eh bien, comme si je venais juste de rentrer de Londres… avant que je ne vous chasse du jardin et ne vous fasse trébucher dans l'escalier.

Elle lui dédia un sourire radieux.

— Bien sûr que nous le pouvons !

Et elle entra aussitôt dans le jeu.

— Je suis si heureuse de vous voir de retour sain et sauf à la maison, Robert. Comment votre séjour s'est-il passé ?

Il ne s'attendait pas à cette question. Mais il fit de son mieux pour y répondre honnêtement.

— J'ai un ennemi puissant à juguler. Quelqu'un qui attaque dans mon dos après avoir passé des années au loin. Mon voyage a été vain et l'affaire n'est toujours pas réglée. C'est tout ce que je peux vous dire pour le moment.

— Je vois…

Elle cilla plusieurs fois, un peu déconcertée. Mais elle n'était pas du genre à renoncer.

— Est-ce que vous-même ou Cressly courez un danger immédiat ?

— Non. J'ai à Londres un allié inattendu qui surveille mes arrières. A présent, parlons d'autre chose, si vous voulez bien.

— D'accord.

Elle lui sourit.

— M'avez-vous réellement raconté un conte de Robin des Bois, ou l'ai-je rêvé ?

— C'était parfaitement réel. Je me suis senti obligé d'exaucer votre vœu, après vous avoir meurtri le visage.

— Je vous le redis, vous avez pris et prenez encore cet incident bien trop à cœur. Mais pour ce qui est de Robin, je suis ravie de savoir que vous vous êtes rangé à mon avis.

— Mais pas du tout ! Seulement on ne se dispute pas avec quelqu'un qui bat la campagne sous l'effet du laudanum. J'essayais seulement de vous réconforter. Ce qui me fait penser que vous devriez être bien au chaud dans votre lit !

— Voulez-vous me raccompagner ? Ma chambre me rend un peu nerveuse ce soir.

Elle lui jeta un regard par-dessous ses longs cils. Un sourire malicieux jouait sur ses lèvres, mais la tension dans sa voix était bien réelle.

Il l'aida à se lever et lui rendit Daisy. Puis il lui passa un bras autour de la taille et l'attira contre lui. La sentant trembler, il l'étreignit brièvement avant de l'entraîner dans le hall.

— N'ayez crainte, ma femme, Cressly n'est pas hanté… Le fantôme le plus dangereux ici, c'est moi !

Hope fut surprise en pénétrant dans sa chambre. L'atmosphère y semblait plus paisible, plus lumineuse que lorsqu'elle l'avait quittée. Tension et lourdeur s'étaient évanouies comme par enchantement.

Il était déjà très tard, et Robert la mit au lit avant de s'étendre à côté d'elle.

— Capitaine Robert Nichols, pour vous servir, madame… Spécialisé dans les patrouilles domestiques et les gardes de nuit contre les spectres. Je vous garantis un sommeil paisible !

Il remonta une couverture, qu'il lui borda autour des épaules. Puis il jeta un coup d'œil au cygne de verre posé sur la table de nuit et sourit.

— Vous ai-je remercié pour cette jolie chambre, Robert ? J'avais l'intention de le faire en tout cas.

— Vous voulez parler de cette pièce peuplée de fantômes ?

Il l'attira dans une chaude étreinte et elle se blottit contre lui.

— Dormez à présent. Vous en avez besoin, et vous êtes en sécurité avec moi.

Elle était trop épuisée pour répliquer. Bercée par un sentiment de sécurité et de confort, elle se laissa glisser dans une douce léthargie.

— Vous êtes une vilaine fille, Hope Nichols ! chuchota soudain Robert, une note amusée dans la voix.

— Mmm ?

Elle avait beau faire, la fatigue avait eu raison d'elle et elle se sentait incapable de remonter le courant.

— Je viens juste de remarquer le miroir au-dessus de votre lit. Où avez-vous caché les autres ? Dois-je inspecter le salon, la salle de billard, la bibliothèque… juste au-dessus des tables ?

Un sourire espiègle retroussa les lèvres de Hope, tandis qu'elle sombrait complètement dans le sommeil.

20

Robert aurait juré que les émotions fortes l'avaient à jamais déserté. Mais Hope réveillait quelque chose en lui. Là-dessus, il n'avait aucun doute.

Quel que fût son passé, il y avait en elle de la tendresse et de la sincérité. Sa passion pour la vie irradiait sur tout ce qui l'entourait, y compris lui. Caroline l'aurait aimée. Et lui-même ne pouvait plus prétendre qu'elle lui était indifférente. Il l'appréciait… beaucoup trop. Et il était si las de sa solitude !

La nuit précédente, il lui avait parlé de Caroline, même si ses confidences n'étaient pas allées très loin. Il ne s'était jamais épanché avec personne ainsi auparavant.

Pourtant, il fallait qu'elle continue à ignorer ce qu'il avait fait… Si elle l'apprenait, elle en serait si horrifiée qu'elle fuirait Cressly séance tenante.

Combien d'hommes avez-vous tués ?

Du temps où il guerroyait, il rêvait de rentrer chez lui. C'était à Cressly qu'il voulait être, du moins le croyait-il. Mais Cressly n'était rien d'autre alors qu'un tas de briques et de pierres, rempli seulement de souvenirs douloureux.

Il l'avait dit à Hope. Et elle lui avait demandé d'être à ses côtés si elle était rappelée à Londres.

A présent, il avait quelque chose sur quoi veiller. Quelque chose qui comptait et qu'il ne voulait pas perdre. Quelqu'un…

Cette pensée le ravissait et l'effrayait à la fois, tandis qu'il arpentait le domaine à la recherche de Hope.

Un soldat savait combien était ténue la frontière entre

la vie et la mort. Souvent, cela ne tenait qu'à un instant, à un souffle. Dans ces conditions, seul un imbécile se serait refusé le plaisir de goûter au réconfort et au bonheur quand ils se présentaient à lui, tel un présent des dieux.

Le passé de Hope n'importait pas, aussi longtemps qu'elle n'essayait pas d'en savoir trop sur le sien.

Il la trouva sur la berge de la Trent, admirant cet instant d'avant le coucher du soleil, quand la campagne resplendit de nuances émeraude et or. Une canne à pêche gisait sur le sol à côté d'elle, près d'un petit panier contenant des flotteurs et des mouches.

Inconsciente de sa présence, elle faisait tourner une marguerite entre ses doigts, ôtant les pétales un à un tout en marmonnant en français pour elle-même :

— Il m'aime… un peu… beaucoup… passionnément… à la folie… pas du tout.

Sa chevelure était retenue par un ruban à demi dénoué et une mèche folle effleurait sa joue et sa gorge. S'il n'avait pas connu son histoire, il l'aurait prise pour un ange échevelé. Mais peut-être en était-elle un, après tout !

Fasciné, il s'approcha d'elle, une étincelle de désir dans les yeux.

— Il m'aime, un peu…

— Bonsoir, Hope !

— Nom d'un…

Dans sa surprise, elle donna un coup de pied à la canne et dut ramper sur la pente herbue pour l'empêcher de glisser jusqu'à la rivière.

Robert la rattrapa par le dos de sa robe juste au moment où elle allait basculer et la tira en arrière, tandis qu'elle serrait son trophée dans son poing.

— Bon sang, Robert, vous m'avez fait une de ces peurs ! Mon cœur a failli s'arrêter de battre.

— Je viens de vous sauver d'un plongeon, oui. A qui rêviez-vous donc en mettant en pièces cette pauvre fleur sans défense ?

Hope cilla. Il dut la voir rougir, car elle sentit tout son visage s'enflammer sous la montée du sang.

— Oh ! C'est un stupide jeu d'enfant…

Mais il n'y avait rien d'enfantin dans le frisson de plaisir qui la parcourut toute lorsqu'il lui offrit son bras. Ni dans les battements précipités de son cœur et la brûlure de sa chair.

— Voulez-vous faire quelques pas avec moi ? Votre panier et votre canne seront en sécurité sous cet arbre…

Elle lui répondit en glissant son bras sous le sien et ils se mirent à déambuler ensemble sur la berge. On approchait de la Saint-Jean et les nuits étaient tièdes. Le crépuscule descendait, avec ses teintes bleu lavande striées de lumineuses bandes orange. Une brume basse enveloppait la rivière et la vallée, et les cimes des arbres flottaient au-dessus, pareilles à des îles au milieu d'un lac.

Le ciel était clair au-dessus de leurs têtes, et lorsqu'ils firent demi-tour après avoir parcouru un ou deux kilomètres, les premières étoiles clignotaient dans le ciel, comme allumées par une main invisible.

Hope exhala un doux soupir.

— C'est si beau ici, Robert !

— Est-ce que Londres vous manque parfois ?

Elle secoua la tête.

— Jamais. Au début, j'étais trop en colère, ensuite beaucoup trop occupée. Et puis…

— Et puis ?

— Je me suis rendu compte que je me plaisais bien ici. Avec Rose, Daisy, Oakes… Quelquefois même avec vous !

Elle lui coula un regard de côté.

Il fit halte avec elle sous le grand if.

— Et maintenant ?

Sa voix était rauque et chaude, et elle sentit un frémissement lui courir tout au long du dos.

— Maintenant, j'aspire à quelque chose, mais je ne suis pas sûre de savoir exactement quoi.

Le ciel brillait tout entier à présent, vaste mystère clignotant d'astres. Ils entendaient le sourd chuchotement de la rivière en contrebas. Et entre eux irradiait la chaleur de leurs corps, dans un silence que ponctuait le rythme régulier de leurs respirations et de leurs pouls.

— Je suis désolée qu'on vous ait contraint à accepter ce mariage, Robert. Vous avez été très gentil, étant donné les circonstances. La première fois que je vous ai vu, vous m'avez fait penser à un chevalier de l'ancien temps. Et encore maintenant. Je devine ce que vous avez dû penser de moi…

Il se rapprocha d'un pas, penché vers elle. Lorsqu'il parla, ce fut d'une voix basse et pleine de sensualité. Ses lèvres lui effleuraient presque la joue.

— Vous devinez ? Moi, je m'en souviens clairement. Je crois même que je ne l'oublierai jamais. Ces yeux malicieux, cette longue chevelure entrelacée de verdure et de fleurs…

Il lui frôla la joue pour saisir la mèche folle entre ses doigts.

— Je vous ai prise pour une de ces gracieuses créatures magiques douées d'un pouvoir effrayant pour les simples mortels.

Il la sentit trembler, tandis qu'il suivait la boucle sur toute sa longueur, depuis le dessous de sa joue jusqu'au creux de sa gorge.

— L'espace d'un instant, j'en suis resté paralysé et j'ai oublié de respirer. Une douleur aiguë m'a transpercé le cœur, et j'ai été saisi de vertige. Le monde s'est aboli autour de moi. Rien n'existait plus que vous.

Il porta la mèche à ses lèvres et y déposa un baiser avant de la replacer doucement derrière son oreille.

— Foudroyé par un elfe ! Car j'ai su tout de suite qui vous étiez vraiment…

Elle lui dédia un sourire rayonnant. L'éclat de ses yeux rivalisait avec celui des étoiles.

— Vous m'avez dit que c'était à cause de mes miroirs !

Il éclata d'un rire profond qui se répercuta sur la rivière.

— Que faites-vous ici, Robert ?

— Je vous cherchais… vous suivais… Pour vous faire la Cour, je suppose.

— Vous supposez ? Regardez autour de nous ! Tout est si incroyablement beau…

Elle chuchotait, la voix tremblante d'admiration, de recueillement.

Dieu, que ses yeux étaient beaux et ses lèvres tentantes ! Pourtant, il détourna d'elle son regard. Bien que la lune ne fût qu'une mince faucille dans le ciel, les bois palpitaient, parcourus de mouvants festons de lumière. Des lucioles… Certaines dansaient dans l'air, tandis que d'autres leur répondaient dans les buissons. On en voyait aussi sur le sol, tapissant le sentier de leur lumineuse floraison.

Il les désigna d'un geste.

— Vos cousines les fées, je présume ?

Elle sourit, inclinant la tête.

— Il y a si longtemps que je ne suis resté assis dehors à contempler une belle nuit d'été. Voulez-vous demeurer avec moi, Hope ?

Il s'installa à même le sol, le dos appuyé à un arbre, et lui tendit la main pour l'aider à s'asseoir. Elle perdit l'équilibre et atterrit dans son giron en riant aux éclats.

— Ouch ! Vous êtes remarquablement solide, dites-moi, pour un être de grâce et de lumière !

Il la taquinait, mais n'en fut pas moins prompt à la retenir lorsqu'elle voulut se laisser glisser à terre. Un bras encerclant sa taille et l'autre ses épaules, il l'attira plus étroitement contre lui, dans sa chaleur. Hope se laissa faire. Par cette nuit enchanteresse, c'était le seul endroit où elle eût envie d'être. Il n'y en avait pas de meilleur au monde.

— On dirait presque qu'elles se parlent, murmura-t-elle en suivant des yeux l'évolution des lucioles.

— Mais oui, c'est ce qu'elles font. Quand j'étais enfant, je restais assis dehors toute la nuit à les observer. C'est l'époque de l'année où elles se cherchent un compagnon.

— C'est fantastique. Magique… Une créature qui produit sa propre lumière !

— Un peu comme vous, Hope… Une rare et merveilleuse créature…

Il enfouit le nez dans son cou, semant une chaude traînée de baisers de sa gorge à sa mâchoire, puis effleura de la langue la peau si sensible derrière son oreille. Elle gémit doucement. Il lui caressa la lèvre inférieure avec son pouce et se pencha vers elle, s'arrêtant à quelques millimètres de sa bouche.

Elle se pressa alors contre lui, lui enlaçant la nuque. Des sensations enivrantes déferlaient en elle. C'était comme si quelque chose fondait. Pas seulement dans son corps, mais dans son âme. Elle se sentait si tendre, si vulnérable…

Enserrant son visage entre ses mains, il lui effleura les lèvres d'un baiser plus léger que l'aile d'un papillon. Dieu, quelle saveur ! Elle sentait le soleil et l'été. Et ses lèvres étaient aussi fruitées que des fraises…

Il l'étreignit, goûtant la ferme pression de son corps tandis qu'elle se lovait contre lui. Son membre était déjà roide et rien ne le séparait du postérieur de Hope que quelques fines couches de linge et de soie. Chaque fois qu'elle remuait, elle déclenchait en lui une exquise agonie…

Il tira sur le ruban de satin, libérant ses cheveux qui retombèrent sur ses épaules en une sauvage cascade d'ébène. Les doigts enfouis dans sa crinière, il la gratifia d'un dévorant baiser qu'elle lui rendit avec une égale ardeur.

Elle sentait son sexe dur se presser contre elle, insistant, cherchant la chaude jonction entre ses cuisses. Vibrante de délicieuses sensations, elle s'arqua contre lui, incapable de retenir un gémissement d'excitation tandis que la langue de Robert s'enlaçait à la sienne, explorant sa bouche dans une danse lente et tentatrice.

Elle exhala un soupir, consumée par une flamme exquise.

Des mains audacieuses voyageaient sur l'étoffe de sa robe, étudiant chaque courbe de son corps. Un petit cri lui échappa lorsque les doigts impatients frôlèrent ses tétons qui pointaient contre le mince tissu de son corsage.

Haletante, elle se retourna pour ouvrir la chemise de Robert. Puis elle glissa la main dessous, à même sa peau brûlante, ravie de sentir ses muscles puissants jouer sous sa paume.

Jamais aucun homme ne l'avait excitée ainsi par ses caresses, par un simple baiser… Aucun ne s'était donné cette peine.

— Hope…

Il la fit glisser de ses genoux avant qu'elle ne le fasse jouir comme un puceau impatient. Elle poussa un petit cri de protestation lorsqu'il la coucha sur le lit de mousse et de violettes qui tapissait le sol au pied de l'arbre.

– Chut !

Il lui imposa silence d'un sensuel baiser avant de se coucher sur elle, la recouvrant de son grand corps puissant.

— Il y a longtemps que je rêve de vous embrasser ainsi, sur un lit de fleurs et sous les étoiles. Je ne désire plus que cela depuis que je vous ai vue danser pieds nus dans le parc. Même pendant nos disputes, ou quand nous étions furieux l'un contre l'autre et ne nous adressions plus la parole, je n'arrivais pas à chasser cette image de mon esprit.

Tout en parlant, il traçait du bout du doigt le contour de son décolleté. Hope sentit sa respiration s'arrêter. Elle ferma les yeux et frissonna, tandis que ses seins durcissaient, sensibles à la caresse.

— Robert…

Elle tendit la poitrine en avant, quémandant son attention, Ses mamelons frottèrent la soie du tissu, mais ce n'était pas assez pour lui donner le soulagement qu'elle attendait.

— Robert, s'il vous plaît, ne jouez pas ! Vous me faites languir…, dit-elle le regard fixé sur la main qui descendait le long de son corsage, tirant sans se presser sur les agrafes et les rubans.

Il rit.

— Vous êtes comme un joli présent qui attend qu'on le déballe de ses papiers de soie. Attendre et jouer, cela fait partie du plaisir…

Il le pensait vraiment. Un homme faisait appel à une catin pour satisfaire un besoin. Mais avec sa maîtresse ou sa femme, il prenait le temps de savourer chaque geste. Avant de la faire jouir, il voulait rendre Hope aussi folle de désir pour lui qu'il l'était pour elle.

Mais d'un autre côté, un gentilhomme ne pouvait ignorer la prière de son épouse, n'est-ce pas ?

Un sourire aux lèvres, il finit de défaire les agrafes de sa robe.

Hope sentait son regard sur elle, pareil à une sensuelle caresse. Son corps fondait, éperdu de désir, et son cœur battait la chamade tandis qu'il traçait doucement le tour de ses mamelons avec son doigt. Des ondes de plaisir la parcoururent lorsqu'il se mit à lui pétrir le sein puis en saisit le bourgeon durci dans sa bouche. Avec sa langue humide et chaude, il la caressa, mordillant et suçant, à travers sa chemise qu'il mouillait peu à peu.

Elle s'accrocha à lui, submergée de sensations folles que chacun de ses nerfs, de ses tendons, chaque parcelle de sa peau relayaient jusqu'au tréfonds de son corps.

La main dans la forêt de ses boucles, il s'empara de nouveau de ses lèvres, explorant sa bouche de la langue tandis que sa main libre continuait à la caresser jusqu'à ce qu'elle émît un long cri de plaisir qu'il bâillonna d'un autre baiser, encore plus profond, encore plus brûlant.

Toute la nuit, ils s'embrassèrent et se caressèrent ainsi — approche tour à tour lente et tendre, joueuse et taquine, farouche et exigeante.

Robert s'endormit juste avant l'aube, la tête sur les seins de Hope, tout près de son cœur. Elle lui caressa les cheveux et se pencha pour embrasser la mince cicatrice blanche qui creusait sa joue, à peine visible sous la barbe naissante du petit matin.

Une dernière étoile brillait encore dans le ciel. Elle ne scintillait pas mais luisait doucement. Des rubans de brume sinuaient entre les arbres, s'attardant au-dessus de la rivière, tels les derniers esprits de la nuit.

Hope aussi rayonnait, grisée de sensations capiteuses, bien qu'ils n'aient rien fait d'autre que s'embrasser, ou presque.

Cette nuit était une première. Une expérience toute nouvelle, aussi délectable que dangereuse.

Elle avait été vendue aux enchères, marchandée et payée.

Mais jamais on ne l'avait courtisée comme Robert venait de le faire.

21

Pour la première fois de sa vie, Hope était vraiment amoureuse.

Elle avait déjà été témoin d'un tel sentiment dans son entourage. Ce genre d'amour était comme une maladie. Il laissait ses victimes tremblantes et brisées. Ceux qui avaient été heureux auparavant n'étaient plus que l'ombre d'eux-mêmes — languissants, insatisfaits et anxieux. Les couples heureux de sa connaissance, elle les comptait sur les doigts d'une main. Elle ne connaissait pas d'homme à qui l'on puisse se fier totalement, et Charles s'était montré pire que les autres. Heureusement qu'elle n'en était pas véritablement amoureuse, car ce devait être terrible d'aimer vraiment un homme et d'être ensuite trahie par lui.

Et Robert, pour séduisant qu'il fût, n'était pas un séducteur. Il possédait la confiance de ses hommes et de ses serviteurs, des gens qui l'avaient pratiquement toujours connu. Et pour tout ce qui touchait à l'argent, il avait agi avec elle en homme d'honneur. Ses promesses n'étaient pas vaines. Il se montrait attentionné, et près de lui elle se sentait estimée. Il l'avait même courtisée, alors qu'il aurait pu s'en dispenser.

Se pouvait-il qu'il fût différent des autres hommes ? Elle l'espérait de tout son cœur, car il était trop tard pour revenir en arrière. Il avait percé son armure et trouvé le chemin de son cœur.

Il l'avait emmenée visiter le village et lui avait montré toute l'étendue de leurs terres. Ce fut bien le terme qu'il employa, comme si le domaine leur appartenait à tous deux. Il l'avait ensuite accompagnée à la pêche.

Et à présent, il lui donnait sa première leçon d'escrime.

La journée était particulièrement chaude. Il avait ôté sa chemise et elle se régalait les yeux du spectacle de son torse nu.

— Vous devez conserver un équilibre parfait, afin de pouvoir attaquer ou parer sans être touchée. Dégagez bien vos épaules et, quand vous bougez, gardez vos jambes écartées. La position des pieds est primordiale. Tout le reste en dépend.

Il tourna autour d'elle en l'examinant d'un regard critique. Elle portait ses vêtements de garçon et Robert l'avait équipée d'une rapière légère. Il se plaça derrière elle afin de rectifier la position de ses bras et de ses épaules.

Puis il laissa glisser les mains le long de ses jambes pour leur donner l'écart convenable.

— Là… C'est beaucoup mieux… Plus vos pieds seront bien plantés sur le sol, plus vous aurez de force pour attaquer. Faites-les glisser plutôt que de les soulever ; il sera ainsi plus difficile de vous déséquilibrer. Restez toujours bien droite, la poitrine de face, de façon à conserver toute votre stabilité en pivotant.

Il ajusta l'angle de ses coudes et exerça une pression sur son postérieur pour l'inciter à se redresser. Hope le foudroya du regard, mais il continua, imperturbable :

— Ainsi, il vous suffira d'une légère rotation pour éviter un coup de l'adversaire. Si vous maintenez la posture adéquate, bien entendu.

Il s'était penché par-dessus son épaule et elle sentait son souffle ébouriffer les petits frisons de sa nuque.

— Comme ça ?

Il sourit et modifia de nouveau sa position, poussant une fois encore sur ses fesses pour les faire rentrer. Puis il replaça ses bras et ses épaules dans l'axe, effleurant au passage les contours de ses seins.

— Vos jambes !

Il glissa les mains de ses cuisses à ses chevilles pour lui assurer un meilleur équilibre.

— Je me demande finalement s'il est bien prudent de vous mettre des objets pointus entre les mains, Hope…

Elle exhala un soupir.

— Je suis très gauche, je sais… Il va me falloir beaucoup d'entraînement.

Sa voix se fit soudain plus grave :

— Croyez-vous que je pourrai un jour gagner un combat ? Contre quelqu'un comme vous, par exemple ?

Il sourit.

— Non, ma chérie. Je suis plus fort, plus rapide et plus agile que vous. J'ai appris à tenir une épée avant même de savoir marcher. Et j'ai pratiqué avec ferveur lorsque… euh… lorsque j'étais plus jeune. Pour affronter quelqu'un comme moi, vous devez faire preuve de ruse et d'astuce.

Et d'énumérer :

— Un bon combattant doit être à tout instant conscient de ce qui se passe autour de lui. Mieux vaut aussi que le soleil soit dans les yeux de votre ennemi que dans les vôtres. Tout le monde a un point faible. La plupart de vos adversaires auront tendance à vous sous-estimer, ce qui peut tourner à votre avantage. N'essayez pas de surpasser un bretteur dans mon genre, vous n'y arriveriez pas. Mais servez-vous de ce qui vous entoure et cherchez la faille de votre ennemi. Et quand le moment sera propice, saisissez-le.

Il lui adressa un clin d'œil.

— En dehors de mon goût invétéré pour les jolis derrières et les grands yeux violets, quelle est ma faiblesse, à votre avis ?

Elle réfléchit.

— Votre taille ?

— En quoi serait-ce un handicap ? J'ai de ce fait les bras plus longs que ceux de la plupart de mes adversaires et je suis très prompt.

— Alors, vous risquez de vous fatiguer plus vite.

— Bravo ! Ce pourrait être le cas, en effet, si je ne m'entraînais pas aussi assidûment chaque jour.

Il rit et lui ébouriffa les cheveux.

— Vous devez donc travailler en priorité votre défense, en obligeant votre adversaire à bouger sans cesse jusqu'à ce qu'il se fatigue.

— Mais si c'est seulement pour la parade ? Pour impressionner les autres dames, par exemple.

— Oh ! Je vois ! Dilettante, n'est-ce pas ? En ce cas, venez… Je vais vous montrer quelques positions d'attaque et de très jolies fioritures.

Rester là, à quelques pas de lui, à le regarder jouer de ses muscles et se mouvoir avec cette force fluide qui était la sienne n'avait rien qui favorisât particulièrement la concentration, comme Hope put s'en rendre compte, tandis qu'il traçait des moulinets avec sa lame, bondissait et virevoltait avec aisance.

Il finit par atterrir sur un genou, l'épée pointée sur un corps invisible. Puis il s'avança vers elle en ferraillant, ses muscles saillant sous sa peau hâlée. Ses cheveux clairs, où le soleil accrochait des reflets d'or, retombaient librement sur ses épaules bronzées.

Oh ! Seigneur, comme j'ai envie de lui !

Il la dévisagea, visiblement amusé.

— Assez d'entraînement pour aujourd'hui ?

Elle cilla.

C'était pour moi, cette petite démonstration ! Il s'exhibait à mon intention.

— Oui. Merci, Robert.

Il la fixa intensément. Quand elle riait, ce qui lui arrivait souvent ces derniers temps, ses joues se creusaient de fossettes et ses yeux violets pétillaient de malice. Mais ce ne fut pas cela qui le décida à lui donner une leçon d'escrime tous les jours. Ce fut le balancement voluptueux de ses hanches tandis qu'elle s'éloignait vers le manoir dans ses culottes moulantes.

22

Hope ne vit pas Robert au dîner. Il était allé au village avec le sergent Oakes pour discuter de la construction d'un pont et d'une nouvelle route, aménagements qui fourniraient un emploi à ceux dont la situation financière avait souffert pendant la guerre et après.

C'était certainement vrai, Hope n'en doutait pas, mais elle savait que les activités de Robert ne se limitaient pas à cela. Il avait envoyé des hommes surveiller les diverses routes de Londres et elle avait vu des paysans étonnamment bien armés arpenter les champs et les collines, munis d'une longue-vue.

Elle avait aussi l'impression, en le voyant s'entraîner si assidûment avec Oakes, qu'il se préparait à quelque chose de sérieux.

A affronter cet ennemi dont il lui avait succinctement parlé ?

Il y avait tant de choses qu'elle ignorait à son sujet ! Du moins savait-elle parfaitement ce qu'elle attendait de lui.

Drapée dans une robe de chambre de soie bleue, elle l'attendit dans le hall du premier étage en jouant avec Daisy, qu'elle amusait avec une pelote.

Le regard de Robert s'enflamma aussitôt à sa vue.

— Oh ! Oh ! Je connais ces façons-là, madame ! Vous avez pris vos airs de séductrice…

— Avec succès, j'espère ?

Elle lui tendit la main pour l'entraîner vers sa chambre, dont il franchit le seuil sans hésiter.

Puis elle s'assit sur le lit, le cœur battant à se rompre, tandis qu'il ôtait ses bottes et s'étendait près d'elle.

Appuyé sur un coude, il écarta de sa main les boucles défaites qui cascadaient dans son dos et fit glisser sa robe de chambre jusqu'à sa taille, dans un doux froufrou d'étoffe.

Puis il lui saisit le poignet pour l'attirer doucement à lui. Avec un soupir d'aise, elle se laissa alors tomber dans ses bras et le dépouilla à son tour de sa chemise, semant des baisers sur sa mâchoire et dans son cou.

— Là…, murmura-t-elle.

Du bout des doigts, elle explora son torse, pressant sa paume à l'endroit précis où battait son cœur. Puis elle effleura sa taille, sa hanche, et se pencha pour lui embrasser le ventre.

Lorsqu'elle effleura de ses ongles le devant de sa culotte, il arqua son corps vers elle avec un gémissement rauque. Elle ouvrit alors la main toute grande pour englober son érection et pressa doucement.

— Hope…

Il porta la main à son haut-de-chausse pour l'aider à défaire les boutons.

— Non, chuchota-t-elle en lui léchant l'oreille du bout de la langue. Restez tranquille et mettez vos mains derrière la tête. Sinon le jeu est fini !

Il prit une longue inspiration tremblante et noua ses mains sous sa nuque pour ne pas être tenté de s'en servir, tandis que son sexe prenait des proportions imposantes.

Hope défit les boutons l'un après l'autre, tripotant ici et là tandis que le membre turgescent tressaillait à chacun de ses mouvements.

Lorsqu'elle s'attaqua enfin au dernier bouton et ouvrit la braguette, Robert serra les dents de plus belle. L'air de la nuit lui rafraîchit la peau comme une caresse.

Hope tira sur la culotte et il souleva les hanches pour l'aider.

— Bon sang…, jura-t-il.

Le plaisir, l'urgence et la frustration luttaient en lui et

il crut devenir fou lorsqu'elle se mit à le taquiner du bout de la langue.

— Mmm…

Elle croisa son regard et arqua un sourcil.

— Regardez !

Elle lui désigna le miroir au-dessus du lit.

— Oh ! Seigneur !

Avec un léger rire, il se laissa retomber sur le matelas, tandis qu'elle lui massait doucement les bourses puis saisissait la base de son pénis, faisant ensuite courir sa langue de haut en bas.

Les yeux fixés sur le miroir, Robert enfonça les doigts dans la chevelure d'ébène, qu'il étala comme un sombre rideau.

Dans le reflet au-dessus de lui, il apercevait le mince dos cambré de Hope et ses fesses bien fermes, épanouies en un délicieux arrondi. Mais sa fascination pour cette voluptueuse image ne dura qu'un instant. Le miroir semblait mettre les choses à distance et il sentit un vertige s'emparer de lui.

Avec un grognement, il la fit remonter le long de son corps, et captura ses lèvres dans un baiser incendiaire. Puis il la poussa contre les oreillers et passa une jambe sur elle pour mieux l'emprisonner.

Pantelante de désir, Hope tendit ses seins vers lui. Il prit le temps de semer une myriade de baisers sur ses joues et le long de son cou, s'arrêtant pour caresser ses épaules avant de s'emparer des mamelons offerts, qu'il embrassa, suça, avec ses lèvres d'abord, puis avec sa langue. Hope ondulait sous lui tandis qu'il explorait son corps de ses mains aventureuses, caressant, taquinant, titillant les moindres parcelles de sa peau jusqu'à ce que chaque nerf trépidât, impatient de sentir ses caresses.

Inclinant la tête, il effleura de sa joue râpeuse son ventre délicatement bombé.

Elle protesta avec un petit rire et posa les mains sur ses épaules pour le repousser.

— Vous me chatouillez, voyons !

Il releva la tête et lui sourit. Un sourire si ravageur qu'elle en eut le souffle coupé.

Oh ! Seigneur ! Cet étranger qu'elle avait épousé lui avait bel et bien volé son cœur !

— Vous devriez sourire plus souvent, chuchota-t-elle, les doigts enfouis dans ses cheveux.

Au lieu de répondre, il lui écarta les cuisses et se pencha pour la savourer à petits coups de langue gourmands. Avec un léger cri, elle s'agrippa à ses épaules tandis que des spasmes de jouissance déferlaient partout dans son corps, irradiant son ventre, ses seins, ses lèvres et ses doigts, partout où il y avait un centimètre carré de peau sensible à émouvoir.

Elle s'arqua contre lui, tandis que les doigts de Robert rejoignaient ses lèvres pour redoubler ses offrandes. Quelle fête autour de ce petit delta au noyau si réceptif ! Caresses, succions, taquineries humides et chaudes…

La vie de Hope, sa survie même, avait toujours dépendu de sa capacité à se contrôler. Mais cet homme l'en avait dépouillée aussi aisément qu'il lui avait ôté ses habits !

Elle cria son nom, le suppliant de la prendre, tandis que le plaisir déferlait en elle vague après vague. Et lorsqu'il se souleva pour s'emparer de ses lèvres et la pénétrer avec vigueur, elle en oublia instantanément les rudes leçons que lui avait dispensées la vie. Parvenue au point de non-retour, elle s'abandonna toute.

La tempête dans laquelle il l'entraîna la secoua comme une feuille au vent tandis qu'une sauvage énergie explosait en elle, grondant et trépidant jusqu'au fond de son corps. C'était un renouveau. Plus que cela — une renaissance…

Un monde tout neuf qui l'attendait et dont cet homme venait de lui ouvrir la porte.

Une plainte lui échappa.

Le ciel me vienne en aide, je suis perdue !

— Elfe des bois ?

La voix de Robert était douce, inquiète.

— Je ne vous ai pas fait mal, j'espère ? Je me suis laissé emporter.

Elle lui effleura la joue du revers de la main.

— Non, non…

Vous ne m'avez pas fait mal, mais vous en avez le pouvoir à présent. Le pouvoir de me blesser plus que n'importe qui au monde…

— Au contraire… C'était merveilleux, Robert.

Il fallait absolument qu'elle apprenne à le connaître mieux. Elle en avait besoin pour se protéger, même s'il était déjà trop tard. Et il n'y avait pas de meilleur moment pour parler à un homme que lorsqu'il avait abandonné toutes ses défenses et se sentait à l'aise.

Elle se blottit contre lui, le menton niché contre sa poitrine.

Voyons, par quoi allait-elle commencer ? Par quelque chose de facile…

— Avez-vous eu beaucoup de maîtresses, Robert ?

Il haussa un sourcil circonspect.

— Seriez-vous jalouse, Hope ? Je n'ai eu qu'une seule maîtresse — en vous comptant.

Elle s'étonna.

— Mais alors, où avez-vous appris tout cela ? Comment êtes-vous devenu si… si sensible aux besoins d'une femme ?

— Je suis un soldat, Hope, pas un moine. Je vous l'ai déjà dit, un guerrier doit apprendre à être conscient de tout et à observer. Donner du plaisir à une femme n'est pas si différent. Etre attentif, répondre, jauger la réaction…

Elle se rembrunit.

Ce n'était donc que cela pour lui ? Une bataille, un sport, un exercice ?

— Mais avec vous, je dois avouer que c'est difficile. J'ai tendance à tout oublier pour me laisser happer par l'instant. Aussi, je vous prie de m'excuser si j'ai été trop brutal. D'habitude, je me maîtrise un peu mieux.

— Et moi aussi ! avoua-t-elle avec un sourire. Que dites-vous du miroir ?

— J'ai grandement apprécié le reflet de votre délicieux postérieur ! assura-t-il en flattant de la main l'objet de son admiration.

— Ah ! Tant mieux... Je craignais que cela ne vous donne le vertige comme à Londres.

— C'était une plaisante nouveauté. Mais c'est vrai que cela m'a tourné la tête au bout d'un moment. J'avais l'impression d'être un peu en dehors de la scène, plus observateur qu'acteur.

— Je vais le faire enlever en ce cas. En fait, c'était une plaisanterie. Vous vous rappelez ? Vous m'aviez dit : « Pas de miroir, sauf dans votre chambre. »

Il eut un petit rire et lui ébouriffa les cheveux.

— Je vous dirais bien de mettre vos glaces dans la future serre. Mais je craindrais de me cogner sans cesse dedans en les prenant pour des allées et des sentiers fleuris !

— J'espère bien que non !

Elle hésita.

— Robert ?

— Oui ?

— Avez-vous déjà été amoureux ?

— Pourquoi toutes ces questions ?

Du bout des doigts, il effleura le contour de ses seins.

— Nous avons mieux à faire en ce moment, non ?

Elle leva la tête pour l'interroger du regard.

— Ma vie a été très différente de la vôtre, Robert. Mais pour moi aussi, l'observation a été une question de survie. Par moments, je vois de la tristesse dans vos yeux, et parfois même quelque chose de très sombre, de menaçant, presque. Vous m'avez dit que vous étiez hanté par vos souvenirs. Je me suis demandé si vous n'aviez pas perdu une amoureuse. Quelqu'un qui aurait encore une emprise sur vous...

Il retira brusquement sa main et elle sentit son estomac se nouer. Seigneur, avait-elle commis un impair ?

— Non, Hope. Je ne pleure pas un amour perdu, mais une... bah, laissons cela, voulez-vous ? Pour en revenir à votre question, j'ai éprouvé une grande admiration pour Elizabeth Walters. J'ai servi un temps sous les ordres de son père, dans ma jeunesse. Elle était une enfant triste et solitaire, et je me suis intéressé à elle. Quand son père est mort, il m'a semblé qu'il était de mon devoir de m'occuper d'elle. J'ai été assez désappointé quand elle a choisi quelqu'un d'autre, mais cela ne m'a pas brisé le cœur.

— Mais alors…

Il secoua la tête.

— Mes souvenirs ne sont pas pour vos oreilles, Hope.

Sa voix était devenue froide, distante.

— Comment ça, « pas pour mes oreilles » ? D'où pensez-vous que je vienne, Robert ? Croyez-vous qu'il y ait beaucoup de choses que je n'aie pas vues ou entendues ?

— La véritable horreur, ma douce, vous ne l'avez connue qu'au théâtre…

— Vous oubliez que j'ai grandi dans les rues de Londres. J'ai vu de pauvres gens mourir de froid, la main encore tendue pour demander l'aumône. J'ai vu des fillettes violées, des hommes assassinés pour une offense souvent involontaire. J'en ai vu bien plus que vous ne le pensez !

Il inclina la tête et lui jeta un regard étrange.

— Pourtant, vous semblez si innocente. Presque pure. Comment faites-vous ?

Elle se redressa, blessée de sa remarque.

— Je suis une excellente actrice, il faut croire. Peut-être aurais-je dû rester sur les planches !

Elle se leva pour quitter la pièce, bien qu'elle fût dans sa propre chambre, mais il lui saisit le poignet et la retint.

— Je ne voulais pas vous insulter, Hope. Loin de moi cette intention !

Sa voix était apaisante, chaleureuse de nouveau.

— Je me demandais seulement par quelle magie la flamme en vous a pu rester aussi vivace dans le noir. C'est une chose que, pour ma part, je ne suis jamais parvenu à obtenir.

— Je…

Elle s'interrompit, déroutée. Il venait d'entrebâiller en elle une porte soigneusement verrouillée, même si ce n'était qu'une infime ouverture.

— Peut-être parce que vous avez été le témoin de ces choses sans y jouer un rôle ? suggéra-t-il.

Elle secoua la tête.

— Ma virginité a été vendue aux enchères, Robert.

— J'ai entendu cette histoire. Mais c'est votre mère qui vous a vendue. Vous n'y étiez pour rien.

— Pas cette fois, en effet. Mais ensuite, j'ai bel et bien monnayé mes charmes.

— Pour survivre, je suppose.

— Pour prospérer !

— Hum… Vous n'étiez pas très douée pour cela, n'est-ce pas ?

Elle se raidit.

— Pourquoi faut-il que vous m'insultiez sans cesse ? Pas assez douée pour quoi ? Pour plaire à Charles, c'est ce que vous voulez dire ? Ou pas assez douée pour vous plaire ?

— Chut, ma chérie ! Ce n'était pas une accusation…

Il referma les bras autour d'elle, l'attirant tout contre lui.

— Je vous ai observée la nuit de notre mariage. Votre joie et votre spontanéité étaient si sincères ! Il m'a semblé alors que votre rôle ne vous convenait pas. Vous manquiez du détachement et du sang-froid indispensables si l'on ne veut pas être blessé. Ce qui n'est pas très avisé pour une courtisane, non ?

— Vous avez raison. Ce n'est pas très avisé, en effet.

Pourquoi pleurait-elle à présent ? Elle ne le savait pas vraiment. Tant de blessures, tant de déceptions accumulées… Sans compter qu'il n'avait pas répondu à sa question.

Il tira la couverture, la drapa autour d'eux et se servit de la chemise qu'elle lui avait ôtée pour étancher ses larmes.

— Parlez-moi de votre vie, Hope. Je me suis tellement demandé qui vous étiez vraiment…

Elle hésita à le faire. Avait-elle vraiment envie de lui rappeler qui elle était et ce qu'elle avait fait ?

Mais si elle ne partageait pas son passé avec lui, comment pouvait-elle espérer qu'il lui ferait un jour partager le sien ?

23

— Si je vous parle de mes fantômes, Robert, me parlerez-vous des vôtres ?

Il fit non de la tête.

— Mes souvenirs sont aussi terribles que mes rêves, Hope. C'est seulement lorsque je suis avec vous que je parviens à les oublier. Au début, cela m'ennuyait, du reste. J'avais l'impression d'être… négligent. Mais j'en suis venu à aimer ces moments de répit. Malgré…

Il s'arrêta, agitant la main comme pour chasser quelque chose.

— Cela faisait bien longtemps que je ne m'étais pas réveillé le matin en songeant avec joie à la journée à venir. Mais laissons cela pour le moment, voulez-vous ? Ce soir, c'est de vous dont j'ai envie d'entendre parler.

— Je suis sûre que vous en avez déjà entendu suffisamment. Il court tant d'histoires et de pamphlets à mon sujet ! On m'appelle la fille Cendrillon, quand ce n'est pas la catin Cendrillon, à cause de mes humbles débuts.

— Chut !

Il lui pressa un doigt sur les lèvres.

— C'est votre histoire à vous que je veux entendre… Pas les commérages de rivales jalouses et de courtisans fielleux.

— J'ai été élevée dans un bordel, Robert… La Joyeuse Drôlesse… Bien que ce ne soit pas en soi une calomnie… L'établissement appartenait à ma mère. J'étais la princesse du lieu, en quelque sorte. J'avais un joli chaton et une chambre bien à moi. Il paraît que mon père était un capitaine, comme vous. Mais il est mort à la prison pour dettes. Et avant d'acquérir La Joyeuse Drôlesse, ma mère était elle-même une prostituée.

Robert réprima un sourire.

— Votre père était un militaire ? Voilà qui explique en partie votre esprit combatif.

— Oh ! Je suis d'un naturel plutôt aimable… quand on n'abuse pas de ma bonne nature !

— Je vous taquinais, Hope. Même si vous abondez dans mon sens ! Votre mère était peut-être une jeune fille de bonne famille que la malchance et la pauvreté ont fait déchoir ? Beaucoup de femmes confrontées à des situations difficiles s'en sont trouvées réduites à cela, avant et après la guerre.

— Réduite à devenir une maquerelle imbibée de brandy qui a vendu sa propre fille avant de se noyer dans un fossé, après une cavalcade trop arrosée dans les rues de Londres ?

— C'est ce qui lui est arrivé ? Je ne voulais pas…

— Laissez, cela m'importe peu, croyez-moi. Je lui ai payé un bel enterrement et j'ai fait ériger pour elle un monument à Saint-Martin-des-Champs. Je n'ai pas honte de mes origines, Robert.

— Comment se fait-il que vous soyez si accomplie et que vous vous exprimiez avec tant d'élégance, si vous avez commencé si humblement ? Même un léger accent aurait suffi à vous couler à la Cour. Comment avez-vous transformé vos handicaps en grâces ?

Elle rougit. Personne avant lui ne l'avait jamais qualifiée d'« accomplie ». Ni n'avait évoqué ses « grâces »…

— Arrêtez, capitaine ! Si vous continuez ainsi, vous allez bientôt parler comme un courtisan ! Je suis une bonne imitatrice, voilà tout. J'essaie de tirer un bien d'un mal, et chaque fois que j'en ai l'occasion, j'observe et j'apprends. Quand ma mère m'a vendue, j'étais encore vierge, mais les plus lubriques de ses clients tournaient autour de moi depuis que j'avais dix ans. Beaucoup étaient riches, nobles et avaient voyagé. Ils m'envoyaient faire des courses et, pour me récompenser, me racontaient des histoires d'un peu partout dans le monde. J'ai appris à converser avec aisance avec eux et à accueillir des messieurs de tous les milieux et toutes les positions sociales.

Il sourit.

— A vous entendre, cela semble presque facile.

— J'avais quatorze ans lorsqu'elle m'a vendue. L'homme — sir Charles Edgemont — ne voulait pas croire que j'étais pucelle. Il pensait que ma mère l'avait dupé et il s'est d'abord montré brutal et coléreux.

— Ça a dû vous paraître une trahison terrible. Vous avez dû être terrorisée et vous sentir très seule, j'imagine.

Il repensa alors à Caroline, à lui-même, et un élancement de douleur lui cisailla le cœur.

— Vous étiez si jeune… Je suis désolé pour vous.

Il ne savait que dire d'autre, mais la seule idée qu'on ait pu lui faire du mal le rendait furieux.

Hope prit un flacon de vin sur la table de chevet, se servit un verre et en avala presque tout le contenu d'un trait.

— D'abord, je l'ai haï, même si je prenais soin de ne pas le montrer. Il y avait déjà un certain temps que je voulais échapper à la vie que je menais, et d'une certaine manière, il m'en offrait l'opportunité. Je me suis servie de lui autant qu'il s'est servi de moi. Mais celle que je haïssais vraiment, c'était ma mère. Je n'ai jamais voulu la revoir ni lui parler. Le service funéraire… Eh bien, c'était une façon de défier tous ceux qui se moquaient de moi à travers elle. Aujourd'hui, c'est pour d'autres raisons que je me réjouis de lui avoir offert cela. Avec le recul, j'en suis venue à jeter un regard différent sur elle.

Sa voix, d'habitude si expressive, n'était plus qu'un morne chuchotement. Mais l'art de dénier et de cacher ses véritables sentiments n'était pas étranger à Robert. A l'air d'indifférence étudiée que Hope affichait, il devinait que son passé l'avait blessée bien plus profondément qu'elle ne voulait le laisser voir.

Il tendit la main pour soulever Daisy, qu'il déposa sur

le lit. Puis il reprit Hope dans ses bras et l'enveloppa d'une chaude étreinte. Elle tenta d'abord de s'y soustraire, mais elle s'apaisa vite et s'abandonna contre sa poitrine avec un soupir épuisé.

— C'était mon lot dans la vie, je suppose, et je n'avais aucun moyen d'y échapper. Mieux valait être le jouet d'un seul homme que de plusieurs. Après avoir quitté ma mère, je me suis retrouvée seule au monde et je me suis juré que je ne ferais plus jamais confiance à personne d'autre qu'à moi-même. Je n'ai pas toujours tenu parole comme je l'aurais dû et, chaque fois que j'ai oublié, je l'ai payé très cher…

Elle songea alors à Charles et à la façon dont il avait abusé de sa confiance pour la tromper.

Et Robert ? Quelles nouvelles blessures allait-il lui infliger ?

Elle lui jeta un regard dubitatif dans le miroir, mais il ne s'en aperçut pas.

— Je me suis également promis de prendre tout ce que la vie m'offrirait et d'en user à mon avantage. A la fin, Edgemont et moi étions liés par une sorte de relation d'affaires dont nous respections tous deux les termes. C'est avec lui que je suis vraiment devenue une courtisane. J'ai appris à le tolérer, tout en le manipulant, en usant de mes charmes et de sa culpabilité. En fin de compte, il m'a appris nombre de choses utiles.

Robert fut surpris et un peu effrayé par sa candeur. Apprendre des choses utiles… Cela ressemblait presque à un défi.

Est-ce cela qu'elle attend aussi de moi ?

— Il regrettait son attitude initiale, bien entendu. Et il a tenté de faire amende honorable en me couvrant de robes et de bijoux, dont j'ai échangé une bonne part contre des espèces sonnantes et trébuchantes. J'ai également réalisé des économies.

Elle observa une pause avant de continuer :

— Je suis restée avec lui plusieurs années, pendant lesquelles il m'a initiée aux bonnes manières, à la bonne compagnie et à l'art de vivre en société. Sur mon insistance, il m'a donné un maître de danse et un précepteur qui m'a appris à lire et à écrire. Nous nous sommes séparés quand il s'est marié. A ce moment-là, le roi était de retour à Londres. Les théâtres avaient rouvert et il s'est arrangé pour que je puisse y entrer…

Ce fut l'instant que choisit Daisy pour sauter sur l'épaule de Robert. Dans ses efforts pour capturer une mèche folle, elle planta ses griffes dans sa poitrine nue, où elle laissa des zébrures rouges.

— Aïe !

Avec une grimace de douleur, il la saisit par la peau du cou et la jeta dans le giron de Hope.

— Bon sang ! Si Cressly abrite un être monstrueux, c'est bien cette petite créature assoiffée de sang !

Hope sourit, tandis que la malicieuse petite chatte rampait dans ses bras, où elle se mit à faire sa toilette avec un air de dignité offensée.

— Espèce de lutin ! murmura Hope en déposant un baiser sur la petite boule de fourrure.

Elle sentit que Robert faisait de même sur sa tête à elle, et un étrange sentiment de réconfort s'empara d'elle. Jamais elle n'avait raconté son histoire à personne, même si les gens clabaudaient beaucoup sur elle.

En tout cas, la réaction de Robert était rassurante. Il ne s'était montré ni choqué ni donneur de leçons. Et c'était si bon de parler de son passé avec quelqu'un ! C'était comme se délivrer d'un fardeau, ou se sentir brusquement moins seul qu'on ne l'avait tout d'abord cru.

Robert s'empara de son gobelet et but le reste de son vin, la tirant ainsi de ses réflexions.

— Vous avez donc saisi l'occasion et vous vous êtes lancée dans une carrière de grande aventurière en travaillant pour Orange Moll, célèbre théâtreuse et vendeuse d'oranges, que vous avez fini par mettre K.-O. d'un coup de poing ?

— Oui, c'est ça… Elle était d'une taille impressionnante, vous savez.

Il lissa l'un de ses frisons noirs, puis le replaça derrière son oreille.

— Elle devait vous sembler telle, en tout cas…

Elle releva la tête, le foudroyant des yeux dans le miroir. Il sourit en retour, ravi de sa plaisanterie.

— Et ensuite ? Comment êtes-vous passée d'Orange Moll aux réceptions de Pall Mall avec Sa Majesté ?

Bien qu'elle feignît la contrariété, sa voix s'anima tandis qu'elle poursuivait son récit :

— Moll possédait une licence pour vendre des sucreries, oranges et autres fruits au nouveau Théâtre Royal. Je suis devenue l'une de ses vendeuses. C'est ainsi que j'ai pu louer une chambre au Cock and Pie, une taverne voisine. La mansarde était minuscule, mais elle avait une fenêtre qui donnait sur la rue. Je travaillais six jours par semaine et l'on me permettait de garder le sixième de ce que j'avais gagné à vendre des oranges à l'orchestre.

Elle sourit, toute à ses souvenirs.

— Moyennant de généreux pourboires, nous portions aussi des messages aux actrices, de la part de leurs admirateurs. J'ai rencontré ainsi bien des acteurs et des auteurs dramatiques, ainsi que des seigneurs et des grandes dames. J'observais leur façon de s'habiller, je les écoutais parler et je tâchais de prendre leur accent. J'ai découvert aussi qu'à part leurs vêtements et leur langage fleuri ils n'étaient pas très différents de moi. Aussi ne me privais-je pas de les taquiner et de les plaisanter. Quelques-unes des dames s'en offensèrent sous leurs masques, mais cela ne semblait pas déplaire aux hommes. J'aimais le théâtre depuis que j'étais petite, et travailler à l'orchestre a été un excellent apprentissage pour la scène.

— A vous entendre, il semble que vous ayez adoré cela.

— Oh ! Oui, vraiment ! D'abord, je n'avais jamais vu d'endroit aussi magnifique que le Théâtre Royal. Richement décoré, brillamment éclairé par les lustres et pourtant très intime et confortable. Y êtes-vous déjà allé ?

— Je n'ai pas eu ce plaisir.

— Des banquettes de cuir sont disposées à l'orchestre et trois galeries s'étagent à l'arrière. La première est destinée à la famille royale, aux dignitaires et autres grands personnages. Charles y venait souvent. Nous nous tenions entre la salle et la scène, avec l'orchestre derrière nous. C'était magique ! Et bien entendu, j'ai vu toutes les pièces… Je m'imaginais sur les planches, actrice célèbre. J'aurais acheté une belle maison, voyagé dans toute l'Angleterre. C'était un rêve merveilleux…

Robert lui caressait les cheveux tout en l'écoutant parler. L'aisance avec laquelle il s'était glissé dans l'intimité de cette femme n'était pas sans le surprendre. Il se sentait si bien avec elle… Oh ! bien sûr, elle avait dû penser qu'il la jugeait sévèrement. Mais c'était au début, quand il croyait encore qu'elle était partie prenante dans les manigances de Charles.

En fait, il l'enviait. Elle n'avait pas honte de ce qu'elle était et parlait en toute franchise de ce qu'elle avait fait. Il en aurait été bien incapable, pour sa part !

— Est-ce que vous avez réalisé ce rêve, Hope ? Etes-vous montée sur les planches en fin de compte ?

— Oui ! Et l'occasion s'est présentée plus tôt que je ne le pensais. Un soir, l'une des actrices récemment engagées ne s'est pas présentée. Apparemment, elle avait trouvé un amant. Alors j'ai pris sa place.

— Vraiment ?

Il eut un léger rire et la serra contre lui.

— Vous avez dû être merveilleuse, j'en suis sûr !

Elle eut un sourire malicieux.

— J'en étais convaincue moi aussi, même si je n'avais pas la moindre réplique à prononcer. Tout ce que j'avais à faire, c'était de brandir une torche.

— Ce que vous avez fait avec beaucoup de panache, sans aucun doute…

— Bien entendu !

Son sourire s'élargit encore, si tant est que ce fût possible.

— Assez en tout cas pour qu'on me confie un rôle de

figurante, puis enfin un rôle parlant. J'interprétais une servante qui prêtait main-forte à sa maîtresse pour échapper à un mariage non désiré. Nous nous déguisions toutes les deux en garçons et je devais endosser un pourpoint et des culottes. Après cela, le roi a commencé à venir plus souvent. Il adore les filles en culottes.

— Je peux imaginer pourquoi.

Elle remua, cherchant une position plus confortable.

— On dit qu'il est le premier monarque à financer un théâtre public. Chaque fois qu'il arrivait, on pouvait entendre les vivats qui le saluaient tandis que son carrosse roulait vers l'entrée. Et à l'intérieur, tout le monde restait debout aussi longtemps qu'il ne s'était pas installé.

— J'imagine qu'il a été rapidement séduit par votre p… euh… prestation d'actrice.

— Merci du compliment, mais je ne crois pas. La Castlemaine était tout le temps avec lui. Mais j'avais un autre Charles pour admirateur. Charles Hartley, Lord Malcolm.

Et Dieu savait qu'elle ne s'attendait pas à la déclaration enflammée dont il l'avait gratifiée dès la chute du rideau !

— Lord Malcolm ?

— Oui, c'était un bel esprit de la Cour, charmeur et…

Robert l'interrompit.

— Ne vous donnez pas ce mal, je connais l'homme. Il doit dépasser le mètre quatre-vingts… juché sur des talons rouges de douze centimètres… Il commet des vers exécrables et passe d'une femme à l'autre comme un bourdon passe de fleur en fleur. En général, je crédite les femmes d'une intelligence largement égale à celle des hommes, excepté lorsqu'elles se laissent prendre dans les rets de ce genre de godelureau langoureux et suffisant, pour peu qu'il soit doté d'une belle figure et d'un prétendu talent. Je suis sûr que ce Malcolm ne sait même pas se servir de son épée. Ne me dites pas que vous avez trahi votre rêve pour lui !

Pendant quelques instants, on n'entendit plus dans la chambre que le ronronnement régulier de Daisy.

— Hope, je ne voulais pas dire…

— C'est pourtant ce que vous avez fait. Mais non, je n'ai pas abandonné mon rêve pour lui. J'ai arrêté le théâtre parce qu'il est devenu très vite évident que je n'étais pas faite pour les rôles dramatiques. La comédie me convenait mieux, mais il y avait déjà sur la place pléthore d'actrices comiques plus âgées et plus expérimentées que moi. C'est alors seulement que j'ai décidé d'accepter les offres de Malcolm. Ceci dit, vous avez raison en ce qui concerne son caractère. Mon histoire avec lui n'a même pas duré deux mois. Mais il m'a appris une ou deux choses qui m'ont été fort utiles pour gérer mes comptes. Il trouvait très amusant que je m'intéresse à mes propres affaires !

— Il vous a donc suffi de deux mois pour lui ponctionner le peu de cervelle qu'il avait. Et ensuite, fatiguée de lui, vous l'avez quitté…

Hope protesta en riant.

— Non, non ! Je suis allée passer l'été à Epsom avec lui. D'abord, il s'est montré agréable et tout à fait charmant. Mais bien qu'il se plût à endosser le rôle du parfait libertin, il a vite essayé de me régenter comme un mari et de me dicter ma conduite, décidant des lieux où je devais aller et de ce que je pouvais ou ne pouvais pas faire. Cela nous a conduits à de nombreuses disputes, et je commençais à être à bout de nerfs. Et puis un soir, il a ramené à la maison deux amis complètement ivres, en me faisant clairement comprendre ce qu'ils attendaient tous. J'ai alors fait mes bagages et j'ai sauté dans la première diligence.

— Hum… Il va falloir que je me souvienne de ne pas vous « régenter comme un mari », et de faire durer le stock de choses intéressantes que j'ai à vous apprendre. Voyons…

Il énuméra :

— L'escrime peut prendre des années. Puis il y a le combat à mains nues et la stratégie. J'en connais aussi un rayon sur la construction des routes et la rotation des cultures. Je suis certain que vous pourriez trouver cela excitant… Je peux vous tenir en haleine au moins six mois avec d'autres histoires sur la forêt de Sherwood et ce malandrin de Robin des Bois. Enfin, quand toutes ces ressources seront épuisées, je pourrai vous apprendre à tirer au pistolet.

Hope exhala un soupir de bonheur et lui pressa la main.

— Je crois que vous oubliez un domaine où je ne demanderais pas mieux que de prendre de nombreuses leçons.

Elle adorait cet humour qu'il révélait soudain. C'était un Robert nouveau qu'elle découvrait, un homme capable de sourire, de plaisanter et de consoler. Un Robert avec qui elle se sentait diablement bien…

Il repoussa ses cheveux pour lui mordiller la nuque.

— Hum… Cela pourrait prendre l'éternité. Mais pour l'instant, contez-moi donc la suite de votre histoire.

Un léger frisson la secoua : elle approchait des eaux dangereuses et aurait préféré en rester là, calmement étendue près de lui.

— Nous sommes restés amis, Malcolm et moi. Il peut être très affable quand il s'en donne la peine, et plutôt plaisant dès lors qu'il ne se comporte pas avec vous en propriétaire. Un soir, il m'a emmenée au théâtre dans sa loge pour assister à un spectacle. Charles se trouvait dans la loge voisine. Son frère et lui nous ont invités à dîner dans une auberge après la pièce. Lorsqu'on nous a présenté la note, aucun d'eux n'avait de quoi payer. Apparemment, les grands hommes ne se préoccupent pas de ces questions triviales. C'est donc moi qui ai réglé l'addition. Je leur ai dit que je n'avais jamais eu aussi pauvre compagnie, et Charles a paru trouver cela amusant. Il m'a convoquée au palais le lendemain pour me rembourser. Et depuis ce jour jusqu'au soir où vous m'avez rencontrée, nous sommes demeurés ensemble… Soit presque une année entière… Voilà ! A présent, vous savez tout de moi.

— Vous êtes une femme exceptionnelle, Hope ! On naît ceci ou cela et on n'y peut rien, mais ce qui compte, c'est ce qu'on en fait ensuite. Et vous, vous avez affronté l'adversité et vous êtes devenue une dame accomplie, avec cette vivacité d'esprit qui réjouit tous ceux qui vous approchent.

Sa voix prit un ton grave et rauque, tandis qu'il lui caressait les épaules.

— Quand je vous ai vue danser, à la fête du mai, j'ai vraiment cru voir une fée. Je vous ai vue ensuite remettre à sa place la terrible Mme Overton et ferrer un brochet aussi long que mon bras. J'ai vu la vie et la beauté que vous avez apportées à cette vieille et triste demeure… Je suis fier de vous, Hope, et heureux que vous soyez mon épouse !

Elle lui sourit, radieuse. Il n'avait toujours pas répondu à sa question, mais il affirmait qu'il était heureux et fier de l'avoir pour femme. Ne lui avait-il pas dit aussi qu'avec elle il se réveillait chaque matin impatient de vivre un nouveau jour ?

Elle s'en contenterait pour le moment…

24

Hope était une femme patiente. Et déterminée.

Tandis que l'automne approchait et que la maisonnée tout entière se préparait pour l'hiver, elle s'avoua qu'à sa grande surprise elle avait trouvé le genre de vie qu'elle avait toujours désiré, au moment et à l'endroit où elle s'y attendait le moins.

Elle était la maîtresse d'une superbe demeure et avait un mari séduisant qui lui enflammait les sens d'un seul regard.

Il restait tout de même un problème de taille : le roi, et son probable rappel à la Cour. Sans compter que si, de son côté, elle était profondément amoureuse, elle n'était pas certaine de ce que Robert ressentait pour elle.

Il refusait toujours de lui parler de lui-même et de son passé, et elle sentait grandir en lui une zone d'ombre, comme si ses questions avaient attiré à la surface quelque chose d'éminemment dangereux.

Il a volé plusieurs fois à mon secours, même si j'étais trop blessée ou furieuse pour le remarquer sur le moment. Et grâce à lui, je me suis sentie accueillie, estimée ; j'ai eu l'impression d'être enfin chez moi. Mais comment puis-je l'aider à mon tour s'il ne me laisse pas accéder à ses pensées, à ses secrets ?

Répondant au désir qu'elle lisait dans ses yeux, elle faisait de son mieux, cependant, pour remplir leur temps d'intermèdes de bonheur.

Il avait emménagé dans sa chambre à elle, et désormais, c'était toutes les nuits qu'elle avait la joie de partager sa couche. Leurs ébats étaient passionnés et fiévreux. Le matin, elle s'éveillait au milieu des draps froissés, les cheveux emmêlés, le corps épanoui et comblé, les membres encore entrelacés aux siens.

Ils parlaient de Cressly, de ce qu'ils aimaient ou détestaient, échangeaient leurs opinions sur tous les sujets, grands ou petits. Et plus ils en apprenaient l'un sur l'autre, plus ils devenaient proches.

Mais ils évitaient toute allusion à son retour à la Cour ou au passé de Robert, et un fossé béant demeurait entre eux.

Septembre fut un mois très occupé. Cygnes, canards et oies sauvages s'apprêtaient à s'installer pour l'hiver, tandis qu'hirondelles et martinets décrivaient des arabesques dans le ciel et se rassemblaient, prêts à entreprendre leur voyage vers le sud.

Tandis que les premières feuilles tombaient sur le sol, on approvisionna les garde-manger et on raccommoda les couvertures. Le jour de la Saint-Mathieu, la grande foire annuelle, la fameuse *Goose Fair*, se tint à Nottingham. Hope passa alors cinq jours à visiter les boutiques, baguenauder et participer aux festivités, puis elle regagna Cressly avec Robert et se retira dans sa chambre, épuisée.

La soirée était humide sans être froide, et bien que ce fût un petit luxe, quelqu'un avait entretenu un grand feu dans la cheminée. Hope se glissa dans sa robe de chambre et s'assit sur le bord du lit avec un verre de brandy, pour jouir de la vue des flammes.

Le matelas s'incurva derrière elle, des doigts se posèrent soudain sur ses épaules, et Robert lui attacha un superbe collier de perles autour du cou.

— C'était celui de ma mère, fit-il simplement.

Elle sentait son souffle chaud sur sa nuque.

— Elle a toujours dit que je devais en faire présent un jour à mon épouse…

Ces quelques mots tout simples en disaient beaucoup. Hope se jeta dans ses bras, les joues sillonnées de larmes.

— Allons, allons ! la gronda-t-il avec un sourire attendri. C'est censé vous rendre heureuse.

— Je sais. Et je le suis.

Elle se hâta d'essuyer ses larmes avec les manches de son peignoir.

— Robert, il est splendide !

— Ah, tant mieux…

Il s'assit près d'elle et lui tira gentiment les cheveux.

— Quand vous pleurez, c'est difficile de savoir. Je sais que vous êtes habituée à de plus beaux bijoux, mais…

— Non, le coupa-t-elle. C'est le plus beau présent que j'aie jamais reçu. Il signifie tellement…

Robert remua légèrement, embarrassé, mais ne la contredit pas. L'excellente nature de Hope et son amour enthousiaste pour la vie avaient fait fondre en grande partie sa réserve. Mais la prudence restait une habitude profondément enracinée en lui. Même s'il se sentait plus proche d'elle qu'il ne l'avait jamais été de personne, il ne pouvait s'empêcher de conserver à son égard une certaine distance.

Le collier, c'était sa façon de lui faire savoir tout ce qu'elle représentait de spécial pour lui.

— J'ai presque peur de le dire, Robert, mais je n'ai jamais été aussi heureuse.

Il fut surpris de l'entendre faire ainsi écho à ses propres pensées. Il savait exactement ce qu'elle voulait dire.

— Moi non plus, avoua-t-il. C'est comme une délicieuse vision. On craint de tendre la main vers elle ou d'essayer de la retenir, de crainte de la voir disparaître.

— Vous croyez que notre bonheur est aussi fragile ?

Il sema une traînée de baisers sur sa joue, son nez, ses paupières.

— Hope… Il va falloir que je m'absente de Cressly. Une semaine, deux tout au plus.

— Quoi ?

Elle releva la tête, cherchant son regard, et il lut la détresse dans ses yeux.

— Si…

Si ce dont ils refusaient de parler survenait en son absence ? Si Charles l'envoyait chercher ?

Il s'arrangerait alors pour que la chose se fasse avant l'arrivée de l'hiver, avant que les routes ne deviennent impraticables. Si telle était toujours son intention, sans doute se manifesterait-il dans les semaines à venir. Sinon, ce ne serait pas avant le printemps suivant.

— J'ai d'importantes affaires à régler dans le Nord, Hope. Cela ne peut malheureusement pas attendre…

— Je vois. Oserais-je vous demander de quoi il s'agit ?

Il y avait une note glacée dans sa voix. Mais derrière cette apparente froideur, elle refoulait des larmes brûlantes. Il lui avait promis de l'accompagner, si on la convoquait à la Cour, d'être à ses côtés pour la soutenir… Comment pourrait-il tenir sa promesse s'il n'était pas là au moment où on venait la chercher ?

Tous les hommes oubliaient-ils leurs promesses aussi aisément ?

— Je dois voir quelqu'un à Farnley Wood.

— J'avais espéré que vous seriez là au cas où…

— Au cas où vous seriez rappelée à Londres, je sais. Mais c'est une affaire d'une importance vitale, Hope. Une obligation et un devoir. Quelque chose qui pèse lourdement sur moi depuis déjà longtemps. Je ne peux pas faire autrement. J'irai à cheval et changerai de monture en route. Si Charles avait eu l'intention de vous faire revenir avant le printemps, je crois que nous aurions déjà entendu parler de lui. Mais je ferai mon possible pour ne pas rester absent plus d'une semaine. Il faut vraiment que j'y aille, Hope. Je n'ai pas le choix…

— Pourquoi ?

Elle n'obtint qu'un silence en réponse.

— Vos yeux sont toujours tristes, reprit-elle. Même quand vous souriez. Vous avez érigé une porte dans votre cœur, et elle est fermée pour moi. Pourquoi ne me permettez-vous pas d'entrer ?

Il soupira.

— Parce que j'ai vu et commis certaines actions… des actions dont il vaut mieux ne pas parler. Si vous saviez qui je suis réellement, vous n'apprécieriez pas beaucoup, je le crains. Peut-être même auriez-vous peur…

Elle sentit un frisson lui secouer le dos. De quelle façon il avait dit cela ! Et sa voix, ses yeux étaient à présent si lointains…

— Est-ce pire que ce que vous savez de moi ? Faut-il que je vous en raconte davantage ? Quand je vous ai affirmé que je n'étais pas une bonne actrice, j'ai menti. Je suis restée avec un homme dont le seul contact physique me révulsait et je lui ai fait croire que j'aimais cela. Je n'ai même pas eu la délicatesse d'en mourir de dégoût. J'ai enfermé mon âme dans une cage dorée et j'ai ri, j'ai plaisanté, j'ai prospéré ! Qu'avez-vous donc fait de si terrible ? Qu'est-ce qui peut être pire que cela, dites-moi ?

— Vous n'aimeriez pas le savoir, croyez-moi… Faites-moi confiance, s'il vous plaît…

Elle secoua la tête.

— Ne pouvez-vous prendre le risque avec moi comme je l'ai pris avec vous, Robert ? Pourquoi pensez-vous que je ne comprendrais pas ? Plus j'apprends à vous connaître, plus je vous apprécie. Comment puis-je vous vous faire confiance comme vous me le demandez si je ne sais pas qui vous êtes réellement ?

Il se redressa et tendit la main vers le flacon de brandy. Après tout, pourquoi pas ? Il fallait bien que cela soit dit à un moment ou à un autre.

— J'ai tué des hommes, Hope. Et je suis prêt à recommencer.

— Bien sûr que vous avez tué des hommes ! Comme des milliers d'autres soldats ! Sans vous offenser, Robert, vous me semblez bien bégueule pour un militaire.

Il eut un rire bref et avala le contenu de son verre en une seule lampée.

— Je ne suis pas bégueule, mon amour ! Voulez-vous vraiment savoir ce que je vais faire à Farnley Wood ?

Quelque chose dans le ton de sa voix la fit hésiter. Elle n'était plus aussi certaine, tout à coup.

D'un geste brusque, elle lui prit le flacon des mains et se servit un verre.

— Oui, je veux savoir.

— Eh bien, je vais chasser.

— Chasser ? Je ne comprends pas. En quoi est-ce aussi...

— Je vais chasser un homme. C'est là-bas, apparemment, que je peux le débusquer. Et quand ce sera fait, je le tuerai. Ce n'est pas le premier, Hope. Il y en a eu d'autres.

Sa voix était froide, dénuée d'émotion. Il ouvrit le poing, levant les doigts l'un après l'autre.

Elle compta.

Un... Deux... Trois... Quatre...

— Il sera le cinquième.

Elle sentit son cœur se serrer dans sa poitrine et le dévisagea, incapable d'articuler un seul mot.

— Vous posez trop de questions, Hope, commenta-t-il avec lassitude. Je vous l'ai déjà dit plusieurs fois.

Il voulut se lever. Quitter le lit, la chambre. S'éloigner d'elle, mais elle lui empoigna le bras pour le retenir.

— Non, vous n'allez pas partir ! Vous ne pouvez pas me donner ce genre de réponse puis vous en aller comme si de rien n'était. Vous avez forcément une raison et je veux l'entendre. Tuer dans la bataille, oui, je peux le comprendre. Affronter quelqu'un au cours d'un duel absurde, à la rigueur... Mais pourchasser un autre homme et l'abattre... Vous en parlez comme d'un sport ! Je ne peux pas y croire. Quelle sorte d'homme cela ferait-il de vous ?

— Cela fait de moi quelqu'un... quelque chose que vous ne pouvez pas avoir envie de connaître, Hope. Quelque chose dont vous devriez rester à l'écart.

Elle lui lâcha le bras et se laissa retomber en arrière sur le lit, en appui sur ses coudes.

— Mais je ne peux pas, Robert. Moi non plus je n'ai pas le choix. Alors vous feriez mieux de m'expliquer le pourquoi de tout cela...

Robert secoua la tête. Il se sentait si glacé à l'intérieur ! Son calme apparent était aussi friable et trompeur que la fine pellicule de glace qui recouvrait parfois la rivière. C'était comme si les choses terribles qu'il avait tenues en lisière tandis qu'il batifolait avec Hope dans cette maison avaient soudain échappé à toute entrave, plus fortes que jamais. Il avait lutté pour les contenir depuis qu'il avait reçu la dernière lettre de De Veres.

Mais à présent…

A présent le temps d'agir était venu…

— Je ne devrais pas être ici, mon amour. Je ne devrais pas être avec vous. Je n'aurais jamais dû céder à cette tentation. Jamais…

Pourtant, il la tenait serrée contre lui, le visage enfoui dans ses cheveux. L'espace d'un instant, elle crut même qu'il pleurait. D'un geste tendre, elle leva la main et la posa à la jonction de son cou et de son épaule, l'apaisant d'une douce caresse.

Ils restèrent ainsi, immobiles, et l'on n'entendit plus dans la pièce que le bruit de leur respiration.

— Je suis tellement las de porter seul ce fardeau, Hope, reprit Robert au bout d'un moment. Mais le diable m'emporte si je sais par où commencer !

— Vous n'avez pas à le porter seul. Racontez-moi, bonté divine ! Commencez par me dire les raisons.

Il soupira et se laissa rouler sur le dos.

— Mais cela, ma douce, c'est précisément le plus difficile. Je n'en ai jamais parlé à personne.

Hope se tourna sur le flanc et l'enlaça, attendant en silence qu'il veuille bien continuer. La main posée sur sa poitrine, elle sentit une invincible conviction l'envahir.

J'aime cet homme. Je le connais. Il est bon, juste et honorable. Il est incapable de me faire du mal, et je n'ai donc pas à avoir peur de ce qu'il a à dire.

— Ils étaient cinq, commença-t-il enfin. Des cadets de famille. Cinq soldats ivres qui avaient servi le roi Charles Ier. Des cavaliers royaux. Ils étaient fatigués d'être cantonnés à la campagne et avaient besoin d'argent pour se payer de l'alcool, des femmes et jouer aux cartes. Alors ils sont venus ici à la recherche d'un trésor. Le trésor de Cressly… Ils en avaient entendu parler à la taverne du village, apparemment, et avaient appris des villageois que mes parents n'étaient pas à la maison.

Il eut un rire amer.

— Le trésor de Cressly ! C'était ainsi que mon père appelait ma sœur. Vous entendez, Hope ? Le trésor de Cressly, c'était Caroline !

25

Hope ouvrit la bouche, horrifiée.

— Oh ! Mon Dieu !

— J'aurais dû être à la maison pour la protéger. Mais c'était le jour de la Saint-Valentin. Il y avait une fille au village et…

Il déglutit, la gorge nouée.

— Quand je suis revenu, Caroline était toute seule au manoir avec eux. L'un de nos gardes avait été tué et les autres s'étaient enfuis. Les cinq hommes étaient persuadés qu'elle savait où était caché le trésor et ils la frappaient pour essayer de le lui faire avouer. Elle les suppliait en pleurant. Blessée, terrifiée… Je suis allé chercher l'épée de mon père.

— Cette rapière monstrueuse avec la tête de loup ?

Elle traça le contour de sa clavicule du bout du doigt et se pencha pour lui embrasser la naissance du cou.

Il confirma d'un hochement de tête, les yeux brillants des larmes qu'il s'interdisait de verser. Il revivait la tragique scène en esprit, elle le savait. Afin de lui faire sentir qu'elle était avec lui, elle se pressa étroitement contre lui, un bras en travers de sa poitrine et le menton niché dans son épaule.

— Quel âge aviez-vous ?

— J'étais assez vieux pour manier cette épée. Et plutôt grand et fort pour mon âge. J'ai pris mon temps, guettant une opportunité. Ce fut la chose la plus difficile que j'aie jamais faite. Comme Caroline ne répondait pas, l'un des hommes a perdu patience. Ils ne se doutaient pas qu'elle aurait été bien incapable de leur dire quoi que ce soit, l'eût-elle voulu. Alors ils… ils ont commencé à déchirer ses vêtements. Elle donnait des coups de pied et hurlait, et l'un d'eux a sorti son poignard pour la faire taire. Je me suis rué sur lui et je l'ai passé au fil de l'épée. Aucun d'eux n'a été aussi surpris que moi ! Pendant un instant béni, une étincelle d'espoir s'est allumée en moi. Et puis…

Son souffle se fit plus profond, comme si chaque inspiration lui était douloureuse.

— Et puis elle m'a crié : « Va-t-en vite ! Cours ! ». Alors l'un d'eux, Harris, l'a jetée de toutes ses forces contre le mur. Oh ! Dieu… Vous ne pouvez pas savoir, Hope. J'ai entendu son corps se briser…

Elle l'enveloppa d'une étreinte farouche, ravalant ses larmes.

— Je suis si désolée, Robert…

Il inspira plusieurs fois à fond, luttant pour retrouver le contrôle de lui-même. Lorsqu'il reprit la parole, sa voix était morne, atone.

— J'étais incapable de bouger, incapable même de respirer. Elle a réussi à tourner les yeux vers mo, et il y avait comme une prière dans son regard, mais j'étais trop abasourdi pour comprendre. Puis je me suis enfui. Parvenu sur le seuil, j'ai pris le temps de jeter un regard en arrière, mais ses yeux étaient clo, et j'ai su qu'elle était partie.

Il lança son verre vide contre le mur.

— Ma sœur est morte sous mes yeux et je n'ai pas pu la sauver ! J'étais censé être là pour la protéger ! Mais au moment où elle avait le plus besoin de moi, j'étais ailleurs…

Hope lui pressa l'épaule.

— Robert… Vous n'étiez qu'un gamin. Même un homme adulte n'aurait pas fait le poids contre cinq soldats en armes. Vous avez dit vous-même que l'un des gardes était mort et que les autres s'étaient enfuis. Vous, au moins, vous avez essayé de la sauver. Vous en avez même tué un !

— Oui, mais j'aurais dû rester…

Sa voix était à peine plus qu'un murmure.

— Vous seriez mort vous aussi, voilà tout.

— Eh bien, tant mieux ! C'était ma sœur. Elle était sous ma responsabilité. J'aurais dû mourir avec elle pour qu'au moins elle ne parte pas seule. J'ai fait de mon mieux depuis pour me racheter. Mes parents ont demandé justice, mais les agresseurs étaient des amis du vieux roi, et il fut très vite évident que justice ne serait jamais faite. Ils comparurent devant la Cour, à Westminster Hall, où ils prétendirent que ce n'était qu'un malheureux accident, survenu pendant une équipée un peu trop arrosée. L'un d'eux a même osé rire en suggérant qu'on ajoute la fillette à leur addition !

Hope pouvait sentir son corps vibrer de fureur. Elle lui caressa les cheveux d'un geste apaisant.

— J'aurais préféré les voir publiquement humiliés et pendus. Mais si je voulais qu'ils paient, il était clair que je ne pouvais compter que sur moi-même. Je voulais la vengeance, Hope, je ne pensais qu'à cela ! Alors je me suis entraîné tout en grandissant. Quand la guerre a éclaté, j'ai rejoint la cause parlementaire. Il m'a fallu des années pour comprendre que Cromwell n'était pas mieux, sinon pire, que le roi. Les hommes sont les hommes. Le bien et le mal ne sont pas l'apanage de tel ou tel parti. La guerre… Les combats… Tout cela n'est qu'un prétexte pour libérer le monstre qui habite en nous.

— Le monstre ?

— Si j'en crois ce que j'ai vu, nous en avons tous un. Sauf vous, peut-être, rectifia-t-il avec une ombre de sourire. Ma vision des choses est déformée par ce que j'ai vécu durant tant d'années.

— Et quel est le monstre qui se cache en vous, Robert ?

— Je ne voulais pas seulement les tuer. Je voulais qu'ils ressentent ce qu'ils lui avaient fait. Je voulais les faire hurler, pleurer, supplier… C'était là, gravé en moi.

— Et vous l'avez fait ?

Il soupira.

— Non. Rien ne s'est passé comme je l'avais imaginé, sinon qu'au dernier moment j'ai expliqué à chacun d'eux pourquoi il allait mourir — pour le meurtre de Caroline.

Mais je n'ai pas le moindre goût pour la cruauté. Et jusqu'à l'instant fatal, aucun d'eux n'a cru que j'allais le vaincre. J'étais à peine plus qu'un adolescent et ils étaient des cavaliers du roi. Ils se battaient en crachant et lançant des jurons. L'un d'eux m'a même ri au nez juste avant que je ne le tue. Nous nous sommes affrontés en duel pendant que la bataille faisait rage autour de nous. Ce fut très rapide. Ils sont morts l'un après l'autre.

Il tendit la main vers son verre absent, et Hope se hâta de lui en servir un autre.

— Que ressent-on quand on est un soldat et qu'on se bat, bataille après bataille ?

Il haussa les sourcils, surpris de sa question.

— Pourquoi demandez-vous cela ?

— Parce que ces choses font partie de vous. Parce que je ne veux plus me sentir seule. Et c'est ce que je ressens quand vous me fermez toute une part de vous-même.

Parce que je vous aime.

— Oh ! Ma douce !

Il se redressa et la prit dans ses bras, déposant un baiser sur sa gorge, puis sur ses paupières.

— Ce n'est pas que je me ferme à vous. C'est pour vous protéger ! J'ai vu trop de choses, Hope. Des choses terribles, à glacer le sang dans les veines. Du genre qu'on garde en soi pour toujours. Ma tête est pleine de souvenirs dont je ne pourrai jamais me débarrasser. Ils me pourchassent et me hantent. Viols, meurtres, incendies… A Naseby, nos troupes ont exterminé les partisans du roi qui se défendaient avec des ustensiles de cuisine. A Bolton, l'armée du prince Rupert a massacré près de deux mille civils. Et je n'ai rien pu faire pour empêcher cela !

A présent que les vannes étaient ouvertes, il ne pouvait plus s'arrêter.

— Vous voulez savoir ce qu'on ressent ? D'abord, on est suffoqué. Horrifié, malade… Puis on s'habitue, sinon on meurt. Votre camarade tombe à côté de vous et vous vous réjouissez que ce ne soit pas vous. Vous vous sentez coupable de ressentir cela, mais cette mort vous rappelle que votre vie est aussi fragile que la flamme d'une chandelle dans le vent. Et en même temps, vous avez l'impression d'être invincible. C'est un mélange très bizarre, qui enivre certains et en laisse d'autres… déconstruits.

Elle parut perplexe.

— Qu'entendez-vous par là ?

— A moins que vous n'obéissiez aveuglément à vos chefs sans vous poser de questions ou que vous passiez votre temps à vous soûler comme certains, vous finissez par perdre le sens du bien et du mal, de ce qui est important et de ce qui ne l'est pas. Et vous en venez à remettre tout en question — Dieu, vos supérieurs, et tout ce en quoi vous croyez.

— Est-ce qu'il en a été ainsi pour vous ?

Il secoua la tête.

— Non, parce qu'une chose très forte me tenait. J'étais là pour la vengeance. Dans toutes ces batailles, je ne faisais que mener ma chasse personnelle. J'ai pris mon épée et je les ai tués un par un. Tous sauf Harris. Après la défaite du roi, il est parti en exil. Mais à présent, il est de retour en Angleterre. C'est lui qui se trouve en ce moment même à Farnley Wood.

— Et c'était là aussi la fameuse affaire qui vous appelait à Londres, je suppose.

— Oui. Vous savez tout à présent. Est-ce cela que vous vouliez entendre ? Est-ce mieux de l'avoir dit ?

— Je ne sais pas, Robert. Comment le ressentez-vous ?

Il haussa les épaules.

— Ce n'est pas une chose que je pensais raconter un jour à une dame !

— Nous savons tous deux que je n'en suis pas une !

— Pour moi, si.

Il demeura silencieux quelques instants et ne vit pas son sourire.

— Cela réveille en moi bien des choses que j'aurais préféré laisser enfouies. Mais d'un autre côté, je me sens soulagé. Je pensais que vous réagiriez avec dégoût. Avec horreur…

— Pourquoi ? Charles a laissé des hommes mourir pour lui comme si c'était un dû. Sous couvert de politique, il s'est vengé de ceux qui avaient signé la condamnation à mort de son père. Quant au prince Rupert, je l'ai rencontré. Il est beau, charmant, et tout le monde l'adore. Mais il tue sans même y penser. Buckingham, Jermyn et bien d'autres se sont entretués pour des femmes ou des histoires d'amour-propre blessé. Vous, vous avez occis des hommes armés lors d'une bataille afin de venger votre sœur. Est-il pire de tuer un homme pour des raisons personnelles plutôt que pour des causes abstraites ? Je ne sais pas…

Il demeura muet un instant.

— Je ne regrette pas de les avoir tués, eux. Ce que je regrette, c'est ce qu'ont fait nos troupes à Naseby, en Irlande ou en Ecosse. Je haïssais ce que nous… ce que la guerre civile infligeait à l'Angleterre. Partout où nous passions, nous semblions mettre le pays à feu et à sang, dévastant les villages, décimant les populations. Et je n'avais pas le pouvoir d'arrêter quoi que ce soit. Je n'ai pas participé personnellement à cela, et je ne l'aurais jamais toléré parmi mes hommes. Mais j'étais tout de même sur les champs de bataille, à la poursuite de mes proies.

Hope secoua la tête.

— Vous avez donc passé des années à faire quelque chose que vous détestiez, tout cela pour venger Caroline. Etait-ce vraiment cela qu'elle aurait voulu ?

Et comme il ne répondait pas, elle ajouta :

— Vous seriez-vous engagé dans l'armée si votre sœur n'avait pas trouvé la mort de cette façon-là ?

— Je ne sais pas. Enfant, je rêvais de gloire, comme bien des garçons je suppose. Mon père et mon grand-père avaient tous deux été militaires. On s'attendait alors à ce que je fasse de même, d'autant que j'avais la tête froide et un talent réel pour l'escrime. Mais ce qui est sûr, c'est que je ne serais pas resté dans l'armée. Jamais je n'aurais suivi Cromwell pendant sa campagne d'Irlande.

— Et s'il n'y avait pas eu la guerre ?

— J'ignore ce que j'aurais fait.

Il cligna des yeux, incertain.

— C'est une chose terrible à dire, Hope, mais ce drame a dévoré toute ma vie. Si je ne vous avais pas épousée, je serais sans doute en train de me battre en tant que mercenaire.

— Je me réjouis qu'il n'en soit pas ainsi. Mais vous n'êtes pas plus détaché et insensible que je ne le suis moi-même, Robert, et je crains que ce ne soit pas une qualité chez un mercenaire ! Maintenant que tout cela est fini, vous avez encore suffisamment de temps devant vous pour découvrir ce pour quoi vous êtes vraiment fait.

— Non, ce n'est pas fini. Pas encore.

— Ne pouvez-vous renoncer ? Est-ce que la vengeance vous a apporté le moindre semblant de paix jusque-là ?

— Non, admit-il honnêtement. Le soir, en m'endormant, je crois entendre une femme pleurer. Et le matin, ce sont des cris et des grondements d'incendie qui me réveillent. Mais j'ai déjà trahi Caroline une fois et je n'ai pas l'intention de recommencer. Ma tâche est presque achevée. Après Harris, peut-être…

— Robert, vous ne l'avez pas trahie ! Vous n'étiez qu'un enfant et, malgré votre jeune âge, vous avez fait preuve d'un grand courage. Vous avez chargé cinq hommes armés et vous en avez tué un. Vous avez essayé de la sauver, alors que vous n'aviez objectivement aucune chance. Votre sœur le savait et elle vous a crié de partir. C'est cela, la dernière chose qu'elle a voulue, la dernière chose qu'elle vous a demandée… Parce qu'elle vous aimait. Ne vous êtes-vous jamais dit qu'en obéissant à son injonction, en sauvant votre vie, vous lui avez permis de mourir en paix ?

— Alors pourquoi est-ce que je l'entends encore pleurer ? Pourquoi hante-t-elle mes rêves ? Pourquoi ne me laisse-t-elle pas tranquille ? Je vous ai dit que je ne croyais pas aux fantômes, seulement aux souvenirs. Pourtant, il m'arrive de sentir sa présence ici. Dans les jardins. Les couloirs. Réelle ou non, elle ne se lasse jamais. J'essaie de refouler son image, de l'enterrer une fois pour toutes, mais elle ne me laisse pas en paix. Parfois, quand le vent soupire dans les branches, je m'imagine que c'est elle, suppliant qu'on l'aide. Elle ne me laisse pas de répit, Hope. Elle me poursuit impitoyablement. Cela fait des années qu'il en est ainsi…

Il se tut, l'air égaré, fixant cet ancien drame qui ne cessait de se dérouler devant lui.

Hope frissonna. Elle aussi avait entendu ces cris pendant la nuit. Mais il n'avait pas voulu l'écouter, affirmant que ce n'était rien d'autre que des chats huants.

— A certains moments, je finis presque par la haïr.

— Oh ! Robert, non !

Son cœur se brisait pour eux, le courageux garçonnet qui avait vaillamment tenté l'impossible pour arracher sa sœur à cinq soldats cruels et endurcis, et la charmante fillette aux cheveux d'or qui n'avait jamais grandi, et dont la dernière pensée avait été pour son frère…

Elle luttait pour refouler ses propres larmes et cherchait les mots pour l'apaiser, le réconforter.

— Ce qui vous tourmente, Robert, ce n'est pas la délicieuse enfant qui jouait avec vous dans les jardins de Cressly. Ces jardins auxquels vous n'avez pas voulu toucher depuis… Vous vous torturez vous-même, voilà la vérité. Votre sœur a essayé de vous sauver comme vous-même avez essayé de la sauver. Je ne peux pas croire qu'elle voudrait vous savoir malheureux, ni qu'elle aimerait vous voir passer votre vie à la pleurer et à rechercher la vengeance. Vous êtes enfermé dans une prison que vous avez bâtie vous-même, mon amour…

Une note d'urgence vibrait dans sa voix.

— Et qui sait ? C'est peut-être vous qui refusez de la laisser partir. Qui la retenez prisonnière ici…

Il la dévisagea d'un regard intense, stupéfait et visiblement blessé. Mais elle poursuivit tout de même, ne sachant pas s'il lui permettrait d'aborder de nouveau ce sujet. C'était maintenant qu'elle devait parler au risque, sinon, que ce ne soit plus jamais…

— Si Caroline erre vraiment entre ces murs, et pas seulement dans vos souvenirs, c'est parce que vous la retenez. Peut-être se reproche-t-elle la tristesse et le chagrin où elle vous voit. Peut-être est-ce sur vous qu'elle pleure. Vous devez la laisser partir, Robert. Si vous laissez sa mort envahir ainsi votre vie, si c'est la seule chose d'elle dont vous vous souvenez, alors c'est vous qui détruisez tout ce qu'il y avait de beau et de bon en elle. Penser à elle devrait vous faire sourire. Son image ne devrait pas vous plonger ainsi dans la détresse. Je ne m'étonne plus que vous ayez été si malheureux !

— C'est cela que vous avez fait avec votre mère ? persifla-t-il.

Ses paroles étaient sans aménité, mais il ne résista pas quand elle le prit dans ses bras et l'enveloppa d'une chaude étreinte.

— Je n'ai pas beaucoup de bons souvenirs d'elle, alors je m'en suis fabriqué quelques-uns. Je vous ai dit que je lui avais payé un très beau service funéraire pour défier ceux qui se moquaient de moi. Mais en réalité, c'était pour faire un pied-de-nez à ceux qui la méprisaient. J'ai commandé une luxueuse procession, avec des torches, des serviteurs en livrée, et de la bière à volonté pour tous les passants. Elle aurait adoré ça. Je me suis ainsi constitué un souvenir heureux quand je pense à elle. Je sais que je l'ai bien fait rire, où qu'elle soit, et ça me rend joyeuse, moi aussi. J'ai tiré un bien de tout ce mal.

Elle lui sourit.

— Et vous, Robert ? Vous aimiez votre sœur et vous étiez très proche d'elle. Vous devez avoir beaucoup de bons souvenirs d'elle. Ne voulez-vous pas m'en raconter au moins un ?

Il faillit s'étrangler d'indignation. Penser à Caroline suffisait à éveiller en lui une déchirante douleur. Alors parler d'elle était tout bonnement insupportable.

Pourquoi Hope croyait-elle donc qu'il n'abordait jamais ce sujet, à moins d'y être forcé ?

Et quel droit avait-elle de s'immiscer ainsi dans sa vie intime et de rouvrir de vieilles blessures ?

Si c'était là le prix à payer pour conquérir sa confiance et son amour, c'était beaucoup trop cher !

26

Hope parut lire dans ses pensées.

— Veuillez me pardonner si je me suis immiscée dans ce qui ne me regardait pas, Robert. Mais vous avez dit que vous n'en pouviez plus de porter seul ce fardeau et je… Je voulais vous connaître mieux. Le côté sombre aussi bien que la lumière. Vous m'avez acceptée telle que je suis et vous ne pouvez pas savoir ce que cela signifie pour moi. Alors je voudrais vous aider, vous soulager, et je ne sais pas comment…

Son grand corps lui parut froid et elle s'enroula autour de lui pour lui diffuser sa chaleur.

— Mais ce que je veux par-dessus tout, c'est vous avoir ici, près de moi. Je sais que vous êtes un homme bon. Quelque chose en moi l'a su avec certitude depuis le premier instant où je vous ai vu. Je ne sais pas ce qui se passe exactement entre nous. Au début, je me suis dit que c'était le désir, la solitude, le besoin de revanche. Je l'ai combattu comme une faiblesse, j'ai essayé d'en faire un instrument. Mais je n'ai pas pu me mentir longtemps. Je vous aime, Robert… C'est à présent tout ce que j'ai besoin de savoir. Et j'arrêterai de vous poser des questions, si c'est ce que vous préférez.

L'espace d'un instant, ils restèrent allongés l'un près de l'autre en silence, à mi-chemin entre leurs deux mondes. Puis Robert tendit la main et s'empara de la sienne. Qu'elle ait pu prononcer ces paroles après ce qu'il venait de lui raconter le touchait profondément. A son tour, il aurait voulu pouvoir trouver les mots qu'il fallait. Le don du collier, il l'espérait, lui avait déjà donné une idée de ce qu'il ressentait.

Mais il voulait lui offrir davantage.

— Je me souviens…, commença-t-il.

Puis il exhala un profond soupir dont il n'aurait su dire s'il était de douleur ou de soulagement.

— Je me souviens, quand nous jouions, elle et moi. Nous avions fabriqué un immense cerf-volant orange et noir qui ressemblait à un papillon. Il était si grand qu'il la soulevait presque du sol. Nous nous sommes accrochés à lui pour le diriger, mais nous avons dû le lâcher au moment où il a failli nous faire basculer dans la rivière !

Il lui encercla la taille de son bras et posa la tête contre sa poitrine, tandis qu'il poursuivait :

— Quand il pleuvait trop fort pour que nous nous aventurions dehors, nous allions dans le petit bureau que vous aimez tant et nous fabriquions un château avec des meubles et des couvertures. Caroline disait que c'était celui de Nottingham et qu'elle était Robin des Bois. Elle voulait que je sois le méchant shérif !

Il sourit à ces souvenirs.

— Mais j'étais toujours Richard Cœur de Lion, bien entendu ! Elle avait un rire joyeux, vous savez. Il résonnait dans tous les corridors…

Sa voix était rauque d'émotion et Hope le sentit trembler. Elle lui embrassa la joue.

— Je suis désolée, murmura-t-elle.

Il posa sur elle des yeux lointains, comme s'il la regardait du fond de ce passé qu'il avait fui pendant tant d'années.

— Désolée pour quoi ?

Que pouvait-elle bien avoir à regretter, elle ? Si jeune, si lumineuse…

— Pour votre peine.

Elle lui enserra le visage de ses deux mains et l'attira vers elle pour lui effleurer les lèvres d'un baiser.

— Hope ?

— Oui, Robert ?

— Vous signifiez tant pour moi… Je ne sais comment c'est arrivé ni pourquoi, mais depuis le début, même dans les moments où j'étais furieux, je me sens à l'aise avec vous, plus que je ne l'ai jamais été avec personne. Quand je suis près de vous, j'ai l'impression d'être chez moi.

Elle pressa son front contre le sien.

— Je ressens la même chose. D'une certaine façon, vous m'avez toujours été familier. Vous me donnez l'impression d'être en sécurité et protégée…

Elle sourit et l'embrassa.

— Quand je vous ai vu dans ma maison de Londres, dominant la foule de votre haute taille, mon cœur a failli s'arrêter de battre. C'était comme si vous sortiez tout droit de l'un de mes rêves d'enfant. Mon fier protecteur, mon chevalier en armure étincelante… Une fois déjà, auparavant, j'avais cru le rencontrer…

— Vraiment ? Vous ne me l'aviez pas dit !

— Oh ! Parce que ça me semble si bête à présent. Une puérilité…

Il lui effleura l'épaule et le bras avant de poser la main sur son genou.

— Racontez-moi !

— Eh bien, j'occupais à La Joyeuse Drôlesse une petite pièce d'angle, un peu comme dans une tour. Je m'imaginais que c'était un château et je rêvais d'un prince charmant, un beau chevalier aux cheveux d'or, qui escaladerait les murs pour venir me délivrer. Mon héros à moi ! Un jour de septembre, j'ai été réveillée par le carillon des cloches. L'armée de Cromwell était de retour et tout le monde se précipitait afin de regarder défiler le cortège. J'ai fait de même et me suis trouvé un perchoir. C'est alors que je l'ai repéré dans la foule, lui… Il ressemblait à mon héros imaginaire. Un hardi chevalier, grand, séduisant. Mais je ne pouvais pas voir ses yeux à cause de son chapeau.

Elle sourit.

— Comme vous savez, je suis plutôt maladroite. Je me suis penchée autant que j'ai pu et… catastrophe ! Je suis tombée dans la rue en contrebas, juste sur le passage de la cavalerie. L'espace d'un instant, j'ai cru que j'allais être piétinée. Et c'est bel et bien ce qui aurait dû se passer. C'est alors que cet homme, celui-là même que j'étais en train d'admirer, m'a sauvée en me hissant sur sa selle. J'ai suivi le reste de la parade à cheval, nichée dans ses bras. J'essayais désespérément de trouver quelque chose d'intelligent à dire, mais tout ce que j'ai été capable d'articuler, c'est un vague « merci ». Quand il m'a déposée à terre, saine et sauve, je ne savais même pas son nom et ne connaissais que la moitié de son visage, mais cela m'était bien égal.

Elle pouffa d'une façon charmante, toute à ses souvenirs.

— J'étais persuadée que je venais de rencontrer mon grand amour, venu exprès pour voler à mon secours ! J'avais la certitude que nous étions destinés à nous revoir et qu'une autre chance nous serait offerte. Mais un peu plus tard, ce même jour, ma mère m'a vendue et j'ai su que je m'étais trompée. Mon enfance s'est achevée en un instant cruel, tout comme la vôtre, et j'ai renoncé à mes rêveries. Ce charmant cavalier était simplement un jeune homme assez attentionné pour voler au secours d'une fillette en passe d'être piétinée par des chevaux. Mais il n'a pas pu me sauver de mon destin. J'ai compris que je ne le reverrais jamais et que si je voulais être sauvée, mieux valait désormais que je compte plus que sur moi-même.

Prise dans le seul souvenir lumineux qu'elle eût gardé de son enfance, elle mit un instant à remarquer le silence qui s'était installé entre eux. La main de Robert s'était brusquement immobilisée sur sa cuisse. Peut-être n'aurait-elle pas dû lui raconter ce souvenir ? Même les meilleurs des hommes pouvaient se montrer chatouilleux sur certains sujets.

— Robert ?

Il cilla.

— Et est-ce que vous vous êtes racheté des chaussures avec la demi-couronne qu'il vous a donnée, finalement ?

— Non. J'ai caché précieusement cette pièce en souv…

Elle s'interrompit net.

— Eh ! Mais comment savez-vous cela ?

— J'étais là.

Il semblait aussi abasourdi qu'elle.

— Comment ne vous ai-je pas reconnue à vos yeux ! Ils ne sont pourtant pas d'une couleur si ordinaire ! A part vos pieds nus, c'est tout ce que j'ai vu de vous sous la boue qui vous maculait.

— C'était vous ?

Elle en avait la respiration coupée. Elle le dévisagea, stupéfaite, traçant du bout du doigt les contours de son visage. Mais oui ! Comment ne l'avait-elle pas vu plus tôt ? La mâchoire puissante, le sourire qui l'avait tant séduite…

— C'était vous ! Moi, c'est à votre sourire que j'aurais dû vous reconnaître. J'aurais tellement voulu voir vos yeux, ce jour-là ! J'ai ressenti la même chose lorsque je vous ai revu ensuite à Pall Mall. De quelle couleur sont ses prunelles ? me suis-je demandé, tant que vous avez gardé votre chapeau enfoncé sur votre tête. Cela me semblait si important… Robert, comment est-ce possible ? C'était vous !

Riant et pleurant à la fois, elle couvrit son visage de baisers frénétiques. Elle ne s'était donc pas trompée, ce jour lointain du défilé. Elle avait bien rencontré son véritable, son seul amour… Et voilà qu'il était de nouveau là auprès d'elle !

Robert eut un large sourire.

— Ce qui signifie que vous êtes exactement là où vous devez être, Hope Nichols. Et moi aussi. Et que vous êtes vraiment mienne. Je ne sais rien d'autre et le reste m'importe peu.

Il écarta les pans de sa robe de chambre pour pouvoir la contempler à son aise. Ses mains effleurèrent tout son corps, s'attardant sur ses seins, sur les battements fous de son cœur. Dieu, qu'il était affamé d'elle !

Hope exhala un long soupir. Elle adorait la sensation de ses mains légèrement râpeuses sur elle, ces mains que les années d'escrime avaient rendues calleuses. Une paume glissa, réchauffant la douce courbe de sa hanche avant de se poser sur le triangle entre ses cuisses. Elle s'agita, le corps envahi d'un flot brûlant de désir.

De ses lèvres chaudes, il s'empara de sa bouche, sa langue enlacée à la sienne en une danse ardente et farouche. Hope le savourait, grisée par sa force, sa présence. Il était bien là, avec elle, il n'était pas un rêve du passé mais un homme de chair et de sang, chaud contre sa peau. Elle s'arquait sous sa main tel un chat sous la caresse, le corps ronronnant de plaisir, tandis qu'elle explorait à son tour ce corps lisse dont elle aimait sentir jouer les muscles sous ses doigts.

Sans rompre leur baiser, ils s'activèrent frénétiquement sur les vêtements de Robert, leurs doigts s'affairant ensemble jusqu'à ce qu'il se retrouve nu comme elle.

— Dieu, je vous désire, Hope ! J'ai besoin de vous, vous ne pouvez savoir à quel point !

Il pressait son membre entre ses cuisses. Ses lèvres la meurtrissaient presque à force de fougue, sa joue râpeuse éraflait son menton et la peau satinée de ses seins. Il s'allongea contre elle, chuchotant des mots ardents sans cesser un instant le ballet fiévreux de ses mains et de sa bouche qui lui dispensaient leurs délicieuses sensations.

Puis il la pénétra, comme un guerrier qui revendique sa femme, écartant ses jambes et la soulevant vers lui avant de plonger en elle, dans son intimité humide et chaude.

Ses doigts, ses lèvres, son membre palpitant l'exploraient, la caressaient. Il souleva ses jambes qu'il posa sur ses épaules pour intensifier ses allées et venues en elle, de plus en plus vite, de plus en plus fort, l'emportant dans une chevauchée frénétique et passionnée.

Les sensations déferlaient en elle. Elle approchait de sommets qu'elle n'avait jamais atteints jusqu'alors. Ce fut juste à la lisière de l'exquise délivrance qu'il ralentit le tempo, son regard embrasé cherchant le sien.

Eperdue de désir, elle crispa les mains sur sa nuque.

— Robert, maintenant !

Il lui enserra la taille, le visage enfoui contre son épaule et se remit à la fouailler… Le plaisir explosa alors en elle telle une myriade d'étoiles, jaillissant de son ventre puis déferlant dans tout son corps en ondes de félicité. Ses muscles se contractèrent pour le retenir, le garder en elle à jamais.

— Robert !

Elle cria son nom au moment même où il répandait sa sève en un lent, profond, superbe déferlement jailli du tréfonds de lui-même, les réunissant tous deux dans l'ineffable étreinte des amants, célébration débridée, joie sans mélange, extase…

Puis ils demeurèrent dans les bras l'un de l'autre, le cœur cognant dans leur poitrine.

— J'ai l'impression d'avoir visité le paradis ! murmura Hope. Chaque instant avec vous est une telle merveille. C'était… divin… incroyable ! Vous êtes un homme merveilleux.

Elle lui jeta les bras autour du cou et le serra contre elle dans une farouche étreinte.

Il sourit et lui ébouriffa les cheveux.

— Je vous trouve merveilleuse aussi, Hope…

— Est-ce que c'est bien réel, tout cela ? Je suis peut-être en train de rêver !

— Si vous rêvez, je rêve moi aussi.

Il mordilla la tendre peau derrière son oreille.

— Vous m'avez vraiment parlé de votre sœur ?

— Oui, mon amour.

La douleur familière le poignit de nouveau et une partie de lui défaillit. Mais ce n'était pas aussi aigu que d'habitude.

— Et à Londres, c'était bien vous ?

— A moins que je n'aie chevauché ce jour-là avec une autre gamine crasseuse aux pieds nus… Aïe ! Pourquoi me pincez-vous ?

Elle eut un sourire radieux.

— Seulement pour m'assurer que vous êtes bien réel !

— Hum… Je croyais que, dans ces cas-là, la méthode préconisée était de se pincer soi-même, grogna-t-il en la calant contre lui.

Ils étaient tous deux épuisés de toutes les façons possibles — mentalement, physiquement, émotionnellement. Pourtant, Hope luttait pour ne pas sombrer dans le langoureux sommeil qui s'emparait d'elle peu à peu. Elle se sentait heureuse d'être en sécurité dans les bras de l'homme qu'elle aimait, avec la certitude qu'ils étaient exactement là où il fallait et que tout irait désormais pour le mieux.

Pourtant, une partie d'elle redoutait encore l'avenir.

Et si tout cela, tout ce bonheur, n'était qu'un rêve ?

Si s'endormir signifiait ensuite se réveiller de ce merveilleux songe ? Si… si…

Une vague de fatigue eut raison de sa résistance et l'emporta, brouillant ses pensées, tandis qu'elle sombrait dans une profonde léthargie.

Son sommeil fut peuplé de rêves. Elle vit Robert enfant, petit bonhomme à la démarche encore incertaine. Rieur et débordant de joie, il courait sur ses courtes jambes potelées, ses yeux verts étincelant d'excitation et de plaisir. Il pourchassait une feuille dorée et se penchait pour l'attraper, mais le vent la lui arrachait des doigts, tandis qu'il pouffait de rire. Une fillette blonde courait avec lui, la jupe retroussée au-dessus des genoux. Puis le ciel s'assombrissait brusquement au-dessus d'eux ; la tempête menaçante s'engouffrait dans leurs vêtements et leurs cheveux, comme si elle voulait les emporter très loin.

Hope criait pour les mettre en garde. Mais ils ne l'entendaient pas et continuaient à courir aveuglément, prêts à disparaître dans la tourmente.

Elle vit encore Robert adulte, chevauchant à sa rencontre sur un destrier caparaçonné d'or. Le soleil étincelait sur son armure et sur la lame de son épée. La main tendue vers elle, il l'invitait à rentrer avec lui à la maison.

Ensuite, ils marchaient main dans la main en riant et devisant joyeusement tandis qu'un enfant dansait devant eux, tout excité par les coquillages colorés et les jolies pierres qu'il découvrait sous ses pas.

La dernière chose qu'elle perçut dans son rêve ne fut

pas une image mais le son de sa voix, distante et de plus en plus faible, comme si Robert s'éloignait dans l'espace.

— Je vous aime, elfe…

Lorsqu'elle s'éveilla, elle était seule.

27

L'espace d'un instant, la panique l'envahit et elle porta une main crispée à sa poitrine. Ses doigts touchèrent alors les fraîches rangées de perles de son collier, et elle émit un soupir de soulagement.

Tout était bien réel, Dieu merci ! Cette nuit, Robert lui avait offert le genre de présent qu'un mari offre à son épouse bien-aimée. Cette nuit, il lui avait offert aussi sa confiance, le plus merveilleux des cadeaux, en lui confiant le passé qui le hantait.

Cette nuit, elle avait découvert que l'homme qu'elle en était venue à aimer si vite et si complètement n'était autre que le cavalier dont elle avait si longtemps rêvé — celui qui lui avait sauvé la vie tant d'années plus tôt et qu'elle avait si longtemps attendu de revoir.

Elle se recoucha et elle s'étala voluptueusement entre les draps. Toute inquiétude l'avait quittée. Robert n'était plus à côté d'elle ? Bah, c'était un lève-tôt, et il sortait souvent juste avant l'aube pour s'entraîner avec Oakes. Une habitude dont elle entendait bien le guérir. Il allait bientôt rentrer, affamé de nourriture, affamé d'elle, et ce serait à son tour de lui donner des leçons. Elle lui apprendrait la joie de paresser le matin au lit.

Un sourire de bonheur aux lèvres, elle s'étira, savourant les légères courbatures de ses muscles. Puis elle se leva et alla se placer devant le miroir qui ornait à présent le mur lambrissé.

Du bout des doigts, elle caressa les perles qui avaient

autrefois appartenu à la mère de Robert, et son cœur se dilata de bonheur.

Un jour, je le transmettrai à ma fille.

Ce simple collier, avec tout ce qu'il représentait, faisait paraître le reste de ses bijoux bien fades en comparaison. C'était décidé, elle allait les vendre ou les donner. Elle ne voulait plus rien qui ne touche sa peau, à moins que ce ne soit de son mari.

Lentement, elle tourna sur elle-même, heureuse de retrouver sur elle les traces de leurs ébats. Une légère marque de doigts impatients imprimée sur le haut de ses bras et de ses cuisses. Ici et là, la chair rougie aux endroits où une joue râpeuse avait frotté sa tendre peau.

Et autour de son cou, à la base de sa gorge, un autre collier, un collier invisible, façonné par des baisers fervents, semblait proclamer : « Cette femme est mienne ! »

Moi aussi, je l'ai marqué. Je parie que ce matin, il n'ôtera pas sa chemise pour s'entraîner avec le sergent !

Un sourire espiègle étira ses lèvres. Oui, elle l'avait marqué, avec ses dents, avec ses ongles. Quand on avait peu d'appétit, la nourriture comme le sexe perdaient presque toute leur saveur. Mais quand on mourait de faim, se rassasier pouvait atteindre au sublime, voilà ce qu'elle était en train d'apprendre. Elle n'avait jamais été affamée d'un homme comme elle l'était de celui-ci. Il avait le pouvoir de lui faire perdre complètement la tête, et elle comprenait pourquoi à présent.

Il était son compagnon, son pendant. Le seul homme sur terre qui lui fût destiné de toute éternité.

Elle l'avait furtivement entrevu, un jour de sa jeunesse, mais leur moment n'était pas encore venu. Cette fois, il l'était bel et bien. Robert Nichols était tout ce qui lui avait manqué pendant toutes ces années, tout ce qu'elle avait désiré et attendu.

Enfant, elle aurait pensé que cela relevait de la magie. Et si leurs retrouvailles n'étaient pas magiques, eh bien, ce que les caresses de Robert avaient déclenché en elle l'était sûrement.

Mais au fond de lui ? L'ai-je marqué aussi dans son cœur ?

Cette question la dégrisa subitement. Robert avait partagé avec elle une partie de lui où il n'avait jamais laissé pénétrer personne. Il lui avait ouvert son âme, et ce qu'elle y avait vu l'avait émue aux larmes. « Je ne veux plus être seul avec ce fardeau », lui avait-il dit. Eh bien, il ne l'était plus, mais…

Rose interrompit ses réflexions en pénétrant dans la chambre, entourée de délicieux effluves de café. Elle apportait aussi un billet sur son plateau d'argent.

— Un messager l'a déposé pour vous, milady. Mme Overton a dit que c'était sans doute important et que je ferais mieux de vous le donner tout de suite.

Hope hocha la tête d'un air absent.

— Posez-le sur mon bureau, je le lirai plus tard. Avez-vous vu le capitaine, Rose ? J'espérais qu'il viendrait prendre le café avec moi.

La jeune fille lui jeta un regard surpris.

— Le capitaine se prépare à partir à cheval avec le sergent Oakes, milady…

Hope éprouva un bref sentiment de malaise qu'elle balaya aussitôt. Cette nuit, les choses avaient changé. Ils avaient évoqué l'obsédant passé de Robert. Ils avaient découvert le lien qui les unissait.

Sans lui, je serais morte ce jour-là. Je suis à ma place ici et lui aussi. Il est exactement où il doit être !

C'était ce qu'il avait déclaré lui-même. Il avait clamé qu'elle était sienne, et qu'il était homme à veiller sur ce qui lui appartenait. Il ne la quitterait certainement pas maintenant pour s'engager de nouveau sur ce chemin obscur dont il avait tant redouté de lui dévoiler l'existence. Il était sorti pour une promenade, voilà tout. Ainsi qu'il faisait tous les matins ou presque.

Peut-être aimerait-il avoir un peu plus de compagnie ?

— Je crois que je vais me joindre à lui.

— Alors ne tardez pas, milady. Je crois qu'il va bientôt partir.

— Dépêchons-nous en ce cas. Allez vite chercher mon costume de cavalière et mes bottes, voulez-vous ?

Comme elle prenait sa brosse sur la coiffeuse, son regard fut attiré par le billet toujours sur le plateau. Elle y jeta un coup d'œil et son sang se figea dans ses veines. L'angoisse lui serra la poitrine, l'empêchant presque de respirer.

— Madame ? Quelque chose ne va pas ?

— Non, non…

Mais sa voix était à peine un murmure.

Charles… Ce n'était pas la première fois qu'il lui écrivait, et elle avait brûlé ses lettres sans les lire. Mais jusque-là, elles portaient son cachet personnel. Celle-ci arborait le sceau royal.

D'une main tremblante, elle congédia Rose. Elle n'avait pas besoin de lire la missive pour savoir ce qu'elle contenait. Le roi la rappelait à la Cour.

Elle trouva Robert aux écuries, en train de s'entretenir avec Oakes, tandis que Jemmy sellait son cheval. Il l'accueillit d'une étreinte qui lui aurait réchauffé le cœur si elle n'avait été aussi malade de crainte.

C'est trop tôt !

Leur bonheur était encore si fragile ! Il pouvait être si aisément brisé…

— Avez-vous bien dormi ?

— Très bien, je vous remercie.

Oakes l'observait avec un grand sourire, et à sa grande consternation, elle découvrit qu'elle était encore capable de rougir.

— Pourrais-je vous parler un moment en privé, Robert ?

Allons, tout irait bien, s'encouragea-t-elle. Il lui avait donné sa parole.

— Certainement. Mais il va vous falloir être brève, ma chérie. La matinée s'avance et je dois me mettre en route d'ici à une heure.

— En route ? répéta-t-elle.

Une note de panique vibra dans sa voix.

Robert fronça les sourcils.

— Vous savez bien, je vous en ai parlé hier.

Il jeta un regard vers ses hommes, qui observaient la scène bouche bée.

— Venez…

Une main sur sa taille, il la poussa dehors.

— Mais… je… pensais… Ou plutôt j'étais sûre que vous aviez changé d'avis.

— Qu'est-ce qui a pu vous donner cette idée ? Je n'ai jamais rien dit de tel. Vous m'avez soulagé le cœur, ma chérie. Un ange, voilà ce que vous êtes ! J'en ai rêvé cette nuit et je souriais dans mon sommeil. A présent, je me sens plus léger, j'ai l'impression d'avoir cent ans de moins. Mais il me reste tout de même un devoir à remplir. Je dois m'occuper de cet homme. Il représente un dan…

Elle lui tendit le message de Charles.

— Et votre devoir envers moi ? rétorqua-t-elle sèchement.

Il l'examina avec attention, notant sa pâleur et le tremblement qui agitait ses mains. Puis il lut la lettre et sentit son estomac se nouer.

C'était exactement ce qu'il avait redouté.

Nous n'avons plus le temps !

Avec un soupir, il lui rendit la lettre.

— Ainsi, cela a fini par arriver… Qu'avez-vous l'intention de faire ?

— Ce que j'ai l'intention de faire ? répéta-t-elle, abasourdie. Il n'y a donc plus de « nous » ? Je ne comprends pas, Robert. Ne vous ai-je pas déjà dit ce que je souhaitais ? Je veux que vous m'accompagniez à la Cour.

La surprise et la détresse luttaient dans sa voix.

Il secoua la tête.

— Pas maintenant, elfe. Je vous ai expliqué pourquoi… Envoyez vos excuses au roi et attendez mon retour.

Il voulut l'embrasser, sans doute pour l'apaiser. Mais elle le repoussa et fit deux pas en arrière. Encore une trahison !

— Et votre promesse ? Vous m'avez juré que s'il me

rappelait, vous viendriez avec moi pour être à mes côtés en tant qu'époux. Et me ramener à la maison !

— Je sais, je l'ai juré. Mais j'ai fait aussi d'autres promesses. Si seulement vous voulez bien attendre que j'aie…

— D'autres promesses ? Vous voulez dire à votre sœur morte depuis près de vingt ans ? Ne vous défaussez pas sur elle, Robert. Vous ne lui faites pas honneur. Jamais elle n'a exigé cela de vous. Ce n'est pas à elle que vous avez fait ce serment, mais à vous-même ! Le sergent Oakes m'a assuré un jour que vous preniez grand soin de vos proches. Mais je vois que je n'en fais pas partie.

— Hope ! Ce n'est pas vrai ! Mais essayez de comprendre, je vous en prie. Harris est le dernier. Il y a des années que j'attends. Je n'ai pas le choix.

— Si ! On a toujours le choix. Vous pouvez fort bien arrêter. L'alternative est simple — honorer le serment que vous vous êtes fait à vous-même ou respecter la parole que vous m'avez donnée.

Elle jeta un regard par-dessus son épaule, vers le cheval déjà sellé.

— Il ne vous a pas été difficile de choisir, à ce qu'il semble.

Comment son univers avait-il pu basculer aussi promptement et changer à ce point en quelques heures ?

Je suis vraiment stupide ! Chaque fois que je crois en quelque chose ou en quelqu'un, je finis toujours par me sentir trahie. C'est ma faute. Je n'arrête pas d'imaginer des choses qui n'ont aucun rapport avec la réalité.

D'abord sa mère, puis Charles. Et maintenant, Robert, qu'elle s'était laissé aller à aimer.

Idiote ! Idiote ! Idiote !

— Ça n'a rien de facile, Hope, croyez-moi ! Mais je dois le faire. Il m'est impossible d'arrêter avant ! Cet homme nous veut du mal. C'est lui qui a demandé au roi de lui octroyer Cressly. Et c'est la première fois depuis toutes ces années que j'ai enfin une chance de lui mettre la main dessus.

— Vous me jetez Charles au visage à présent ?

Il exhala longuement son souffle et serra les poings, au comble de la frustration. Mais au fond de lui, il se sentait coupable sans savoir exactement de quoi.

Malgré tout, il fit un effort pour garder son calme.

— Je vous présente mes excuses pour ces propos déplacés. Mais la façon dont vous m'avez agressé est tout aussi déplacée. Je n'y vais pas pour me faire plaisir, mais pour terminer une tâche. Il sait qui je suis, Hope. Il sait ce que j'ai fait à ses compagnons et il est déjà à mes trousses. Cet imbécile croit encore qu'un trésor est caché ici. Sa peur et sa cupidité le rendent dangereux, pas seulement pour moi, mais pour vous aussi. Pour tout le monde ici.

Il lui parlait comme s'il essayait de calmer une enfant à bout de nerfs.

— Une fois que j'en aurai fini avec lui…

— Eh bien, qu'y aura-t-il après ? Une fois qu'il sera mort, vous n'aurez plus rien. Vous avez bâti toute votre vie autour de votre désir de vengeance. Rien d'autre ne compte, de toute évidence. C'est à cause de cet homme que vous m'avez épousée, n'est-ce pas ? Parce qu'il revendiquait Cressly ?

Elle avait l'impression d'avoir reçu un coup de poignard dans le cœur et se sentait au bord des larmes. Mais elle ne pleurerait pas, non. Pas question d'user de ce moyen pour le retenir !

— Allez donc la chercher, cette vengeance ! J'espère que vous en tirerez du réconfort cette fois.

— Bon sang, Hope ! Vous n'avez donc pas écouté un seul mot de ce que j'ai dit ? Je n'ai pas le choix ! martela-t-il en détachant bien les syllabes.

Puis il se tut, frustré. Au diable cette femme ! Gérer une épouse était bien l'une des tâches les plus difficiles qu'un homme puisse entreprendre !

— Oh ! Si, je vous ai écouté, Robert. C'est vous qui ne m'avez pas entendue, je le crains. Il y a plus de vingt ans que vous attendez. D'accord, je peux le comprendre… L'homme représente un danger. Cela aussi, je le comprends. C'est l'occasion idéale pour agir, je suppose, parce qu'il se trouve également loin de Cressly et de Londres. Je ne suis tout de même pas stupide ! Mais ce que je sais aussi, c'est que vous m'avez fait une promesse. Et au moment où j'ai besoin de vous, vous trouvez que ce qui a attendu vingt ans ne peut pas attendre quelques mois ni même seulement quelques semaines de plus. Vous avez des fermiers et des bergers armés de mousquets qui arpentent vos terres. Cressly est une véritable forteresse. Il faudrait qu'il vienne avec une armée pour représenter un véritable danger ici !

Robert écarta les mains en signe d'impuissance et les laissa retomber contre ses flancs.

— Hope… vous ne comprenez pas…

— Non, c'est ce qu'il semble. Mais je ne veux pas vous déranger davantage. Je me débrouillerai toute seule. Après tout, c'est ce que j'ai toujours fait avant de vous rencontrer…

Il fronça les sourcils.

— Qu'est-ce que cela signifie ?

— Cela signifie que je me mettrai en route dès demain. On ne fait pas attendre le roi. Je n'ai pas plus le choix que vous ne prétendez l'avoir !

— En route pour où ?

— Pour la Cour !

— Vous allez lui revenir ? Après la façon dont il vous a trahie et a laissé sa maîtresse en titre s'en glorifier devant tous ? Après toutes les belles paroles dont vous m'avez gratifié ? Vous prétendiez en avoir fini avec lui ! Qu'est-ce qui vous empêche, vous, d'attendre mon retour, en lui signifiant que votre époux vous a interdit de voyager seule ? Cette nuit, vous avez répété tant et plus que vous me vouliez près de vous. Vous m'avez affirmé que vous m'aimiez, que nos destins étaient liés depuis le premier instant de notre rencontre et que nous étions faits pour être ensemble.

Hope s'étonna de l'indignation qui vibrait dans sa voix. *Le traître prétend avoir été trahi ! C'est toujours ainsi, je devrais le savoir, depuis le temps !*

— Mais vous, Robert, vous n'avez jamais prétendu

m'aimer en retour. La vengeance est votre seule maîtresse. Entre elle et moi, c'est elle que vous avez choisie. Quant à Charles, il est le roi, bonté divine ! On doit obéir quand il nous appelle. Même un Robert Nichols, comte de Newport !

— Et cette nuit, continua-t-il sans paraître l'avoir entendue, c'était quoi ? Un jeu ? Une compétition ? Votre curiosité est-elle satisfaite ? Me connaissez-vous à présent ?

— Cette nuit, c'était un rêve. Car si ce qui s'est passé avait été réel, je vous aurais trouvé près de moi ce matin, à mon réveil. Si ce qui s'est passé avait été réel, vous ne choisiriez pas de m'abandonner au moment où j'ai le plus besoin de vous. Vous n'êtes pas l'homme dont j'ai tant rêvé ni celui que je croyais voir en vous. Je ne suis qu'une sotte et vous…

Elle déglutit, ravalant ses larmes.

— Notre première rencontre n'était rien d'autre qu'une coïncidence sans la moindre signification, comme il en arrive à tout le monde chaque jour.

Il écarta les bras.

— Regardez-moi, Hope. Je suis réel ! C'est cet homme-là que je suis. Hier soir, je vous ai raconté ce que vous vouliez savoir parce que vous m'avez supplié de le faire. J'ai tout étalé devant vous et je vous ai prévenue que vous n'aimeriez pas. Je ne suis pas un preux chevalier et je n'ai jamais prétendu l'être. Vous ne m'aimez pas, Hope, vous aimez un héros imaginaire auquel vous avez donné ma silhouette et mon visage !

— Je sais.

Elle avait prononcé ces mots dans un soupir de regret. Elle lui tourna le dos et s'éloigna.

Cette nuit-là, le vent se leva au-dessus de la rivière et emplit la vallée de son morne mugissement. Prisonnières de sa furie, mille voix semblaient se lamenter. Certaines sanglotaient, d'autres criaient et chuchotaient, et l'une d'elles semblait murmurer son nom dans un rauque gémissement.

Hope enfouit sa tête sous les oreillers et les couvertures. Un cauchemar se glissa dans son sommeil — un mauvais rêve qui l'avait déjà visitée à maintes reprises sous des formes variées.

La seule chose dont elle se souvint à son réveil, c'était que, dans ce rêve-là, elle finissait toujours par se retrouver seule.

28

Le soleil n'avait pas encore dépassé la cime des arbres quand Hope se mit en route pour regagner la Cour, poursuivant son voyage ainsi qu'elle l'avait commencé bien des années plus tôt — toute seule.

Enfin, pas tout à fait. Comme il fallait se méfier des malandrins et que son mariage semblait avoir fait des ennemis de son mari un peu les siens, Oakes et un contingent d'hommes armés jusqu'aux dents, surentraînés et farouchement loyaux à leur maître, l'accompagnaient dans son périple.

Robert, lui, avait pris la route dans la direction opposée. La vengeance était une affaire personnelle et c'était vers le nord qu'il trouverait Harris, la justice enfin, et l'aboutissement de sa quête. Comment Hope avait-elle pu imaginer qu'il abandonnerait maintenant, si près du but ? Il n'y avait pas six mois qu'il la connaissait, tandis que ce fardeau-là, il l'avait porté presque toute sa vie.

Pourquoi s'obstinait-elle en outre à ne pas comprendre le danger que représentait cet homme, même pour elle ? Ce qu'il lui avait confié ne suffisait donc pas ? Harris avait déjà agressé nombre de femmes.

Mais non ! Au lieu d'attendre son retour, pour qu'ils puissent affronter ensemble le courroux royal ainsi qu'ils en étaient convenus, elle avait choisi de complaire à son ancien amant en se précipitant à Londres quelques heures à peine après avoir reçu sa convocation.

Robert serra les dents. Il avait pris un risque en se

mettant à nu devant elle. Un risque qu'il n'avait partagé avec personne d'autre jusque-là.

Mais qui sait ? En dépit des paroles de compréhension et de réconfort qu'elle lui avait prodiguées toute la nuit, ses confidences lui étaient peut-être apparues sous un tout autre éclairage à la lumière du jour. Et l'ordre royal était arrivé à point pour servir de prétexte à sa fugue.

Il avait senti dès le début qu'il commettait une erreur en se confiant à elle. Il l'avait su bien avant qu'elle ne décide de faire de lui son jouet. Son petit soldat à elle !

Eh bien, elle se trompait lourdement ! Il n'était le jouet de personne. Sûrement pas celui de Charles, encore moins celui d'une femme. Et un bon soldat se devait de suivre son instinct. C'est ce qu'il faisait… Il mènerait sa mission à son terme, refusant de se laisser distraire. Que Charles se débrouille avec elle !

Il l'avait trahie et humiliée, et elle avait fait le serment qu'il ne serait plus jamais son amant. Mais que se passerait-il lorsqu'elle serait de nouveau à la Cour, avec ce souverain charismatique et charmeur qui semblait bien avoir l'intention de la reconquérir ?

Combien de temps Hope lui résisterait-elle ?

D'un autre côté, elle serait en sécurité à la Cour. Si Harris avait la moindre occasion de l'atteindre à travers sa femme, il n'hésiterait pas. Mais jamais il n'oserait molester l'une des courtisanes du roi.

Robert se renfrogna un peu plus à cette évocation. Hope serait à Londres dès le lendemain. Comment Charles allait-il l'accueillir ? Avec des diamants et des saphirs assortis à la couleur de ses yeux ? Avec une suite au palais, à présent qu'elle était devenue une lady ? Avec des excuses et des flatteries pour apaiser sa colère et son ressentiment ?

Des hommes tels que Charles et William de Veres avaient un talent particulier pour ces choses. Pas lui. Il n'était pas à l'aise avec les belles paroles. Même quand il s'y efforçait, il semblait jamais ne trouver les mots qu'il fallait.

« Vous n'avez jamais prétendu m'aimer en retour »,

l'avait-elle accusé. Peut-être avait-il omis de le faire en effet. Peut-être n'avait-il pas su aligner des propos fleuris et mielleux. Mais qui l'avait divertie en lui racontant des contes sur Robin des Bois ? Qui lui avait donné des leçons d'escrime ? Qui était resté planté pendant des heures à l'attendre tandis qu'elle admirait inlassablement des arbustes ?

Lui ! Et lui seul !

Sensible à son irritation croissante, sa monture devint rétive, encensant de la tête et contractant les muscles dans ses efforts pour se libérer.

Conscient de la puissance et de la frustration de l'animal qui s'impatientait sous lui, Robert le fit tourner vers le bas-côté tout en le retenant d'une main de fer, tandis qu'il ruait et caracolait. Puis il lui lâcha la bride et se pencha sur l'encolure, fendant la nuit à la clarté de la lune qui éclairait le chemin, sa cape noire volant derrière lui comme des ailes.

Il était la vengeance.

Il galopait pour Caroline, et Harris était sa proie.

Il approchait à présent de Gildersome, un village tout près de Farnley. Il ne savait pas exactement ce qu'il allait y trouver. Le message était assez vague et il se méfiait. Une taverne serait l'endroit idéal pour se mêler aux autres clients, écouter les nouvelles, procéder à une enquête discrète et distribuer habilement quelques pourboires. En général, il fallait une bonne dose de doigté et des quantités d'alcool encore plus appréciables avant que les autochtones suspicieux ne finissent par livrer quelque information utile.

Mais lorsqu'il entra dans la taverne du village, l'établissement résonnait déjà du bourdonnement excité des conversations. Une troupe d'étrangers, des militaires apparemment, semblait s'être installée depuis plusieurs semaines dans la contrée, nouant des liens avec les fermiers et les négociants locaux. Dans cette conjoncture, Robert attira à peine les regards. Qui aurait remarqué dans cette masse bruyante un étranger de plus ou du moins ?

Une zone boisée se trouvait tout à côté, fourmillant de monde elle aussi, et il lui fut encore plus facile qu'à la taverne de se glisser dans la foule. Plus d'une centaine d'hommes grouillaient alentour, occupés à bavarder et à discuter.

Tous étaient des protestants, ex-soldats parlementaires pour la plupart. Robert reconnut plusieurs d'entre eux, en particulier ce Joshua Greathead qu'il avait déjà aperçu à Londres.

Il ne vit pas Harris, mais les propos qu'il entendit le stupéfièrent. Non tant de par leur contenu, que de la manière dont ils étaient proférés. Ces hommes parlaient ouvertement de trahison sans même baisser la voix. Impossible d'imaginer conspirateurs plus volubiles, plus indisciplinés et indiscrets ! Peut-être se sentaient-ils trop loin pour attirer l'attention. Toujours est-il qu'ils étaient là, en plein air, à fomenter allègrement une attaque contre les places fortes royalistes de Leeds, avec l'intention de soulever une révolte destinée à détrôner le roi. Il était même question que le général Fairfax, leur ancien chef, prenne la tête de la rébellion.

Un tel projet aurait été risible s'il n'avait été si dangereux. Les épaules courbées pour dissimuler sa haute taille, le chapeau abaissé et la cape drapée telle une écharpe pour masquer ses traits, Robert se glissait dans l'ombre, tous les sens aux aguets. Cela commençait à sentir le piège, mais pas du genre auquel il s'attendait. Un homme repéré dans ces bois par des témoins pouvait être à peu près sûr de finir pendu et écartelé !

Il en avait cependant assez appris pour que le risque en ait valu la peine. Il semblait que la taverne de Morley, à quelque distance de là, ait été réquisitionnée par un petit groupe de matamores, brutaux et fanfarons. Harris et ses hommes ?

Il quitta les bois aussi discrètement qu'il y était entré et se remit en quête de son gibier.

L'auberge des Armes du Roi était située à l'orée du village et sa façade arrière donnait sur la lande. C'était peut-être une promenade agréable pendant la journée, mais la nuit, son isolement en faisait un point de rencontre idéal pour un certain genre d'hommes et un lieu dangereux pour quiconque n'y était pas invité.

Comme il approchait, la porte s'ouvrit à la volée, dégorgeant un vacarme de rires avinés. Violemment poussé depuis l'intérieur, un homme corpulent vint s'affaler dehors, le visage dans la poussière. Une voix que Robert reconnut aussitôt pour l'avoir entendue trop longtemps dans ses rêves domina soudain le tapage :

— Reviens quand tu auras le reste ! Sinon, c'est ta femme et ta fille qui régleront l'addition, espèce d'ordure !

Robert sentit déferler en lui une sensation familière. Un mélange de jubilation, de détermination et de calme mortel... Ses lèvres se retroussèrent en un sourire farouche, découvrant ses dents dont la blancheur étincela dans le clair de lune.

Enfin, il avait débusqué sa proie !

Il attendit que le vacarme s'apaise un peu, puis se glissa discrètement à l'intérieur.

Seuls quelques-uns des occupants semblaient être des gens du cru. Un gaillard chauve vautré près de l'âtre tripotait les seins d'une femme nue qui semblait ivre ou plutôt inconsciente, à en juger par les ecchymoses qui meurtrissaient son visage. Une demi-douzaine d'hommes bien armés entouraient le chauve. Mais ils étaient trop absorbés par leur partie de dés pour remarquer la présence du nouveau venu.

Robert prit place sur un banc au fond de la salle et engagea la conversation avec un type aux yeux larmoyants qui semblait prêt à rouler sous la table.

— Qui sont ces gars ? s'enquit-il en lui glissant une pinte d'ale et une pièce d'une demi-couronne. Ils n'ont pas l'air d'être d'ici...

— Vous non plus, lui rétorqua aigrement son compagnon aviné, qui n'en empocha pas moins l'obole et tendit la main vers la chope. On voit traîner par ici trop d'étrangers ces derniers jours…

Un nouveau remue-ménage attira leur attention. Un gamin dépenaillé et squelettique, portant une lourde cruche de bière, dut commettre une maladresse qui lui valut non seulement un chapelet d'insultes malsonnantes, mais une poussée qui l'envoya rouler sur le sol.

Il se releva, le visage inexpressif, alla chercher une autre cruche et continua à servir comme si de rien n'était.

— Cet homme, là-bas, c'est paraît-il le très noble et très puissant colonel Harris… Un héros de guerre qui nous honore, nous, pauvres péquenots, de sa présence. Il est le comte de je ne sais quoi, du moins c'est ce qu'il prétend. Il traîne beaucoup par ici en ce moment. Trop souvent au gré de certains. Il y en a qui prétendent que c'est lié à ce qui se passe dans les bois. Toujours est-il que l'homme finit régulièrement la soirée ici, à tricher aux cartes et aux dés. Vous feriez mieux de prendre garde à ne pas attirer son attention. S'il vous invite à jouer, vous n'aurez pas le loisir de refuser, et il ne vous laissera pas partir avant de vous avoir dépouillé de votre dernier sou !

Ainsi, cet imbécile arrogant est ici sous son vrai nom !

— Et cette bande avec lui ?

— Ce sont ses hommes de main et c'est bien pour ça que personne n'ose se plaindre. Le gamin est son fils, pauvre petit bâtard. Et la femme, c'est une de ses catins…

Robert sourit.

— Je ne suis pas mauvais moi-même aux jeux de hasard. J'ai bien envie de voir ce que je peux lui soutirer.

— On dit qu'un imbécile et son argent ne restent pas longtemps ensemble. Bonne chance, camarade. Mais faites attention qu'il ne vous prenne pas aussi la vie.

Robert se leva et lui tapota l'épaule avant de lui tendre une autre pièce.

— Tenez, vous boirez à ma santé.

Puis il se glissa silencieusement dans la pénombre et s'arrêta à un pas de sa proie, silhouette sombre guettant dans l'obscurité. Sa main caressait machinalement la garde de son épée. Son ennemi était si près… Enfin ! Il voyait palpiter les veines à la jonction de son cou et de son épaule, pulsant la vie au rythme de son cœur. La seule idée que cet homme puisse encore exister quand sa sœur n'était plus là lui était insupportable.

En deux secondes, il pouvait le faire passer de vie à trépas. Mais ce serait trop rapide et guère satisfaisant. L'homme devait d'abord le reconnaître et comprendre. Il fallait qu'il sache que, s'il mourait, c'était à cause de ce qu'il avait fait à Caroline.

C'est pourquoi il attendait le bon moment, étonné de les voir tous si placides, tellement certains de leur invulnérabilité qu'ils ne levèrent même pas les yeux une seule fois pour examiner la pièce.

Lorsqu'il sentit enfin un regard se poser sur lui, c'était celui du gamin. Les yeux du garçonnet le fixèrent bien en face, froids, interrogateurs. Il avait les joues creuses, les paupières meurtries. Il jeta un coup d'œil sur son épée avant de se détourner.

Allons, assez attendu !

Robert se pencha, agrippant l'épaule de Harris qu'il enserra d'une étreinte d'acier.

— Excusez-moi, colonel. J'aimerais que nous échangions tranquillement quelques mots. Dehors, si possible…

La riposte de Harris ne se fit pas attendre. Lui saisissant le poignet avec une force égale à la sienne, il repoussa brutalement la femme et se leva, renversant sa chaise, et le plaqua contre le mur.

Stupéfaits, les hommes autour d'eux restèrent un instant silencieux avant d'éclater en vivats, persuadés qu'ils allaient assister à une bagarre d'ivrognes et impatients de voir leur chef briser quelques os.

Tout en maintenant Robert du revers de son bras pressé contre sa gorge, Harris le souleva le long du mur jusqu'à ce que ses orteils touchent à peine le sol.

— Qui est-ce qui t'a permis te venir aboyer à ma table,

espèce de roquet ? Tu vas me lécher les bottes, corniaud, si tu ne veux pas que je t'égorge !

Prenant appui sur l'avant-bras qui l'étouffait, Robert leva les jambes et décocha un puissant coup de pied dans l'estomac de son agresseur. Harris bascula en arrière et s'étala sur la table, éparpillant nourriture, boissons et dés, tandis que son épée tombait sur le sol.

Robert bondit sur la table et dégaina sa propre rapière.

— Un homme qui confond un loup avec un chien est appelé à mal finir ! Vous ne croyez pas ?

Harris sourit. Un filet de sang coulait de sa bouche.

— Le jeune Nichols, hein ? Je me souviens parfaitement de toi ! Tu as grandi, on dirait. La dernière fois que je t'ai vu, tu t'enfuyais, tandis que ta petite sœur implorait la pitié.

Robert hocha la tête.

— Elle s'appelait Caroline.

Il sauta sur le sol et, d'un coup de pied, fit glisser l'épée de Harris vers son propriétaire.

— Levez-vous, ordonna-t-il.

Harris saisit son épée et bondit sur ses pieds.

— Beau geste ! commenta-t-il. Toujours délicat, on dirait ?

Les compagnons de Harris s'étaient écartés, dégageant un espace pour les deux combattants, pendant que les autres clients se ruaient vers la porte et disparaissaient dans la nuit sans demander leur reste.

— C'est seulement que je tiens à prendre mon temps, colonel. Je veux savourer ce moment. Il y a si longtemps que je l'attends !

Puis il s'élança d'un mouvement aussi prompt que l'éclair.

— Bon sang ! jura Harris.

Une estafilade rouge zébrait son visage de la tempe à la joue.

— C'est plus amusant ainsi, vous ne trouvez pas ?

Ils se mirent alors à se tourner autour, leurs regards rivés l'un à l'autre. Robert n'était plus un enfant effrayé, c'était un bretteur de premier ordre, et Harris commençait à s'en rendre compte. Une lueur de méfiance et d'inquiétude brillait à présent dans ses yeux.

— Elle pense encore à vous, railla Robert. Je suis venu vous souhaiter le bonjour de sa part.

Il se fendit de nouveau. Harris poussa un cri de douleur et de rage lorsque l'énorme lame lui transperça l'épaule gauche, cisaillant muscles et tendons. Ses doigts engourdis s'ouvrirent et laissèrent échapper l'épée qui rebondit sur le sol.

Poussant un chapelet de jurons, Harris s'appuya à une table, s'efforçant d'étancher le sang qui coulait de la plaie.

— Comme vous pouvez voir, je ne suis plus capable de tenir une arme. Le duel est fini. Mais vous savez quoi, Nichols ? C'est vous qui allez dire bonjour à votre sœur de ma part !

Et, se tournant vers ses hommes, il hurla :

— Tuez-le, les gars !

Les insultes, les cris et le fracas de la vaisselle brisée auraient alarmé la plupart des gens. Mais ce vacarme fut un véritable soulagement pour Hope et le sergent Oakes.

Depuis qu'elle avait brusquement décidé de rebrousser chemin et de prendre la direction du Yorkshire au lieu de faire route vers Londres, Hope avait redouté l'accueil de son mari.

Mais après l'avoir cherché en vain dans les bois de Farnley déserts, puis à Farnley même, à Gildersome et à Leeds, elle avait commencé à craindre qu'il ne lui soit arrivé quelque chose en route.

Oakes et elle étaient bien conscients que poser des questions pouvait faire plus de mal que de bien, c'est pourquoi ils s'en gardaient bien, mais cela les obligeait à errer de taverne en taverne et d'auberge en auberge, dans l'espoir de retrouver la trace de Robert.

Les échos de la bataille ranimèrent d'un coup leur espoir à tous deux.

— Oakes, vous pensez que…

Le sergent hocha la tête.

— Je crois que nous l'avons retrouvé, milady. Peut-être devriez-vous attendre ici avec quelques-uns des hommes, pendant que le reste de notre groupe…

Mais Hope s'insurgea.

— J'ai déjà vu plus que ma part de rixes dans les tavernes, Oakes. Je ne suis pas une délicate petite fleur, vous savez.

Un chaos invraisemblable les accueillit à l'intérieur. Des tables et des chaises retournées jonchaient le sol. Une femme inconsciente gisait sous une table. Trois cadavres étaient déjà étendus sur le carreau, et trois hommes encore valides en combattaient un quatrième, qui pourfendait l'air en faisant siffler la lame de sa gigantesque épée.

Robert !

— Eh, les gars, regardez ! Voilà l'une des catins du roi qui nous rend visite en personne !

Ces paroles furent prononcées par un gaillard chauve maculé de sang. Hope le reconnut tout de suite tant il ressemblait à la description de Robert.

Il y eut une pause dans le pugilat, tandis que tout le monde se retournait pour regarder.

— Hope ! s'exclama Robert, stupéfait.

Profitant de son inattention, l'un de ses adversaires se rua sur lui par-derrière. Sans même un coup d'œil par-dessus son épaule, Robert leva son poing ganté et l'envoya dans le visage de son agresseur, qui tituba. Il entendit alors un cliquetis de métal résonner derrière lui et se retourna juste à temps pour éviter un méchant coup d'épée. Mais il fut trop lent à riposter et atteignit l'homme à la cuisse au lieu de lui percer le cœur.

— Attrapez la femme, imbéciles ! cria Harris.

Deux des assaillants encore valides voulurent se précipiter vers Hope. Tournant alors le dos au meurtrier de Caroline, Robert plongea sa lame entre les omoplates du premier, tandis qu'Oakes et l'un de ses hommes se chargeaient du second.

Dieu merci, Hope s'était retirée dans un coin, entourée

de cinq de ses gardes. Au moins, elle avait eu le bon sens de les amener avec elle !

Rassuré sur son sort, Robert put reporter son attention sur Harris.

— A vous ! Vous allez mourir à présent.

— Je n'ai pas la moindre envie de vous faire ce plaisir, capitaine, railla Harris.

Passant alors la main derrière un pilier de bois, il saisit le gamin squelettique par les cheveux et le tira devant lui en guise de bouclier.

Encore capable de manier un poignard, il posa une lame aussi affutée qu'un rasoir sur la jugulaire du malheureux.

— Je vais sortir d'ici avec les miens, Nichols. Et ne vous avisez pas de nous en empêcher, ou je tranche la gorge du gamin.

Robert demeura impassible.

— Vous n'en ferez rien, rétorqua-t-il d'un ton froid. C'est votre fils.

Harris se mit à rire à gorge déployée, secouant la tête du garçon qu'il tenait toujours par la tignasse.

— Vous croyez que ça va m'arrêter ? Sa mère est une catin, et lui un vulgaire bâtard. J'en ai des quantités d'autres comme lui.

— Et vous croyez que ça va m'arrêter ? riposta Robert, parodiant son ton et ses paroles.

Il s'avança d'un pas, pointant son épée sur le cœur du gamin.

— C'est votre sang qui coule dans ses veines, Harris. Vous m'avez pris quelque chose, ce me semble. Pourquoi hésiterais-je à vous rendre la pareille ?

La voix de Hope résonna derrière lui, stridente.

— Robert, non !

— Ecoutez donc votre catin, Nichols. Vous l'effrayez, mon vieux !

L'épée toujours pointée sur la poitrine du gamin, Robert se retourna. Et ce que Hope vit alors lui figea le sang dans les veines. Il l'avait prévenue, pourtant, de l'existence de cet être en lui, une bête sauvage couverte de sang qui ricanait, l'épée au clair, une lueur meurtrière dans les yeux.

— Le diable vous emporte, Oakes ! cria-t-il. J'aurai votre peau pour l'avoir amenée ici. Faites-la sortir. Tout de suite ! Ramenez-la à Londres auprès du roi. Son univers est là-bas.

Elle le dévisagea, abasourdie.

— Robert… Vous ne pouvez pas…

— Allez-vous-en ! grogna-t-il. Vous n'avez rien à faire ici. Partez ! Et surtout ne revenez pas.

29

— Pauvre petit !

— Ne vous faites pas de souci pour lui, milady. Jamais le capitaine…

— Ne lui ferait le moindre mal, je sais. Vous m'avez dit un jour que vous ne l'aviez jamais vu s'en prendre à un innocent et je vous crois. Mais tout de même… Il le tenait à la pointe de son épée. Et le père du gosse qui s'en servait comme d'un bouclier ! Quel genre d'homme faut-il être pour agir ainsi ?

— Le genre qui aime tuer, je suppose. Le capitaine ne pourchasserait pas de la sorte quelqu'un sans une bonne raison, milady.

— Non, je le sais. Et des raisons, il en a suffisamment en l'occurrence.

Hope soupira.

— Je suis désolée si je vous ai créé des problèmes avec lui, Oakes.

— Bah, je suis un vieux ruffian, madame. Je peux affronter la tempête !

— Je n'aurais jamais dû vous ordonner de faire demi-tour. Mais voyez-vous, nous avons eu une affreuse dispute avant mon départ. Je voulais qu'il renonce à poursuivre cet homme et j'étais dépitée qu'il ne le fasse pas pour m'accompagner à la Cour. Au début, c'était seulement de la souffrance et de la colère. Mais plus nous nous éloignions, plus je me rendais compte qu'il s'était engagé sur un chemin où rien de bon ne pouvait lui arriver. De toute évidence, j'ai eu tort de penser qu'il avait besoin d'aide. C'est un homme capable de se débrouiller tout seul. J'ai fait un beau gâchis ! Jamais je ne l'avais vu aussi furibond.

— Ni moi. Mais le gâchis avait commencé bien avant que vous n'arriviez là-bas, milady.

— En tout cas, notre histoire est finie. Je doute qu'il veuille encore entendre parler de moi.

— Croyez-vous ? A mon avis, sa colère n'était pas dirigée contre vous. Je crois qu'il était surtout furieux que vous l'ayez vu ainsi.

Hope hocha la tête, pensive.

— Il y a une expression pour décrire les hommes qui dégagent une joie sauvage de la bataille. On dit qu'ils en tirent gloire.

— Oui, les *berserkers*, milady. C'est ainsi qu'on les appelle. Des fous de guerre… Le capitaine est un homme redoutable dans la bataille. Il sait protéger sa vie, ce qui signifie aussi qu'il sait prendre celle de ses adversaires. Mais cette force ne le domine jamais. C'est lui qui la contrôle au contraire.

Hope frissonna.

— Vous m'avez dit qu'il avait parfois un regard glacé avant le combat. Ce regard-là, je l'ai vu ce soir.

— Oui, je l'ai remarqué aussi. Mais je ne connais pas un seul *berserker* capable de s'arrêter en plein milieu d'une bataille pour veiller à la sécurité de sa dame. N'oubliez jamais cela quand vous vous demanderez ce qui compte pour lui et ce qui lui est le plus cher.

Oakes lui tapota amicalement la main et l'abandonna à ses pensées pour rejoindre Jemmy sur le siège du cocher, tandis que l'attelage reprenait la route de Londres.

Hope se renversa sur les coussins, obsédée par l'image du gamin aux joues creuses et au visage meurtri. Un innocent pris au piège entre deux adultes mus par la haine, dont le devoir aurait pourtant été de le protéger.

Mais Oakes a raison. Robert ne lui aurait jamais fait le moindre mal.

Cependant il y avait d'autres façons de blesser qu'avec une épée ou un poing.

« Vous ne voulez pas savoir… Je pars à la chasse… Si vous saviez qui je suis vraiment, vous ne m'aimeriez pas. Peut-être même auriez-vous peur… »

Les mots de Robert lui revenaient à la mémoire, mêlés au cahotement des roues du carrosse.

Il avait ordonné à Oakes de la ramener auprès du roi parce que son univers était là-bas, avait-il dit. Et il lui avait intimé de ne pas revenir.

Après l'avoir vu ce soir, elle n'était plus très sûre de le vouloir.

Il l'avait avertie, c'était un fait… mais il y avait des réalités qu'aucun mot ne pouvait vraiment décrire. Elle n'était pas sûre d'oublier un jour la vision de Robert couvert de sang et ricanant, avec tous ces corps gisant autour de lui. Ce spectacle s'était imprimé en elle au fer rouge. Il faisait partie de ce qu'était Robert. Et à présent, c'était aussi une partie d'elle.

Exactement comme la mort de sa sœur fait partie de lui à jamais, et comme la mort de Harris fera partie de son fils.

Un profond sentiment de désespoir s'empara d'elle. Robert n'était pas le chevalier pur et étincelant de ses rêves, ni le monstre des cauchemars qui le hantaient. C'était un homme honorable et bon qui tentait d'agir pour le mieux. Mais que ce fût de naissance ou par les circonstances, il était aussi un guerrier, marqué de blessures si profondes qu'elles ne guériraient peut-être jamais.

« La vengeance est votre seule maîtresse », lui avait-elle lancé. Et Oakes avait dit qu'il était marié à cette sombre et froide catin qu'on appelait la guerre.

Dans ces conditions, un tel homme pourrait-il lui donner le genre de vie auquel elle aspirait ?

Pourrait-il jamais être un mari, un père, un amant, un ami ?

Avait-elle eu raison de lui demander de choisir, puis de le blâmer de suivre le seul chemin qu'il connût ?

Et en fin de compte, toutes ces questions avaient-elles encore la moindre importance, maintenant qu'il l'avait renvoyée vers Charles ?

30

Oxford Kate's, Londres

Robert préférait de loin secourir les gens que leur demander de l'aide. Et l'indignation de William de Veres lui rendait la chose encore plus difficile.

— Bon sang, Nichols ! Ne me dites pas que vous avez égaré Hope ! Elle n'est pas bien grande, je vous l'accorde. Mais un mari est censé se souvenir où il a laissé sa femme, non ?

Agacé, Robert contracta les mâchoires.

— Ah bon ? Alors dites-moi où est Elizabeth ? Peut-être saurait-elle où une dame de qualité est susceptible de loger en dehors du palais. Je l'ai toujours trouvée pleine de ressources.

— Lizzy ? Du diable si je sais où elle est !

Puis il ajouta, radouci, avec un clin d'œil complice :

— Alors vous éprouvez de l'affection pour elle ?

— Bien entendu ! Elle est mon épouse.

Ils s'interrompirent en voyant la servante leur apporter de la bière et du pain.

Les mots étaient en dessous de la réalité. Robert éprouvait plus que de l'affection pour Hope. Cette brusque révélation l'avait frappé au beau milieu d'une taverne, tandis qu'il tenait son ennemi à sa merci, l'épée pointée sur la poitrine d'un garçonnet aussi perdu et furieux qu'il l'avait été lui-même autrefois, et que la femme qu'il aimait s'éloignait de lui pour ne plus revenir.

Mais Hope n'appartenait plus à Charles. Plus depuis l'instant où lui-même l'avait vue danser dans le parc la nuit du premier mai et où il avait su qu'elle était sienne.

Elle lui avait insufflé son rire, sa passion, sa confiance en la vie, comme on insuffle de l'air à un homme qui s'asphyxie. Et pour la première fois depuis des années, l'existence en avait valu la peine.

Elle ne m'a demandé qu'une seule chose et voilà comment je lui ai répondu ! En tournant le dos à l'avenir avec elle, en l'abandonnant, en retournant au galop vers un passé que je déteste.

Elle était restée à côté de lui tandis qu'il revivait les heures les plus sombres de sa vie et elle avait eu raison d'affirmer que c'était à son tour d'être près d'elle pour l'épauler en ces circonstances difficiles.

Aussi avait-il abandonné sa vengeance.

Hope était bien plus importante.

Le garçonnet aussi.

Mais cette décision n'allait pas sans danger.

La voix de De Veres le tira brusquement de ses réflexions.

— Charlie ne l'a pas encore vue, sinon je le saurais. Croyez-vous qu'elle ait vraiment envie d'être retrouvée, capitaine ?

— Euh… quoi ? Oh ! Je n'en sais rien. Peut-être pas…

Il s'agita sur son siège, mal à l'aise.

— Elle a des raisons d'être en colère contre moi, et je doute qu'elle m'attende. Elle a été très déçue lorsque j'ai décidé de me lancer aux trousses de Harris plutôt que de l'accompagner à la Cour.

De Veres secoua la tête, manifestant sa désapprobation.

— Ce n'était pas une chose à faire, mon ami. Vous êtes arrivé à temps pour vous racheter, certes, mais si c'est Charlie qu'elle veut finalement ?

— Non, ce n'est pas lui. J'en suis sûr.

— Ainsi, vous avez réussi à capturer le cœur de l'une des plus envoûtantes beautés de Londres ?

— Son cœur m'appartient aussi bien que sa main.

Enfin, il l'espérait…

— Et je veux la ramener à la maison.

— Hors d'atteinte de notre insatiable souverain… Je vous comprends. Mais Harris ? Il est bien dommage que vous n'ayez pu en finir avec lui. Un animal blessé est fort dangereux, comme vous le savez.

— Il aurait fallu que je tue aussi son fils. Or, le gamin était innocent.

William hocha la tête.

— Ce n'est pas moi qui vous ai envoyé le fameux billet…

— Je m'en doutais, soupira Robert. J'ai soupçonné tout de suite un piège.

Il haussa les épaules.

— Mais comme j'étais déjà sur place…

— Heureusement, le piège ne s'est pas déclenché. Harris visait très large. Il espérait vous attirer là-bas pour qu'on vous suspecte de faire partie du complot fomenté par les ennemis de Charles. Et bien entendu, il aurait joué les dénonciateurs et les sauveurs aux yeux de notre roi, qui n'aurait pas manqué de lui manifester sa gratitude. Vous vous êtes battu pour Cromwell. De là à faire de vous un puritain, il n'y a qu'un pas. Une rumeur lancée à bon escient… et hop ! Vous voilà devenu un membre de la Cinquième Monarchie, furieux contre le roi qui veut vous cocufier et prêt à tout pour vous venger de lui. Les gens ont tendance à croire aisément ce qu'ils entendent dire, même en l'absence de preuves.

William s'interrompit, le temps de siroter quelques gorgées de vin.

— Je vous propose de retourner le piège contre Harris. Faisons-lui ce qu'il s'apprêtait à vous faire ! Il est à Farnley. Plusieurs personnes peuvent témoigner l'avoir vu là-bas, y compris l'un des espions officiels de Sa Majesté, Joshua Greathead. Il ne sera pas difficile d'impliquer Harris dans le complot. Il est du côté du roi ? Peut-être, mais il a trop souvent changé de camp. Royaliste, puis parlementaire, puis royaliste de nouveau… Qui peut faire confiance à une telle girouette ou deviner ce qu'il va faire ? Surtout quand Charles l'a humilié devant tout Londres en lui octroyant un simple titre de baronet de campagne, après lui avoir fait miroiter une bien plus grande récompense pour son retour dans le giron royal… En outre, beaucoup de gens lui doivent de fortes sommes d'argent. Ils ne seront que trop heureux de croire en sa trahison afin d'être débarrassés de lui.

Robert pencha la tête, scrutant son interlocuteur d'un regard aigu.

— Dites-moi, De Veres, quel est au juste votre rôle auprès roi ? A part composer des vers calomnieux, bien sûr…

William sourit.

— Oh ! Un peu ceci, un peu cela… Cela dépend des occasions et de mon humeur. Mais j'ai toujours trouvé utile de savoir certaines choses. J'espère que vous vous êtes montré prudent à Farnley ?

— Je le suis toujours.

— A la taverne aussi ?

— Seul Harris sait qui je suis.

— Et le gamin ? Il pourrait poser des questions.

— C'est un risque, mais minime. Laissons-le en dehors de cette affaire.

— Personne ne remarquera si un poisson échappe au coup de filet. Mais il va falloir agir vite à présent, pour qu'il n'y en ait pas d'autre. Il serait mieux pour vous que vous soyez innocemment endormi auprès de votre épouse quand l'opération aura lieu.

Le silence qui suivit fut interrompu par des éclats de rire étouffés et les doux accords d'un violon dans la pièce au-dessus.

— Tout cela froisse mon sens de l'honneur, soupira Robert.

Il tira sa longue épée du fourreau et la posa sur ses genoux. Les flammes du foyer se reflétèrent sur la lame, où dansèrent des reflets orange et bleus.

— C'est avec cette arme que j'avais espéré le tuer. Et maintenant…

William l'interrompit.

— C'est un violeur, un meurtrier, et il mijote réellement une trahison, je vous en donne ma parole. Cet homme ne mérite pas une mort honorable.

Robert le regarda droit dans les yeux.

— Il a assassiné une personne qui m'était chère, il y a plusieurs années de cela. J'ai attendu longtemps ma vengeance. Sa mort devrait être mon affaire, William.

— Tout ne peut pas être votre responsabilité, capitaine. Cet homme représente aussi un danger pour le roi. Il aurait fallu s'occuper de lui de toute façon. Si vous voulez bien laisser quelqu'un d'autre le traîner en justice, je vous donne ma parole que ce sera fait. Un cadeau de mariage un peu tardif, disons…

William observa une pause pour donner plus de poids à ses paroles.

— Qu'est-ce qui est le plus important pour vous, Robert ? La vengeance, l'orgueil ou votre femme ? Vous n'avez qu'une alternative, il me semble. Ou vous me laissez mener à bien cette affaire avec la diligence qu'elle requiert pendant que vous vous occupez de votre épouse. Ou vous prenez vous-même les choses en mains… en courant le risque de perdre Hope.

Robert haussa les épaules.

— J'ai déjà choisi, vous le savez bien.

— En ce cas, j'ai une autre information pour vous. Sa Majesté a rendez-vous avec votre bien-aimée dans une heure exactement.

— Le diable vous emporte ! Pourquoi ne me l'avez-vous pas dit ?

— Mais c'est bien ce que je suis en train de faire, non ? Je vous conseille cependant d'agir avec prudence si vous ne voulez pas vous retrouver à Tanger, en train d'aboyer des ordres à des recrues ivres !

31

Hope avait erré dans Londres pendant les trois jours qui avaient suivi son arrivée, ne sachant trop que faire.

Son titre de lady Newport lui servit de déguisement. Personne ne parut en effet reconnaître l'ancienne maîtresse du roi en cette obscure comtesse de campagne, même si elle s'attira plusieurs fois les regards admiratifs des gentilshommes qui croisèrent son chemin.

Son ancienne maison de Pall Mall était à présent occupée par un diplomate français. Et lorsqu'elle tendit sa convocation au chambellan du palais visiblement pressé et harassé, il se contenta d'y jeter un coup d'œil distrait avant de lui assurer qu'il allait lui arranger un rendez-vous, mais que cela pouvait prendre plusieurs jours.

Elle loua donc un appartement dans une auberge en face du parc et se résigna à attendre.

En dépit du bouleversement et de l'angoisse qu'elle avait apportés dans sa propre vie, cette convocation n'avait été qu'une préoccupation secondaire pour Charles, semblait-il, puisque personne, au palais, n'avait reçu d'ordre exprès quant à sa venue.

Son désarroi était total. Elle n'avait plus aucun endroit au monde qu'elle puisse appeler son foyer, et ne ressentait pas la moindre envie de parler avec Charles. Et la dernière fois qu'elle avait vu son époux, il avait son épée pointée sur la poitrine d'un jeune garçon.

Lorsque Sa Majesté la fit appeler enfin, sa patience était à bout et ses nerfs sérieusement éprouvés.

Mais Charles la reçut les bras grands ouverts et le visage éclairé par un sourire chaleureux.

— Par Dieu, madame, comment est-ce possible ? Vous êtes encore plus ravissante que dans mon souvenir !

Esquivant l'étreinte dont il s'apprêtait à la gratifier, Hope plongea dans une révérence très protocolaire.

— Votre Majesté a désiré me voir ?

— Oui, oui. Prenez place, je vous en prie…

Elle resta debout, très raide, refusant la chaise qu'il lui offrait.

— Hum… Vous êtes encore fâchée contre moi, à ce que je vois… Vous trouvez que je vous ai laissée trop longtemps à la campagne…

— Vous m'avez obligée à quitter ma maison à l'époque la plus occupée de l'année et vous me faites ensuite attendre plusieurs jours dans une auberge !

— Vous n'avez jamais répondu à mes lettres, Hope. Pourquoi ?

— Parce que je n'ai plus rien à vous dire, Charles.

— Allons, ma douce… Je vous avais promis que votre exil ne serait que temporaire. Vous êtes une lady à présent. Je vais vous faire préparer une suite et…

Elle secoua la tête.

— Je n'ai pas l'intention de rester, Charles. Je ne ressens plus rien pour vous, en dehors du respect que je dois à mon roi.

— Je saurai bien vous convaincre du contraire, ma chère, n'en doutez pas…

La porte s'ouvrit à la volée à ce moment précis, et un géant vêtu de noir pénétra à grands pas dans la pièce, suivi d'un groupe de gens d'armes essoufflés, lancés à ses basques.

Il ôta son chapeau et s'inclina très bas.

— Veuillez me pardonner mon retard, majesté. J'ai eu quelques problèmes sur la route…

Hope sentit un frisson d'excitation lui courir le long du dos. Il était là ! Agité, dangereux, mais là, avec elle !

Le roi congédia ses gardes d'un geste impatient.

— Capitaine Nichols ! Quelle agréable surprise !

Robert arqua les sourcils.

— Une surprise ? Je ne comprends pas, majesté. N'avez-vous pas récemment convoqué mon épouse à la Cour ?

Charles eut un sourire agacé.

— En effet. Mais je pensais que votre… état de santé ne vous permettrait pas le déplacement. A l'avenir, ne vous sentez pas obligé de venir chaque fois que votre femme est appelée à la Cour. J'ai l'intention de lui confier une charge auprès de ma reine et j'espère la voir souvent ici.

— Votre Majesté est bien aimable de se préoccuper de ma santé, mais je suis d'une nature résistante, et lorsqu'il m'arrive d'être malade, cela ne dure jamais longtemps.

— Très heureux de l'entendre ! L'information tombe à point.

Le roi lui passa un bras amical autour des épaules.

— J'aurais justement une mission à vous confier, du genre qui peut vous intéresser. Nous sommes de plus en plus inquiets de ces maudites incursions hollandaises sur nos routes maritimes. Votre expérience et vos talents pourraient se révéler là fort utiles. Et vous rencontreriez des occasions très lucratives…

Au moins, il ne m'envoie pas entraîner des soldats à Tanger !

— Vous me faites un grand honneur, majesté, et je vous remercie de nouveau de votre sollicitude. Mais cette tâche-là conviendrait bien mieux à un marin… Or je regrette de devoir vous avouer que je n'ai aucune compétence en matière de navigation ! Je suis heureux d'avoir servi l'Angleterre en tant que soldat. Mais à présent que je suis marié, je n'aspire plus qu'à la vie tranquille d'un gentleman-farmer. Et puis la place d'un mari est auprès de sa femme, surtout quand elle est aussi attrayante que la mienne.

Charles se redressa.

— Vous devenez impertinent, monsieur ! Ce n'est pas moi qui me suis indûment servi, mais vous. Et à ma table, si j'ose dire !

— Avec tout le respect que je vous dois, majesté, mon épouse n'est pas votre dîner.

Hope intervint, outrée. Cet échange la rendait littéralement nauséeuse.

— Certainement pas ! Et je ne suis pas le vôtre non plus, capitaine Nichols ! Je suis lasse de voir les autres décider à ma place. Ignorer mes préoccupations. Discuter de moi en ma présence comme si je n'étais pas là. Présumer que leurs désirs doivent être aussi les miens, sans même prendre la peine de s'en informer d'abord… Je suis tout à fait capable de diriger ma propre vie et ne suis l'esclave d'aucun homme. Je suis une Anglaise libre, piégée dans un marché que vous avez tous deux conclu. Eh bien, messieurs, écoutez-moi bien ! Le seul engagement que j'honorerai désormais, ce sera celui que j'aurai moi-même choisi. En attendant, allez au diable tous les deux !

Elle se rua dehors sur ces mots, laissant derrière elle les deux hommes bouche bée de stupéfaction.

— Hope, attendez ! Il faut que nous parlions…

L'interpellée leva la main dans un geste de colère, sans ralentir le pas pour autant.

— Nous n'en avons pas terminé, Lady Nichols. Revenez tout de suite ! Je ne vous ai pas donné la permission de…

La voix de Charles mourut sur ces mots, tandis qu'elle tournait le coin du couloir et disparaissait à leur vue.

Le roi gratifia Robert d'une vigoureuse poussée dans le dos.

— Eh bien, qu'attendez-vous ? Puisque vous clamez qu'elle est à vous, retrouvez-la, capitaine. Et ne vous avisez pas de quitter Londres avant de me l'avoir ramenée !

Robert fronça les sourcils. Ramener Hope ?

Elle s'était volatilisée sous leur nez et il n'avait pas la moindre idée de l'endroit où il devait la chercher !

32

Hope descendait la rue en direction du quartier du théâtre. Elle n'était plus sûre de rien, sinon qu'elle en avait enfin terminé avec Charles et qu'elle le lui avait signifié en face.

En dehors de l'irritation, de la méfiance et d'une vague rancune, sa vue ne lui avait pas inspiré le moindre sentiment. Non, pas même de l'amitié. Il était son roi, c'était tout.

Avec Robert, c'était différent. Sa seule présence faisait palpiter en elle chaque parcelle sensible de son corps. Lorsqu'il avait fait irruption dans la chambre du roi, cinq jours plus tôt, tel un conquérant des anciens temps venu réclamer ce qui lui appartenait, elle avait failli oublier de respirer sur le moment. Il avait tenu sa promesse en fin de compte.

Mais ce qu'elle leur avait lancé à tous deux n'en restait pas moins vrai. Toute sa vie, les autres avaient essayé de se servir d'elle, de la diriger, de la modeler en fonction de leurs objectifs et leurs désirs.

Elle avait été revendiquée et possédée, achetée et vendue, et si son esprit et son cœur étaient demeurés libres, c'étaient les décisions des autres qui avaient jalonné les grandes étapes de sa vie.

Mais cette fois, elle n'allait pas se laisser faire ! Ce qu'elle voulait, ce dont elle rêvait, avait trop d'importance. Il fallait que la décision lui appartienne.

Il y avait tellement plus en Robert qu'elle n'avait imaginé... D'innombrables strates d'ombre et de lumière. Il lui avait ouvert une porte et elle était entrée, sans savoir qu'elle pénétrait dans une tornade. A présent, elle avait besoin de temps pour réfléchir.

Malheureusement, méditer et faire attention où elle allait n'avait jamais été son fort. En tournant le coin de la rue, elle se heurta de plein fouet à une vieille amie, l'actrice Peg Hugues, célèbre pour sa chevelure flamboyante et ses dents de devant légèrement écartées.

— Bon sang ! Vous ne pouvez pas regarder où vous mettez les pieds ? Vous êtes aussi myope que ma grand-mère, ma parole !

Peg s'arrêta net.

— Je rêve ! Hope ? Hope Mathews, c'est bien toi ?

Et de la gratifier d'une étreinte à lui briser les côtes, avant de l'entraîner à La Taverne du Roi pour y boire une bière et y déguster une tourte au bœuf.

— Mais c'est que tu ressembles à une vraie dame à présent ! Nous nous demandions toutes où tu étais passée.

Hope lui sourit.

— Je me suis mariée, Peg. Et je suis partie vivre à la campagne.

— Alors, tu as perdu le roi et gagné un mari, hein ? C'est une bonne chose. Au moins, tu auras la sécurité dans tes vieux jours. Est-ce un jeune et beau mari sans le sou, ou un affreux vieux richard ?

— Il est à son aise et incroyablement séduisant, Peg. Plus grand que le roi. De la même taille que le prince Rupert. Le genre à faire chavirer le cœur des filles.

— Peuh !

Peggy cracha sur le sol.

— Qu'est-ce qui t'a pris ? On n'épouse jamais un homme comme ça. Ils vous mangent votre argent au jeu et après, ils courent les catins.

Hope secoua la tête.

— Pas Robert. La seule catin qui l'intéresse, c'est moi. Il ne regarde pas les autres.

Elles partirent toutes deux d'un bel éclat de rire, puis Peg tendit le bras pour lui pincer la joue.

— Oui, tu es bien réelle… Et toujours en train d'inventer des contes de fées, à ce que je vois… Tu as quitté les planches trop tôt, je t'assure. Il y a deux compagnies de comédiens royaux à présent. Les Rois et les Ducs. Ils seront ravis de t'avoir de nouveau. Les gens se précipiteront pour voir jouer l'une des bonnes amies de Charlie.

— J'en ai fini avec lui, Peg.

— Mais s'il t'a renvoyée et que maintenant il te rappelle, c'est que lui n'en a pas fini avec toi !

Elles passèrent le reste de l'après-midi à bavarder en sirotant du vin du Rhin. Avant de se cogner à Peg, Hope ne s'était pas rendu compte à quel point elle se sentait seule. Rose et Daisy lui manquaient, ainsi que Mme Overton. Mais celui qui lui manquait plus que tout, c'était cet homme dont les caresses déclenchaient des frissons partout sur son corps, dont la voix chaude l'apaisait et l'excitait en même temps. Un homme qui lui racontait des histoires quand elle souffrait et lui avait appris à manier une épée.

Leur dernière nuit ensemble, avant qu'il ne parte pour le Yorkshire, l'avait initiée à des plaisirs dont son corps se languissait encore…

— Hope ?

Peg tapa sur la table avec sa chope pour attirer son attention.

— Ah, te revoilà, tout de même ! Tu ne tiens pas aussi bien l'alcool que ta mère.

Peg la régala alors de tous les potins qui couraient Londres et dont la plupart tournaient autour des protagonistes habituels — le roi, ses amis, et à présent la nouvelle petite reine.

Peu intéressée, Hope laissa ses pensées dériver de nouveau vers Robert.

Si seulement elle savait que faire, que décider ! Pouvait-on quitter un homme ainsi, en sachant qu'on en était amoureuse ? Ou bien fallait-il rester auprès de lui, consciente cependant de l'ombre qui planait sur lui, de cette chose dangereuse qui peut-être compterait toujours plus que soi-même à ses yeux ?

Mais tout de même, il est venu ! Il a tenu sa promesse…

— Et à présent, voilà qu'on dit qu'elle est stérile ! continuait la voix excitée de Peg. Tout le monde ne parle que de ça.

Hope revint à l'instant présent.

— Stérile ? Mais il n'y a que cinq mois qu'elle est mariée ! protesta-t-elle.

Elles bavardèrent encore quelques instants, puis Peg l'invita au Théâtre Ducal, où elle jouait ce soir-là. C'eût été une belle occasion pour Hope de renouer avec de vieilles connaissances et d'en faire de nouvelles. Mais elle avait envie d'autre chose, aussi déclina-t-elle.

— Mais je te rendrai visite bientôt, promit-elle.

Peg et elle s'étreignirent avec affection. Puis Hope emprunta le bateau qui descendait la rivière jusqu'aux nouveaux jardins du Vauxhall. Le lieu allait fermer à la fin de la semaine, la saison étant sur le point de se terminer. Mais elle avait besoin de se sentir de nouveau à la campagne…

Avec un léger heurt, la barge fit halte devant le portail de la rive. Des rires résonnaient en haut des escaliers, d'où provenait également une musique suave.

Hope pénétra dans un univers enchanté où se côtoyaient courtisans, boutiquiers et familles avec leurs enfants. Tout ce monde se mélangeait dans une joyeuse excitation. Partout, on dansait et flirtait, on écoutait harpistes et violonistes tout en dégustant des gâteaux et du bœuf aux épices, ou en dînant à des tables drapées de blanc.

Hope sourit en se mêlant à la foule, décidée à oublier ses soucis et à se laisser distraire par ce joli rêve, le temps d'un soir.

Elle déambula longtemps, découvrant une alcôve tranquille près d'une fontaine au gai murmure, puis une clairière illuminée où l'on dansait. Dans une tonnelle cachée, une grive chantait doucement, sous le dôme scintillant du ciel.

Temples romains, magiciens, jongleurs… Tout était si beau autour d'elle, et pourtant, elle se sentait si seule !

— Qu'est-ce que…

Un bras puissant lui enserra soudain la taille et une main rude la bâillonna, étouffant son cri. Elle mordit jusqu'au sang la paume qui l'étouffait, arrachant à son agresseur un juron bien senti. Puis elle se débattit comme un beau diable, griffant et lançant des coups de pied, tandis qu'on l'entraînait à travers les buissons vers une grotte isolée.

— Bon sang, Hope ! Rentrez vos griffes, voulez-vous ? Vous êtes pire que votre petit monstre de chat. Où diable étiez-vous passée ? Cela fait quatre jours que je vous cherche. Je commençais à craindre qu'il ne vous soit arrivé quelque chose.

— Robert ?

Elle leva vers lui un regard stupéfait. C'était comme si ses pensées l'avaient soudain matérialisé auprès d'elle.

Il poussa un grognement en guise de réponse, examinant tant bien que mal ses égratignures à la lueur de la lune.

— J'ai récolté plus de cicatrices en une seule nuit avec vous que pendant toutes mes années de combats. C'est douloureux en diable !

— C'est votre faute, aussi ! Pourquoi m'avez-vous sauté dessus comme un malfaiteur ?

Elle en tremblait encore de surprise, de colère et de peur. Ce qui ne l'empêcha pas de remercier le ciel d'avoir répondu à sa prière.

Ils restèrent alors tout près l'un de l'autre dans un silence gêné, la respiration encore haletante.

— Vous ne devriez pas vous promener dans ces sentiers obscurs en pleine nuit. C'est dangereux. N'importe quel imbécile passant par là aurait pu vous prendre pour une prostituée.

Elle haussa les épaules.

— C'est peut-être pour cela que je suis ici.

Il eut une moue agacée.

— Ecoutez, Hope… J'ai suscité votre colère, je le sais.

Et je vous ai déçue. Mais nous n'en sommes tout de même plus à faire semblant d'être ce que nous ne sommes pas !

— Vous voulez dire faire semblant d'être courageuse, quand je meurs de peur ? Impassible, quand mon cœur est en train de se briser ? Croyez-vous que j'aie le choix ? C'est ma seule armure. Et vous, vous faites semblant de quoi ?

— Je fais semblant de…

Il prit une profonde inspiration.

— La même chose que vous !

— Je vous ai vu, Robert. J'ai vu ce que vous pouviez faire. Qu'est-ce qui pourrait bien vous effrayer, je vous le demande ?

— Vous, Hope ! J'ai eu peur dès l'instant où j'ai dit à Charles que j'acceptais de vous épouser et où, caché sous les arbres, je vous regardais danser… J'ai su alors que j'allais vous aimer, et j'ai eu peur de ce qui arriverait si vous me connaissiez vraiment. J'aurais préféré que vous ne sachiez jamais rien, mais c'est vous qui avez insisté. Seigneur, Hope, pour rien au monde je n'aurais voulu que vous me voyiez ainsi ! J'aurais dû vous écouter et ne jamais partir pour Farnley…

Sa voix était à peine plus qu'un murmure.

Elle sourit.

— Mais vous êtes venu. Vous étiez là lorsque j'ai eu besoin de vous.

Il tendit la main pour repousser une boucle derrière son oreille et elle se jeta dans ses bras. Il la plaqua étroitement contre lui et, les mains plongées dans ses cheveux, il lui enserra la tête dans ses mains et couvrit son visage de baisers fiévreux.

— Je veux que vous m'aimiez, Robert, souffla-t-elle contre ses lèvres.

— Mais je vous aime, elfe des bois. J'ai été si longtemps solitaire et glacé que c'est devenu chez moi une seconde nature. Puis vous avez débarqué dans ma vie et vous m'avez réchauffé comme le soleil, mais je ne savais pas comment vous le montrer ou vous le dire. Parfois, j'ai l'impression que vous n'existez que dans un rêve. Vous m'avez rendu à la vie et je ne veux pas vous laisser partir. Charles ne peut pas vous avoir. Personne ne le peut. Vous êtes mienne !

Il se laissa tomber à genoux, l'entraînant avec lui tandis qu'il faisait pleuvoir les baisers sur son ventre, ses seins, sa gorge et ses lèvres.

— J'ai imaginé votre venue depuis que je suis une enfant, Robert. Mais vous n'êtes pas un rêve de petite fille. Vous êtes mon homme. Je me languissais de vous ce soir, et voilà que vous êtes là !

Ils s'activèrent sur leurs vêtements, à tâtons, affamés, impatients, tandis qu'il la couchait sur le sol.

— Ma douce, vous m'avez tant manqué ! Votre odeur, votre peau si chaude et soyeuse… Il y a plus d'une semaine que nous n'avons pas couché ensemble, savez-vous ?

Ses mains voyageaient partout sur sa chair, rudes et exigeantes, relevant ses jupes. Puis il se pencha pour rafraîchir d'un baiser mouillé cette ardeur qui palpitait entre ses cuisses.

Elle gémit et se cambra vers lui, les doigts enfouis dans ses cheveux, tandis que de sa langue agile il déclenchait des flots de plaisir qui déferlaient en elle vague après vague, irriguant ses muscles et sa peau. Chaque parcelle de son corps le désirait. Un simple effleurement de ses doigts déclenchait des frissons sauvages.

— Je veux vous sentir en moi, Robert. Je veux que vous me remplissiez comme vous remplissez mon cœur !

Il déposa un baiser sur son ventre et pinça un mamelon dont la pointe quémandait son attention à travers le lin, la dentelle et le corselet de velours.

— Oooh…

Elle tressaillit. Il dégrafa alors son corsage, écartant les couches d'étoffe pour lui lécher la peau. Elle gémit, ondulant sous lui, attirant sa tête plus près d'elle tandis qu'il la mordillait doucement.

Il sema tout au long de son corps un sillage de baisers, remontant jusqu'à ses lèvres dont il joua à forcer le passage du bout de la langue jusqu'à ce qu'elle les écarte enfin dans un soupir.

Alors il put la savourer, dans un baiser qui était à la fois un acte de possession et une caresse farouche.

Gémissants et enlacés, ils roulèrent sur l'herbe, et Robert la chevaucha, son torse nu presque opalescent dans la lumière argentée de la lune. Les yeux de Hope étaient aussi lumineux que le ciel au-dessus d'eux et semblaient refléter tout le mystère et la magie de la nature sauvage et de la nuit.

Elle posa une main à plat sur son thorax pour sentir le battement régulier de son cœur pulsant la vie.

— Vous n'êtes pas un rêve, chuchota-t-elle. Mais avec vous, mes rêves se réalisent.

Il l'attira tout entière sous lui, pressant son membre dur à la jonction de ses cuisses.

Puis il la pénétra avec une lenteur délibérée, savourant l'instant, non pas en conquérant ou en suppliant, en sauveur ou en rescapé, mais comme un homme qui retrouve enfin sa maison après des années passées dans le désert.

Elle s'arqua à sa rencontre pour l'accueillir plus profondément en elle. A chaque mouvement, elle l'attirait plus avant dans une sensuelle, une enivrante étreinte.

Jamais le firmament n'avait étincelé avec tant de majesté. Aucun lit n'avait été plus chaud, plus moelleux, plus accueillant que l'herbe sous son corps. Aucun chant d'oiseau n'avait jamais eu tant de douceur. Elle ne s'était jamais sentie autant au chaud, autant en sécurité.

Dans les bras de Robert, elle détenait tout — le pouvoir, la vie, l'amour. Le monde vibrait de couleurs et tout palpitait de vie.

Robert se fit plus lourd sur elle. Sa langue plongeait en elle au même rythme accéléré que ses hanches. Elle contracta ses muscles pour le serrer davantage, et ils jouirent tous deux en même temps, fusionnant dans une félicité aussi ancienne que le monde.

Puis ils retombèrent tous les deux avec un long soupir,

comblés et si étroitement enlacés qu'ils ne semblaient faire qu'un seul corps.

— Oooh..., fit Robert, lorsqu'il eut repris son souffle. Nous devrions faire cela plus souvent. Toutes les nuits, je pense. Qu'en dites-vous ?

Une note d'espoir vibrait dans sa voix.

Blottie dans ses bras, elle lui mordilla l'oreille d'un geste taquin.

— Avec vous, c'est chaque fois nouveau. Je ressens des choses que je n'aurais jamais imaginées avant. Vous m'emmenez là où...

Elle secoua la tête, impuissante à exprimer sa pensée.

— Je n'ai pas de mots pour le décrire.

Il lui passa les doigts dans les cheveux.

— Alors, me suis-je racheté ?

— D'être aussi têtu qu'une mule ?

Elle se retint d'en dire davantage. A quoi bon désormais ?

— Oui, presque entièrement. Mais il me reste encore à vous pardonner de m'avoir fait une telle peur tout à l'heure.

Il lui tendit la main pour qu'elle examine ses blessures.

— Regardez comme elle est enflée à présent. Elle doit être infectée. J'espère que je ne vais pas la perdre. Songez un peu, c'est celle qui tient l'épée !

Avec une exclamation horrifiée, Hope saisit doucement sa paume et y déposa une pluie de petits baisers.

— Il faut voir un médecin tout de suite. Je suis désolée, Robert ! Je ne savais pas que c'était vous.

Il tâtonna à la recherche de son manteau et s'en servit comme d'une couverture pour envelopper Hope.

— Je vous taquine, voyons ! J'ai survécu à des blessures bien pires. Un peu d'attention, les soins d'une épouse dévouée et cela ira très bien, j'en suis sûr.

— Comment avez-vous fait pour me retrouver ?

— Ça n'a pas été facile. Mais je me suis souvenu de votre fascination pour les jardins et les fleurs. J'ai fouillé Hyde Park, St. James Park, les jardins de Whitehall, bref, tous les bon sang d'espaces verts que j'ai pu trouver, en demandant aux passants s'ils n'avaient pas aperçu une beauté aux allures d'elfe, avec des cheveux d'ébène et de grands yeux violets. Savez-vous qu'il y a en fait deux jardins ici, l'ancien et le nouveau ? Mais celui-ci est sûrement le plus beau. Toujours est-il qu'on m'a décrit des blondes, des brunes, des rousses et des châtaines de toutes nuances, mais personne ne vous avait vue. C'est un pur hasard si je vous ai retrouvée ce soir. Vous vous cachiez donc ?

— Non… Enfin si, un peu… J'avais besoin de temps pour réfléchir.

Il déglutit.

— C'est fini. Avec Harris, je veux dire…

— Vous l'avez tué ?

— Non. Je ne pouvais pas le faire sans mettre le gamin en danger. Et je haïssais l'idée que vous m'aviez vu ainsi. Soudain, toute l'affaire m'est apparue absurde et stupide. Cela n'allait pas me rendre Caroline, mais pouvait me priver de vous à jamais. Je ne veux plus vivre dans le passé, Hope. Je veux une vie et un avenir avec vous. Mon existence n'avait guère de sens avant vous et, si je vous perds, elle n'en aura plus jamais.

Il lui saisit la main pour lui embrasser les doigts, puis lui montra un petit anneau formé de verdure tressée.

— Hope, c'est la première fois de ma vie que je suis amoureux. Alors je vais sûrement commettre beaucoup de sottises. Si vous acceptez de rester avec moi, il vous faudra beaucoup de patience. Oakes me connaît bien et dit que je ne suis pas très doué avec les autres. Que je ne sais pas très bien m'y prendre avec eux… Mais j'essaie d'écouter, et surtout je veux apprendre. Aussi, si vous ne vous sentez pas libre ni heureuse avec moi, je ferai tout ce qui est en mon pouvoir pour vous aider à aller où vous voudrez. Mais vous me connaissez désormais, et je vous connais aussi…

Il observa une courte pause pour donner plus de solennité à ses mots :

— Aussi je vous demande, afin que vous me répondiez

librement… Hope Mathews, acceptez-vous de m'épouser, de votre plein gré cette fois ?

Riant et pleurant à la fois, elle le poussa sur le dos et lui tendit la main.

— Je suis exactement là où j'ai envie d'être, espèce de nigaud ! Montrez-moi donc ma bague.

Il lui glissa l'anneau au doigt et l'attira vers lui pour déposer un tendre baiser sur ses lèvres.

Elle lui caressa du bout de la langue l'endroit sensible derrière l'oreille.

— Qu'est-ce qu'en sait Oakes ? Encore moins que vous ! Il a un faible pour Mme Overton et il ne s'en rend même pas compte ! Croyez-moi, Robert…

Elle croisa les bras sur son torse et posa le menton sur ses mains.

— Vous êtes très, très, très doué avec les femmes !

33

Robert et Hope examinaient la chambre spacieuse peuplée de livres et de papiers, de curiosités diverses et d'horloges.

— Ainsi, c'est là sa chambre ?

— Oui.

Elle rougit jusqu'aux oreilles. Mais elle n'aurait pas dû s'inquiéter. Robert ne doutait pas de ses capacités et ne redoutait pas la comparaison avec d'autres hommes, dans quelque domaine que ce soit.

Elle l'observa, tandis qu'il jouait avec un télescope. Son évidente fascination lui arracha un sourire. Peut-être lui en offrirait-elle un pour le nouvel an.

Elle l'imagina en train de regarder le ciel depuis la terrasse de Cressly, par les nuits d'été étoilées. Et dire qu'elle ne connaissait même pas la date de son anniversaire ! Il lui restait tant de choses à apprendre sur lui…

Mais elle savait déjà le plus important. Chaque fois qu'elle avait besoin de lui, il était là.

— Venez voir, Hope !

Il se penchait à présent sur un automate mécanique représentant des loutres en train d'attraper un poisson.

Elle s'approcha et s'appuya sur son épaule en hochant la tête, tout en s'efforçant de prendre un air dûment impressionné. Comment des jouets aussi stupides pouvaient-ils inciter les hommes à se conduire en véritables petits garçons ?

— Ne vous êtes-vous jamais dit que notre rencontre avait été bien étrange ?

— Vous voulez parler de la parade dans le parc ?

— Oui et de tout le reste.

— A vrai dire, c'est toute cette nuit à Pall Mall qui m'a semblé étrange. A commencer par votre galerie des miroirs !

— Mais songez-y, Robert ! Il était fort peu probable que j'aille un jour à Nottingham ou que vous fréquentiez les coulisses d'un théâtre.

— Je vois ce que vous voulez dire… Vous vous étonnez de la façon dont le destin a conspiré pour nous réunir une deuxième fois.

— Exactement !

Il sourit.

— Eh bien, si l'on considère que vous êtes Cendrillon, alors Charles serait votre marraine bonne fée. Il vous a vêtue pour le bal et vous a installée dans un beau carrosse, même si vous avez perdu vos deux pantoufles de vair.

Ils pouffèrent, incapables de maîtriser leur fou rire.

— Son sceptre, c'est la baguette magique ! s'écria Hope.

— Et la Castlemaine, la méchante sœur aînée !

— Espérons qu'il ne va pas se mettre en colère et nous changer tous les deux en citrouilles.

Une voix s'éleva tout à coup derrière eux.

— Pourquoi ne pas lui poser la question, mes amis ? Il vous écoute…

Le visage de Hope refléta une stupéfaction presque comique, tandis que Robert demeurait silencieux, attendant la suite.

Charles ne put s'empêcher de sourire.

— Votre mari est vraiment très grand, Lady Nichols. On le remarque mieux lorsqu'il se tient près de vous. M'en voulez-vous encore de l'avoir choisi pour vous ?

— C'est moi qui l'ai choisi, Charles.

Elle tendit fièrement la main pour lui montrer la bague tissée de brindilles.

— Et c'est cela qui compte, finalement.

— Et si je prive votre beau géant de ses terres ?

Robert s'avança vers le roi.

— Nous ne sommes pas un couple dénué de talents,

Majesté. J'aurai toujours mon épée. Et ma femme pourra dessiner des jardins.

— Des jardins ?

Le roi éclata d'un rire sonore.

— Charles. Appelez-moi Charles, s'il vous plaît. La marraine bonne fée, vraiment ! Vous avez la langue bien acérée, capitaine Nichols. Venez vous asseoir, nous allons partager un peu de vin. A votre santé, mes très chers ! En vous souhaitant un très heureux mariage…

Hope arqua les sourcils.

— Vous n'êtes donc pas en colère ?

Charles haussa les épaules.

— Tout le monde sait que je ne suis pas un homme jaloux. Quand certaines femmes rêvent de bijoux, de pensions, de faveurs, vous, vous ne songiez qu'à aller pêcher. Vous vouliez un mari sourcilleux et possessif. Vous brûliez d'être amoureuse. Et apparemment, vous souhaitiez aussi un jardin ! Si Nichols était homme à se battre pour vous, alors vous auriez en prime votre chevalier à l'armure étincelante. S'il ne l'était pas, mieux valait que vous reveniez avec moi. C'est cette deuxième éventualité que j'espérais, je l'avoue. Mais je suis tout de même ravi de vous voir heureuse. Et je ne suis pas du genre à le nier par dépit.

Peu après le départ des deux époux, Charles, maussade, se versa un dernier verre de vin.

Quelles femmes lui restait-il donc ? Une maîtresse vaniteuse et rancunière, une épouse pleurnicharde qui regrettait son pays. Quant à sa jolie campagnarde, elle l'avait bel et bien abandonné ! Comment Nichols l'appelait-il, déjà ? Ah, oui, elfe des bois… Cela lui allait bien.

Il lui avait promis de veiller à son confort. Eh bien, c'était chose faite. Elle était une dame à présent, pourvue d'un titre et d'un mari qui l'aimait. Ce n'était pas la récompense que l'on attribuait habituellement à une maîtresse royale, mais Hope n'était pas une femme ordinaire.

Elle va me manquer. Avec qui irai-je pêcher désormais ? Et faire du bateau ? Qui m'accompagnera aux courses et boira du brandy et de la bière avec moi ?

Il aimait la Castlemaine plus que personne, bien qu'elle fût froide et cynique. Et plus qu'à nulle autre, il devait beaucoup à son épouse Catherine, même si elle n'avait pas encore conçu d'héritier et que la moitié de sa dot n'avait pas été payée.

Mais celle qu'il appréciait le plus, c'était Hope.

Son mari a vraiment de la chance !

Allons, il demanderait à son jardinier de lui envoyer une sélection d'arbustes et de rosiers. Et aussi quelques arbres de son orangerie, le printemps venu.

L'un de ses gentilshommes vint lui chuchoter quelque chose à l'oreille.

Charles acquiesça d'un hochement de tête.

— Mais oui, bien sûr. Faites-les entrer !

Se levant de son siège, il tendit les bras pour accueillir ses visiteurs.

— William ! Elizabeth ! Quelle agréable surprise ! Venez vous asseoir, nous allons prendre du thé. C'est la boisson préférée de mon épouse, et je commence à en être moi-même féru.

Le jeune couple le rejoignit à une table près de la fenêtre.

— Je vous suis redevable, William, pour m'avoir averti au sujet de Harris. Il a été pris avec une trentaine d'autres conspirateurs et a été grièvement blessé en essayant de s'enfuir. Verrons-nous jamais la fin de ces ridicules complots ? ajouta-t-il avec un soupir. Asseyez-vous, je vous en prie, et dites-moi ce qui vous amène.

— Nous sommes venus vous dire au revoir, Charles. Lizzy et moi rentrons chez nous.

Charles leva les yeux au ciel.

— Tous ceux en qui j'ai confiance et dont j'apprécie la compagnie se sont mis en tête de rentrer chez eux, on dirait… Le palais est à peine reconnaissable. Mais c'est que j'ai besoin de vous ici !

— Nous reviendrons souvent vous rendre visite, Charles. Et vous êtes le bienvenu chez nous à n'importe quel moment, inutile de le dire.

— Et vous, Elizabeth ? Après toute la gentillesse dont j'ai fait preuve en secondant votre dernière action charitable ?

Elizabeth se leva et contourna la table pour l'embrasser.

— Merci, Charlie. Une fois de plus, je vous dois beaucoup de reconnaissance.

Le roi se leva à son tour et lui rendit son baiser avec un évident plaisir.

— Vous voyez, De Veres ? Je viens d'embrasser votre femme. Je pourrais vous la prendre quand je veux !

— Ma femme vous a permis de l'embrasser, corrigea William avec une moue. Mais vous savez, elle en fait autant avec notre chiot. J'avoue que je trouve cela peu hygiénique et légèrement rebutant. Mais elle ne veut pas froisser les sentiments du petit animal !

Charles sourit et gratifia Elizabeth d'une pichenette sous le menton.

— Il me faut un poème. Surtout en ces moments difficiles. Allons, quelques petits vers, William !

— Volontiers, majesté.

Notre roi Henry, qui fronda Rome
Prit une demi-douzaine d'épouses.
Mais Charles résolut de n'en épouser qu'une…

— Assez ! l'interrompit le roi d'un ton las. Je vois où vous voulez en venir.

William s'inclina très bas.

— Je ne suis pas resté assez longtemps à la campagne pour y apprendre à gazouiller de jolies vocalises. Laissez-moi donc partir, Charles. Ma gaieté ici sonne faux. Je ne peux plus jouer ce rôle, à moins d'être ivre. Si vous me forcez à rester, je vais finir par vous assommer. Et je vous aime trop pour y prendre du plaisir.

— Oui, cela finira par arriver un jour, je le vois bien…

Alors partez, s'il le faut. Retournez traire les vaches et planter des pommes de terre. Moi, j'ai eu mon content d'au-revoir pour aujourd'hui. Quand on est d'humeur aussi sombre, mieux vaut aller se distraire au théâtre.

Assis dans sa loge avec Buckingham, Charles regardait le rideau de scène s'ouvrir lentement. Une salve d'applaudissements et d'exclamations ravies saluèrent l'apparition d'une superbe jeune femme qui descendait du haut des cintres, armée d'un bouclier et d'une épée dorés, et coiffée d'un casque d'or orné d'un plumet pourpre.

Elle atterrit sur la scène, posant sur les planches ses petits pieds chaussés de bottines à talons hauts. Mais en dehors de ces chaussures, la belle était complètement nue sous son bouclier.

Tout en entonnant une chanson à pleine gorge, elle se retourna dans une pirouette, exhibant aux yeux du public son adorable croupe dénudée.

Le roi en ouvrit des yeux exorbités.

— George ? Qui est-ce ?

— Elle, majesté ? C'est la nouvelle comédienne de la troupe. Elle s'appelle Eleanor Gwynn.

34

Forêt de Sherwood, Nottinghamshire

Robert était appuyé contre le tronc d'un if majestueux aux branches largement étendues et dont les feuilles bruissaient doucement, au cœur même de la forêt de Sherwood.

Hope se tenait immobile dans ses bras. L'arbre avait plus de mille ans, et l'on pouvait sentir la chaleur et la vie couler à flots dans ses vieilles veinures. Il suffisait de fermer les yeux pour imaginer une époque où des hommes et des femmes ordinaires avaient accompli des exploits, défiant les grands seigneurs et bravant le sort pour conserver leur liberté.

Quelles merveilles ce roi de la forêt n'avait-il pas dû voir, lui, le spectateur des fugitives vies humaines ?

En fait, il ressemblait plus à deux arbres qu'à un seul, deux arbres aux racines entrelacées et aux deux troncs si proches qu'à un moment du passé ils avaient fini par fusionner.

Dans le pays, on les appelait les « arbres-époux ». On disait même que Robin et Marian s'étaient mariés sous cet if. Et Hope ne demandait qu'à croire à cette légende.

Robert sourit et déposa un baiser sur la charmante tête de son épouse. Tous deux venaient de se marier de nouveau. Le premier mai, un an exactement après le jour où elle était entrée dans sa vie.

Mais cette fois-ci, c'était joyeusement et en toute liberté qu'ils avaient convolé dans le lieu de leur choix, pour leur propre plaisir.

Hope remua et, d'un geste alangui, lui passa un bras autour de la taille. Epuisés par la fête et comblés, ils regardaient se divertir dans la Cour du manoir la petite foule composée de leurs amis et serviteurs, auxquels s'était mêlé le pasteur du Derbyshire.

Les sons de la flûte et du violon, les chansons et les éclats de rire leur parvenaient par bouffées, portés par l'aile légère de la brise.

— Vous rappelez-vous, Hope ? Quand vous me disiez que si je cessais de me cramponner au passé, je pourrais découvrir ce à quoi j'étais destiné ?

— Mmm... Oui, je me rappelle.

— Eh bien, j'ai découvert ce que j'étais vraiment appelé à faire.

Il sourit.

— J'étais destiné à vous aimer !

— Bien sûr, nigaud ! Je suis une femme avisée. Vous devriez toujours m'écouter.

Il la chatouilla, ce à quoi elle répondit par un coup de coude. Puis elle remua, nichant sa tête dans le creux de son bras.

— Je vous aime, Hope Nichols, dame des clairières et mon elfe à moi...

— Moi aussi, je vous aime, capitaine Nichols. Chaque jour, je remercie le ciel que vous soyez sorti de mes rêves pour m'emmener avec vous.

Elle se tut, car quelque chose venait d'attirer son regard – un mouvement à travers les arbres qui dirigea son attention vers le sommet d'une éminence tapissée de gazon.

Une ravissante enfant au visage doucement arrondi et aux boucles blondes flottant sur ses épaules y faisait voler un cerf-volant brillamment coloré.

La fillette se tourna vers elle avec un lumineux sourire et lui adressa un signe de la main.

Le son d'un rire heureux et cristallin la suivit un instant, tandis qu'elle disparaissait de l'autre côté de la colline.

Epilogue

Des mouettes criaient dans le ciel, et les pavillons claquaient, agités par une forte brise. Le craquement des cordages et de la coque qui oscillait sur l'eau dominait le grondement des vagues.

Tapi dans l'ombre, le garçon observait. Des cris rauques, des claquements de fouets et un morne cliquetis de chaînes et de menottes vinrent soudain s'ajouter au vacarme. Une colonne irrégulière d'hommes visiblement brisés s'avança en trébuchant vers le navire prêt à appareiller pour la Jamaïque.

L'un de ces hommes était son père. Rien d'autre qu'un esclave à présent.

S'il survivait au voyage…

Aucun sentiment de pitié ne s'éveilla dans son cœur. Il resta là à regarder pendant que le bateau quittait le quai, les voiles gonflées dans le vent. Il ne se détourna pas tant que le vaisseau n'eut pas disparu à l'horizon.

Alors il baissa les yeux vers le sol et cracha. Puis il soupesa la bourse bien rebondie dont lui avait fait présent l'homme qui avait voulu assassiner son père.

Il ne savait pas encore ce qu'il fallait penser de tout cela. Mais il savait ce qu'il allait faire de l'argent…

A paraître le 1er juillet

Best-Sellers n°568 • suspense

La peur sans mémoire - Lori Foster

Intense et bouleversante. La nuit qu'Alani vient de passer avec Jackson Savor résonne en elle comme une révélation. Après son enlèvement à Tijuana, deux ans plus tôt, et les cauchemars qui l'assaillent depuis, jamais elle ne se serait crue capable de s'abandonner ainsi dans les bras d'un homme. Et pourtant, Jackson, ce redoutable mercenaire qui n'a de limites que celles fixées par l'honneur, a su trouver le chemin de son cœur. Hélas, cette parenthèse amoureuse est de courte durée. Au petit matin, à peine sortie de la torpeur du plaisir, Alani comprend qu'il y a un problème : son amant, si empressé un peu plus tôt, a tout oublié de leurs ébats torrides. Pas de doute possible : il a été drogué. Mais par qui ? Et comment ? Le coupable est-il lié aux odieux trafiquants sur lesquels Jackson enquête ? Ces questions sans réponse, ce sentiment d'impuissance, Alani les supporte d'autant plus mal qu'elle y a déjà été confrontée. Mais au côté de Jackson, et pour donner une chance à leur histoire, elle est prête à affronter le danger, et ses peurs…

Best-Sellers n°569 • suspense

Le mystère de Home Valley - Karen Harper

Mille fois, Hannah a imaginé son retour à Home Valley, la communauté amish où elle a grandi et avec laquelle elle a rompu trois ans plus tôt. Mille fois, elle a imaginé ses retrouvailles avec Seth, l'homme qu'elle aurait épousé s'il ne l'avait cruellement trahie. Mais pas un seul instant elle n'aurait pensé que cela se ferait dans des circonstances aussi dramatiques. Car dès son retour, alors qu'elle a décidé sur un coup de tête de se rendre de nuit dans le cimetière de la Home Valley, elle est prise pour cible par un homme armé, qui heureusement ne parvient qu'à la blesser. Pourquoi cet homme a-t-il voulu la tuer ? Va-t-il s'arrêter là ? Pour répondre à ces angoissantes questions, Hannah décide d'apporter toute son aide au ténébreux Linc Armstrong, l'agent du FBI chargé de l'enquête, et qui suscite la méfiance chez les autres membres de la communauté amish — et surtout chez Seth. Ecartelée entre deux mondes, entre deux hommes, Hannah va bientôt être submergée par ses sentiments – des sentiments aussi angoissants que les allées du cimetière plongées dans l'obscurité…

Best-Sellers n°570 • thriller

Piège de neige - Lisa Jackson

Prisonnière du criminel pervers qu'elle traque depuis des semaines dans l'hiver glacial du Montana, l'inspecteur Regan Pescoli n'a plus qu'une obsession : s'échapper coûte que coûte. Aussi essaie-t-elle, dans le cachot obscur et froid où elle est enfermée, de dominer la terreur grandissante qui menace de la paralyser. Car ce n'est pas seulement sa vie qui est en jeu, mais également celle d'autres captives, piégées comme elles et promises à la mort. Pour les sauver, autant que pour retrouver ses enfants et Nate Santana, l'homme qu'elle aime, Regan est déterminée à découvrir le point faible du tueur. Pour cela, il lui faudra aller au bout de son courage, de sa résistance physique… Et vaincre définitivement ce maniaque, avant qu'il ne soit trop tard.

Best-Sellers n°571 • suspense

Les disparues du bayou - Brenda Novak

Depuis l'enlèvement de sa petite sœur Kimberly, seize ans plus tôt, Jasmine Stratford a enfoui ses souffrances au plus profond d'elle-même et s'est dévouée corps et âme à son métier de profileur. Mais son passé ressurgit brutalement lorsqu'elle reçoit un colis anonyme contenant le bracelet qu'elle avait offert à Kimberly pour ses huit ans. Bouleversée, elle se lance alors dans une enquête qui la conduit à La Nouvelle-Orléans. Là, elle ne tarde pas à découvrir un lien effrayant entre le meurtre récent de la fille d'un certain Romain Fornier et le kidnapping de sa petite sœur. Prête à tout pour découvrir la vérité, Jasmine prend contact avec Romain Fornier, seul capable de l'aider à démasquer le criminel. Elle se heurte alors à un homme mystérieux, muré dans le chagrin et vivant dans le bayou comme un ermite. Un homme qu'elle va devoir convaincre de l'aider à affronter le défi que leur a lancé le tueur : *« Arrêtez-moi »*.

Best-Sellers n°572 • roman

L'écho des silences - Heather Gudenkauf

Allison. Brynn. Charm. Claire. Quatre femmes prisonnières d'un secret qui pourrait les détruire… et dont un petit garçon est la clé. Allison garde depuis cinq ans le silence sur le triste drame qu'elle a vécu adolescente et qui l'a conduite en prison pour infanticide. Brynn sait tout ce qui s'est passé cette nuit-là, mais elle s'est murée dans l'oubli pour ne pas sombrer dans la folie. Charm a fait ce qu'elle a pu, bien sûr, pourtant elle a dû renoncer à son rêve et se taire. Alors elle veille en secret sur son petit ange. Claire vit loin du passé pour tenter de bâtir son avenir avec ceux qui comptent pour elle. Et elle gardera tous les secrets pour protéger le petit être qu'elle aime plus que tout au monde. Quatre femmes réfugiées dans le silence, détenant chacune la pièce d'un sombre puzzle.

Best-Sellers n°573 • roman

Un jardin pour l'été - Sherryl Woods

Son cœur qui bat plus vite lorsqu'elle consulte sa messagerie, son imagination qui s'emballe lorsqu'elle revoit en pensée le visage aux traits virils de celui dont elle est tombée amoureuse… Moira doit se rendre à l'évidence : elle ne peut oublier Luke O'Brien. Il faut dire qu'avec ses cheveux bruns en bataille, son regard parfois grave mais pétillant de vie, son sourire irrésistible, cet Américain venu passer ses vacances en Irlande n'a guère eu de mal à la séduire. Sauf qu'après le mois idyllique qu'ils ont passé ensemble, Luke est reparti aux Etats-Unis reprendre le cours de sa vie, et peut-être même retrouver une autre femme. Alors que Moira tente de se persuader que tout est ainsi pour le mieux, son grand-père lui demande de l'accompagner à Chasepeake Shores, la petite ville de la côte Est des Etats-Unis où vit Luke. Moira n'hésite que quelques secondes avant d'accepter. Même si, dès lors, une question l'obsède : saura-t-elle convaincre Luke qu'il y a une place pour elle dans sa vie ?

Best-Sellers n°574 • historique
La maîtresse de l'Irlandais - Nicola Cornick

Londres, 1813.

Autrefois reine de la haute société londonienne, Charlotte Cummings a vu son existence voler en éclats lorsque son époux – las de ses frasques – a mis fin à leur mariage du jour au lendemain. Brusquement exclue des soirées mondaines, ruinée et endettée, Charlotte n'a eu d'autre choix que de renoncer à son honneur en vendant ses charmes chez la cruelle Mme Tong. Jusqu'à ce qu'un jour un troublant gentleman ne lui redonne espoir en lui proposant un pacte aussi tentant que surprenant. Si elle accepte de devenir sa maîtresse, elle retrouvera son statut de lady et les privilèges qui vont avec. D'abord hésitante, Charlotte finit par se soumettre à ce scandaleux marché, même si elle pressent que cet homme mystérieux lui cache quelque chose…

Best-Sellers n°575 • historique
Un secret aux Caraïbes - Shannon Drake

Mer des Caraïbes, 1716.

Roberta Cuthbert ne vit que pour se venger du cruel pirate qui a tué ses parents et anéanti le village de ses ancêtres, en Irlande. Pour cela, elle a tout abandonné, allant jusqu'à se faire passer pour un homme et entrer dans la piraterie, afin de parcourir les mers à la recherche de son ennemi. Pourtant, le jour où elle fait prisonnier le capitaine Logan Haggerty, elle comprend que son déguisement ne sera d'aucune protection contre les sentiments troublants que cet homme éveille en elle. Comment pourrait-elle maintenir son image de pirate impitoyable quand elle ne s'est jamais sentie aussi féminine que sous son regard doré ? Bouleversée, Roberta n'en est pas moins déterminée à ignorer la tentation, coûte que coûte. Jusqu'à ce que le capitaine la sauve de la noyade lors d'une violente tempête, et qu'ils ne s'échouent tous deux sur une île déserte…

Best-Sellers n°576 • érotique
L'éducation de Jane - Charlotte Featherstone

Jane le sait : lord Matthew peut être dur. Cassant. Impitoyable avec ceux qu'il pense faibles. Pourtant, lorsqu'elle l'a trouvé, affreusement blessé, dans l'hôpital où elle travaille, et qu'elle l'a veillé jour et nuit, c'est lui qui, les yeux protégés par un bandage, se trouvait à sa merci. Lui, l'homme à la réputation sulfureuse, qui la suppliait de le laisser toucher son visage, sa peau, ses lèvres, son corps tout entier, comme si ces gestes troublants avaient le pouvoir de le ramener à la vie. Alors aujourd'hui, même s'il a recouvré la vue et risque de la trouver laide, comparée à ses nombreuses maîtresses, même s'il est redevenu l'aristocrate arrogant dont les frasques libertines défrayent la chronique mondaine, Jane est décidée à se livrer à lui, corps et âme. Un choix insensé qui pourrait la détruire, mais devant lequel elle ne reculera pas. Car à l'instant où Matthew a posé les mains sur elle, elle a su qu'elle avait trouvé son maître…

Composé et édité par les

éditions HARLEQUIN

Achevé d'imprimer en avril 2013

BRODARD & TAUPIN

La Flèche
Dépôt légal : mai 2013
N° d'imprimeur : 71876

Imprimé en France